『十三五』国家重点图书出版规划项目
『中国近代日记文献叙录、整理与研究』
（项目编号：18ZDA259）阶段性研究成果
全国高等院校古籍整理研究
工作委员会直接资助项目

中国近现代稀见史料丛刊【第七辑】

张剑 徐雁平 彭国忠 主编

王振声诗文书信集

王振声 著

孟化 张廷银 整理

本辑执行主编 张剑

凤凰出版社

图书在版编目（CIP）数据

王振声诗文书信集 / 王振声著 ; 孟化, 张廷银整理
. -- 南京 : 凤凰出版社, 2020.9
（中国近现代稀见史料丛刊. 第七辑）
ISBN 978-7-5506-3243-1

Ⅰ. ①王… Ⅱ. ①王… ②孟… ③张… Ⅲ. ①中国文学—近代文学—作品综合集 Ⅳ. ①I215.02

中国版本图书馆CIP数据核字(2020)第150890号

书　　名	王振声诗文书信集
著　　者	王振声 著　孟　化　张廷银 整理
责任编辑	张　燕
装帧设计	姜　嵩
出版发行	凤凰出版社(原江苏古籍出版社) 发行部电话025-83223462
出版社地址	江苏省南京市中央路165号,邮编:210009
出版社网址	http://www.fhcbs.com
照　　排	南京凯建文化发展有限公司
印　　刷	苏州市越洋印刷有限公司 江苏省苏州市吴中区南官渡路20号,邮编:215104
开　　本	880毫米×1230毫米　1/32
印　　张	11.5
字　　数	299千字
版　　次	2020年9月第1版
印　　次	2020年9月第1次印刷
标准书号	ISBN 978-7-5506-3243-1
定　　价	98.00元

(本书凡印装错误可向承印厂调换,电话:0512-68180788)

袁行霈先生题辞

「音实难知，知实难逢，逢其知音，千载其一乎！」（《文心雕龙·知音》）今读新编稀见史料丛刊，真有治学知音之感矣。

傅璇琮谨书

二〇一二年

傅璇琮先生题辞

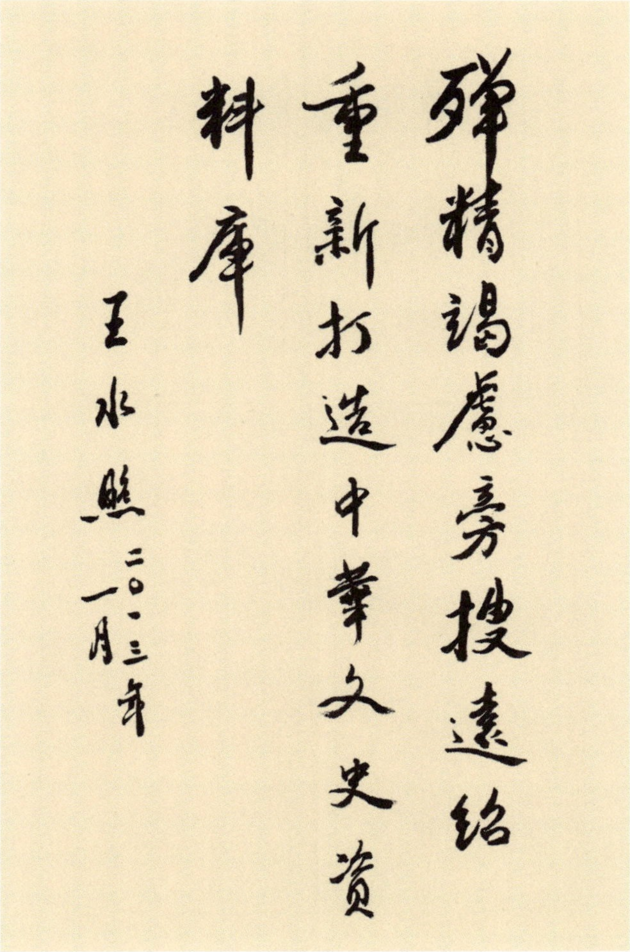

王水照先生题辞

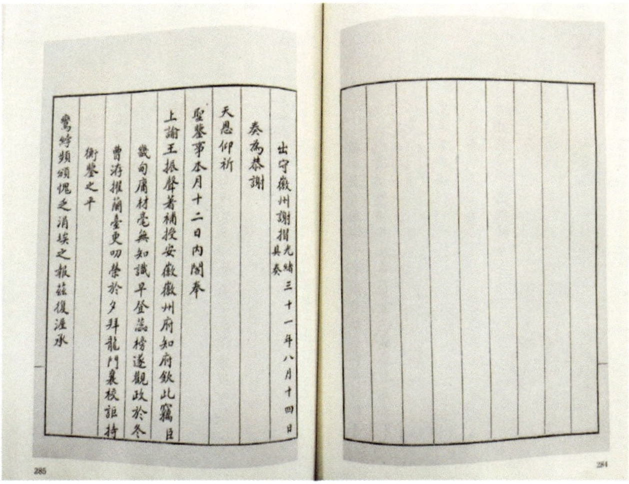

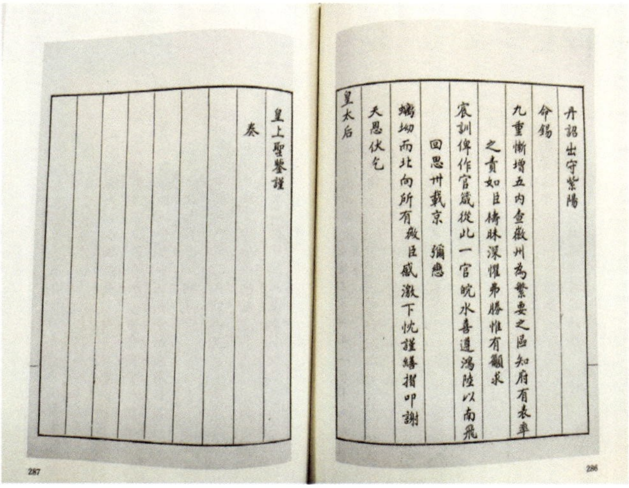

国家图书馆藏《心清室文存》稿本书影之一

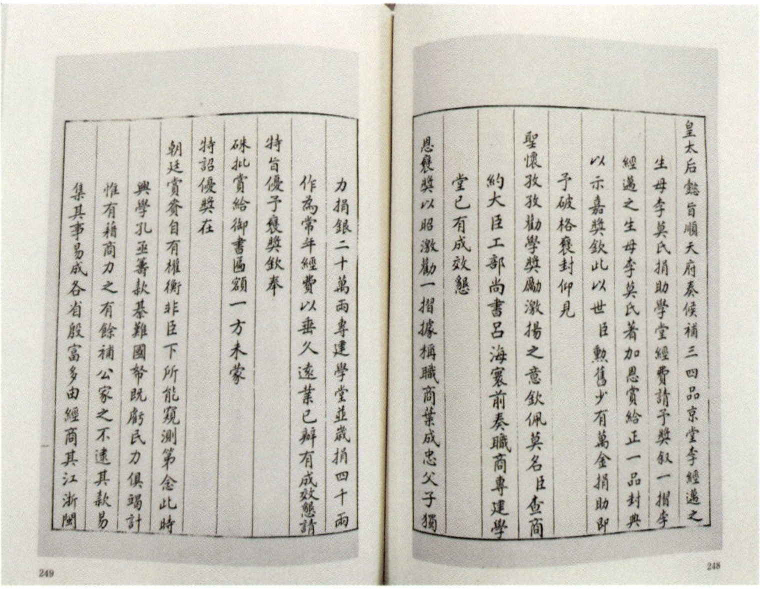
皇太后懿旨順天府奏候補三四品京堂李經邁之
生母李莫氏捐助學堂經費請予獎叙一摺李
經邁之生母李莫氏著加恩賞給正一品封典
以示嘉獎欽此以世臣勳舊少有萬金捐助即
予破格褒封仰見
聖懷孜孜勸學獎勵激揚之意欽佩莫名臣查商
約大臣工部尚書呂海寰前奏職商專建學
堂已有成效懇
恩褒獎以昭激勸一摺據稱職商葉成忠父子獨

248

力捐銀二十萬兩專建學堂並歲捐四千兩
作為常年經費以垂久遠業已辦有成效懇請
特旨優予褒獎欽奉
硃批賞給御書匾額一方木蒙
特詔優獎在
朝廷賞賚自有權衡非臣下所能窺測第念此時
興學孔亟籌款綦難國帑既虧民力俱竭計
惟有藉商力之有餘補公家之不逮其款易
集其事易成各省殷富多由經商其江浙閩

249

国家图书馆藏《心清室文存》稿本书影之二

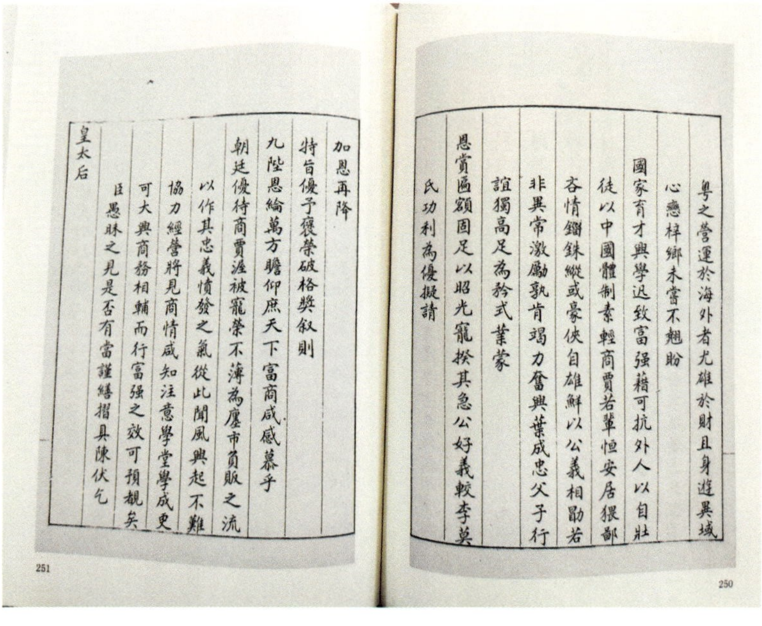

国家图书馆藏《心清室文存》稿本书影之三

《中国近现代稀见史料丛刊》总序

在世界所有的文明中，中华文明也许可说是“唯一从古代存留至今的文明”（罗素《中国问题》）。她绵延不绝、永葆生机的秘诀何在？袁行霈先生做过很好的总结：“和平、和谐、包容、开明、革新、开放，就是回顾中华文明史所得到的主要启示。凡是大体上处于这种状况的时候，文明就繁荣发展，而当与之背离的时候，文明就会减慢发展的速度甚至停滞不前。”（《中华文明的历史启示》，《北京大学学报》2007年第1期）

但我们也要清醒看到，数千年的中华文明带给我们的并不全是积极遗产，其长时段积累而成的生活方式与价值观具有强大的稳定性，使她在应对挑战时所做的必要革新与转变，相比他者往往显得迟缓和沉重。即使是面对佛教这种柔性的文化进入，也是历经数百年之久才使之彻底完成中国化，成为中华文明的一部分；更不用说遭逢“数千年来未有之变局”、“数千年未有之强敌”（李鸿章《筹议海防折》），“数千年未有之巨劫奇变”（陈寅恪《王观堂先生挽词序》）的中国近现代。晚清至今虽历一百六十余年，但是，足以应对当今世界全方位挑战的新型中华文明还没能最终形成，变动和融合仍在进行。1998年6月17日，美国三位前总统（布什、卡特、福特）和二十四位前国务卿、前财政部长、前国防部长、前国家安全顾问致信国会称：“中国注定要在21世纪中成为一个伟大的经济和政治强国。”（徐中约著《中国近代史》上册第六版英文版序，香港中文大学2002年版）即便如此，我们也不能盲目乐观，认为中华文明已经转型成功，相反，中华文明今天面对的挑战更为复杂和严峻。新型的中华文明到底会怎样呈现，又怎样具体表现或作用于政治、经济、文化等层面，人们还在不断探索。这个问题，我们这一代恐怕无法给出答案。但我们坚信，在历史上曾经灿烂辉煌的中华文明必将凤凰浴火，涅槃重生。这既是数千年已经存在的中华文明发展史告诉我们的经验事实，也是所有为中国文化所化之人应有的信念和责任。

不过，对于近现代这一涉及当代中国合法性的重要历史阶段，我们了解得还过于粗线条。她所遗存下来的史料范围广阔，内容复杂，且有数量庞大且富有价值的稀见史料未被发掘和利用，这不仅会影响到我们对这段历史的全面了解和规律性认识，也会影响到今天中国新型文明和现代化建设对它的科学借鉴。有一则印度谚语如是说："骑在树枝上锯树枝的时候，千万不要锯自己骑着的那一根。"那么，就让我们用自己的专业知识与能力，为承载和养育我们的中华文明做一点有益的事情——这是我们编纂这套《中国近现代稀见史料丛刊》的初衷。

书名中的"近现代"，主要指 1840—1949 年这一时段，但上限并非以一标志性的事件一刀切割，可以适当向前延展，然与所指较为宽泛的包含整个清朝的"近代中国"、"晚期中华帝国"又有所区分。将近现代连为一体，并有意淡化起始的界限，是想表达一种历史的整体观。我们观看社会发展变革的波澜，当然要回看波澜如何生，风从何处来；也要看波澜如何扩散，或为涟漪，或为浪涛。个人的生活记录，与大历史相比，更多地显现出生活的连续。变局中的个体，经历的可能是渐变。《丛刊》期望通过整合多种稀见史料，以个体陈述的方式，从生活、文化、风习、人情等多个层面，重现具有连续性的近现代中国社会。

书名中的"稀见"，只是相对而言。因为随着时代与科技的进步，越来越多的珍本秘籍经影印或数字化方式处理后，真身虽仍"稀见"，化身却成为"可见"。但是，高昂的定价、难辨的字迹、未经标点的文本，仍使其处于专业研究的小众阅读状态。况且尚有大量未被影印或数字化的文献，或流传较少，或未被整合，也造成阅读和利用的不便。因此，《丛刊》侧重选择未被纳入电子数据库的文献，尤欢迎整理那些辨识困难、断句费力、裒合不易或是其他具有难度和挑战性的文献，也欢迎整理那些确有价值但被人们习见思维与眼光所遮蔽的文献，在我们看来，这些文献都可属于“稀见”。

书名中的“史料”，不局限于严格意义上的历史学范畴，举凡日记、书信、奏牍、笔记、诗文集、诗话、词话乃至序跋汇编等，只要是某方面能够反映时代政治、经济、文化特色以及人物生平、思想、性情的文献，都在考虑之列。我们的目的，是想以切实的工作，促进处于秘藏、边缘、零散等状态的史料转化为新型的文献，通过一辑、二辑、三辑……这样的累积性整理，自然地呈现出一种规模与气象，与其他已经整理出版的文献相互关联，形成一个丰茂的文献群，从而揭示在宏大的中国近现代叙事背后，还有很多未被打量过的局部、日常与细节；在主流周边或更远处，还有富于变化的细小溪流；甚至在主流中，还有漩涡，在边缘，还有静止之水。近现代中国是大变革、大痛苦的时代，身处变局中的个体接物处事的伸屈、所思所想的起落，藉纸墨得以留存，这是一个时代的个人记录。此中有文学、文化、生活；也时有动乱、战争、革命。我们整理史料，是提供一种俯首细看的方式，或者一种贴近近现代社会和文化的文本。当然，对这些个人印记明显的史料，也要客观地看待其价值，需要与其他史料联系和比照阅读，减少因个人视角、立场或叙述体裁带来的偏差。

知识皆有其价值和魅力，知识分子也应具有价值关怀和理想追求。清人舒位诗云“名士十年无赖贼”（《金谷园故址》），我们警惕袖手空谈，傲慢指点江山；鲁迅先生诗云“我以我血荐轩辕”（《自题小像》），我们愿意埋头苦干，逐步趋近理想。我们没有奢望这套《丛刊》产生宏大的效果，只是盼望所做的一切，能融合于前贤时彦所做的贡献之中，共同为中华文明的成功转型，适当“缩短和减轻分娩的痛苦”（马克思《资本论》第一卷第一版序言）。

《丛刊》的编纂，得到了诸多前辈、时贤和出版社的大力扶植。袁行霈先生、傅璇琮先生、王水照先生题辞勖勉，周勋初先生来信鼓励，凤凰出版社姜小青总编辑赋予信任，刘跃进先生还慷慨同意将其列入“中华文学史史料学会”重大规划项目，学界其他友好也多有不同形式的帮助……这些，都增添了我们做好这套《丛刊》的信心。必须一提的是，《丛刊》原拟主编四人（张剑、张晖、徐雁平、彭国忠），每位主编负责一辑，周而复始，滚动发展，原计划由张晖负责第四辑，但他尚未正式投入工作即于 2013 年 3 月 15 日赍志而殁，令人抱恨终天，我们将以兢兢业业的工作表达对他的怀念。

《丛刊》的基本整理方式为简体横排和标点（鼓励必要的校释），以期更广泛地传播知识、更好地服务社会。希望我们的工作，得到更多朋友的理解和支持。

2013 年 4 月 15 日

目　录

一个普通文人的普通写作

（代前言）

呈现在我们面前的是官至知府的晚清文人王振声的诗文及书信。

王振声（1842—1922），字劭农，一作少农，自号黄山遯叟，北通州（今北京通州区）人。同治十三年（1874）进士。授工部主事，历员外郎中，改江西道监察御史，署江南、福建道监察御史，掌河南、陕西道监察御史，升工科给事中，署刑科给事中，并曾出任会试同考官、监试官，官至徽州知府。后乞归，一意作画。尝手绘意拓园图，以寓退隐之意。善书、画，承家学，花鸟得华岩逸韵。宣统三年（1911）作梅花读书图，卒年八十一。除其日记外，现存尚有《梦馀集》《京曹集》《小桃园集》《澹静草庐集》等诗文，以及函稿、禀稿若干篇。日记及诗文集曾被影印出版，其他则未刊行。

就出身和仕履而言，王振声显然并不是一个一般意义上的普通人，至少可以列入社会中层。而且，他曾经与曾国藩、李鸿章、端方、松鹤龄、盛宣怀等晚清民国要人相与过从，属于中层官僚的一员。然就其诗文创作而言，他虽有数百首（篇）诗文存世，还留存了数百通书信底稿，其创作水平在整个中国文学史上只能算作一个普通文人。写作仅仅是他生活的一部分，远不是他孜孜追求的，因而，诗文在很大程度上是他日常生活中表情达意的方式，他没有用全副心力精心创作，这样的诗文作品若以文学的眼光来衡量，其实是不太合格的。然而，这种生活状态和写作状态在古代文人中绝对不是少数，具体了解这种写作状态，对于认识以至改变文学史的基本格局不会有多少意义，而对于了解普通文人的生活及写作过程，则不失为一个很好的途径。因此,他的诗文与其说是文学作品,还不如说是认识资料,是一个普通文人的日常写作,所呈现的是中国历史上寻常文字工作者的常态。所以,尽管王振声诗文包括书信的文学性并不十分突出,我们仍然觉得有必要作为一种资料予以揭示,以供从更广泛的角度来认识和研究中国文学发展的原生态历程。

一

王振声的诗文作品,包括《心清室诗存》和《心清室文存》,二书的誊清稿本均藏于国家图书馆,在国家图书馆编目著录中则被定为"抄本"。除此之外,国家图书馆同时还收藏有《心清室诗稿》,内有其诗及文的批改稿本,或即是王振声的写作原稿本,内容与《心清室诗存》及《心清室文存》基本一致,因此,在整理时仍以《心清室诗存》和《心清室文存》为准。

其中,《心清室诗存》4 册,包括《梦馀集》24 首、《京曹集》48 首、《小桃源集》32 首、《辛壬癸甲集》26 首、《云海鸿泥集》50 首、《澹静集》122 首、《山居集》25 首、《心清集》209 首、《画中诗集》152 首,共计 9 种诗集,689 首。此外,现藏于广东中山图书馆民国年间石印本《沙岭纪游草》中,约有 13 首不见于今本《山居集》。如此,则王振声现存诗篇近 700 首,数量并不算少。不过,由于这些诗篇基本都是围绕王振声的生活而展开,因此,内容较为平淡,除了《云海鸿泥集》事涉其赴任徽州知府、《画中诗集》是题画之作,尚有一定具体内容,其他的多为题赠、酬唱之作,给人的感觉如同友朋寒暄和家常里语,没有特别值得关注之处。尤其是那些写给同一人的唱和诗篇,不但内容前后雷同,用词也多有重复,易令人产生阅读疲劳。可以说,王振声的诗歌写作整体水平并不高,顶多就是一个失意文人的自叹自吟之作。诗篇的数量其实也可以大大地压缩,徐世昌编《晚晴簃诗汇》,仅选入王振声诗作 6 篇,即能说明这个问题。

王振声《心清室文存》两册,包括奏议、寿序、序引、传状、家传、联语等，其中奏议和家传，又分别以《谏垣奏议》《趋庭退记》为题名，各有稿本独行。与诗篇写作的情形相近，王振声的文章写作也极其平常。相对而言，14 篇奏疏因为是针对当时的各种时局社情的，“皆关国计民生政体学术之大”[1]、“有禆于吏治民生”[2]，因而是最有实际意义的作品。比如《直隶同乡京官合词乞恩筹偿畿辅教堂赔款疏》，呼吁朝廷减少因赔偿洋人教堂损失而派加给畿辅民众的税款，被誉为“造福乡邦，加惠匪浅”[3]、“非夙有仁人之心能溥仁吉之利若是哉”[4]。类似于这种关乎国计民生的作品，在《心清室文存》中还有《加税免厘得失策》《劝学告示》《推广小学堂简易办法》《通州重建义杠局记》《泰宁镇总兵绍祺祷雨文》等。但总体上这类作品并不占多数，更多的仍然是自己或朋友诗集画册的序跋以及寿辞序，如《修族谱序》《意拓园图记》《遯叟诗文焉用草》《题王吉甫大令青箱遗韵诗稿并序》《延子澄三十六天诗跋尾》《延子澄同年庚子都门纪事诗集跋尾》《黄雪轩画册跋尾》《修琴砖记》《琴砖论》《汪母庞太夫人八十寿序》《先祖云章公八十寿辞》等，说明王振声的写作素材没有走出个人及家族、友朋的狭小圈子，他的文章基本上是个人生活和交往情形的反映。尤其值得注意的是，几篇寿序的文字严重雷同，如《赵慎斋先生七十寿序》中“盖闻银埤金堞，东莱筑不夜之城；瑶圃琼林，西竺荫长生之树。搜桂阳之云笈，鸿朗三千；斠菊井之霞觞，鹤筹八百。凡兹寿山福海，侈祝仙龄；孰若心地情田，实征人瑞。历历衍箕畴之五，多多效华祝之三”几句，与《先祖章云公八十寿序》中的“盖闻银埤金堞，东莱筑不夜之城；瑶圃琼林，西竺荫长生之树。搜桂阳之云笈，鸿朗三千；斠菊井之霞觞，鹤筹八百。凡兹寿山福海，侈祝仙龄，孰若心地情田，实征人

---

① 郝崇峻：《心清室文存序》。

② 朱寯瀛：《谏垣奏议跋》。

③ 朱寯瀛：《谏垣奏议跋》。

④ 郝崇峻：《心清室文存序》。

瑞。历历衍箕畴之五，多多效华祝之三”，《高节母艾太恭人五十晋九寿序》中“世之颂母寿者罔弗西延王母，东约麻姑，左挹星娥，右拍月姊，排銮舆，控鹤驭，纷然集于庭，斠金酌玉，以祝长生，言岂不华，华而无稽谓之诞。抑或标榜门楣，揄扬壶范，德则太妊、太姒，才则文姬、班姬，藉以祝三多而畴五福，言岂不美，美而不实谓之谀，既谀且诞，乌可渎贤母之听闻也”几句，与《代孙冶青茂才祝岳母五十寿序》中“世之颂母寿者罔弗西延王母，东约麻姑，左挹芝童，右拉桂父，排銮舆，控鹤驭，纷然集于庭，火安期枣，雪曼倩桃，斟金酌玉以祝长生，言岂不华，华而无稽谓之诞。抑或标榜门楣，揄扬壶范，德则太妊、太姒，才则班姬、文姬，诗咏蘋蘩，文成椒菊，藉以畴五福而祝三多，侈称兕祝，鸠之盛藻，言岂不美，美而寡当谓之谀，既谀且诞，称祝弗笃，乌可渎贤母之听闻也”，几乎一字不差，原样照搬。寿序作为一种应用文，固然有较多的格式和套路，而在民间求托寿序过程中又不免虚饰敷衍，因此，要从寿序文中索求文学性是很不现实的。但是，像王振声这样一个有一定地位和声望的文人，应该不至于江郎才尽，将这篇寿序中的整段文字，再移植到另一篇寿序中。《赵慎斋先生七十寿序》在《心清室诗存》中为誊录稿，《先祖章云公八十寿序》则《心清室诗存》中未见，《高节母艾太恭人五十晋九寿序》在《心清室诗稿》中为誊录稿，《代孙冶青茂才祝岳母五十寿序》同样在《心清室诗稿》中未见。因此，目前尚不能肯定以上四文是否必定由王振声亲笔所作。如果不是王振声亲笔所写，就是由别人代拟时的彼此腾挪；如果就是王振声亲笔所写，则显示了王振声写作的随意性，也将寿序文的敷衍性暴露到了极致。

二

王振声留存的公私函札甚夥，仅国家图书馆所藏稿本《心清室函稿》即有十二册，数百通。收信者有李鸿章、端方、绍英、松鹤龄、盛宣怀等名臣巨子，也有普通同僚、属官及戚友，大约有 230 人。书信固然是应用色彩更强的文体,其在结构、用辞等方面的要求更低,即使有语序颠倒、用辞不当之处,一般也不会有人刻意求疵。而且,作为一名地方知府大员,他们都有资格享受记室(相当于今天的秘书或文书)代办各种文书的权利,将书信作为格式公文来办理的色彩十分突出。比如王振声信函底稿中,就明确注明由其书席聂献廷、崇受之等拟稿,另外一些虽然没有注明拟写者,但从笔迹及批改的情况看,他人代拟的亦然不少。这从另一个层面也提醒我们,以有官位的人的名义发出的书信,恐怕大多是书席或身边其他人代拟的,而不一定是自己亲笔所作。好在一般人对待书信,主要留意其中的内容而不关心其文辞,否则如果像对待诗文作品那样非要据此讨论某人的写作情况,一定会上当的。这恐怕也是王振声信函底稿的史料价值所在。

然而,也许正因为王振声现存函札底稿太多的原因,我们不仅从中看到了格式化书信写作的现象,更发现了作为书信的发出者,王振声对待书信写作不够严肃的问题。尤其是在诗、文写作中出现的雷同性、重复性现象,在其书信写作中更大量存在,甚至让人感觉到喋喋不休和器局窄狭。一是内容的重复。比如关于王振声在徽州的感受,山多土瘠、湿冷阴寒、民风不正、教化未开等,几乎在给每一位朋友的信中都会提到。因为书信无非是报告境况、表露心境,因此同一件事情分别向不同的人倾诉,其实是自然正常的。可是,如果连书信的词句都基本一致,就让人感觉别有他因了。比如在致皖藩和皖臬函中都用到了"卑府久稽郎署,忝列谏垣,愧无领郡之能,遽辱典城之寄。鹈濡弗称,蚊负难胜。所冀训迪亲承,俾得遵循有自,望龙门而神往;待效衣抠,瞻鸿度以心仪。肃呈履历,谨修寸禀,恭请钧安,伏乞垂鉴,卑府谨禀"几句,"卑府郎署随班,久惭樗质,谏垣忝列,益愧菲才。卅载从公,忆涓埃之莫补;一麾出守,冀埏埴之亲叨。获沐谦光,无羞陨越。望龙门而神往,待效衣抠;瞻鸿度以心仪,肃呈履历。谨修寸禀,恭请钧安,伏乞垂鉴,卑府谨禀",则在致安庐涂和道、徽宁池太广道、凤颍六泗道中分别出现。如果说官场的信函有公文意味,可以允许互相雷同。那么,王振声所致好友荣月帆、绍叙五的信中,分别出现“正切依驰,适颁手翰,猥以区区出守徽州为贺,良用汗颜。敬维贤劳丕著,誉望日隆,以歆以颂。弟疏懒,何堪治郡”,和“正切依驰,适颁手翰,猥以老朽出守徽州为贺,殊觉汗颜。敬维贤劳丕著,誉望日隆,以欣以慰。兄疏懒,何堪治郡”,就不能用官场公文的程式化来解释了。这只能说明书信这种主要用于交际和交流的文体,恐怕是最不讲求文字生动与别致的。如果是在同一时期讲同一件事情,即使是写给不同的人,也完全可以语词相近甚至完全相同。我们一般所看到的都是收信人所保存的,因而不可能同时看到某人同时给一批人所写的信件,也就不太容易看到这一批信件文字的情况,王振声的这批信函底稿则完整显示了同时给一批人书信的情况,其所显示的这个信息在某种意义上甚至比信件内容本身还要重要。王振声信函底稿的另一种资料价值,在无意中体现出来了。所以,尽管这些信函的内容十分相近、文字高度重复,但我们还是尽可能地、不厌其烦地将其全部展示出来,在完整反映王振声的交游范围之外,更希望为全面了解书信文类的书写特点及生成过程,提供更加生动的研究资料。

此外,由于王振声的这些书信基本是由聂献廷、崇受之等记室所代拟,在所保留的信稿中,同时也就留存了一些王振声之外其他人的书信以及代笔人自己写给别人的信函。十分有趣的是,除了个别涉及任职、家庭信息的文字稍有区别外,这些信函的主体文字与王振声所致各人的非常相似,即使出现仕宦等信息,王振声除出任会试监考及徽州知府外,还先后在工部(东曹)、刑部(西曹)任职,也参与了西太后寿诞等事务,与绍葛民等有较多的交叉,以至于如果不加仔细辨别,即很难判断哪些是王振声的而哪些不是。此次整理时尽管进行了仔细辨别,但仍然难以全面保证判断的准确性。这是否又说明,当信函由相同的人拟稿以及致信人的情况接近时,给同僚及一般友朋的信函内容随之也十分相近呢?我们虽然无法明确解释,但向世人展示这些资料则是有必要的。因此,我们也把其中绍祺、绍諴兄弟的信函予以整理,并作为附录列于王振声书信之后,希望能给研究书信写作和中级官吏文字往来生活提供一些参考,也为方家指出我们判断信函发出者之准确与否做一参照。因为这两个人与王振声的信函有十分密切的关系。王振声在其“癸未春仲”这册函稿的扉页处,就非常明确地注明“绍葛民(绍諴)方伯由晋来京候简,聘为记室”,表明这册函稿就是绍諴代拟的。而在《挽绍葛民都护》的诗题中,王振声又注明:“予曾馆于绍氏八年。”此“绍氏”或即指绍諴本人,或也包括绍祺在内。这些情况更进一步说明,绍諴同时为王振声、绍祺以及自己草拟信稿的情况是十分自然的,这也就回答了为什么他们三人的信函文字非常相近的问题。

三

通过对诗文和书信写作三个方面的分析,我们认为地位并不十分低微的王振声,其诗文创作是非常普通的,甚至可以说他的写作态度也是极其简率的。把他的诗文作为文学作品来读是不合适的,如果从创作成就的角度来梳理文学写作史,他的作品当然也是不能列入其中的。但这并不意味着他的作品毫无意义,他的存在对于文学研究毫无价值。至少有以下几个问题值得我们思考,从而对他的诗文及书信写作进行新的价值评判。

第一,王振声诗文所传载的内容和表达的技术虽然没有达到通常所谓文学家的水平,但依然是他生活与情感的真实反映,符合文学写作表情达意的一般规则。因此,如果要深刻认识王振声其人,其诗文绝对是很好的资料。而且,从“诗言志”到“饥者歌其食,劳者歌其事”到“我手写我心”,中国文学创作一直标榜客观真实的原则,真实是文学创作的第一评判标准。即使一部作品的写作技术尚有欠缺,甚至主题表达境域也不够宏深,只要它与作者的某些实际状况相符,就应该予以肯定和提倡。因为文学史上不真实的东西太多,人们对文学创作最不满意的更多集中于这个方面。王振声的诗文可以在很大程度上体现出一个文人的实况，即郭家声在《心清室诗存·序》中所说“性情真际有炯然不可泯者”。这是一种非常可贵的写作底线保证，理当提倡。当然，对于王振声诗文中某些应酬之作，我们也应区别对待。应酬之作的最大不足是缺乏具体内容，而这种状态其实是中国历史上许多文人的真实反映。

第二，在几千年的写作历史中，一定有无数的写作者像王振声一样，由于构思及表达的水平尚未达到精湛严密的高度，因而被历史无情地淘汰了，不仅没能在文学史上留下痕迹，甚至连片言只字都没能保存下来，这是优胜劣汰的文学史规律的自然选择。但我们不能因为这些人没有留下作品，或者在文学史上没有影响，就忽视他们的存在。圈选文学精品，自然会略过他们，但梳理和回顾文学写作历史，则必须尽可能全面地找到他们。因为这就是文学写作历史的最真实、最全面形态，如果文学史的构拟是为了更真实、更全面地反映一个国家、一个地区在一个时代的写作实况，而不是仅仅为了树立几个典型、标榜几部精品，那么，如王振声这样的普通写作者，就完全不应该被忽视。虽然一时还不能被中国文学史包括清代文学史所关注，但随着相关资料逐渐被揭示，随着研究深度及广度的不断拓展，相信王振声这样的作者及其作品会逐步引起学者的注意。正如李白《下终南山过斛斯山人宿置酒》“却顾所来径，苍苍横翠微”所说的那样，当文学经典经过一轮又一轮的筛选、淘洗胜出后，那些被留在两旁的无数作品，绝不能被冷漠地遗弃在历史的长河中。

第三，王振声诗文写作中的炼意不高、造句不精等现象，非常真切具体地展示了普通写作者的写作过程，使我们进一步认识到，中国古代的普通文人其实就是在这种状态下从事自己的写作的，这恰是符合历史的真实。中国历史上固然涌现了许多优秀的作家，创作出了无数经典的作品，但这并不意味着每一个写作的人都很优秀，每一篇作品都非常精彩。事实上，不仅相对优秀的作者较少而平常者居多，而且即使一位优秀的作家比如李白、杜甫，也不可能篇篇皆为精品。我们今天去看李杜全集，就能感觉到其中有些作品即比较平淡，否则大家就不可能只记住那些名篇。我们在自豪于历史上的伟大作家及优秀作品的同时，一定要自知，尚有许多普通的作家和平庸的作品。今天的研究者，只有首先发现无数普通甚至平庸的存在，才能披沙沥金，从中发现神奇与伟大。

四

基于以上的考虑，我们认为有必要将王振声的诗文以及书信予以整理公布。其中诗文部分，因为已经有成型的《心清室文存》和《心清室诗存》，此次基本依照原样，予以全文收录，包括作品顺序也保持原样。现藏于广东中山图书馆的印本《沙岭纪游草》与《心清室诗存》中《山居集》有较多的重复，因此，此次只是将《山居集》未收入的予以补进，未再单列《沙岭纪游草》。

此次整理，比较难处理的仍是书信部分。首先是致信人的辨别与判断。前文已经说过，这批书信底稿的文字重合度相当高，每一通的收信者当然都有标示，但大部分却没有落款，除了具名振声、绍农以及自述在徽州、工部（东曹）、刑曹（西曹、秋官）、谏垣（御史）任职的这一部分可以确定为王振声的，有些既无落款又不显示职官的则暂时难以确定是否一定为王振声。不过，本着既力求准确又尽量保存资料的目的，姑且仍将其收入王振声书信之中。其次是书信排列次序的调整。王振声书信底稿虽然经过重新装订，但每册基本是按照写信及发信的时间排序组合。这样固然便于客观显示书写的原始过程，但却不便于集中了解写信人与收信人之间的交往以及相关事件之始末，因此，这次也按照一般整理书信的做法，将所致某个人的全部书信集中在一起，尽可能排出先后，以便读者阅读和学者使用。当然，因为一时不能做比较精细的时间考订，而有些信件没有任何时间信息，这个重新排序也不是完全意义上的时间先后。另外，全部信稿按照收信人姓氏拼音排序，个别无确定姓名的则标注为其所任官职；姓氏之后括注信稿中注明的官职。为便于检索，还根据书信正文顺序及书写时的人名称谓，编制了一个简单的目录。

此次整理，除了书信底稿内容做必要的选择取舍外，所有作品的文字基本不做修订。个别容易引起误解的地方，则适当加以说明。遇有因为原文书写而实在无法释读的，则暂以○表示。

王振声尚有稿本《心清室日记》，可以与其诗文及书信互相发覆对读。学苑出版社《历代日记丛钞》曾经予以影印，徐慧子、李周两位则进一步予以整理，已编入凤凰出版社“中国近现代稀见史料丛刊”第四辑，有兴趣的读者可以参阅。此次整理，王振声诗文部分由孟化完成，信函部分由张廷银完成，并由张廷银最后统稿。不完善之处，祈请方家批评指导。

心清室文存

序

古称立德立功立言有三不朽，德蕴于内，功曝于外，言则修内而形外者也。盖言为心声，出诸口者为言，笔诸书者为文，故言与文之所表见，即其人之道德学问以及志虑之纯驳、品格之高卑，胥于此可窥其底蕴，而古圣先贤身心性命之学即赖以彰阐于无穷。自士夫互矜淹博，钩稽故训，独崇汉儒，其有致力于义理者，则诋为疏隘。及观其为文，词语简古，文义艰深，考据旁搜，典赡是务，读者几不能瞭然其意旨之所在，是骛外而遗内，举凡中庸之学胥以肤浅而弃之，则先觉无以觉后觉，奚贵乎有是文耶。

劭农姊丈平生治学，一以存成主敬为归，其为文伸明义理，朴实简洁，而于伦常修己之学致力尤多，本所夙蕴而发为文章，故能诱掖后进，昭示楷模，洵为载道之文。观所撰《谏垣奏议》，凡所疏陈皆关国计民生政体学术之大，绝无毛举党伐以博时誉，而忠言谠论一出真诚，其维护纲纪之苦心，均溢于言表。而尤以合词吁恳减少庚子畿疆教案民间赔款一疏奉准实行，造福乡邦，加惠匪浅。又观其修订宗谱、趋庭退记诸文，远绍清芬，垂为家法，记述先德，昭示来兹，不觉孝弟之心油然而生。其馀骈散各体文，率皆陈义清新，属词隽雅，不尚藻采，惟崇朴茂，而峥嵘条畅，无不气盛言宜，间有酬答游戏之作，亦纤不伤雅。公卒后，嗣君子怡、慕、忻诸甥编次遗稿，问序于余。余幼随宦东鲁，每应试北上，得瞻丰采，兼聆诸论，知为品端学粹，深致景仰。时公服官京曹，劳形案牍，不常为文，嗣于就养京师，公亦罢郡归来，悠游林下，文宴往来，过从甚密。会遭世变，邪说日兴，愤时嫉俗，辄慨乎言之。每托诗歌以抒胸臆，而未尝属文，倘以学说日新，非复守旧之谈所能挽济，不如缄默之为愈乎。遗稿闻多散佚，然即此仅存者已足传诸不朽矣。壬申嘉平三河颐园老人郝崇峻①谨序。

序　言

“郑公三绝诗书画，陶令一官归去来”，此刘润琴同年寿伯岳劭农夫子八十之诗句也。每读此二语，以为以靖节相比，固足表高致，而誉称三绝，尤不能移之他人。盖以公画宗绣谷、华新罗，书法铁梅庵、赵㧑叔，诗则喜谈板桥、船山二家，故所作莫不卓绝，然公之诗书画常见之矣，而公之文则未之见也。今获读子怡昆仲所集《心清室文存》，虽不能为一词之赞，然浣诵再三，窃以为识见明通，性情纯挚，其独到处洵自成为一家言。然后知不独诗书画号称三绝，而文章亦自足千古矣。奏议中如变通会议旧章、申明军礼各疏，胥荦荦大者，而请减摊近畿各县庚子教案赔款一疏，蒙旨允行，藉纾民力，文之有裨于国者若此哉。公在时曾与琪言其梗概，今去公没时瞬届十年，音容如在，国事日非，能不抚斯编而为之一泫然乎。壬申仲冬受业侄婿冯汝琪②谨识。

故徽州知府王公家传

郑所南自扁其室曰本穴世界，以离合求之，本穴二字即大宋也。故徽州府知府通州王公视所南翁其遇同、其志同、其能诗善画无不

① 郝崇峻，生卒年不详，编纂有《三河郝氏贻芬录》。

② 冯汝琪，浙江桐乡人，著有《信手拈来》。其他不详。

同。晚岁自署曰心清老人，君子悲之。公讳振声，字劭农，曾祖讳士钦，祖讳汉，并赠中议大夫。父讳立藻，赠资政大夫。祖、父皆州志有传。曾祖妣氏方，祖妣氏于，并封淑人，妣氏高，封夫人。故事，殿试第一二三人称鼎甲，公应童子试，府第一，州第二，院第三，人戏称为小鼎甲。中同治元年举人，十三年成进士，授工部主事，历员外郎中，改江西道监察御史，署江南、福建道监察御史，掌河南、陕西道监察御史，升工科给事中，署刑科给事中，加三品衔，赏花翎，京察一等，出为安徽徽州府知府，寻改道员告归。归而颜所居曰澹静草庐，自号遯叟。其在易曰遯世无闷，不见世无闷，然自公归十年，所见之世虽欲无闷，又可得焉否也。公官京曹三十年始典郡，典郡未二年罢仕，固如此其难进而易退哉。观其进退之难易，则知其人之为君子为小人，盖君子者难进而易退者也。君子退则小人进焉，群君子退则群小人进焉矣。有国家者至于群小人进而盈廷之中，几几乎无君子焉，其祸变乃不忍言。至于祸变之来而始晓然于公之洁身独为君子也，则又知公之心为已伤也。公初家居时，同堂兄弟有析产之争，公悉推先人遗产与之。岁癸巳，河决通州，公倡义振，为粥以食饥民，日三四千人。庚子之变，通州人死事众，事定，公采访义夫烈妇姓名，请于朝，得旌恤。其年以畿辅教案民间摊赔数百万，公与同官合词争之，得量减。癸卯分校礼闱，得士称盛。其官御史也，尝请变通内阁会议，宜单衔陈奏，请颁发会典，分布各省学堂，请改粥厂为教养局，请申明军礼。及守徽州，设紫阳师范学堂，为全皖倡。周历属县，察民间病苦，疏江西、浙西运粮河道，皆其荦荦大者。以壬戌十二月二十五日卒，其生道光二十二年壬寅五月五日，年八十有一。配郝夫人，子金绶，附贡生，大礼院都典簿，保送知府；曾绶，光绪二十三年举人，湖南劝业道；恩绶，附贡生，礼部司务；奎绶，附贡生，陆军部主事，分省知府。孙，宝枢，民政部小京官。宝龢、宝成、宝琛、宝安、宝乾、宝毅。广生，与曾绶旧同官商曹。曾绶乞为文，不敢辞，抑公八十岁时重逢乡举，事闻赐御书扁额，公作诗纪恩，有“十年安作遗民老，一第还邀故主知”句，此则所南翁所无此遭遇者。世愚侄如皋冒广生[①]谨撰。

谏垣奏议

直隶同乡京官合词乞恩筹偿畿辅教堂赔款疏

（光绪二十七年四月二十七日具奏）

奏为吁恳天恩筹颁巨款以拯民命而固根本恭折仰乞圣鉴事：

窃维建国首重京畿郅治，务培民脉。我朝列圣以爱民为家法，深仁厚泽垂二百数十年，于首善之区恩施尤渥。臣等世生畿辅，蒙列圣覆帱之恩，遇有灾祲，蠲缓赈贷，抚恤有加。每逢巡幸畿甸，赐复免科之诏，载在方策，岁不胜书，动逾数十百万，诚圣天子如天之仁，抑亦隆上都、固邦畿、益下养原之至计也。上年拳匪倡乱，起自山东，日延日炽，酿成今日之祸，实由奸邪徒党煽惑愚顽，并无殷实良善守分农民敢于轻启衅端以构乱者。及至强邻压境，兵祸已成，乃纷纷溃败，向之红巾白刃杀人纵火之徒，均已伤亡奔窜，而良善农民实受其殃。自天津失陷，直犯京师，焚杀之惨，通州良乡被祸尤烈。近畿一带州县到处骚然，败兵之劫杀，土匪之焚掠，洋兵之搜括，教民之逼勒，遂使万众流离死丧，十室九空，纵能苟全性命，而恒产已毁，生计俱穷。此时方喘息休养不暇，而各国洋将教士索偿多款，藉口毁教堂、杀教民，皆责罚于民间，每州县或数万或数十万之多，且均限当时立办，不

---

① 冒广生(1873—1959)，字鹤亭，号疚斋，江苏如皋人，因出生于广州而得名，近代文化名人。冒氏为如皋大族，书香门第，冒辟疆是他的祖辈。冒广生于光绪十五年(1889)县、州、院三试皆列第一；光绪二十年(1894)中举人；任刑部及农工部郎中。民国后历任农商部全国经济调查会会长、江浙等地海关监督。抗战胜利后任中山大学教授、南京国史馆纂修。中华人民共和国成立后，陈毅市长特聘其为上海市文管会顾问。著有《小三吾亭诗文集》《疚斋词论》《冒鹤亭诗歌曲论著述》《四声钩陈》《蒙古源流年表》等。

容延缓。伏思直隶本非沃土，近十余年频遭水患，地多荒瘠，户鲜盖藏。叠荷皇恩施济，并蒙皇太后特颁内帑以备常年赈抚，是小民困苦久在圣明洞鉴之中，即无事之秋，已难筹此巨款，况浩劫奇灾，惊魂甫定，更何从出此巨万金钱。惟议约以教案严责守令，地方官自顾考成，不敢不办，竟至计亩勒派，按户严追，加以教民虐取，强求良懦，田庐多难自保，说者谓此次巨衅起于民教相仇，苛敛民财，正以示罚，实则不分良莠，一概诛求，莠民早已潜逃，而良民重受此酷。嗟彼灾黎，何以堪此。臣等愚昧，窃恐民穷财尽，老弱待毙，壮者逃亡，且激厉危迫，难保不铤而走险。倘激成变故，又起兵端，三辅嚣然，则后患滋大，此不能不鳃鳃过虑者也。臣等昼夜焦思，迄无良策，惟有吁天哀诉，拯此穷黎。仰惟皇太后、皇上轸念宗社阽危、生民涂炭，不得已以数万万帑金为睦邻修好、息事安民之举，国用已万分拮据，更何敢以闾阎之疾苦上渎圣聪，惟各省向办教案，费用悉出有司，京师现毁教堂，赔偿亦由公款，而环畿州县独责民间茕独孑遗，纵不致以偏祜含怨，而仁圣如伤之抱当亦闻而恻然。际兹急迫倒悬，不得不于君父之前呼号吁泣，以冀更生合无，仰恳天恩，俯念畿辅教案赔款太巨，民力万不能支，饬下户部咨商全权大臣筹款办理，俟民气稍复，以后或亩捐，或户捐，酌分年数，陆续归款，则民力纾而教案亦结。皇仁既溥，仍国帑无亏，是则万不得已变通之一法。此中权衡损益之处，仍乞断自圣裁。臣等为拯救民生、巩固根本起见，谨合词吁陈，伏乞皇太后、皇上圣鉴训示遵行，臣等不胜悚惶迫切待命之至，谨奉奏。

朱批：着全权大臣直隶总督就近体察情形，会商户部妥筹办理。钦此。

此疏光绪辛丑三月振声在工部时撰。时和议甫成，直隶有教案，各府州县罚赔民间现款共计四百馀万两之多，既遭浩劫，再罚此巨款，民何以堪。彼时竟无人露章陈奏，徒然嗟叹，因筹思数日，撰成此稿，呈乡长仓宪刘博泉先生阅毕，深韪之。振声即请博翁往谒全权李傅相[1]呈阅此稿以备奏，奉旨后接洽博翁。尚未往，适闻张幼樵[2]副宪来京寓傅相幕府，博翁即嘱振声代作致幼樵一函，附奏稿呈傅相阅，复函云傅相颇许可，并嘱须多列名，即速具奏。振声当即遍约同乡京官五十馀人列名，请博翁领衔，令儿子曾绶缮折呈交博翁，由仓场衙门加封，于四月二十七拜发递上西安行在。五月十五日奉朱批：著全权大臣直隶总督就近体察情形，会商户部妥筹办理，钦此。后经直督核议拨归国家大赔款二百零四万七千七百两，核减大半，民力稍纾。振声自记。

请变通会议旧章疏（光绪二十八年正月初九日具奏）

奏为拟请变通会议旧章以励群策而维新政恭折仰乞圣鉴事：

窃维圣哲临民之智，好问而察言，老成谋国之忠，集思而广益。盖藉兼听并观之明，以成执两用中之治，由来尚矣。方今朝廷举行新政，庶务繁兴，内外臣工联章条奏，其从违行止固无不断自圣衷，若加以周咨博访、体察群情，似亦可仰赞高深于万一。敬稽列朝成宪，国家有大政事，特交王大臣、大学士、六部九卿会议，盖即圣怀冲挹、慎重周详之意，诸臣和衷商榷询谋佥同，然后会衔具奏，恭候乾断，用是谋猷尽善，治功大成。考外洋各国多有议院，其下议院姑不具论，上议院以宗室勋戚各部大臣任之，遇有国事，议院诸臣先议，或可或否，视其人之多寡以为从违，即三人占则从二人之意，议定奏闻国君以决行止。如意见参差，议院重议，务臻妥善而后颁

---

① 李傅相，指李鸿章。

② 张佩纶(1848—1903)，字幼樵，一字绳庵，又字篑斋，直隶丰润齐家坨人(今河北唐山丰润)，同治十年(1871)辛未科二甲进士，授翰林院侍讲，晚清名臣。早年在京城与李鸿藻、潘祖荫、张之洞、陈宝琛等同为“清流”，以弹劾大臣而闻名。李鸿章之婿。堂侄张人骏历任两广总督、两江总督，为袁世凯之亲家。孙女为近代才女张爱玲。

行。故立法周密，庶务勃兴，富强立致，参观互证，与我国家廷臣会议名异而实同。然则会议之有裨政治，其效彰彰矣，无如日久生懈，渐成具文，则非法之不善，诸臣奉行之不力也。恭读咸丰三年上谕，近来遇有会议事件，或托故不到，或推诿不言，或且藉端开谈，置公事于不问，其有先发言者或目为专擅，或笑其浮躁，甚至遇有交议，并不会集，一任主稿衙门委之司员书吏分送片稿，各衙门堂官随同画诺，或明知未协而不肯言，或依违将就而退有后言。似此因循诿卸相习成风，又安用会议为耶。嗣后诸王大臣等遇有特旨交议事件，务须遵照旧章，虚心筹酌，迅速定议具奏，毋得推诿耽延，仍蹈积习，用副集思广益之至意。钦此。煌煌圣训，允宜遵守。臣窃念发言盈廷，视乎分际，或资浅望轻，有所见而不敢言，或末学肤识，无所见而不能言。其有卓识敢言又恐徒滋聚讼，无所折衷，亦相率缄默而不言，只听一二人倡议，诸臣随同画诺，诚有如圣谕所云推诿耽延仍蹈积习者。臣愚以为遵行成法，宜稍为变通之。遇有应行新政，仍请特旨交廷臣会议与议，诸臣于一二日齐赴内阁，将交议事件细心筹酌，无庸面议会稿，均令各具一折，限五日单衔具奏，无所容其耽延推诿，积习自除，至所奏以为可行，必指陈功利之所在；以为不可行，必推阐流弊之所归，不准模棱敷衍。诸臣具奏汇齐，请饬下政务处分，别所论之同异众寡，妥筹一议，奏请圣裁，然后见诸施行，自当美善无弊。抑臣更有进者：诸臣既各有奏议，观其言论，藉可考鉴学识，辨其臧否，因以进退人才，似于行政用人两有裨益。倘迂谬固窒，不达时宜，必至习故蹈常，难期振作。应请明谕训饬，俾知悔悟惭惶，从此留心时务，讲明切究，亦可驯致通才，庶百尔臣工咸晓然于朝廷振兴鼓舞之故，同德同心，则新政所颁奉行愈力，是于采择众论之中藉收策励群材之效。臣愚昧之见，是否有当，谨恭折具陈，伏乞皇太后、皇上圣鉴。谨奏。

请颁大清会典疏（光绪二十八年　月　日具奏）

奏为请颁大清会典分赐各省学堂以励政学而育吏才恭折仰乞圣鉴事：

窃臣恭读光绪二十八年正月初十日钦奉上谕，续修大清会典全部三百四十二函，著内阁交外部石印进呈，钦此。仰见皇太后、皇上宵旰忧勤、孜孜求治之意，钦佩莫名。伏查我朝政治经列圣创垂大经大法分类，各有全书而集其大成，不外大清会典，宏纲细目，灿然具陈。现经续修，于近数十年时事，尤为按切足征，惟卷帙浩繁，时或颁赐内外大臣，而士庶之家罕得窥见涯涘。现在各省设立学堂，并酌改文科，均须讲习中国政治，识大识小，各寻门径，而非稽会典无由综览政治之全。查各省州县学校均颁发钦定各种书籍以惠士林，拟援照此例，请俟会典石印进呈后颁发每省一部，饬令各该督抚遵照用石印法翻印缩本，颁发省城暨各府县学堂，俾资肄习，其不在学堂之举贡生监亦准入学堂阅看，并请明降谕旨，宣示中外，俾薄海士庶共睹共闻，咸得仰窥朝廷宪典具见方策所存，悉臻美备。只因积久生弊，渐成具文，果能原本旧章，力求核实，更参酌西法而损益之，不难整饬一新，从此勤加讲习，将来蔚为有用之才，实于学术吏治大有裨益。臣愚昧之见是否有当，谨缮折具陈，伏乞皇太后、皇上圣鉴。谨奏。

奉旨：外务部知道。钦此。

请优奖职商捐建学堂疏

（光绪二十八年五月，此折缮就未上）

奏为拟请加恩优奖职商捐建学堂以励富商而振学务恭折仰祈圣鉴事：

窃维方今朝廷新政，以教育人才为第一要义，以广设学堂为一时急务，库储万分支绌，允赖官绅商民捐资协办，乃可期于速成。伏读四月二十四日上谕，奉皇太后懿旨，顺天府奏候补三四品京堂李经迈[①]之生母李莫氏捐助学堂经费请予奖叙一折。李经迈之生母李莫氏著加恩赏给正一品封典以示嘉奖，钦此。以世臣勋旧少有万金捐助，即予破格褒封。仰见圣怀孜孜劝学，奖励激扬之意，钦佩莫名。臣查商约大臣工部尚书吕海寰[②]前奏：职商专建学堂已有成效恳恩褒奖以昭激劝一折，据称职商叶成忠[③]父子独力捐银二十万两专建学堂，并岁捐四千两作为常年经费以垂久远，业已办有成效，恳请特旨优予褒奖，钦奉朱批赏给御书匾额一方，未蒙特诏优奖。在朝廷赏赉自有权衡，非臣下所能窥测，第念此时兴学孔亟，筹款綦难，国帑既亏，民力俱竭，计惟有藉商力之有馀，补公家之不逮。其款易集，其事易成，各省殷富，多由经商，其江浙闽粤之营运于海外者尤雄于财，且身游异域，心恋梓乡，未尝不翘盼国家育才兴学，迅致富强，藉可抗外人以自壮。徒以中国体制素轻商贾，若辈恒安居猥鄙，吝情锱铢，纵或豪侠自雄，鲜以公义相勖，若非异常激励，孰肯竭力奋兴。叶成忠父子行谊独高，足为矜式，业蒙恩赏匾额，固足以昭光宠，揆其急公好义，较李莫氏功利为优，拟请加恩再降特旨，优予褒荣，破格奖

---

① 李经迈(1876—1938)，安徽合肥东乡(今肥东)人，字季皋，号又苏，别号澄园。李鸿章幼子。光绪三十一年(1905)任出使奥地利大臣。次年授光禄寺卿。光绪三十三年归国，历任江苏、河南、浙江按察使。宣统二年(1910)以随员身份往日本、欧美考察军事。辛亥革命后寓居上海，以经商为业，其善理财，遂使资产万贯，闻于一时。后参与张勋复辟活动，失败后返回上海。

② 吕海寰(1842—1927)，字镜宇，山东掖县(今莱州)人。清末外交家、中国红十字会创始人，历任驻德国、荷兰公使，工部尚书、钦差商约大臣、兵部尚书、外务部尚书、督办津浦铁路大臣，中国红十字会会长、名誉会长等职。著有《奉使金鉴》60 卷，补辑 40 卷；《庚子海外记事》4 卷。

③ 叶成忠(1840—1899)，又名叶澄衷，宁波商团的先驱和领袖。其头脑清醒，乐观时变，为人处事既诚且信，宽厚待人，被称为“首善之人”。在叶澄衷传奇性的创业历程中，诚信宽厚的性格帮助他在穷途时得到难得的机缘，在萧条中昂首前行。在宁波商帮中流传着这样一句话：“做人当如叶澄衷。”叶澄衷审时度势、善于机变，生意越做越大，成为“五金大王”。

叙，则九陛恩纶，万方瞻仰。庶天下富商咸感慕乎朝廷优待商贾，渥被宠荣不薄，为廛市负贩之流，以作其忠义愤发之气，从此闻风兴起，不难协力经营，将见商情，咸知注意学堂学成，更可大兴商务，相辅而行，富强之效可预睹矣。臣愚昧之见，是否有当，谨缮折具陈，伏乞皇太后、皇上圣鉴。谨奏。

请严定购买外洋军火机器物料章程疏

（光绪二十九年六月具奏）

奏为购买外洋军火制造机器物料请饬部严定章程以清积弊恭折仰乞圣鉴事：

窃查近年各省营旗改练洋操，机器局制造洋式枪炮，火药、子弹均须购买外洋器械物料，每年用款约须百数十万金。向来部定章程，各营局每届购买时，先将须购某项枪炮物料约共需银若干万两奏明报部立案，俟购运到齐，再将枪炮物料逐件数目价值，以散合总分造细册奏明报部核销。部中因外洋军火物料向无例价可循，惟按册查核散总数目与立案数目相符，即予准销。如初次销过之册，下届再办，全无更改，即可援以为例，亦足以资考核。第外洋军火物料日新月异，往往下届奏报或枪炮改换新式，或物料变易新名，价值银数增减无定，一经改变新奇，即茫无稽核。在各省督抚奏报皆云实用实销，并无丝毫浮冒，不过据各局员之禀请入奏，而督抚亦无暇详细参稽，在各局员廉谨者固不乏人，贪渎者亦所在多有。臣闻各省购买枪炮，群艳羡以为美事，管理机器局员群仰慕以为优差，其购买价值则有八扣七扣等弊，制造物料则有以少报多等弊，又有减价购买、以旧报新、以粗报精等弊，以及物料偷减、工匠草率种种弊端，不可殚数，纵或不皆如是，实难保其必无。现在时局艰难，库款奇绌，辛丑年约章停购外洋军火二年，刻已期限届满，自不能不照常购买制造，岁需巨款数逾百万，岂可任其仍前浮冒侵欺，亟须严定章程，以清积弊。臣闻洋商制造枪炮机器物料，细至食物之一瓶一罐，用物之一器一丁，无不绘图，无不注明定价，布告各国商埠报纸，以广招徕，故买卖均无欺饰，至包运保险，亦按每磅每吨均有规则，立有合同批单，以昭信实。嗣后应令各省局厂购买外洋军火物料奏销时，务将枪炮机器物件各项之图价暨所立定购包运保险各项合同批单，一并粘连造册报部，以凭稽核。其图价合同系洋文，则由工兵部咨送外务部翻译汉文交回，按照洋元磅价合计银两数目，必须图价合同与造册银数相符，其总数亦与立案银数无浮，方准开销。盖图价系早经传布，无能伪造，合同批单均有规则，无容欺饰，如此考核则从前积弊庶可一清。至制造局草率敷衍，子药不能合膛，药力不能及远，尤为贻误行军之一大害，业经浙闽督臣奏请严定员弁处分工匠罪名，诚为切中时弊。臣愚以为更应按照赔修工程之例加以追赔工本银两，庶员匠既经惩治而经费仍未虚靡，是于严核侵冒之中，即寓整饬军火之意，相应请旨饬下兵工两部核议施行。臣愚昧之见是否有当，谨缮折具陈，伏乞皇太后、皇上圣鉴。谨奏。

请京官候补人员丁忧服满免其扣资片

再查吏部因删减则例奏请变通选补章程十七条，内有外官丁忧服满人员起复并选补各班量为疏通三条，自系仰承朝廷体恤小臣维持孝治之意，业经奉旨依议钦此。查京官各衙门实缺人员每遇丁忧服满到部，均归应补班，遇缺即补，最持情法之平，吏部疏通外官服满归应补班即核此例，惟京官候补人员向系按资序补，而一经丁忧回籍守制，及至服满到部，则必按年计日扣资，遂至名次积压落后。如有继母或本生父母或祖父母，往往有经数次丁忧扣资，浮沉半生不获补一实缺者。夫同系恪遵定制，以礼去官，实缺人员则服满遇缺即补，不碍升迁，候补人员则服满必须扣资，致令淹滞，情与法似欠持平。推原扣资之例，意系防旷官，而丁忧系遵制尽礼，非有心旷官，似与扣资之例意不合，拟请嗣后京官候补人员无论正途捐纳，每遇丁忧，自闻赴报丁之日起，计算二十七个月，降服计算一年，均免其扣资，服满到部后仍按原资序补。倘于守制期限外任意迟延，再按日计算扣资，是于体恤之中仍有限制，庶违制与旷官之弊自除，而实缺候补人员同邀朝廷宽恤之恩，亦可藉以激励人才而光孝治。合无，仰恳天恩饬下吏部核议施行。臣管见所及，谨附片具陈，伏乞圣鉴。

奉旨：吏部议奏。钦此。（经吏部议驳）

请改官粥厂为教养局疏（光绪三十一年四月具奏）

奏为谨拟变通官粥厂改设教养局以励游惰而惠穷黎恭折仰乞圣鉴事：

窃维穷民无知，必资教养，若不为筹谋生之计，徒施豢养之恩，则民维仰赈于官，适以长其游惰而养育之费终无济于民生，此不可不变计也。查京师普济堂、功德林两粥厂本由私设，现归官办。考设厂之始，原为收养老弱无依疲癃废疾之穷民，俾免饿殍，非以养游惰也。臣上年奉命监放粥厂，逐日察看收养之穷民，每厂由二三百人递增至五百余人，所谓老弱废疾者为数无多，大半皆少壮游惰不务生业之人，既已饥寒交迫，自不得不收养，每日两次领粥饱食，出而游荡，施给绵衣，旋即典卖，任意浪费，归来依然裸露，恃有暖厂，不至冻馁，聚处怡然。夫此辈少壮既得其所，而实在老弱废疾转或不能相容，岂不大负圣慈哀此茕独之至意哉！臣愚以为与其徒费无益，不如因而变通，查巡视五城御史设立教养局，拘收初犯轻罪之游民，给以衣食，教以粗浅工艺，近来颇著成效。盖以养以教，化莠为良，立法最为美善。拟请饬下顺天府援照办理，将普济堂、功德林两粥厂改为教养局，仍照向年收养贫民放粥施衣，惟不准出厂游惰，设法教以粗浅工艺，如织席、缚帚、搓麻绳、编草具等类，俟习艺有成，可以自食其力，即酌量资遣，俾自谋生；再收贫民，如法教养，以每年两厂千人计之，长年陆续教养，所成全者岂可限量，是一转移间俾京师无业贫民力谋生计，较之徒养不教裨益多多矣。其实在老弱废疾不能操作者仍旧收养，以恤穷独，而广皇仁。查该两厂每厂有房屋七八十间，地势宽敞，若以堆积物料、陈列工作均可敷用，无庸添建厂屋，至所需经费历年由顺天府奏请恩赏普济堂等五厂粥米两千石，该两厂系暖厂，每年共拨用米一千二三百石并每年由崇文门拨给银二千两。自十月开厂，至次年三月止，厂计施粥半年，止粥后仍酌量留养老弱，其银米即支用无余，今若改为教养局，自系长年，且加工艺则经费恐有不敷，合无，仰恳天恩加赏银米，如再不敷，即在顺天府备荒经费内拨补，亦可敷用，无庸另筹款项。总计此举因而非创简而易行，如果经理得人，于民生必有实济。抑臣更有请者，升任顺天府尹会办五城事务商部侍郎陈壁，创办工艺官局暨五城教养局，立法周备，成效昭然，前在顺天府任内即将普济堂、功德林两粥厂修理整齐，是该侍郎于教养之政素所讲求，不殚烦难，务期推行尽利，现拟将两厂改为教养局，如蒙俞允，可否饬下该侍郎会同顺天府妥实筹办，伏候圣裁。臣愚昧之见是否有当，谨缮折具陈，伏乞皇太后、皇上圣鉴。谨奏。

奉旨：交商部、户部议奏，钦此。（经部议照准）

请复俸米旧章以防滋弊疏

（光绪三十一年五月十七日具奏）

奏为仓储渐裕拟请饬复开放俸米旧章以时出陈预防滋弊恭折仰乞圣鉴事：

窃维仓廪充实，国之常经，而亦治之有法。若《汉志》所云太仓之粟陈陈相因，充溢露积，是不过侈陈丰裕。又云至腐败而不可食，则废弛情形已见于言外，故善治粟者贵乎出陈易新，俾所余足备缓急，不虞空匮而已。查京师各仓自光绪二十七年以后，经仓场侍郎极力整顿，严定章程，凡验收漕粮、开放俸甲各米处处认真核实，米色一律干洁，收放足数，从前积弊遂廓然而一清。夫新章整饬既观厥成，而旧弊潜滋宜防其渐。自南漕改折采买运京都，臣恐仓庾空虚，豫筹储蓄，暂将臣工俸糈按原放五成内减放三成，兵丁甲米按四季减放一季，以期积有盈余，缓急足恃。彼时户部原奏即有俟仓储充足再行归复旧章之议。臣闻近年江浙两省漕粮每年运京漕白米共一百万石，开放俸甲等米七十余万石，每年余存二十余万石，现已积有百万余石之多，渐臻充裕。即或江浙偶逢歉岁，运不足数，而仓储仍不至空虚，若从此年复一年，数益增巨，窃恐各仓盈溢，积压日久，素弊又滋，如气头厫底，糜烂灰尘，监守可以蒙混盗窃，开放可以私行掺杂，防不胜防。而仓务又敝，惟收放相准，无任过于盈余，斯新陈迭更，不致积成腐朽。现在兵丁甲米业经户部奏蒙恩准仍放四季，合无，仰恳天恩饬下户部，将王公百官俸稰仍旧满放五成，每年又可出陈米十余万石，而仓储仍有余存，是臣工同邀禄养之恩，亦仓庾免滋腐败之弊，似属两有裨益。臣愚昧之见是否有当，谨缮折具陈，伏乞皇太后、皇上圣鉴。谨奏。

奉旨:户部议奏。钦此。(经户部议驳)

请申明军礼疏(光绪三十一年六月初六日具奏)

奏为练兵尚武拟请申明军礼力除轻侮弁兵积习以作士气而振军心恭折仰乞圣鉴事:

窃维从古制军，以礼为本，如天子临戎，将军介胄不拜名臣，为将士卒甘苦与同，莫不由说礼而敦诗，明耻以教战。故将有儒风，兵有士行，咸知重声名，尚气节，乃能激发忠义，而成节制之师。后世重文轻武，募民为兵，只务精强，不尚礼义，往往驱策如牛马，役使如奴隶，以致世人以当兵为鄙事，入伍为下流。臣闻东西洋列强尚武，通国皆兵，直若身被荣名，未尝目为贱役，以故人皆知耻好勇，临敌无不仗义死绥。日本近事所以制胜，职是之由，其明证也。现在国家特设练兵处，重定划一章程，通饬各省旗绿勇营改练常备续备各军，并广立学堂讲求军学，是如何栽培将弁，郑重戎行。而京外仍不免轻侮弁兵之习，若不申明军礼，革除积习，何以作士气而振军心，岂不负朝廷练兵尚武之实意哉。臣查京外官员一与军事，率多役使弁兵夫衙署公所以资捍卫，趋公随带以备差遣，犹为职分所应为。乃有私宅门外亦派守兵站街，女眷车前亦令武弁引马。甚至官绅庆吊，市肆开张，亦或转借兵丁，列队前驱，分班立守，以壮观瞻，走卒阍人杂遝聚处，略无礼貌，仆隶无殊。外省则督抚司道堂参将弁跪而谒见长官，学使过境，弁兵跪而送迎，至于亲军戈什鞭蹬追随舆台混杂，颐指气使，奔走趋承，似此种种卑贱，虽非全军尽然，总之恃有威权，略无礼意，上不以为骄，下不以为耻，相沿成习，安若故常。或者谓武夫性多桀骜，必须抑制折磨，防其骄纵，抑制营规尚严，军法具在，但得将领廉明，不缺额，不扣饷，坚明约束，公正赏罚，将弁服其威惠，何敢骄纵不驯，纠桓强悍，只宜羁若熊罴，岂可视如犬马。臣愚以为，训练虽精而积习未改，志气不扬则忠勇难信，窃恐临危陷阵，匪溃即逃耳。相应请旨饬下练兵处参酌古今，申明军礼，整饬营规。若夫命将出师合操巡阅诸大典，自应遵守定制，无事更张。他如将弁迎谒长官应酌定礼仪，概免长跪以全体面。长官随带弁兵，应令另队而行，勿与奴仆为伍，以励品节。凡无关缉捕巡防弹压保卫之责，一切猥琐之事，不准驱遣兵士以蓄强武功牌奖札翎顶，不准滥赏家人仆从，以重名器，至于庆吊应酬私宅女眷官绅市肆，举凡私事驱使弁兵，一概禁止。经此一番整顿，则军礼肃然。并请明谕宣示，使天下咸晓然于朝廷优待武臣，重视军旅，人皆自爱自重，当无不感激驰驱，力图报效，再优给饷糈，勤加训练，乃能日见精强，更由将领时为演说，砥节砺名，忠君爱国之大义，严饬鄙夫之恶习，养成烈士之精神，人人以将弁为贵，以兵士为荣，则兵气日扬，军心日固，自强之效乃确然有成矣。臣愚昧之见是否有当，谨恭折具陈，伏乞皇太后、皇上圣鉴。谨奏。

奉旨：练兵处知道。钦此。

出守徽州谢折（光绪三十一年八月十四日具奏）

奏为恭谢天恩仰祈圣鉴事：

本月十二日内阁奉上谕，王振声著补授安徽徽州府知府，钦此。窃臣畿甸庸材，毫无知识。早登蕊榜，遂观政于冬曹；洊擢兰台，更叨荣于夕拜。龙门襄校，讵持衡鉴之平；鸾绋频颁，愧乏涓埃之报。兹复渥承丹诏，出守紫阳，命锡九重，惭增五内。查徽州为繁要之区，知府有表率之责。如臣梼昧，深惧弗胜，惟有吁求宸训，俾作官箴。从此一官皖水，喜遵鸿陆以南飞；回思卅载京□，弥恋螭坳而北向。所有微臣感激下忱，谨缮折叩谢天恩，伏乞皇太后、皇上圣鉴。谨奏。

请饬官粥厂仍旧开放不应议裁疏

奏为顺天府官粥厂不应议裁请饬仍照旧章开放加习粗工即作为教养局以育贫民而谋生计恭折仰乞圣鉴事：

窃查顺天府经管普济堂、功德林两粥厂，原为收养老弱废疾穷无所归之人，近来所收老弱无多，而少壮游惰、不事生业之贫民居其多半，是养而不教，适以长其游惰，徒费无益，不若变通，将该两厂收养贫民仍旧施粥施衣，惟少壮者不准出厂游惰，加习粗浅工艺，即作教养局，学成，资遣使自食其力，再收再教，日久则京师游惰贫民皆有生计，较之徒养不教，裨益多多，其老弱废疾仍旧收养，以广皇仁。嗣经商部会同户部议覆，以所称因而非创简而易行，一转移间，官款不致虚靡，穷黎渐有生路，均拟准照所请，是臣原奏商部、户部议覆，皆就原有粥厂照旧收养穷民，施粥施衣，惟少壮不准游惰，教以粗浅工艺，即作为教养局，而老弱照旧收养，非谓裁去粥厂改设教养局，专招募合格艺徒，讲求工艺也。今据顺天府片奏，先就功德林改设教养局，专招募十六岁以上四十岁以下贫民为艺徒，已与原奏不合，并将奉旨应办未办之罪犯习艺所羼入，为一举两得之计，更属省事取巧。又据顺天府奏请，赏发朝阳、安定、西直三门粥厂米石折内并未照案请发普济堂、功德林米石，竟将两粥厂一律议裁，与臣原奏商部、户部覆奏大相反背。查普济堂、功德林两处系暖厂，收养贫民住宿，每日早晚两餐施粥，朝阳、安定、西直三门仅只每早施粥，并不住宿。今若将普济堂、功德林两厂议裁，则常年冬春收养住宿之老弱穷民皆非合格之艺徒，教养局必不收养，则将任其冻馁乎。夫犯罪之贫民，收入习艺所，既养而且教，而无罪之贫民则裁去粥厂，不教而并不养，古今中外安有此政礼。况普济堂、功德林两厂设自康熙年间，原系私设，后归官府经理。圣祖仁皇帝嘉予绅民善举，每年赏给米石银两，迄今二百数十年，相承勿替。乾隆年纂修《皇朝通考》，将普济堂、功德林加赏银米载入赈恤一门，垂为成宪，普济堂内碑亭敬刊圣祖仁皇帝御制碑文，佛殿前敬悬世宗宪皇帝加赏银米谕旨匾额，敬稽列圣深仁厚泽，岂可轻率议裁。相应请旨饬下顺天府遵照旧章，普济堂、功德林两厂照旧施粥施衣，收养贫民，如有少壮，不准出厂游惰，加习粗浅工艺，即作为教养局，其老弱废疾仍旧收养，以广皇仁。至罪犯习艺所，应令另行择地筹办，不得附入两厂，以示区别。臣愚昧之见，是否有当，谨缮折具陈，伏乞皇太后、皇上圣鉴。谨奏。

重修贡院议（光绪三十一年二月初八日呈说帖）

呈为遵议重修贡院事：

窃贡院者，科举之试院也。既科举递减将停，则贡院竟可不修。然各省学堂大兴，将来升级京师大学堂毕业，总裁会考，似试院仍不可不设，但不宜全仍旧制，必须改良，不必急于重修，仅可缓办。其如何仍旧以符体制，以防弊端，如何改良以便科学，以体士子，应请旨交学务大臣查照学堂考试专章，参以礼部科场条例斟酌变通，从容筹办，至下两科乡会试仍照上两科借闱河南为便，谨此。

议覆。

江淮分省议（光绪三十一年二月二十八日呈说帖）

呈为遵议江淮分省事：

窃维江淮分省业奉明诏，仰见权衡损益，因时制宜，良以漕督议裁则江北空虚，必须分设疆吏以资镇抚。庙谟深远，允应恪遵。兹查江苏同乡京官陈奏各折，于疆域之广狭，财赋之通塞，物产之瘠腴，民气之劲懦，援据古今，熟筹利害关系綦重，分治良难，所虑亦系实在情形，似宜详慎，姑作缓图。惟漕督既裁，江督苏抚远隔大江以南，江北数百里幅员寥阔，风气朴悍，湖荡港汊纷歧，劫盗逋逃，盐枭出没，尤虑民教构衅，会匪句通，恐镇道不足控制，似应改设重镇。奏请简派江北提督驻扎淮安，统领清淮漕标各营，简练精锐，专管缉捕巡防，狼山、淮扬、徐州各镇均归统辖，以一事权而壮声援，至吏治新政、湖河修防，仍由督抚责成淮、徐两道管理，庶防守不虑空虚，规制一仍旧贯，或亦权宜变通之一策。谨议后即照议行。

部员久任拟设丞参会议

（光绪三十一年五月二十八日呈）

呈为遵议部员久任拟设丞参事：

窃维向来部员办理稿案，大率掌印主稿，督饬书吏检查，案例拟办，而掌印主稿受其成，如有例外应行酌办之件，则印稿自办呈堂而帮稿以次多不经手，故于公事不甚熟习，今书吏拟裁。倘建议协议之印稿不日升转，遽易生手，诸多未谙，自应筹及久任为一时权宜之计，暂可变通办理。至于书吏既裁之后，则凡书吏应办之事，合司司员不能不身亲经理，如果印稿督率通力合作，实心任事，由学习递升至帮印帮稿，阅历总在十年，少亦五六年，任事不为不久，即例案不能不熟，及升掌印主稿，接办自能谙习，嗣后掌印主稿升转，不虑废事，可无庸再筹久任。若因筹久任拟设丞参，为合署之总汇，取其熟谙部务，即由掌印主稿升转，抑知掌印主稿熟习公事，不过本司至外司之事仍多隔阂，是徒有总汇之名，并无熟谙之实。况向来各司印稿公事皆径回大堂，如设丞参，则须回丞参，由丞参再回大堂，似加一层隔阂，即或印稿回丞参后仍自回大堂，亦多一层关白，是宜通转隔，宜简转烦，似属无益。且丞参系三四品额缺，必由郎中升转，而各司印稿郎员并用如郎中，计资应升，而短于才具，员外才优可升，又限于资格，亦多窒碍。查各部原有总汇之所如户部北档房、兵部派办处、刑部秋审处、工部清档房，皆系兼差而无额缺，无论郎中员外堂官，可酌量点派办理要务，仍不侵各司之权而事毕举，若添丞参，岂非蛇足。总之添设丞参，于事无济，不过备郎中升侍郎之阶级而已，似不如每届京察由堂官酌保才优事谙之郎中一二员，以四品京堂补用，援照军机章京补京堂后仍留军机之例，俟补缺后仍留部办事，即坐本部总汇之所，以资熟谙转三品京堂后即可递升本部侍郎，一转移间不事更张，本部始终有熟习之人矣。谨此。

议覆。

跋

统阅各种奏议，皆深切当时国是，实有裨于吏治民生，而以请筹偿畿辅教堂赔款一疏为所全者，大其时君甫记名台谏，故需代奏，而辗转陈乞，卒如所请，非夙有仁人之心能溥仁言之利若是哉。仆尝窃谓光宣之交，国病已亟，而建言诸臣除有声于时卓卓数人外，其他非慑于潮流即汩于名利，求其胸有远见、语无寸私、事无大小、一以补救为心者，殆不多觏。惟君以和平之音，达激切之志，庶几犹一时鸣凤乎。合亟传之，以为世告。丙辰竹醉日年姻愚弟朱寯瀛[1]拜读并识。

修族谱序

族之有谱，所以济宗之穷也。宗何为穷？亲尽则穷也。古君子虽敦宗睦族，势不能保数百年之子孙，常萃于一门，由期功至无服，而情尽，罕不有分析离散之弊，即分且散矣。因之转徙靡常，至于时移而势异，遂淡焉漠焉，而相视如路人，若不知其祖若宗曾为兄弟也者。有贤子孙焉，思欲联同气，又无从考世系、论支派，以辨其亲疏尊幼之本原，则亦感慨息之矣。是乌可无谱以济之哉。虽然，谱犹虚文也。原夫作谱之初心则实谊也，重其谊而推之有本，所谓亲亲故尊祖，尊

---

① 朱寯瀛，字芷青，大兴人。同治壬戌举人，官河南知府。有《金粟山房诗钞》《续钞》《佛冈宦辙诗》《汴游冰玉稿》《周滨集》《陈州集》《素园晚稿》《上瑞堂集》。

祖故敬宗，敬宗故收族者，胥于是乎在。由本支递群族，必使亲者勿疏，疏者勿忘，婚娶丧祭有礼，鳏寡孤独有养，相助相友，不致涣散流离于道路，而莫之恤本虚文征实谊，然后谱之所济为无穷，反是而乖焉？甚者手足且不相能而何有于宗，更何有于族，虽有谱，吾恐迟而久之，并此谱亦同归于废弃耳，亦何贵乎有谱哉！故苏子曰：观吾之谱，孝弟之心可以油然而生矣。谱成，用书此以为之序。

先公画山水册书后谨识

先公早年画花鸟，仿司马绣谷，进而师华新罗，率皆应酬之作，屏扇小品，间作巨幅，未尝存有卷册。晚年乃专工山水，近法四王，远宗宋元，谨守南宗规矩，应酬之暇，画成两册，藏之箧笥。一巨册八页，纸径尺余，酷摹戴文节气韵，苍秀不让前贤，为南皮张文达[①]公所称赏，跋识颇推许。松江黄雪轩光燮、铜梁王孝玉瓘、南海黄筱宋璟，皆一时山水名家，江右杨见山岘、南皮张尧农正堉，亦收藏鉴定书画法眼，均题识叹服。黄君续辑《画史会传》，列诸当代名家，以示可传，盖其审矣。此小册为长白绍秋皋[②]尚书借观临摹，即存其家。绍固世好，工书画，收藏甚富，此册存之亦固其所。光绪庚子之变，声举家迁避于乡，奉家藏巨册寄友人家，不意被兵遗失，痛自悔恨莫可如何，幸此册犹存绍氏为完璧。尚书介弟越千[③]比部慨先公手泽无存，举此册来归，拜而受之，不胜感泣，雅意胡可忘也。子孙世守，当永志无谖，其遗失一册流落人间，倘能物色得之，异日依然归赵，则惟馨香祝之矣。

---

① 张文达，即张之洞，字孝达，晚清重臣，死谥文襄，后人以文达称之。

② 绍祺（？—1888），姓马佳，号秋皋，满洲镶黄旗人。咸丰六年（1856）进士，官至理藩院尚书。

③ 绍英（1861—1925），字越千，满洲镶黄旗人，马佳氏。绍英之祖寅，历任盛京礼部侍郎、盛京将军，成都、绥远将军，左都御史兼都统，工部尚书等职。父宝，官兵部侍郎、山海关副都统。绍英于宣统年间任度支部侍郎，辛亥革命后，为溥仪宫中的内务府大臣。

引年珠玉篇自序

余初何敢言寿哉，髫年体瘽羸，少长善病，医药外调摄惟谨，期无疾而已。内律身心，恒戒一字曰肆；外尝世味，力矫一字曰浓。故于世澹然而无营，与人恬然而无竞。读书学识未充，不求甚解；出仕升沉由命，纯任自然。蹉跎悠忽，以迄于今；得免夭折，亦云幸矣。辛亥端阳为余七十览揆之辰，荷大雅宏达、年世亲旧，赠以鸿文佳什，琳琅焜耀，殊增光宠。特恐事过就湮，亟命儿辈抄录成卷，付诸手民，乐观大手笔之寿世，而区区名字亦因以俱寿，则尤幸之幸也。录讫，书其缘起如此。

意拓园图记

余宅东偏院宇湫隘，不能成园，余略莳花木，以意拓之。入月洞门，薜荔满墙，一片花棚，清阴匝地。南有浅水一泓，清澈见底。小山两峰，苍翠欲滴，对此令人尘虑都消。梧桐二三行，芭蕉十数本。蔚然成林，听雨听风，潇潇盈耳，初不计破我清梦也。稚松两株，偃盖挺柯，小具陵云之势。又有海棠月季玉簪紫薇石榴木槿兰竹蒲荷，骇绿纷红，足娱心目。芳信则随花风递变，而花开花谢，无容心焉。北有敞廊三楹，左设元桌，右设方几。壁悬名迹，诗屏列坐其间。可敲棋，可品茶。春阴可赏雨，凉宵可玩月，皆诗料也。正室为澹静草庐，玻璃满窗，朗澈无障碍。锦席被地，床榻精洁。旁列古砚法帖彝鼎图书足供雅玩，壁上书画，皆前贤遗墨，真赝不暇深考，聊以结古欢，尚无世俗富贵气。左为七十二芙蓉仙馆，南窗设画案，笔砚精良，偶点笔写诗意，倚窗一窥群芳灿然在目。壁悬古琴方镜，不染纤尘。右为一分屋，设大案，陈棋局酒卮花樽石镜，古澹不尚华贵。北以书厨为壁，藏书充栋，时一流览，都不究心。因自题额曰“不求甚解厨”。下有门，曲折可通内室，取出入之便也。草庐之东，编竹为篱，杂花引蔓，颇饶野趣。篱之东有平台邻树阴之登台，可眺远焉。台前一井，晚汲引水灌花，卧听辘轳声，令人生场圃桑麻之想。余意如斯，快然自足，遂名为园。闻者当亦以园许之，因绘图征诗，然此吾意中之园也。倘循是说来游吾园，按图征其实，则必有出于意外，粲然而大笑者。

意拓园图记书后

吾岂不研究新学哉，花园者，植物之机关也；意拓者，理想之组织也。绚然而为之图表面也，禧然而为之记规定也。吾意中之园，口头之园，笔下之园，皆精神也。诸君之题咏，演说也，名誉也，即效果也。至按图征实，出于意外，粲然而失笑者，则内容也，是岂非吾之新学哉。

遯叟诗文焉用草

《语》曰焉用佞，佞有口才能言也。雍重厚而或病其不能言，故子以焉用深晓之。传曰焉用文之文，谓以言文身也，推将隐而毋欲其求以言，故推以焉用，决绝之，诗与文皆言也。余本不能言，而不安于不言，强自为言，既不如雍，又不鉴推，是岂不可以已乎？爰集生平所作诗文，都为一束，名之曰焉用草，盖以示子孙。余既遯矣，将焉用，是聊存手迹而已，切勿刊以问世，免为人所訾议云。

沙岭纪游草自序

余外舅郝公彭年，世居三河沙岭，为畿左望族。余自髫龄从郝翊斋先生受业，年十八入州庠，即与郝氏缔姻，屈计至今几六十年矣，于郝氏家教礼俗知之特谂。咸丰庚申之变，挈眷赴岭避嚣，寄寓半载。宣统辛亥秋京师闻警，复挈眷往借居度岁。观其田园庐墓之盛，具见聚族而居，先泽贻谋之远，岁时伏腊，荐祠省墓，庆吊酬酢，皆彬彬有礼法。与其父老子弟昕夕过从，话桑麻，谈文艺，并称述先德懿行，知其遵守所由来，凡临近一山一水、花村萧寺，时时游览，颇得山林逸趣。闲窗无事，随笔记成《沙岭纪胜》八则及环村八景各缀一诗，用志故家遗俗、仁风善行，并志所游历景物，以留雪泥爪印云。

举毛端和先生入祀乡贤祠公牍

为举报乡贤，恳请转详入祀，以资矜式事。窃维品重圭璋，生有仪型之著；泽延桑梓，殁符崇报之文。兹有本邑民籍已故光禄寺署正衔试用训导毛毓璘秀毓燕山，望隆潞水，学征根柢，行合表坊，入胶庠而食饩，文压同俦，随试院以呈材，名高优等。明经十载，德无愧于儒林；教习三年，功早著于官学。无如秋闱献艺，云路久稽；因而漕务从公，冰衔特晋。既奇才之夙裕，尤大本之克端。事父事兄，悉根天性；称孝称弟，无间人言。庸行笃于家庭，义声传于乡里。倡修祠庙，人文从此振兴；捐造桥梁，士商因之踊跃。而且续修州志，采访时殷，襄办堤工，险危弗避。时闻鹤警，募丁勇以巡防；时念鸿嗷，悯庚呼而请振。当夫海氛不靖，潞邑戒严，首倡团防，合郡咸资，大力指陈，约法异邦，亦为倾心。论功则不矜，议奖则不受。是以官府联衔而旌忠义，乡党遗爱而谥端和。综厥生平，实无遗议，乡评既洽，祀典宜崇。为此合词公举，伏乞转详，俾得准列乡贤，庶几荫托榆枌，常树楷模之则，芬添芹藻，永叨俎豆之光，切结具呈。

加税免厘得失策(壬寅考学试差)

厘捐非古也。古者以田赋出兵，故谓兵为赋。后世虽兵制屡变，而养兵类皆取给于农，从无抽厘助饷者，有之，自咸同之世始。咸丰一纪，粤捻各匪蔓延，南北数道出师，饷糈浩繁，库孥奇绌，湖北巡抚胡林翼[①]奏办抽厘助饷。盖以商捐厘以养兵，兵剿贼以保商，相济实

---

① 胡林翼(1812—1861)，字贶生，号润芝，湖南益阳人。道光十六年进士。咸丰四年迁四川按察使，次年调湖北按察使，升湖北布政使、署巡抚。抚鄂期间，整饬吏治，引荐人才，协调各方关系，曾多次推荐左宗棠、李鸿章、阎敬铭等，为时人所称道，与曾国藩、李鸿章、左宗棠并称晚清“中兴四大名臣”。有《胡文忠公遗书》等。

相成，且商货抽厘而加价出售，即取偿于民，究无损于商。法至善也。继而商民引避，官吏严察，局卡林立，而弊日以滋。同治初年，大难削平，即拟裁撤而善后用款无着，欲裁不果。嗣后疆臣因宦途拥滞，借养闲员多委厘差，分卡愈多，用人愈杂。廉介者固不乏人，贪劣者亦所在多有，明为懔遵比较考成，暗中肆行留难勒索。于是商贾大困而厘局遂为世诟病。然则厘捐之应免也审矣。或谓厘捐局固不便于商，而各省外销之款皆取给于兹，一朝捐免，疆臣岂不掣肘。抑知厘局通弊，半入中饱，归公不过十之三四。本不为巨款，以较常洋，各关税所入应差十倍。况洋商久以厘捐为大不便，今与约裁免厘捐，增加税率以为抵，应无不乐从。洋货年由海舶运来，奚啻亿万计，以税抵厘，有盈无绌，可断言也。夫祛弊则宜变法，而行法尤在用人。慎择廉明谙练、实事求是之才综核一切，委官吏征收而用洋人稽核，则无敢侵匿，与洋人议约而由总办操纵，俾就我范围，用洋人，不为洋人所用，则得之矣。

松筠饯别图跋识

光绪癸卯补行辛丑壬寅会试，余与分校，得士十七人，入馆选者十，分部者三，用县令者四，举经济特科三人，袁编修嘉谷[①]擢首选榜后集都下，一时称盛。未几，或暇归，或分省，或游学东瀛，留京者七人而已。乙巳秋，余出守新安，同门诸子醵饯于松筠庵，合拍一相以志别。今余解组归，诸子馆课多卒业，彬彬蔚起，爰缀叙并题名，用示欣慰云。丁未秋七月识。

史宝安吉甫编修、兰文锦云屏编修、袁冀保佑卿编修
张家骏毓皖编修、龚元凯黻屏编修、张书云钦五编修
王宗基稷堂部郎外庶常四人均留馆。

---

① 袁嘉谷(1872—1937)，字树五，号澍圃，晚年自号屏山居士。云南石屏人。曾在云南大学执教十余年，是云南文化名人。

梁苑鸿泥录书后

此光绪甲辰科会试，余充内廉监试，所得考官诸公手札也。所陈皆细故，无关取士抡才之大，然观其详，审郑重诸公校士之苦心，爱才之雅意，时流露于楮墨之间，且于内廉规制亦略窥涯涘。具见此典之隆重，未可厚非也。自时厥后，科举永停，此则广陵散矣。是乌可不汇而存之，用寄今昔兴废之感。后之览者，或亦有所慨慕欤。

劝学告示

朝廷停止科举，专重学堂，决非弃中国之学，讲求洋学也。盖因科举专考文章诗赋，徒费心思，无济实用，故停科举，注重学堂。令州县地方编立小学，仍三代党庠乡校之古制，就吾中学讲求实在之道艺，欲成有用之人材。所有功课如讲修身，仍尊孔孟程朱，教人存心立品、迁善改过之方。如讲伦理仍本名教纲常，教人忠君孝亲敬兄信友之道。如读经仍读古圣贤五经四书，讲求所以修身明伦之理。如历史仍讲史书纲鉴，以明前代治乱之由、贤奸之别，使人有所劝戒。如地理仍按各省地图志书以示疆界山川之贯通，物产之丰厚，使人增长见识。如算学，讲习加减乘除可以明数理。如格致，讲明物质原理，可以精制造。如体操，仍本中国八段锦、五禽图、易筋经，古法稍为变通，使人操练身体，可以化弱而为强，凡此皆吾中国之学也。惟此中有须参以洋法，乃能精益求精者，故必用洋书图画仪器，又必习洋文洋语乃能翻译讲解，是皆以洋法补中学之不足耳，岂专讲求洋学哉。至设立学堂，皆另自筹款，并未勒捐强取于民。是于民生毫无所损，乃有浅见无知之人妄生疑忌，造作谣言，无端诬诋学堂，殊堪痛恨。本府因是不惮烦言，以粗浅之语详细解释，合特出示晓谕，为此示仰居民诸色人等一体知悉。尔等须知奉旨兴办学堂，系讲求中国实学，欲使人人识字读书，能写知算，识见开通，身体强健，将来无论为士为农为工为商，小则足以谋生养家，大则可以生财致富。至于成材为国家效用，更能大有作为。而教仍吾孔孟程朱之教，道仍吾名教纲常之道，绝无异端邪说杂出其间，是于民有百益而无一损。凡尔安分晓事良民，万无轻听谣言，妄生疑惑。仍须转相告语，详细开释，使人人恍然无疑，皆知向学，尤本府所厚望焉。自示之后，如再有人敢于造谣煽惑，即系冥顽不灵之棍徒匪类，定当严拏重惩，决不宽贷，各宜凛遵勿违，切切特示。

推广小学堂简易办法

今言学务者莫不知注重小学，然经朝廷迭次之劝谕，时彦多方之腾说，小学堂成立尚少者。何也，则过求完备，遂生障碍之所致也。查奏定章程，初等小学原分完全、简易两科。完全科其科目凡八，一修身，二读经，三中国文字，四算术，五历史，六地理，七格致，八体操。简易科其科目凡五，一修身读经合为一科，二中国文字，三历史地理格致合为一科，视其能讲何门，即专讲此一门，四算术，五体操。此等功课本极浅近，择旧时庠序各生文理优长者研究教育法，数月便可胜师范之任。奏定章程内有十月毕业之师范生，即为此校而设。照此办法，每州县设校数十或百所，所得教员百数十人或二百人，均非极难之事。而外省官绅未喻斯旨，往往舍实而务名，重难而轻易，校舍必从新盖造，教习必聘自他方。坐是之故，经岁累年，迄未开办。且旧时乡邑子弟大半入塾数年，以后乃为农为工为商，今则此等乡塾渐灭殆尽。夫新塾未立而旧塾全废，是欲人人向学反致人人失学，亦几于却行而求及前矣。今宜悉遵奏定章程办理，其开办规模尤以不求完备为要，校舍不求备，无论寺观公所民房稍稍合格皆可借用，无庸另建。教员不求备，功课简浅一人可以兼授，多亦不过二人而止。管理员不求备，创建绅董即可兼顾，不支薪金。仪器不求备，需用之器择要购置，不必完全。操衣不求备，以土织之布，颜色一致为度。力不能置，亦可听便。如此则岁费一二百金便可办一学堂。其师范取诸旧时庠序，尤有数便，就地取材，无须他聘，一也；脩金减省，不至浪费，二也；乡氓村竖，不至诧为洋学，群起疑阻，三也；旧时寒畯谋生有资，无虑阻挠学务，四也；人人知设学非难，踵起者众，五也。数年以后，学舍星罗，再徐图完备，自不虑障碍矣。

潞河文昌阁图记

巽方主文明，势宜高耸，故各府县于东南方城巅多建文昌阁以为文笔，不过一楼一亭而已。惟潞河文昌阁远望城头，居然成一寺观。循马道而上，山门北向门外照壁旗杆，门内古槐两株，槐之南楼三楹，北向为奎星楼，楼下南向为朱衣祠，再南楼三楹，北向为文昌阁。翼以东西厢各两楹成一寺院。由阁之东，曲径南行，折而西，豁然开朗。北厅三楹，为望耕堂，规模宏敞。堂之西南城角为得月亭，折而西又一院落。北房三楹为登瀛馆，西上月台为吕仙祠。西又北房三楹为攀桂轩，西配房两楹为茶室。东南两面缭以城之女墙。城下南临护城河，两岸杨柳，南皆菜圃。城之东芦苇一片，远望东则粮艘帆樯林立。南则村落田园，水陆桥道，历历在目，地势爽垲明净。前清中叶以为潞河书院，官府月课肄业生或考试观风，皆在此举行。嗣后书院另建，则专祀文昌，而士庶春秋登眺，诗酒雅集，每年学政案临二十四属，考生聚齐，无不来此瞻拜游览，称为潞河名胜。光绪庚子之变，被土匪拆毁，并瓦砾无存。回忆当年之盛，良可慨矣，因追想，草绘一图，注明楼阁堂室之名，并叙兴废之故，以俟后之作者藉资考证云。

通州重建义杠局记

义杠者，助殡葬之善举也。盖殡葬必用杠夫土工，而通郡之杠坊常约诸肆而齐，其行谓之立大柜，土夫则各霸一方，以踞为业，谓之地盘子。重价居奇，把持强梗，恶劣极矣。州人苦患之，而莫可如何。北门内塔庵旧有义杠，原系捐于绅，声于官以助殡葬者，价廉而工省，州人便之。以经理不善，日久渐废。州人方君子霖、夏君墨林、刘君仪齐，激于义而重举之，置杠立局，兼及掩骴，且广捐生息以裕其源，节用量支以清其流，分人按月轮司籍簿，互稽弊窦以期持久而弗衰。严定规约，俾共守之。抬夫以五里内为一肩，每夫工贰百文。以五里外为两肩，每夫工四百文，限定价也。抬夫用八人以上者，由丧家发夫价，用四人者，由局发，夫价恤极贫也。用大杠十六人者，捐钱贰千文，用二十四人者捐钱四千文，济公用也。外乡流寓过路商旅，一律抬埋，示同仁也。横死棺木经官向验，不管抬埋，防流弊也。至于开圹，定以五尺豫防草率，掩骴设有专人，深悯暴露以及迁葬开山改向，胥视乎抬埋之例，推以为准立法，可谓周且备矣。夫事之创也，每难乎为继。此前义杠局有初鲜终，所以贻笑于今人也。兹复重举之，务在慎持于勿替，俾州之殡葬者恒资以为便，而恶劣之杠坊土工终敛慑而不敢逞，亦州人之幸也，是所望于后之君子。

修琴砖记

予有琴砖陶，甚精。体长以方中通而外直上，刻纹类古锦，质坚确，叩之声如铜，用支琴以取音，然棱角破损，锦纹模糊，盖数百年旧物也。初以残缺简陋、不雅观，置琴其上，殊不类，且不出音，姑委置之。或曰是可以修也，曷磨而漆之。漆成，其体完固，缺陷皆平。其色正黑，光洁可鉴，取琴试之，袅袅然余音清远，一弹再鼓，意甚乐也。友人见而笑之曰：琴古乐也，琴砖类皆古器也。质既近古，赏鉴家亦自有真。奈何磨砻以毁其质，涂饰以掩其真乎？予曰：子言诚善，然琢磨平正，不愈于缺陷者抱质不完乎，润泽光洁，不愈于简陋者守真自处乎。由是虚其中，直其外，以佩琴之德合琴之音，不愈于寂然无声，始终遗弃乎。吾且于是得修身亲贤之道焉。夫人质美而未学，鄙陋而不文，不获近君子定同音者，皆不自修之故也。设一旦研以砥砺之功，加以诗书之泽，咸正无缺，有质有文，然后就有道，亲贤人，安往而不同声相应耶？子是之不察，而乃怪吾修此砖，友人笑而退。爰书以记之，且为铭以自警。铭曰：禀质以直，立体以方。磨而弥固，暗而弥光。以专为用，以静守长。永佩雅操，其音洋洋。

琴砖论

丁卯冬，予与毛君子昭同学琴于裕君纯斋，授两曲，虽无得乎琴之趣，略明指法，操缦安弦，意亦良得。旧有琴砖，因检出，置琴其上。试弹之，余音袅袅，不绝如缕，意以为琴非砖音弗畅也。既而或置石案，或置木几，音亦无异乎砖。夫同是音也，独于砖乎何取，静而思之，莫得其故。问之琴师，师曰：砖之言专也，土其质，得乎阴之静也，陶而成之，得乎阳之精也。专而静，足以佩乎琴之德，专而静，足以传乎琴之音。琴之用砖也固宜。余闻之曰：噫，天下之取乎专者岂独琴乎哉！夫人大而至于学问之精，小而至于材艺之末，不专，皆不能成器而善其用。故孔门之学惟曾子专而确，卒传圣道。弈秋之徒，其一人专而致，遂尽弈数，推之农工商贾之业、射御书数之细，安在而不贵乎专哉！虽然，专执者自是，专擅者变更，专亦不能无弊，化而裁之，仍赖乎有德之君子。是则砖之用以支琴也亦宜。

庄子金倚剑观书室诗词草序

性瑟情钟，曲畅风人之旨；铜琶铁板，高吟学士之词。故罗二十八宿于心胸，所贵有怀即吐；为三百篇之羽翼，无非因志立言。浩歌异岛瘦郊寒，涵咏即吴讴楚些，虽文章之余事，亦性情之见真者也。庄君子金才壮风云，学深渊海，网罗诸史，鼓吹五经，学剑学书，不愧英雄洒落，韵人韵语，是真名士风流。或斗酒成篇，或锦囊索句，迥非凡骨，别具仙才。秋风动骚客之思，悲怀似宋；春草写美人之怨，别绪如江。乐莫乐兮相知，每联床而话雨；哀莫哀兮抑塞，遂拔剑而歌风。一曲骊歌，南浦之波光宛在；半生鸿印，西江之月色如新。狂呼则风雨惊人，啸傲则江山助我。岂比晓风残月，听十七八女郎之歌；洵推白雪阳春，合二十四司空之品。余蜉蝣之迹甚微，未成饱蠹；蟋蟀之吟虽切，每笑雕虫。乍盥薇香，顿开茅塞。遥吟俯唱，咳唾则珠玉落天;短韵长腔,铿锵则金石掷地。愿把生花之笔架以珊瑚,宜乎织锦之辞寿诸梨枣。

潞河孙氏族谱序

族谱非古也。古者天子建德,因生以赐姓,诸侯以字为谥族。故官有世族所赖以维持于不衰者,厥惟宗法,秦灭六国,夷为郡县。宗法废而姓族以涣,如汉之金张,晋之王谢,累叶虽蕃,寖微寖衰,驯至泯然无可考。《唐书·经籍志》始载谱系以纪世族,继序大姓名族咸重谱系。孝子慈孙,遵守勿替,迄于宋,谱学益备,世家云礽,乃流传至今,故苏氏曰:观吾之谱,孝弟之心可油然而生也。潞河孙氏世居州城南村,孙君玉亭学行诚笃,少年与余同游庠。光绪甲午举于乡,不求仕进,且耕且读,世其家。尝述及先代家道中落,数世丁单。自乃祖营业糊口于四方有年,乃稍稍封殖,称小康。惟瞻拜先茔,每慨华阡累代罗列封树俱古,徒以谱牒遗失,远无可稽为憾,拟重修族谱而问序于余。余谢不敏,顾文言之不足,请质言之。夫修谱与读书相为用者也。尝见富家子席丰履厚,衣轻乘肥,只知骄奢淫逸,而目不识一丁,至不能援笔书祖父名字,同族宗支远近,服属亲疏,先代所传习之家风,礼教更漫不经心,纵有族谱,向不展卷一寓目,抛置高阁,任其狼藉散失而不之恤,尚安望其修谱以贻后嗣之读书子孙哉?若夫礼法人家子弟,循循读书,明大义,谂知祖若父勤俭之缔造,忠厚之栽培,先代嘉言懿行,诚信遵守,举凡享祀祠墓,赒恤族党,及一姓相关、五服相系之故,无不随时讲习,宣之口而笔之书,爰是由本支逮群族,按世系纪述编辑而成谱,传之子孙,家学相承必不绝,读书种子读书与修谱相因相辅,而世继于无穷,吾故曰修谱与读书相为用可断言也。孔子言孝曰至德要道,修谱即要道之一端,而非读书人不足语此。读书如玉亭优为之矣,孙氏其世世永赖哉。

一隅斋记

人不患处方隅之境，患有方隅自限之心。如其心龌龌龊龊，局天蹐地，虽琼其室，瑶其台，其中常有所不足；如其心坦荡荡天，活泼泼地，即立容足坐容膝以外，皆绰乎有馀，盖境以心拓也。吾友孙冶卿于宅之西南隅筑斗室，深不能一丈，广可五尺，题其额曰一隅，以为限于方隅耳，意甚小之。予以为不然，乃就而问之曰：子之作斯室也，将以偃息乎子之身乎，将以调息乎子之心乎？抑拘乎其心，譬诸营窟而居，面墙而立，不堪其窘乎？抑托乎其身，拟之巢父之巢、壶公之壶，仅足自容乎？不然，或欲邀三五同人作终日之谈，为长夜之饮乎？又或欲此闭户自精惜三余之功，寻四时之乐乎？心在乎彼，则一隅宜乎其小之，心在乎此，则一隅已甚大也，而子之心固安居乎？冶卿不能答，寂然思，憬然悟，怡然一笑而作。

临洵郝氏贻芬录序

尝闻古之善士初见称于一乡，推而一国，而天下人之善行始著闻于闾里，进而郡国，而朝廷。其行谊有浅深，故分量有广狭，迥乎不能同伊，考其所以，由卑迩达高远，固无非读书为善，积渐而然，亦或由有可凭者，位有可恃者，权用是敷施恢扩传播揄扬，驯至年远而且久。若夫及身无位，假手无权，惟伏处山林，本乎诗书礼教乐善不倦，一意孤行而风声所树，竟达于朝野，闻知世代，称述历百数十年而弗衰，盖亦鲜矣。旷观当代，惟近畿三河郝氏有足征焉。郝氏在清初，经商起家，继而业农，生计日裕，富甲一乡。惟以读书传家，义方教子，但得生养祭葬敷用外恒以利物济人，垂为家法。承承继继，历久而不渝。郝氏世居沙岭村北，人读郝子音为好，远近识与不识咸称沙岭好善人，非德意入人者深，安能声闻如斯之美也。子弟俊秀者皆入邑庠，自乾嘉至同光朝历科贡举累累，颇不乏人，而不求仕进只享田园之乐，食指日繁，间有出仕谋禄养者，亦所至有政声，称循吏，良由先德所积者厚，斯所流者光，盖非一朝一夕之故矣。敬观《贻芬录》所载先世嘉言懿行，类皆存实心，行实事，虽靡重赀，无吝辞，亦无德色，子孙世守以为常规，循行已久，至今中朝亲贵异乡远人谈善行，犹时称道沙岭郝氏，此岂借权位，市名誉，标榜于一时者所可同日语哉。余与郝氏世为姻娅，目击耳闻，知之最审，曾撰《沙岭纪胜》八则，各系以诗，记其家风礼教甚悉，试与是录参观焉，即知所称述，洵非溢美，举而问世，可以风矣。

题王吉甫大令青箱遗韵诗稿并序

吉甫先生，余故友也，先生髫龄，随侍侨居潞河，予幼里居年相若，遂定文字交，并与徐君伯英、杨君小雯不时作诗，而文宴相得甚欢。及予通籍官京曹，先生亦橐笔游燕冀，资馆谷以为养，后由史馆誊录叙县令，需次于直，屡治大县，颇有政声，以京外官分道多年，久不晤，一叙契阔，然千里神交未尝契置也。迄乎余由新安守引退还京，先生亦以抗直忤上官，解印绶去，仍居潞河。去年挈眷来京，窃幸四五十年老友可重相聚，乃未及谋面，先生遽返道山矣。文孙翼如世讲少年英特，出所缮先生诗稿属题，开卷如见故人，爰题“青箱遗韵”四字于首，并叙半生交谊以志人琴之感云。

恒叔樵诗集跋尾

夫遇愈穷而志愈达，境愈苦而心愈乐，此士君子读书十年，养气十年，俯仰自得之一候，有时出其绪。余以陶写性灵、涵泳旨趣，莫著于诗，或遣怀，或寄兴，殆蕴蓄有真而流露于不自觉者也。叔樵先生都下名孝廉，积学半生，仅博一第，遇固穷而工于诗，若忘其穷也者，箪瓢屡空而不言贫，性耐苦读，其诗若甘于苦也者。或曰先生阨于遇，困于境，特托诸诗以自遣耳。余曰不然。先生志不在温饱，潜心笃学，未尝汲汲荣宠，淹贯古今，怀抱珠玉，故发乎诗，志趣宏远，兴会淋漓，无委琐龌龊之态，无感慨抑塞之音，盖超乎境遇之外矣。故不读诗不知先生则谓之穷且苦也，固宜读其诗想见其人，乃知先生固旷然以达，陶然以乐也，然其达且乐者，要自有真见诸诗，犹其寄焉者耳，敢以质诸先生以为然否。

锦官堂续集诗序

概自王迹熄而风雅诗亡，圣道穷而春秋绝笔，莫不由遭逢世变，哀感心伤，殆皆有所不忍言也。迨时艰日亟、邪说横生，至于四维不张、三纲尽绝，乃惄焉忧之，思有所造述，藉以惩前而毖后，如五代有史独行有传则又不能已于言矣。余同年至友钱君学士，当代诗人，著有《锦官堂集》行世，乃自辛亥冬迄今六载未尝有诗。盖深慨夫改玉改步、变夏变夷，有不忍形诸词翰者，故常阁笔，近复稍稍吟咏，时有所作，又得诗百有馀首。每感时即事，吊古兴怀，不能不长言而咏叹之，遂积成续集，虽多唱和投赠之作，时以抒其悲天悯人之怀，岂非怵心变乱，慨想隆平，情不能已，犹是少陵诗史之微意乎，将以起衰而济溺，道在是矣。浣读一通，为揭其大旨如此。若夫燕许手笔，全集久已脍炙人口，兹不复赘序云。戊午新正上浣。

延子澄[①]三十六天诗跋尾

子澄学士，当代诗人也。晚年集三十六天诗成，值宣统辛亥嘉平之变，遂阁笔不复作诗，亦不明言不作诗之故。吾乃今知学士非诗人也，姜君序言之详矣，余复何言。然有不能已于言者。余与学士同年甲科，同官水部，廉隅相砥砺，绝不汲汲仕进，公馀惟以翰墨自遣，余陶写于诗画，学士则专寄兴于诗，浮沉郎署者二十有六年。庚子变

---

① 延清(1846—1920)，字子澄，又字紫丞，号铁君，晚年自号搁笔老人。同治十三年(1874)中进士，官工部。先后任工部都水司、屯田司、宝源局印等职。光绪三年(1904)任翰林院侍讲学士。宣统二年(1910)十一月充文职六班大臣。

后，学士跻词馆，余亦入谏垣，闲曹清暇，时以诗画相酬答，凡赠我和我寿我贺我之诗，叠韵联翩，长歌恒至数十百韵。每纵谈痛饮之余，必有惊人句，叉手立成，未尝不俯仰世局，嗟叹长言，徒以京曹无所凭藉，未获有所展布以宏济时艰，正如老杜一生不忘君国，仅以诗人终老耳。今更沧桑奇变，尚何言哉。嗟乎，西狩获麟，春秋绝笔，湖上骑驴，口不谈兵，先哲道穷，英雄气短，振古如兹也。读学士诗者，勿徒以诗人目之，学士之真，固自有在，诗特其寄焉者尔。

延子澄同年庚子都门纪事诗集跋尾

诗有变风，乐有变种，伊古于斯，征世运焉。故江南离乱，开府悲哀；河北沧夷，少陵愁叹。比事则以诗为史，属词则以歌当哭，莫不由一腔忠愤郁积勃发，而苍凉悲壮立，以惊风雨而泣鬼神，浣读斯集，乃知古今人不甚相远也。至于感旧表忠，流连慨慕，抒写性灵，何其挚也。要之，词曲而体直，归于警世厉俗，所谓变而不失其正，有关世道，其在斯乎。

黄雪轩画册跋尾

雪轩先生云间老名士，工诗画，山水出入宋元，折衷于南田，神韵逼肖，人物花卉仿新罗，取其超逸，救其脱略之失，洵近时巨手也。光绪壬午遇于都门，同主多介川观察家，晨夕相聚者累月。每连床夜话，得悉先生精六法，五十余年多临摹古人名迹，同乡后学及门请业者甚夥。及遭兵燹，尝以书记佐军事，驰驱戎马之间，与海内贤俊交游，遍历名山大川，时形诸诗与画，淡于进取，以绘事游都下，名噪一时。王公以下争踵门乞手迹，而先生则足不出庭，药炉茶鼎手自煎吃，偶吟小诗，得句辄点笔写其意，视富贵泊如也，清品皭然，宜乎笔墨迥异凡手。是册为早年临本，足窥全豹之一斑，令人百读不厌。癸未秋先生将南旋，爰缀数语归之，即以志别。

绍秋皋[1]侍郎馀园品

丁丑冬，主人宴客于馀园之闻喜堂，举酒而嘱客曰：馀园今落成矣，子能为我言之乎？余曰：古之名园或记或叙，或诗赋，由来甚夥，即今士君子皆优为之，余安用赘焉。而观君之园，有触于平昔之观人，请即所以品人者为君品之，门以外走卒司阍之所处无论矣。重门而北为知足知不足斋，端庄若古大儒冠服雅饬，典重不佻，登斯堂者衣冠为之一肃。阶前一树一石分列，若守礼弟子循循规矩，隅而侍拱而立，无敢弛也。南为饮醇汲古之庐，渊懿若博雅君子书策琴瑟，旁搜而博览，人莫测其浅深。其偏室若入于深奥，透而出，乃豁然开朗，于是可以游目而骋怀矣。循回廊而南为竹舟，疏达若风雅士环水竹而居，旷逸潇洒，扫尘障而空之。小桥斜跨山环水抱之中，为憩亭，修饰若华贵公子，衣锦绣，入名场，周旋顾盼，应接不暇，所谓搜奇选胜，其在斯乎。循石磴登山高处为涵晖阁，萧远若山中羽士，星冠法服，表表出尘，令人可望而不可即，不觉神游世外矣。下山穿石径，曲折以北，为云凹山馆，素静若淡妆美人，脂泽不施，天然秀媚，其中隐约婉转，莫能尽其衷曲。对面竹舟恰隔盈盈一水，正如美人名士顾盼生情，盖以韵致胜也。循石路，步月台，则为闻喜堂，豁大若当代伟人，阔然大度，耳目四达，而若大儒若君子若名士美人若公子羽士，皆不出洞鉴之中，气宇亦足涵盖一切。翼以两廊，若左右侍从以备奔走。其后藤花馆列乎东，花香深处列乎西，幽静若大家侍妾伺候于退居偃息之地，而外人莫敢正视。缭以回廊，追随若僮仆，如吾意之所之，无不可周折以从焉，于斯几叹观止矣。而东出秋圃，别有一天，穿竹径而出，为蔬香别墅，俭朴若农家者流，柴门瓮牖，顿觉城市之远。东邻古寺，则若缁流以备谈元法而已。夫以园之亭台池馆历观之，可读书，可谈道，可作画，可吟诗，扫石可敲棋，入竹可鸣琴，水可临而渔，

---

[1] 绍秋皋，即绍祺，曾在刑部、理藩院任职，并曾出任泰宁镇总兵。

山可登而眺，可觞可咏，醉可以卧，而醒可以游，信乎其有馀矣。而经营布置皆出主人之意造，则主人之胸襟，恢恢乎绰有余地可知矣。然则以余言品斯园也可，即以品园者品主人亦无不可。

清教谕潞河孙先生墓碑

先生讳温，字玉亭，潞河孙氏，世居今通县城南蒋新庄村。曾祖启秀，祖永贵，父文明。耕读传家，积有隐德。先生幼而敦笃，长益矜庄。年十三，出就外傅，被服居然儒者，里党称为先生。十七入邑庠，旋食廪饩。文务识时，志期邃古，览群经而务博，通三易以折中，遐迩闻声，群起请业，于是，洙泗吾徒成章则裁其狂简，河汾弟子闻道皆蔚为通才。光绪壬午举于乡，嗣因公奖用教谕，加衔视五品。春官屡上，未入桃李之门；荐剡频登，难释珠玉之褐。遂乃绝意进取，笃志潜修，枕葄图书，鉴衡世务。时值清季，大政不纲，外患迭乘，内忧滋甚。至于甲午中日启衅，邦既失和，势必用武，特著主战之论，用固自强之基。迄乎全军挠败，割地乞和，辄拊案长吁，曰兵不能精国胡以立。继而革命风炽，忧心如焚，复撰拟疏稿，以兴学立宪、明经因礼为宗旨，敷陈万言，探讨旬月，冀达天听，终壅上闻。及宣统辛亥民主之局变，而先生之志休矣。生平期于读书用世，执礼立身，迭遭亲丧，慎当大事，礼意一准诸古，哀毁无愆于仪，教子侄则诗礼训庭，诫勉入校，勿趋时而违古训，勿习俗而易初心。接乡里则仪型足式，轨物不愆，俗以感兴，人咸畏服。至优厚以待周亲，和易以睦族党。救羸匡困，疏戚无分，践义履仁，更仆难数悉，揆诸道以终其身。民国丁巳冬遘疾，戊午十二月十六日弃世，春秋七十有六。配蔡宜人，生子二，长葆贞，早逝，次葆光，师范毕业，奖举人，礼部司务。孙祖植，业农。岁己未三月朔，葬于村东北高夹洼之原，及门诸弟子切欲衍先生之教及其学与行以垂悠久。余与先生幼同入庠，今已未周甲，正拟联袂重游泮水，而遽返道山。余识先生特谂，爰撰文刊石以表于阡，并缀以铭曰：

潞水之滨，笃生哲人。阐易耽道，秉礼律身。育彼庶士，贻厥后昆。朝局丛挫，野贤与闻。谠言危论，遏抑莫伸。沉郁淹没，精爽固存。勤兹贞石，永世无沦。

泰宁镇总兵绍祺祷雨文

维光绪四年二月二十有三日，谨以清酌戋帛之仪昭告于山灵之神位前，曰：伏以帝德好生，本无私于草木；民情望岁，必卜吉于雨旸。惟人心敬肆无常，则天道灾祥示兆。氓愚罔识，官守奚辞。绍祺顷奉朝命来镇斯土，怵心民困，蒿目年饥，春雪既沾，甘霖未沛。瞻桥山之林木，莫畅敷荣；眄田野之禾苗，弥殷望泽。俯仰焦灼，日夜悚惶，感召未通，尤悔自责。或言行过而悖人心，或口腹贪而残物命，或官弁劣而有伤民瘼，或兵役纵而未靖嚣风。凡诸罪戾，有背祥和。众人之愆，一身之责。谨于本月十七日起，虔诚斋戒七日，从兹警惕自新，仰冀神明垂宥，为万民请命，敬乞上洞之泉，愿三日为霖，普作下方之泽。鸿慈既渥，鳌载无涯。伏惟尚飨。

庆福观碑

庆福观山门近市，固湫隘限于地也，方伯绍公顾而小之，门外市肆遗址固公地，舍而归诸庙，撤山门，拓而新之。于是神路宏敞，豁然改观。公扬历皖豫晋三省，多所建制，苟利民捐廉成之，迄今被其惠者犹称道弗衰，功德之及民大矣。乐善好施，其小焉者耳。而即此可征功德之一端，则造福乌可量哉。工落成，谨勒石以垂不朽云。

观音大士石像记

大清顺天三河县沙岭村郝氏世传石雕观音大士像，供奉几二百年矣。其先人从村市廉价购得，尊藏佛堂，未尝表示奇异。近因修葺佛堂，移像正室，烟尘积垢，香汤净浴，乃精采焕然。经识者审定，是田黄洞石大士，为坐像，高七寸，宽六寸，厚四寸，计重十二斤余。通体朗澈无瑕，宝光外耀。按田黄洞石印章，世已珍贵，似此局度重量，洞然精纯，尤旷世罕觏，洵异宝也。（洞朗澈也，石质朗澈，故称洞石，世讹作冻，特正之。）郝君云樵恐仍前垢涴，重装箧衍，什袭保卫。余与郝氏世为姻娅，闻见特详，仰稽先代，虽巨富，惟勤耕读，敦善行，不尚珍奇，藏此宝，相传至二百馀年始经识者表扬，想见故家风规继承勿替，且今已改革九年，尚保存清代国粹，尤不可不记。爰缀述颠末，藉以信今而传后云。

致达理和尚书

达理大和尚如话，别来忽忽又届春风矣。回忆绿天昼静，同参书画禅，诚大欢喜，恨不得悟空筋斗云，皈依三藏也。比维禅席风清，昙花云霭，定符顶祝。某依旧尘劳，无善可述，所幸两字平安，堪博拈花之微笑耳。惟望樨香无隐，梵偈频投，俾有领悟，是则一瓣心香所默祷者耳。

贺韩荪农举优贡书

运气之于人大矣哉！时至，鬼神且为之辐辏，而况于人乎。方君之应科试也，俞君病且死，为君去一面之强敌。及入贡场，蔡君又遭亲丧，君得涤笔入场，视朱君辈如众山培塿，遂探囊而取优等，闻者莫不以为一登龙门声价十倍，何令人景慕一至于此。马当之风，殆有神助，是耶非耶。且天下事每每相因，平日朝一文，暮一诗，汲汲于举子业或久不售。一旦别获捷径，遂联步而登云路，何则，功名之运发则文章之气伸也。乘此顺风一飞冲天，吾乌乎测其所至。言念及此，不禁为之狂喜，为之大贺，顾论者或以为得此即不必乡举，余窃鄙之。夫功名岂有限哉，得陇望蜀，古人之所为也，以君之学力，乘君之时运，步桂宫，登杏苑，岂意外事耶？幸愿努力振拔以宏远图，无为世论所惑，至嘱至嘱。

致徽州中学堂监督许际唐[①]太史书

中学堂自开办时本无操衣，现添操衣，体操自见整齐。然既云操衣，退操场仍应换常服，不宜听学生常著操衣，尤不宜任学生著操衣出堂。前曾晤谈议及，顷闻仍有著操衣出堂者，此中正多流弊，不可不预防也。缘徽郡风气未开，商民本皆訾为洋学堂，致生种种阻力。若见操衣帽，必指为洋衣帽，则洋学堂之说，愈牢不可破。一弊。学生皆在童年，著操衣必洋洋得意，稍不检即趾高气扬，路人见此异服，不免语言指摘。偶有抵牾，小则口角，大则风潮。二弊。学生家父兄令子弟来学，心志现尚未定，近日已有发辫之风说。若见此服色，再加以谣言，恐家人疑惧，纷纷引退，又生一端阻力。三弊。童年平时常著操衣，岂知检点，难免油污擦损，操场既不一律，重制亦殊烦费。四弊。欲防流弊，总以不令操衣出堂为妥，应酌设更衣所，派人经理，将学生操衣帽编号排列悬挂。平时关锁，临上操开门，令学生齐到所换操衣帽上操，操毕即回所，仍换常服换毕，即封锁，非上操时不准开门。似此简便整齐，自无流弊。再朱子《小学》一书风行海内，而新安后学尤应遵守。仰维朱子之高深，吾辈不能仰窥万一。惟我圣祖仁皇帝知之最深，御纂《周易折中》，惟师承朱子本义为主，《数理精蕴》一书为外洋天算家所钦服，而书中于朱子语时有所引证。故《御纂朱子全书》，庙祀升入哲位，知朱子绝非迂腐，而世人乃敢议朱子，直妄人耳。《小学》内外篇浅近易解，即教科之修身伦理，往往好礼之家以

---

① 许承尧(1874—1946)，曾单名芚，字际唐、芚公、婆娑翰林，室名眠琴别圃、晋魏隋唐四十卷写经楼等，徽州歙县人。近现代方志学家、诗人、书法家、文物鉴赏家。光绪三十年(1904)进士，入翰林。辛亥革命后，应皖督柏文蔚聘，任全省铁路督办等职，后随甘肃督军张广建入陇，任甘肃省府秘书长、甘凉道尹、兰州道尹、省政务厅长等职。1924 年辞官返歙，绝迹仕途，在家乡以著述终老，著有《歙县志》《歙故》等。

教幼童，俾为循循弟子化尽浮嚣狂妄，乃能勤学而有成，拟于修身科内酌添讲习，使此邦子弟咸遵守乡先正礼教以防劣习而勖实修，此根本之至计，统乞酌之。

答华漱石书

漱石棣台如握，别久思深，辰维佳想安善颂颂，迭奉惠书，值兄被命会闱分校，亟须赶汴，匆遽未遑作答。在汴闱曾与总裁张、戴[①]二公谈及弟台函荐陈副将事，均拟转致练兵铁、徐二公商办，及兄差竣回京，又奉手毕，当即访铁、徐二公，并出陈副将节略面谈，僉以为可，兄即拟封章入告。据铁云陈既隶督标，势不能由练兵处径行调查，纵有人上闻，亦必交该督查复云云，因思陈既岑所不用，则事必无济，故未陈奏。铁云绿气炮为公法所禁，则陈之毒烟药亦必为公法所不容耳。铁公南下，若航海，必抵沪，吾弟在沪，尽可晤谈。若由铁路抵汉镇渡江而南，则不能到沪矣，容晤商之，防湘桂之议。香帅业经电奏请刘光才暂缓来京，留湘办理防剿事宜，是此议已行矣。读君数函，统筹大局，谋虑宏远，所论洵然，即达者抗谈时局，亦莫不谓然，无如

---

① 据王振声《心清室日记》，张、戴分别指张百熙、戴鸿慈。张百熙(1847—1907)，字埜秋，一作冶秋，号潜斋。湖南长沙人。清末大臣，著名教育家。同治十三年(1874)进士，任翰林院庶吉士；光绪二年(1876)散馆，授编修。曾任内阁学士兼礼部侍郎、礼部右侍郎、都察院左都御史、工部尚书、吏部尚书、京师大学堂管学大臣、户部尚书、邮传部尚书等职。戴鸿慈(1853—1910)，字光孺，号少怀，晚号毅庵，广东南海人。光绪二年(1876)进士，授翰林院编修。光绪三十一年(1905)，清政府特简五大臣到欧美考察政治，即著名的“五大臣出洋”，户部右侍郎戴鸿慈为五大臣之一，出使美、英、法、德、丹麦、瑞士、荷兰、比利时、意大利等国。归国后，奏请立宪。改刑部为法部，戴首任尚书。提倡“固边疆”、“振兴实业”及开矿、兴学、修铁路等，是清末具有一定开放思想和政治眼光的重臣。宣统元年(1909)八月，以尚书衔在军机处行走，十一月，升协办大学士。去世后赏加太子少保，谥文诚。

大声急呼，其如听者藐藐何。窃尝静思其故，昔贾谊上书，东坡论之谓为贾生者交深绛灌悠游浸渍，使举朝不疑不忌，然后唯吾所欲为，安知其谋之终不用也，岂有立谈之间而遽为人痛哭哉。盖言之不听，由于不信，不信则疑，疑则谗入之夫，至于谗入之则言之非徒无益也。愚见以君手无尺寸，徒言无益，不如缄默不言，姑隐忍俯就一差，尽心力而为之。小用小效，上之人知之更图进步，充其识力而为之。大用大效，上之人知之，迨知之深、信之确，然后进陈吾之所欲言如冰解，如的破，如石投水，而吾谋成矣。妄论然否，统唯鸿裁不尽。

卖画老人传

卖画老人，不知何许人。侨寓北平左掖门外，家有意拓园。盖齐东乌有先生遗迹也。草庐三椽，后有小楼。室中异书名画，棋局琴樽，笔砚精良，楚楚明洁。画不求工，都写诗意，以笔墨生涯所画奇松古柏，风柳雪蕉，晚枫秋桐，残荷篱菊，丹桂墨梅，幽兰疏竹，杂以异花奇石数十品。闲时携赴海王村寄卖，遇骚人墨客即赠画换诗而归；遇豪贵必数倍其价，得钱沽酒肴，小饮薄醉，馀者散诸绕膝儿，时人目为画隐。尝游江南，经年始归，袖出龙尾砚，苍润可爱，或问之，答曰：吾访周山人于黄山莲花峰下耳，所往来有梅叟、钱君、苏湖逸叟，杯酒谈诗为乐。梅叟拟即东阁观梅扬州太守何逊之裔，钱君即江南润州巴里客清友，苏湖逸叟即老人亲串江南古丰朱陈村朱公也。识者谓老人为烂柯山观弈王质之后身云。

汤瓶鸭绒枕余既锡名赠诗再访韩苏毛颖罗纹等传作汤平儿、白荣儿合传

平儿姓汤氏，系出锡兰，自入中国，种族遍海内，转徙来京师。平儿生有美质，经良师陶镕，别具匠心，造就使成立。好事者介绍以归，余爱其体态娉婷清瘦，着淡青绫衫，不加缘饰，取其清泽，性亮直，待人独具热肠，嗜饮水，白水壶公一见即倾倒，每围炉夜坐，供其饮，盈

量乃止。先是余畜卢氏子，短小而肥健，体有火力，炙手可热。冬夜就寝，先令入衾温熨，而卢性躁，不能耐久熨，少倾即退出，移时被冷如故。自得平儿，临睡先入衾卧，宛转熨帖，满被俱温，较痴钝汤婆子灵敏特甚。余既寝，温存终夜不离侧，余得安眠。荣儿姓白氏，系出鸭绿，流落欧西，为人荐衾枕，无不欢迎，后随大贾入中国。余游沪上，见之，体肥白而性温柔，着白裌衣，无文采，愈形修洁。余怜而购之以归，每卧即以为枕，而体虚弱，无力承吾头，姑舍之。及冬夜衾寒，引与同卧偎倚，乃极温和。余少反侧，随其意辗转，无少梗阻，余殊快慰。遂乃左拥荣、右倚平，融融然偃息，气体大和。夫人之宠姬妾，所以取娱乐也，惟饮食服饰有费，生育子女有累，甚至妒忌谣诼竞争劳扰更有苦而转或不乐，余无虑是。平瘦荣肥，均不能食。平善饮，荣并滴水不入，淡雅妆束，袒衣一袭常着不更易，时其揩拭浣濯而已。虽同寝处，而无私染，安有生育，两小同居甚相得。平少耿介，而荣极柔婉，或少抵触，无不容纳。及夏令竹夫人当夕即相约退出别室，绝无所争。是以余无费无累，更无所苦乐，何如也？恒顾盼而抚之曰：可儿可儿。盖其清洁温和之品，均有可称述者。爰濡笔吮墨，为之合传。遯叟曰：但有因缘终有累，能生欢喜必生愁。多情故不如忘情，然多情至溺于情，非情之至也。本无情而若有情，如平之温、荣之柔，情之真也。感以情者，自不觉多情终不能忘情，而要非溺于情，何累乎，何愁乎？此情之至也，情胡至斯，曰惟无欲。

汪母庞太夫人八十寿序

盖闻南岳夫人玉轴履登真之籍，西池王母琼扉敞介寿之觞。露凝长乐花前，玉女以投壶而笑；日永恒春树下，皇娥惟鼓瑟为欢。是知鹤来缑氏，已占瑞叶仙灵；况夫龙出渥洼，复见祥开风雨。美玉生由瑶圃，醴泉汇自璇源。恒闻簪笏之家，定肇钗笄之德。恭维汪母庞太夫人清绮门楣，巍峨世第。乌石兰乐陵著姓，未足俪其风华；步陆孤吴地名闺，讵能均其焜耀。太夫人幼即端庄，长而淑慎。慧逾咏絮，才比铭椒。嬿婉明经，教设绛纱之帐；柔嘉习礼，孝题黄卷之碑。群已奉为女宗，本无关于姆教。及归贤辅先生也，鸿案相庄，鹿车对挽。安黔娄之布被，洮枬焦劳；拔谢女之金钗，醪盐拮据。雍雍致敬，不匮蘋蘩蕰藻之诚；粥粥修仪，不过榛栗枣脩之贽。奉堂前之膴腒，曲得欢心；作厨下之羹汤，尤谙食性。况复器最能容人，厦能庇众，饬大家举止。较郝钟之规矩，宛然小郎鲜围；俾王谢之门庭，蔼若一门辑睦。椸无常主之衣，三党雍和；巷有同功之火，□□□□。既著相夫之烈，还闻鬻子之勤。尔乃石麟降种，玉燕投怀。亭亭逾珠树之三，矫矫发桂枝之一。琴书剑佩，见头角于丁年；鞭弭櫜鞬，榜姓名于甲第。初日三山之气象，长风万里之功名。良由荻画三迁，宜受芝封五色。加以地是女床，玉立竞夸，桓凤门高，甥馆箫吹，人羡秦龙；况复竹喜生孙，又抽稚笋，桐称乃祖，重茁新枝。绕膝佩觿，舞勺为髫龄之冠；满床绣褓，含饴添益寿之名。洵哉凤卜其昌，允矣驷门逾大。是以富比文多，禄原天受。铜街铁市，西京货殖之书；玉宇琼楼，东晋闬闳之第。然而声华不尚，淡泊自甘。乐善济人，举范舟鲁囷而何吝；长斋绣佛，效晋饥秦粟而奚辞。是皆心印菩提，婆娑荫长生之树；所由风追怀葛，布菽安太古之年。何用麻姑海上之方、葛氏壶中之秘也哉，兹逢五月良辰，欣值八旬谷旦。榴红舒艳，色绚班衣，艾绿浮香，芬流绮席。金堂列女，缤纷云母之屏；阆苑群仙，荟蔚星妃之箓。等李孔通门，桐乡末学，登龙拜祝，附骥称扬。荷鸾章三锡之荣，裔云集瑞；钦象服六珈之德，爱日留春。因知蔗境弥佳，颂介眉兮未艾。敬上榆年小引，爰拜手乎壬林，谨序。

高节母艾太恭人五十晋九寿序

世之颂母寿者罔弗西延王母，东约麻姑，左挹星姨，右拍月姊，排銮舆，控鹤驭，纷然集于庭，斠金酌玉，以祝长生，言岂不华，华而无稽谓之诞。抑或标榜门楣，揄扬壶范，德则太妊、太姒，才则文姬、班姬，藉以祝三多而畴五福，言岂不美，美而不实谓之谀，既谀且诞，乌可渎贤母之听闻也。今兹孟秋之吉，为吾高老伯母艾太恭人设帨良辰，众宾备羔雁，设酒醴，登堂而祝，瞻拜下风，愧乏渊云墨妙，疏短引以捈永年，窃自靦焉，虽然文言之不足，曷质言之，亦足征母寿，不且免妄诞诬谀之诮也欤。乃拜手稽首而扬言曰：母道之隆，有逾于矢志守节、教子成名者乎，得一足为寿征，况兼之乎。太恭人生名门，娴姆教，笄而结褵，鸿案相庄，荆布晏如也，以未及奉舅姑为平生憾。禴祠烝尝，孝享诚恪，凡蕰藻之菜，锜釜之器，蔑勿口谙手拮之，曲尽妇职，犹生之年无何。岁在龙蛇，性瑟情钟，戛然而寂，盖心几化石矣。已而叹曰：吾非恝然同穴之盟，姑恤我后耳。爰抚藐孤，誓操柏舟节，谨颦笑，严跬步，督饬婢媪，臧获介然，门庭为之一肃，钦其节者以为久必得旌庐昭光宠焉。时吾星翁公祖甫髫龄，太恭人爱如己出，和熊以教曰：乃考矻矻穷经，赍志未逮，尔其懋承之，顾乃德远乃猷，勿遏佚也。维时烽燧四警，遂令投笔从戎，纳粟助饷获奖，以大令需次于直，旋奉檄知行唐事。太恭人诫之曰：尔初操刀学制锦，勖哉勿堕，乃清白家风也。时复垂询囹圄空欤，苞苴绝欤，催科拙抚字劳欤，懿训亦曲挚哉。未几，邑闻边警，地罕金汤之固，人虞室磬之悬。或劝太恭人避居，乃慨然曰：吾子有守土责，吾义从子，避将安之，矧枢榆蟋蟀蕞尔，无足觊觎，第固吾圉，庸何伤，卒亦无患。吾公祖旋迁房山，权良乡，摄篆涿鹿，濒河，水屡泛，岁且荐饥。太恭人悯之曰：蒿目哀鸿，犹饥儿待哺，汝弗能救，将召杜之谓何。命牒大府，亟请发棠捐禄，糈助挽输，无铢黍累民，民赖全活，用是吾公祖卓卓有循声，特擢通州牧。地当冲要繁剧，冠盖望于道，牒牍扰于庭，灾祲忧于野，肆应日不暇给，弥复庇寒畯，筹振恤，安流离，供亿几不支。太恭人慰勉之曰：菜釜鹑衣，吾素也，苟利民，毁家纾国，吾甘如饴矣，讵虞禄养乎，俾吾公祖清勤逾励，政以大和懿哉。太恭人冰竞霜肃三十馀年，慈训孔昭毓哲嗣锡令名，用以芝诰褒封贵寿无极，允乎宜乎。仰其节，叙其德，信其有足延寿者，谨觇缕以为祝，至蔗境松龄，讵豹蠡所能窥测哉。于是众宾欢洽，群兴而上颂曰：载瞻乾系，婺腾光兮，静象坤舆，德含章兮，保艾而后，有馀庆兮，介锡繁祉，思无疆兮。谨序。

赵慎斋先生七十寿序

盖闻银埤金堞，东莱筑不夜之城；瑶圃琼林，西竺荫长生之树。搜桂阳之云笈，鸿朗三千；斠菊井之霞觞，鹤筹八百。凡兹寿山福海，侈祝仙龄；孰若心地情田，实征人瑞。历历衍箕畴之五，多多效华祝之三。恭维慎翁先生大人天水名流，鲍邱世泽。玉河夹宅，岧峣中令之门；珠履盈庭，焜耀平原之裔。百年乔木，代擢高柯，五色甘瓜，世赓绵瓞，翘瞻阀阅，楙毓英耆。先生则秉姿山静，抱器渊涵，十年边笥，董帷脉望。饱神仙之字，一时郭巾谢屐，豫章储桢干之材，尔乃胸罗黄卷，壮志已卜夫鸿骞，眼倦青云，至性惟殷于乌哺。于是箕裘绍志，华管承欢，瓜远乞而师滕，橘常怀而慕陆。晨馐夕膳，色思其柔，夏簟冬缸，劳而不怨。共姜家之大被，庭不分荆；编窦氏之联珠，楼常辉萼。一门辑睦，椸无不易之衣；三党雍和，巷有同功之火。晏子之持躬克俭，衣必浣三；陶公之励志惟勤，甓恒运百。是故陈太邱家有遗书，张公艺事传忍字者也。若夫山公伟器浑朴难名，晁氏智囊神明独运。习酂侯旧业，蜚声案牍之间；传定国平冤，积德桁杨之下。争弭鼠雀，胜刘公一纸之书；信格豚鱼，重季布千金之诺。他如维桑与梓，共被春温，有茑与萝，尽含冬爱。推解周于闾里，鲁囷与范麦齐施；交际笃于友朋，札剑于鲍金并事。大抵春行有脚，咸赖玉成，究之雨化无心，岂图琼报。尔乃玉燕投怀，石麟迈种。亭亭特立，品逾珠树之三；矫矫不群，秀发桂枝之一。倘占虎变，定拔帜于文坛；小试豹韬，遂夺标于武幄。初日三山之气象，长风万里之功名。洵以燕翼百年，椿庭荫美；宜于凤毛五色，芝诏光荣。况复桐称乃祖，竹喜生孙。白首含饴，颇洽竹马羊车之乐；青箱课读，竞献莹诗晏字之奇。凤卜其昌，驷门高大，固已嘘其善气，蔚然蒸作，嘉祥种厥，仁心允征，福应矣。尤羡翁真矍铄，叟不支离，服庄襟老，带以悠游。每临风而却杖，罗舜戽尧樽而斟酌，恒醉月以飞觞。加以胸惟坦易，不设町畦。性本萧疏，讵为崖岸，于是盘桓陶径云霄，则姑让诸君，潇洒庾楼风月，则长归乎老子。倾盖而何分少长，衔杯而莫问春秋。桐帽棕鞋，散步赴鸡豚之会；酒旗戏鼓，谈笑趋樱笋之厨。养欢喜神，寻名教乐，此尤清修福地，缁白为之，心倾涵泳，乐天绮黄，为之眉舞者也。松贞柏节，岁月方新，山静日长，神仙未老。安用黄精碧奈，假麻姑海上之方；绿发朱颜，借葛氏壶中之秘也哉。兹者节届中秋之令，筵开七秩之祥，天上昌期，人间盛事。月满婆娑之树，鸠杖引年；星辉斑彩之庭，牺尊祝嘏。兰宫桂殿，九族进云液之杯；玉宇琼楼，众仙上霓裳之曲。等忝列桐乡，获亲芳躅，登龙拜祝，附骥称觞。绿野秋开，应献台莱之颂；丹崖春霁，宜陈松柏之章。奏小技而效雕虫，勉成短引；捺大年而欣酌兕，乐祝长生。由是红墙月朗，辉添海屋之筹；更期紫府春长，瑞衍璠仙之箓。是为序。

代孙冶青茂才祝岳母五十寿序

世之颂母寿者罔弗西延王母，东约麻姑，左挹芝童，右拉桂父，排銮舆，控鹤驭，纷然集于庭，火安期枣，雪曼倩桃，斟金酌玉以祝长生，言岂不华，华而无稽谓之诞。抑或标榜门楣，揄扬壶范，德则太妊、太姒，才则班姬、文姬，诗咏蘋蘩，文成椒菊，藉以畴五福而祝三多，侈称兕祝，鸠之盛藻，言岂不美，美而寡当谓之谀，既谀且诞，称祝弗笃，乌可渎贤母之听闻也。今兹孟冬之吉为吾岳母大人五十设帨之辰，亲串备羔雁，设酒醴，登堂而祝嘏，忝列葭莩之末，愧乏琳瑀笔精，渊云墨妙，疏短引以捺永年，窃自觍焉。虽文言之不足，曷质言之亦足征母寿，不且免妄诞谄谀之诮欤。乃拜手稽首而扬言曰：母道之隆有逾于孝谨者乎，有逾于贞节者乎，有逾于慈爱而勤俭者乎？得一已足为寿征，况其兼焉者乎。岳母生名门，娴姆教，笄而于归，家故寒素而钗荆裙布晏如也。低颜奉嫠嫜，粥粥惟谨，细及榛栗枣脩中裙厕牏，蔑勿口谙而手拮之，尤能伺好察恶，无几微反唇勃谿，庭帏间融融泄泄者十余年如一日。盖兰陔相戒于闺闱，仁风化里；莱彩斓斑于巾帼，爰日留春也，则孝宜寿。未几，岁在龙蛇，吾岳父返道山，性瑟情钟，戛然而寂，此心几乎化石矣。已而叹曰：吾非恝然同穴之盟，姑恤我后耳。爰抚藐孤弱息，誓操柏舟，节谨颦笑，饬跬步，介然门庭，为之一肃，钦其节者以为久必得旌庐以昭光宠焉。此冰竞霜肃，苦竹所以回春；雪虐风饕，贞松所以耐久也。则节宜寿，嗣君甫髫龄，头角崭然。岳母爱之，勿及于溺，丸熊而戒之曰：诵读益乎步履，翔乎端方，近市嚣，屏乎勿堕，乃清白家风也。闲闺训女，尝夜课针绺，篝灯谈古节孝事。笄而结缡，则练裳竹笥以遣戒之曰：尔毋纵，纵尔毋扈，扈尔敬戒，无违妇道也，慈训亦曲挚哉。至勤饬家政，掌核泉货，部署米臬，孑然一身，任之摒挡，擘画督课，婢媪臧获，无雌懦，无徒博，虽古健妇操持门户，当不是过。尤致警莱釜牛衣，曰慎俭德而自奉愈廉，盖无心翠褕绯罗贯玉编珠之焜耀也。古云勤俭治家之本匪独养廉，亦且惜福，岳母殆怀永图矣。此又心印菩提，婆娑荫长春之树；风追怀葛，茆茨养太古之年也。则慈与俭俱宜，寿茂矣美矣，德斯备矣。康哉良哉，寿而昌哉。岳母视某犹子，曷敢以芝龄鹤算，作玉谀金谄之辞，惟慨其恩也渥，佩其德也深，信其有足以延寿者。谨觍缕以为无量证，至后此蔗境弥佳，松龄益茂，又岂蠡豹所能窥测哉。爰起而作颂曰：载瞻乾系，婺腾光兮。俯察坤舆，德含章兮。尔富尔寿，有余庆兮。介锡繁祉，思无疆兮。谨序。

先祖云章公八十寿序

盖闻银埤金堞，东莱筑不夜之城；瑶圃琼林，西竺荫长生之树。搜桂阳之云笈，鸿朗三千；斛菊井之霞觞，鹤筹八百。凡兹寿山福海，侈祝遐龄；孰若心地情田，实征人瑞。历历衍箕畴之五，多多效华祝之三。恭维云章先生大人鹤岭仙源，鲍邱世泽。家声六代，兰亭觞咏之风流；物望三公，槐里栽培之云裔。翘瞻华胄，楙毓英耆。盖先生禀姿山静，抱器渊涵，十年边笥，董帷脉望。饱神仙之字，一时郭巾谢屐，豫章储桢干之材，鹏有路，其将搏豹有文而善隐，虽徘徊毛檄或亦欣然，而牵挽温裾孰可忍也。若乃羶毳承亲，天流性管，芳鲜养志，春获心芽。灵萱偕孝笥齐荣，阮竹与谢兰弥契。孔生年少早知事，长而让梨，杜老情高，一任邻儿之扑枣，秉礼则庭罗巽木，学易则地牧谦山。此诚陈太邱家有遗书，张公艺世传忍字者也。至若富拟文多，禄原天受。铜街铁市，列西京货殖之书；玉食锦衣，传东晋声华之籍。而先生则力戒满籯，身嗤障簏，急公发粟，里闾共籍，其干掫慕义，捐金党族，交资为管库，吹篪在市，三饭何嫌，织履踵门，一廛可受。凡此春行有脚，咸赖玉成，容之雨化无心，岂图琼报。尔乃石麟诞降，玉燕频投，祥符薛凤之三，美以荀龙之八。伯兮岳岳，胸中经纬有奇书；仲也觥觥，腕底云烟传妙笔。衡天舆地，阅历于牛眠鹤瘗之乡；绢海胶山，点染夫鱼跃鸢飞之趣。空山兰秀，早誉双丁，泮水芹香，尤推季子。天上玉堂之品，人间珠树之名。由是才子既擅雕龙，文孙复夸绣虎。燕山五窦，桂馨馥郁于庭阶；洛下三张，藻采纷敷于胶序。发轫皆丁年玉立先鞭，遂甲第泥封。水部吟诗，才名夺少陵之草；石渠校字，荣光分太乙之藜。洵以莹雪三冬，青箱济美，宜其风云五色，紫诰增荣矣。况复桐称乃祖，重出新枝，竹已名孙，迭抽稚笋。满床绣褓，添来益寿之名；绕膝佩觿，解作延年之字。尤羡翁真矍铄，叟未支离。服庄襟老，带以悠游。书非授素，罗舜戽尧樽而斟酌。灶不烧丹，岁月弥新。神仙未老，又安用葛氏壶中之秘，麻姑海上之珍也哉。兹届榴火翻红，蒲觞酌绿，厘延卓午，庆际生申。等分拟荀陈，情叨孔李。幸附松乔之仙列，共祝长年；愧乏琳瑀之华章，勉疏短引。丹邱不远，愿下里居乘韦之光；碧海非遥，冀上寿叶冈陵之颂。谨序。

先祖云章公八十寿辞

彼夫箕畴五福，华祝三多。浮文炳蔚，虚誉缕觌。八公降世，五老游河。云谲波诡，词诞旨讹。曷若徵德，用作寿歌。维我云翁太年伯大人之生也，琅琊钟灵，潞河毓英。云仍竹里，风度兰亭。沉酣六籍，坐拥百城。汗青编简，眼白簪缨。抱鸿飞志，叚豹隐情。洒然群屣，卓哉老成。言公之孝，曾心闵貌。卧冰鲤游，训慕雀噪。兰洁咏歌，莱斑舞蹈。堂构克承，箕裘是绍。言公之悌，祥忱览志。亲笃祖同，情深母异。攸彧高风，籍咸雅谊。让木交生，田荆自植。有脚阳春，扬公之仁。文中教士，景略戒秦。疏金裴玉，范舟鲁囷。行吾浩浩，哂彼斤斤。不偏不陂，慕公之义。邸中瘗金，堂前堕被。枣不啖邻，酒尝遣吏。葺泮文兴，筑楼瑞致。光仪谦谦，轨度渊渊。玉尺量地，金绳缚天。麈谈非晋，凫朝不仙。公之秉礼，秩然斐然。励志石坚，盟心日白。访戴扁舟，荐寇一牍。刘公纸书，季布金诺。公之守信，鱼亲豚格。况复富不恺豪，贵不凤骄。俭不戎吝，才不勃佻。三善积日，千祥降霄。椿荣堂上，桂茂庭坳。伯兮邦杰，情和性实。好读异书，善问奇字。识黄羊城，精青鸟术。乾坤一盘，山川半尺。仲氏鱼鱼，左图右书。衙官苏米，伯仲黄徐。山因云显，蕉似雪舒。右军故我，摩诘今余。季更风流，泮水悠游。才压卢骆，气吞曹刘。人间珠树，天上玉楼。二难与并，三杰孰俦。鸾翔凤翥，掌珠擎五。德叶女箴，教娴师姥。家既肃雍，室尤和煦。具钟郝风，为谢郗伍。更有荪兰，金丛玉团。声蜚梓里，誉著杏坛。或侪管乐，虱扪可谈。或俦宋屈，鹤立待骞。或齐荀陆，桂香杏馥。吟诗水曹，校书天禄。或善蠡谋，或勤萤读。矫矫铮铮，彬彬郁郁。子复有孙，孙复有子。凤蜡一团，龙文千里。禹称咏莲，僧儒藏李。此日孔融，他年颖士。懿彼东床，三代一堂。珠联璧合，龙乘凤翔。衣冠荟蔚，佩珥铿锵。富贵寿考，齐祝汾阳。身其康强，神尤矍铄。背盎不骀，发垂皆鹤。四世儿孙，一时仙佛。盛矣于斯，乐哉岂不。美善毕陈，欢洽周亲。燕衎既翕，牺尊再巡。或歌或咢，有质有文。交赞齿德，隆于一人。桂籍相通，桐阴忝附。惟韩是瞻，惟蔺是慕。才谢凌云，笔惭垂露。不摛其华，衹扬其素。乃作颂曰：惟公之福，优崇康乐。何以喻之，如邱如壑。惟公之寿，自天保佑。何以譬之，如山如阜。维公之禄，修其天爵。何以征之，庭槐床笏。维公之名，忠厚和平。何以验之，妇孺同声。闾里之祥，邦家之光。重重紫诰，继继青箱。惟日戬穀，自天降康。锡躬纯嘏，保命永昌。乃赓再歌曰：蒲碧榴丹，争向荣兮。览揆人瑞，等篯彭兮。天寿平格，厚德贞兮。跄跄济济，称彼觥兮。南风一曲，乐长生兮。

先公弱冠举于乡，越十年始成进士。其间殚心书史，肆力于诗古文词。所为文以制艺为多，而骈散各体文字暨酬答之作亦复不少。自通籍后专心吏事，兼就聘充幕席。凡所撰著，率为书札公牍之类，而为文盖寡，且自以不足存，属稿随手投置箧笥，不复经意。恩绶等少长略知文义，始稍稍汇集。经庚子拳匪之乱，又多散佚。搜罗余烬，仅存若干篇。洎转谏垣，所撰奏章录存二卷。罢郡归来，每以诗画自遣。即不常为文，从前毁失各稿，一时不易搜获，只可俟诸异日。然则文之寿世，亦有运数存乎其中耶？兹宝龢侄将遗稿恭录编订成帙，谨述梗概，用示来兹。壬申十二月男恩绶谨识。

题一笔画石册[①]

拟板桥道人一笔画石，一日成十二幅，奎光学画，装池成册藏之。夫乎泉花木奇石，未尝不戒子孙勿与人，卒不能保，徒遗讥于不达耳。此册信笔意造，奇趣横生，聊寄颠癖，何必重戒谆谆，谅不致为豪家所夺也。遯叟漫书，时年六十又九。

趋庭退记

男振声谨述

卷前有“州志列传”：王立藻字文田，号砚农，五品衔，候选布政司理问，善画写意，花鸟，赋色妍润。山水学南宗。

---

① 本文见于国家图书馆所藏王振声绘画作品《心清老人画石册》之书末，兹以补于其文集之后。

晚年别号雪蕉居士，画愈苍秀，乡人多学之。为人谨厚笃孝弟，敦宗族，戚党推重焉。卒年五十九。著有《韵琴馆画稿》，待梓。

先君性谨厚宽和，天资颖悟，少年体弱善病，初入塾，每因病废学，不堪攻苦，遂弃举业，而好读书，常研究《周易》，并喜阅先儒语录。身体而力行之，处事不矜不伐，与人交，谦逊蔼然，未尝有急言剧色，而人自敬服。先君事亲至孝，先意承志，最得祖父母欢心。尝曰，家贫乃见子孝，若富家堂室衣服器用皆备，饮食起居有仆人伺候，子孙何足言孝，惟作事体亲心，辞色顺亲意，勿致生气，庶几近于孝矣。又曰：父母无不爱子孙，有时多怒，小不如意即诟谇不休，子孙切不可反唇相稽，是必高年心肝经有病气不调和，故善怒正须将顺，劝慰体察，进药病愈，自欢然矣。祖母弃养，祖父年高，左右无人，先君率妇子加意奉养，夜自侍寝，安排衾枕，体察寝息，少有疾痛疴养，必设法调护，务使适然，历久不懈，诚终身之慕也。先君事先伯耕石公曲尽弟道，先伯亦甚友爱，自少至老，同居同食，终身怡怡不倦。先祖性慈善，乡人皆称长厚，中年即倦于经营，家务委先伯操持。先君少先伯二岁，相助为理，遇事兄弟在家筹商。先君策划一切最精细，出而应接，则让先伯当之。先君讷然若退处于无为，故先伯于乡有能名，先君恬然不较也。

先曾祖兄弟二人，曾叔祖梅溪公系庶出，生年少先伯一岁，襁褓即丧母，先曾祖令曾祖母方太君抚育之，方太君视如己子，保抱携持，爱怜周至。吾家先世均未登仕版，梅溪公及岁，曾祖恐少年庶孽，为人所轻，特为纳粟，授五品职衔，以示优异。方太君遇之尤厚，尝谓先伯兄弟曰，汝等与叔祖虽年相若，而有父母爱养，彼无娘孩儿可怜，吾故厚待之，汝等勿较也。曾祖友爱弱弟最笃，幼而嬉戏，长而交游，虽繁费，未尝呵责，故曾祖父母先后弃养，梅溪公哀戚如失怙恃，嗣后析居时恭奉曾祖父母行乐小照，岁时供养焉。先君曰，汝曾祖父母待异母庶出弱弟如斯，旷世罕闻，可谓盛德，汝等志之，将来处兄弟之间可以法矣。先曾祖沉毅有大略，善经营生业，而待人多宽厚，乡人称之为王大量，不仅谓善饮也。曾祖母方太君性慈孝，事翁姑最谨。姑性严急，尝怒批颊，耳环箝入项，血流如注，旁人皆不平，太君曰，总因儿媳服事不到，致母生气，终无怨词。教子女爱而不溺，皆束以礼法，待男女仆最宽恕，而皆循规矩。出嫁女归宁，带一使女，太君一体优养之，人皆诧异。太君曰，彼亦父母所生女，不过因贫卖出，供吾使令耳，本即可怜，安可不如儿女体恤耶。生平无严词厉色，而人自不欺。至于甘肥让人，自安蔬素，不炫服饰，俭德自持，尤众所钦服，故弃养时戚族无远近同声恸哭，仆媪暨道路之人无不哀泣，盖母德之感人者深也。太君于归时家仅小康，至晚年家道昌隆，孙曾绕膝，人皆谓盛德之报云。先君曰吾家本寒素，自汝曾祖经营起家至今，子孙承余荫，科第功名蒸蒸日上，皆汝曾祖父母厚德之遗也。忠厚传家，尔辈勖之哉！

曾叔祖梅溪公无嗣，中年元配刘太君弃世，送终大事皆先君当之，因祖孙年相若，故未正承继之名。继配赵太君亦无出。及梅溪公赵太君先后奔世，大事皆先君当之，哀礼俱备，戚党称之。梅溪公性豪爽而不谙世情，与人交多被欺诳，公不计也。晚年官山左，职司粮运，以用人不慎，被侵欺负重，累几被吏议，懊愤致疾，归里病剧。先君往，侍汤药，昼夜不倦，衣不解带者累月。梅溪公侧室刘尝感泣曰，使公有子，必如是之尽孝也。先君尝曰：梅溪公一生受人欺终被人欺死，冤哉。故饰终之典力任之，俾无遗憾，身后宦橐萧然，刘无以为养，所遗服饰珍玩胥出售，先君亲为经理，不假手僮仆，得价悉以付刘，井井清楚，刘亦感之。

先君曰：吾与梅溪公年相若，且昭穆不合，故未正承继之名，然虽无其名，而吾行其实，所以继汝曾祖父母之志也。嗣后祭扫无阙，子孙其念之。余生三四龄，呀呀学语，先君即教以孝弟忠信礼义廉耻八字，详为讲解，虽钟爱，而少越规矩即呵斥之。尝曰，教子婴孩，教妇初来，若骄养成习，年少长即不遵教矣。

余幼时，每日晨起，先君必令诣上房请祖父安，须规矩称呼，勿多言，勿佻达。祖父母教训勿违拗，赏食物则领受，不赏勿擅动，勿贪素，祖父母寝息勿喧哗即退出，皆所以教孝也。

先君盼子弟读书，延严师教授，厚其脩脯，优以礼貌，异常尊敬师严，施夏楚未尝护惜。余幼读曾受师责，头上红肿至不能冠，戚友见之，訾师太刻。先君忍耐之曰：师严则道尊，盖盼子成立之心切也。

先君曰：读书以明理为要，立品为先进，取功名其次也。尝以朱子家礼、温公家礼仪节二书训子弟，讲礼法，务令循循规矩，为佳子弟，亦甚愿进取科名，为宗族光宠。尝垂训曰：倘科名有进境，但得清贵，或翰苑，或部曹，得遂显扬足矣。至俗所谓要吃饭，作州县，非汝才具所能，吾不愿汝作此想也。

先君不喜书，最研究书法，尝垂训曰：临帖不如看帖，临帖求形似而已，看帖按字察其用笔之轻重提顿，结体之疏密整散，揣摩有得，然后落笔，自能得心应手。余自幼学执笔，先君即亲为指授，令笔画平直间架整齐，并上下排比左右相让之法，故余书之不甚恶劣，皆奉先君之教也。

吾家在道光末年最称丰裕，至咸丰初年时事变迁，生业日绌，食指日繁，家渐不支。先君隐忧之，遂躬行节俭，以为之倡，凡饮食服饰及女嫁男婚，先自核减，藉以劝勉，群从子弟惟众心不一，不无忌怨。先君不顾，曰：吾为公，非有所私也。咸丰庚申，英法犯京师，先期通州戒严，先祖率家人避于乡，时先叔陆宾公已逝世，惟先君同先伯暨堂兄在家留守，洋兵临城，城门闭，势甚危迫。家有典肆在北门外，伙友逃散，先伯先一日往守，堂兄亦随侍出城。惟先君一人带张姓、谷姓两老仆守家，坐困危城，吉凶莫卜。忽一夜，城外放巨炮，轰然震天地，合城凶惧，先君誓以身与家为存亡。既而事平，幸未及难。过后，先君未尝一言留守功，惟称两老仆之忠，优赏而已。

庚申之变，洋兵临城，屯兵北关外，官绅出与洋将约，洋兵勿进城，团练民勇亦不出城，以北门为界限，各派兵勇互防守。先君在家，忽一日，一洋人入，周览各院，移时出门去，旋团练局来，请先君往局，则捉得游民某在焉，盖团练局因某引导洋人入人家，议擒斩之，特质先君一言以为证。先君曰：虽道路传言某引洋人入余家，余实未眼见其引导，不能指证，练局因无证，乃释之。立谈之间，保全一命。

先君体清癯，饮食淡泊，虽不禁荤酒，未尝纵口腹之欲，偶食鸡鱼，无故不特杀，如螃蟹、鳝鱼、活虾等生致烹调皆不食。尝见人牵驴驹送汤锅，即出资购回饲养之，皆见生不忍见死之意也。

先君尝云：占人事的便宜，必吃天道的亏，此余数十年阅历，确然无疑。盖名利可以力争，至子孙之贤愚，寿数之修短在天，不能以力争，此中盈亏消长之故，乃天理之自然，初不关施报也。故常教训认真学吃亏，不怨天，不尤人，日久自知其好处。

曾叔祖梅溪公与先祖析居时，产业住房器具均分析清楚，迁居后器用仍多所取携，家人不平。先君曰：汝祖终鲜兄弟，只一人承先业，倘有兄弟，则分析取求之多，岂仅如此，但作此想，心自适然矣。

先君中年家计正裕，尝同戚友合资谋商业，继而亏折，负债甚巨，各同业无力偿债，先祖不肯负人，愿独偿。先伯、先君力与赞成，出数千金了之。先君尝教子侄辈：汝等切记，勿与人合资谋生业，须独立而自监察之，倘有亏折，力偿无负。嗣后家有钱庄亏累，余与堂兄谱笙设法变产偿债，不敢负人，遵遗训也。

先君处家，恒主推让。同治初年，江浙漕粮竟运到通，先君与浙委员贝君皖生交最契，浙运拟在通立海运局。先君为介绍，购得同巷民房，改建局所。贝约先君为住局监工绅董。先君无意仕进，推让堂兄谱笙，荐于贝，即派为住局绅董，略资薪水，积年并获保奖焉。

先君素习算学，精会计，戚串某充漕务差，赴津，延先君司计簿出纳厘然，一丝不苟，差竣归某无所酬，先君不较也。盖此差素优，向来司计簿皆朋比侵蚀饱囊橐。先君不屑为，且以至亲，更不可欺也，人皆叹先君之介，诋某之悭吝负义云。

先君于财利取舍必权以义。同治初年，家道中落，两典肆俱闭歇。嗣后典肆房售出得八千金，遂就近设肆作钱庄暨洋货布匹生业，亲为经理。常年北走张家口，南下天津，冲寒冒暑，无怨词，亦无德色。先伯暨诸伙友以先君之劳应有劳金，先君受之。后江苏海运总办李君幼兰，系同乡戚好，约先君办运局收支事，月受薪水。于是钱庄劳金即辞不受，以为吾另有职守，不能兼理营业事，即义不受金也。

先君曰：吾作事向不夸功逞能，凡事尽力作去，事成誉之者固不乏人，而未必人人以为然，安知无退而非笑者。且事成一时似利，或过时即弊，或益于此而不觉损于彼，我若始而居功，终必归过而无可诿，改正转难，惟不居功，不曰众人之力，即曰偶尔幸成，嗣后或有窒碍，商酌改正，即易求助于人，亦无难也。

先君曰：观人于微忽之地，最足以见真，如一酒食之细，观其饮啖，见其贪廉。一言语之间，观其喜怒，可见其器量。至于临小利害，观其趋避，可见其胆识。准此以取友用人，思过半矣。

先君好看《庸行编》，所载皆先儒语录，无事即手一编，于家人之语言动作偶有所触即示之曰：此书中有之。因为讲解，以引证而劝勉焉。人笑为迂，不顾也。

先君研究《周易》，别有神悟，尝曰：易者理也，而数即存乎其中，如损益泰否剥复升困反正递嬗，此中盈虚消长之故，皆出于天理之自然，惟深于《易》者能见于几先，故曰知几其神乎。尝占梅花易数，按卦之体用生克互变衰旺，参以爻辞并取外应，断事每有神验。

先君自幼好画，慕司马绣谷，不得其门，后识绣谷弟子马君奇英，相得甚欢，延至家，与共笔砚，研求画理，深得其师法，于绣谷之用笔设色别有会心，每画成一幅笔意，足以乱真。后更进而宗法新罗山人，觉绣谷画用重笔浓厚，不如新罗清超脱俗，极力摹拟，颇得其神味。晚年得布啸山《画学心法》一书，讲求山水之宗派独有心得。尝曰：墨分六采，为湿浓黑干淡白，而全视乎用笔用墨，必使墨与笔合、笔与纸合，或渲染，或皴擦，然后湿浓黑润而不滞，干淡白秀而不枯，而山光云影俱活泼于纸上，觉比花卉之设色别有神味。最爱戴文节，以为清苍拔俗，为进[①]代巨手，落笔抚仿，即气韵逼肖，惟讲求愈精意不轻落笔，故传世无多，仅家藏一册而已。

先君尝曰：作书之行草，作画之花卉，须如美女簪花，横斜有致，壮士舞剑，起落有神，意在笔先，自然落纸生动，具见精彩，否则呆板矣。

先君曰：观人作字，可以相人，凡贵贱贫富寿夭，皆可于其人字体中验之，至于资质之清浊敏钝，存心之邪正厚薄，无不流露于笔墨之间。故教子侄作字，必须用心，郑重其事，以平直整齐为要，即柳诚悬所谓心正则笔正，董文敏所谓用敬之道也。

先曾祖善养菊，每秋花盛开，阶砌为满，花肥大异常，人称为花隐，或篆书“花隐”两字额以赠之。先君遵祖法，养菊尤盛，每得新种，加意培植，花开常大如盘，或置花于阴处培护，至次年新正盛开，人皆称异。

先君中年为操练身体，常习射，引鸣镝，射正鹄，能命中并习弹弓，用泥丸射鹄，亦能命中。余幼瘦弱，七八岁时病几殆。愈后，先君令与武师习拳勇，操练身体，每日下学即督上武功课，与师演习身手，颇能增长气力。故余虽不强健，而一生行动能耐劳，则曾经操练之效也。先君晚年尝练八段锦以养身，近年学堂讲体操，以为洋法新奇，岂知皆吾中法，先人早经行之矣。

先君一生不求仕进，笃行孝友，佐理家政，和平公正，无所偏私。晚年家计中落，常焦思终夜不寐，及先伯耕石公弃世，先君异常哀痛，寝食恒带泪痕。时先叔早逝，先祖高年久病，不能计家事，惟先君一人支持筹画，仰事俯畜，倍极忧劳，因而致疾。及病革，自知不起，仍垂戒勿治丧，勿厚葬，惟以生计艰难、亲老食指繁多为虑，未尝计及妻子之私。迄今追念，曷胜悲怆。因历述先君生平存心立言行事，传示子孙，俾世世遵守，有所法戒焉。

---

① “进”，疑为“近”之笔误。

撰联类抄

楹联类

工部虞衡司

（堂前有藤萝海棠）

释褐集清曹掌故堪稽岳贡川珍同荟蔚
弹冠吟粉署才华相映棠阴萝月共香妍

又

郎署岂浮沉磨练正如金作砺
工虞皆学问操持当以水为衡

通州钟鼓楼灯联

月朗星辉俯临万户　春暖凫钟调玉律
云瞻日就更上一层　月明鼍鼓驰金吾

澹静草庐

澹与人交七十二峰尘不到
静观自得三百六日景常新

又

澹定天怀七十二峰尘不染
静观世态三百六日酒常醒

徽州府署花厅

山水有佳名　卧治乐得欧翁醉
弦歌无雅化　问政惭非范叔来

又

我爱行春山水好
人歌乐岁雨旸时

徽州紫阳师范学堂

诸生为后进引道人　当思温故知新言教必由身教益
此地是先贤讲学处　勿忘正心诚意德成乃见艺成真

观音大士像赞

大放光明佛乃称士
静观色相世孰知音

春　联

壬子新春寄居沙岭

履端于始　竹里馆中留客处
随遇而安　桃花源里寄人家

壬子

闲步白榆推亥算　遍栽红杏兆壬林

癸丑

凤历改为新月令　乌衣还是旧风规

甲寅

甲子编诗新岁月

寅宾数典古春秋

乙卯

阳回揖让中天世

春到寻常百姓家

丙辰

七十五春花又笑

三百六日酒常醒

丁巳

东皇太乙陈竽瑟

北斗旋寅挹酒浆

戊午

除去龙蛇迎乐岁

吟成莺燕报新年

己未

（咸丰己未入泮丁未年回京）

重游泮水刚周甲

一别黟山已浃辰

庚申

漉酒编诗知甲子　绳床经案守庚申

绛县问年知甲子　黄庭悟道守庚申

辛酉

（时年八十乡举周甲）

寿算八征龙纪历

宾筵重赋鹿鸣篇

壬戌

十度青阳仍古腊

两游赤壁又今年

赠　联

赠胡捷甫太守

璞玉浑金莫名其器
清风明月不用一钱

赠徐花农[①]

惟山水间可高卧
除风月外无多谈

赠孙冶卿

冀野高名推相马
苏门长啸叶鸣鸾

赠王少甫

兰亭修禊将军府
梅鼎和羹宰相诗

赠徽府教授周山门

岂贪苜蓿甘于肉

---

① 徐琪(1849—1918),字玉可、花农,号俞楼,室名玉可盦、九芝仙馆、香海盦、瑞芝轩、青琅玕馆。仁和(今浙江杭州)人。光绪六年(1880)进士。授编修,历任山西乡试副考官、广东学政,官至兵部侍郎。为俞樾弟子,工诗文、善书画。著有《粤东葺胜记》《日边酬唱集》《南斋日记》《苏海馀波》《冬日百咏》《留云集》《墨池庚和》《名山福寿编》等。

为爱莲华住此山(徽府黄山有莲华峰)

又

六韵直翻诗世界(著琴韵切音)
九华独阐佛根缘(著九华山志)

赠徐花农移居

晴雪古松抬野鹤
春风高柳听山莺

赠某牙医

留我齿芬清漱玉
拾君牙慧粲生花

赠某茶庄

瑶草珠兰一旗春雨
竹炉石铫七椀清风

赠商务印书馆

欲知海外无穷事
愿读人间未见书

赠老伶陈德霖[①]

万花开处松千尺
群鸟鸣时鹤一声

---

① 陈德霖(1862—1930),名鋈璋,号漱云,小名石头,北京人,汉族。习昆旦、京剧青衣兼刀马旦。以唱功著名。

赠梅伶兰芳

香国兰为王者相
花魁梅是状元身

赠姜伶妙香①

对酒当歌词入妙
为花写照笔生香

赠王伶慧芳②

滋兰树蕙幽香引
漱润含芳雅韵流

赠姚伶玉芙③

玉屏石镜重重秀
芙蓉莲华六六奇

赠歌妓香君

香山妙曲伶樊素
君瑞新词唱阿红
香洞春深迷蝶梦

---

① 姜妙香(1890—1972),著名京剧小生,直隶献县人。长期为梅兰芳配戏,如红楼戏中之贾宝玉、《玉堂春》之王金龙、《白蛇传》之许仙等,配合默契,为梅的得力助手。

② 王慧芳,著名京剧演员,梅兰芳表兄。

③ 姚玉芙(1896—1966),京剧青衣。别号冷荭龛主人。为梅兰芳长期合作的搭档,曾任富连成社顾问。

君山秋净洗螺鬟

寿喜联

（肃亲王太福晋寿）

神仙长年云瞻王母
富贵寿考星拜天孙

泽公奉旨指婚

凤翼龙鳞天作之合
螽斯麟趾风化以行

祝予告宝佩蘅相国

绿野春长堂绵爱日
黄花秋老酒进延年

定王世子婚礼

星拜银河富贵寿考
云开璧月福禄光明

祝某节母寿

桃实三千灵仙祝寿
菊花重九高节延年

祝高集翁寿

（翁善星学医理）

月纬年经推甲子
玉函金匮驻春秋

祝赵剑秋[①]尊翁寿

好古比老彭笔墨烟云闲富贵
传经推小戴箕裘岁月散神仙

祝某节母六十寿

机杼励辛勤妪育春肥梅子雨
璇玑周甲历清高秋水菊花天

祝徐花农寿

（腊月二十九日诞辰预于十九日称祝适值东坡生日）

岁集一年诗供养词坛成岛佛
春先十日醉流连文酒会坡仙

祝李节母八十寿

（八月十六日诞辰代枢孙拟）

莱彩欢腾贰室幸依慈竹荫
桂轮香满重闱欣向寿萱荣

祝朱芷青同年六十寿

（曾官佛冈同知）

风雅儒宗高北斗
慈祥佛子永南天

---

① 赵椿年(1869—1942)，字剑秋，晚署坡粼，江苏武进人。清光绪进士。宣统元年(1909)受命在农工商部参议上行走，旋被推选为资政院议员。民国后曾任农商部参事。1915年任袁世凯总统府财政顾问，支持袁称帝，授为上卿。次年5月升财政部部长。帝制失败后辞职。1917年张勋复辟，任农工部侍郎。后为审计院副院长。1928年后辞职闲居。工书能诗。著有《覃研斋石鼓》十种、《考释》一卷。

祝杜伯熊观察六十双寿

勋高豸节名重鸡林归隐浣花开昼锦
贵饰鱼轩荣偕象脉承欢舞彩驻年华

祝李铭三七十晋一寿

（历官湖南广西知县）

湘江桂岭煦育花封仙凫远举望双舄
锦里莲乡悠游杖国海鹤高翔添一筹

祝高母七十寿

（六月生辰四月十三日预祝）

菡萏开时乐陈夏大
菖蒲应节酒进春长

三月三日梅伶兰芳祖母八十寿

桃方结实三千岁
梅尚留香九十春

祝七月四十寿

曰艾曰耆进征人瑞
尔富尔寿拜赐天孙

祝四月寿

福应崧生寿传华祝
天开夏大人乐春长

祝某尚书太夫人寿

芝绋莱衣炜煌八座
萱帏柏戽荟蔚三春

贺延子澄同年娶孙妇

燕翼腾欢联鹊起
凤毛继美叶鸾和

贺女于归助妆

牺瑟凫钟和窈窕
鱼轩象服焕秾华

七月十三日贺新婚

星河宵净舒云锦
天宇秋高满月华

贺续娶联

镜涵桂月团圞影
琴奏松风断续香

己未觫孙完婚

芹泮重赓鸾哕乐
桐阶新卜凤鸣和

集易林喜联

鹊笑鸠舞欢喜坚固
麟游凤翔光明盛昌

挽　联

挽李爵相文忠公

将相历三朝任众谤群疑一生忠悃邀天鉴
恩威孚万国靖内讧外侮再造勋名满地球

挽陆文端公①

（润庠，甲戌同年，殿选）

名元上相生有自来蒙大度休休不薄微官疏老友
寄命托孤死而后已仰匪躬蹇蹇独持晚节识纯臣

挽端忠愍公②

（方，同谱）

谢太傅再起东山揽辔志澄清谋国始终心不死
武乡侯尽瘁西蜀骑箕神壮烈归元想像面如生

---

① 陆润庠，字凤石。江苏元和（今苏州吴中）人。同治状元，授修撰。光绪二十四年（1898）任内阁学士，署工部侍郎。光绪三十三年（1907）任吏部尚书、参预政务大臣。宣统二年（1910）任东阁大学士、弼德院院长。后充毓庆宫授读兼顾问大臣，为溥仪师傅。辛亥革命后，辞授读差，但仍照料毓庆宫，后授太保。1915年病死。赠太傅。

② 端方（1861—1911），字午桥，号陶斋，清末大臣，金石学家。满洲正白旗人，官至直隶总督、北洋大臣。戊戌变法中，光绪帝下诏筹办农工商总局，端方被任命为督办。变法失败后，端方也被革职。宣统三年（1911）起为川汉、粤汉铁路督办，入川镇压保路运动，为起义新军所杀。谥忠愍。著有《陶斋吉金录》《端忠愍公奏稿》等。

挽沈子敦廷尉[①]

（家本，壬戌同年，大理正卿）

狂狴近风清作士独操明允法

龙蛇丁岁厄典刑谁继老成人

挽景月汀[②]将军

（星，同谱）

历秦晋吴楚闽越而归硕望际新朝方期尽扫蛮烟（充禁烟大臣）共赞起文明政治（充政治馆参赞）

重宾主（西席）友朋兄弟（同谱）之谊老怀娱故里正喜常联旧雨忽变成感慨悲歌

挽何润夫[③]副宪

（乃莹，工部同寅）

水部擅才名仰梅阁清高不嫌杯酒流连招我共谈尘外梦

养园留粉本怅云山缥缈无复邮筒酬答邀君叠和画中诗

---

① 沈家本（1840—1913），字子淳，别号寄簃，清末新法家代表人物。历任天津、保定知府，刑部右侍郎、修订法律大臣、大理院正卿、法部右侍郎、资政院副总裁等。精于经学和文字学，尤重考据方法和求实精神。著有《诸史琐言》。主持制定了《大清民律》《大清商律草案》《刑事诉讼律草案》《民事诉讼律草案》等。

② 景星（？—1910），满洲正白旗人，字月汀。历任山西、山东按察使，河南布政使，江西、湖北巡抚，补授福州将军。光绪三十三年（1907）任资政院协理大臣，继派充全国禁烟大臣。

③ 何乃莹，字润夫，山西灵石人，庚辰科（1880）进士，改翰林院庶吉士。曾任山东道监察御史、内阁侍读学士、奉天府丞兼学政、顺天府府尹、都察院左都御史等。

挽绍葛民[1]都护

（諴，同谱，赴驻藏大臣任半途卒于山西，予曾馆于绍氏八年）

八载笃交情我愧冯煖君诚鲍叔
半生留恨事功亏贾让志阻班超（郑州河工曾被议）

又

大梦唤君醒神鉴有灵诗印谶（之任西藏临行祷于神有事到头来浑是梦之语）
实心邀帝眷臣衷已白死犹生（恩旨赐恤谓能实心任事）

挽世百先廉访[2]

（善，葛氏都护之子，为余及门，前均官工部）

绛帐愧称师记得开樽下榻乔梓情深更水部联吟两世渊源真契合
黄堂同出守盼到秉臬陈藩云霄路近忽玉楼赴召半生世业顿销沉

挽孙静山夫子

（讳汝霖，受业师，四川直隶州）

五十年化雨涵濡蜀道归来尚念斯文谈国学
二三子晨星寥落程门凄冷独挥老泪哭经师

挽上书房师傅宝公

（庚子殉节）

同学在少年谈道读书惟义尽是以仁至
见危即授命名儒师傅宁玉碎不可瓦全

---

① 绍諴，字葛民，别号云龙旧衲，姓马佳氏。满洲镶黄旗人。曾官安徽布政使。收藏极富。善书，工花卉，间写山水。

② 世善（？—1907），自百先，号退庵。曾官安徽按察使。喜吟咏，工书、画。

挽王友松太守[1]

（鹏运，同年）

廿载定知交况谊重苔岑爱我无殊亲手足
一麾才出守忽歌传蒿里嗟君何处问升沉

挽郝德卿内兄

（家驹，从军卒于新疆）

大丈夫生不逢时幸邀书剑有灵三十年来始伸壮志
真男子死何足惧所恨功名未立六千里外空作游魂

挽韩荪农姊丈[2]

（骧，国子学正）

半生许订知音文相酬诗相和书画相师方欣得志巍科二人同步青云路

数事难料瞑目女未嫁男未婚忘亲未葬弥复关心孀娣八口谁怜白屋贫

又代星甫家兄挽姊丈

（兄学医与姊丈同官国子监）

有志共功名典学成均同道赖君多助我
无方医痼疾关情骨肉穷途哀此未亡人

---

① 王鹏运(1849—1904)。字佑遐，一字幼霞，中年自号半塘老人，又号鹜翁，晚年号半塘僧鹜。广西临桂(今桂林)人。同治九年举人，光绪二十八年至扬州主学堂，卒于苏州。工词，与况周颐、朱孝臧、郑文焯合称“清末四大家”，鹏运居首。著有《味梨词》《鹜翁词》等集，后删定为《半塘定稿》。曾汇刻《花间集》及宋、元诸家词为《四印斋所刻词》。

② 韩骧，字献廷，号浥道人，大兴人，光绪元年(1875)举人，能诗文，善绘事。

挽程俊卿

（杰，云南宣威州知州）

理学千秋自古儒宗高洛朔
功名万里至今民望重滇南

挽李墨缘太夫子

（翰文受业师）

化雨频施两世至今传口授
泰山安仰三年从此服心丧

挽杨小雯孝廉

（江苏人）

最难忘朋友知己况联东道西邻八载平分槐荫绿
尤可惜文章魁手忽阻凄风苦雨三春未报杏花红

又代方小云挽杨小雯

燕旅别江南幸萍水相逢同为泛宅天涯客
鸿名传冀北正桂枝高擢遽作修文地下郎

又代王吉甫挽杨小雯

（吉甫系小雯姑丈）

廿年同学许心交念文章吾友婚媾吾亲方欣得志高科指日功名成矣
数日沉疴撒手去问父母谁事妻孥谁畜徒令关情外戚临风俯仰黯然

挽李小坪姻丈

文字定同心记东国游踪遍访名山收画本
膏肓成结舌抱西河隐痛空留遗泽付孙枝

代李幼兰挽高象阶姑丈

（广文）

四十年戚谊尤重通门记同砚论文雅教独传风铎
二千里宦游相逢故里正开樽话旧悲歌忽叹人琴

代刘晴甫挽高象阶姑丈

（时刘在陕）

萱室兰阶昼锦正绵冬日爱
燕云秦树邮函忽报秦山颓

代绍葛民挽族兄

六十载谊重同宗雁旅寄京华杖履随时亲侍教
一阅月言归故里鹏飞惊邸舍关山何处赋招魂

代绍葛民挽贵楚堂

二千里同赋皇华把袂订交爱我至今如手足
七十年独持晚节盖棺定论嗟君何处问升沉

挽郝竹坪内弟

（代儿辈）

雁旅滞游踪记杖履常亲回首十年京洛梦
鹏飞传噩耗慨云山远隔怆怀三复渭阳诗

挽白竹君

（永麟拟谏草一篇交报馆绝粒死经御史奏闻请恤）

陈书不过数端亦恺切亦精详徒叹位卑言轻慷慨独挥忧国泪
愤世竟拼一死可感君可警众但愿威行法立圣明无负谏臣心

又

生不逢时一篇谏草千行泪
死有馀烈几笔幽兰百世香(画兰四幅赠报馆)

代人挽某刑席

我辈尽蒙然幸荫托桐枝待坐长亲长者教
先生何处也慨风清莲幕典刑空望老成人

代人挽内

家计赖维持念养女未嫁盼儿未生后顾正复多端问汝何堪撒手去
宦游才小别叹有病同怜无福共享归来已成永诀嗟予能不暗神伤

挽毛崧甫姑丈

(时正定内艰在苫)

与吾母中表至亲悲哉死亡相继
叹我姑生活无计凄然孤寡何堪

代先严挽先伯

五十年手足刻不曾离事事兄则倡之弟则和之历半生志合心同胡可忍情抛我去

六七日膏肓溘然长往嗟嗟父已老矣季已亡矣剩一人忧深虑远能无痛哭唤君来

代人挽姑母

廿载赖从姑抚我兄弟妻孥自顾受恩惭未报
九原逢故父问到室家儿女料应回首叹无依

挽老妻郝夫人

念结发五十有四年奉亲孝训子严睦族党雍和慨予羁滞京曹深幸累卿多内助

祝齐眉七旬晋八寿男成名女得所看孙曾蕃育知汝了全心事胡为别我竟先归

代海弟挽嫂

孩提曾保抱屈指记五十馀年亲承钟郝徽音慈同爱日

老境正康娱转眼登八旬上寿愧乏岐黄妙术留驻长春

代郝勖初挽姑母

廿载幸从姑记抚我兄弟筹我室家重叠厚恩惭未报

九原逢故父倘盼儿功名问儿学业浮沉薄宦慨无成

挽先伯耕石公

卅馀年教养不异亲生无那羁滞功名恨我未遑终侍疾

四十里归来已成永诀只为勉安祖父嗟予何敢过伤悲

挽朱亲家母钟夫人

（芷青同年夫人）

托苔岑至谊更结朱陈去年七秩齐眉昼锦精神都未老

忆荆室联欢恰同钟郝此际九原握手夜台情话定如生

挽王吉甫大令

（秉谦）

分道旧朋侪凫舄飞腾壮游冀北

长辞新世界乌衣凄冷怅望江南

挽赵丹林都阃

（震甲）①

半生杖策长征溟海鸿鹏曾远举
七秩悬车高隐故园松菊竟先凋

挽汪以仁亲家

盛名久著金台至谊托葭莩羡桂馥兰芬指日八旬称寿斝
薄宦曾游珂里义行传桑梓忽山颓木坏流风千古仰遗徽

代人挽亡妹

前身或是菩提守清净戒存恐怖心半生来谪降尘凡已了因缘归乐地
回首休言福命有富贵名无室家趣数十载经营惨淡能不痛哭问苍天

挽俞筱沅观察

（培元，甲戌同年同门）

宦海浮沉解组逍遥联旧雨
道山归去同门寥落慨晨星

挽高曦亭京卿②

（赓恩壬戌乡榜同年丙子翰林上书房师傅）

同科记五十余年半生谈道读书大著终藏山中石室

---

① 赵震甲，曾任济右帮千总，其他不详。

② 高赓恩（1841—1917），字曦亭，北塘（今天津塘沽）人。清光绪二年（1876）进士，改翰林院庶吉士，三年馆散，授职编修。后充国史馆协修，奉旨在上书房行走。

遗老近八旬正寿一代名儒师傅全归仍返天上玉堂

挽绍叙五部丞

（彝前山西汾州守同谱）

爱日慕萱闱引我登堂拜母谊惬金兰慨宦辙浮沉同返故园联洛社
耆年歌蒿里记君作郡临民德传风草知循声洋溢长流遗泽被汾阳

挽冯心兰亲家

（金鉴）

外台内翰扬历半生大梦欻然醒岁在龙蛇呼起起
贰室通门欢欣两好前程浑莫测天教鸿雁去冥冥

挽忠精一给谏

（廉）

汳水昔同游记春暖棘闱联步文明观蕊榜（同充会试内监试河南闱内廉为文明堂）
沧桑今遗老慨烟销柏府怆怀耄耋表华阡

代儿辈挽舅母

（郝云乔夫人）

宅相愧无才幸与双丁握手谊契兰言常拜璇闱娱爱日
壶仪传有则盼到周甲齐眉庆同莱舞忽攀缌幔起悲风

代郝勖初挽叔母

两载就京华所幸近得瞻依璇室时循犹子职
一朝伤风木未敢过为哀痛绳床恐惹老人悲

挽吴仲秇侍郎[①]

（重熹壬戌乡试同年曾同官工部）

同科历五十馀年犹记联步冬曹雅慕屯田唱风月
遗老晋八旬上寿才醒一场春梦慨随故园化烟云

挽恽薇孙学士

（毓鼎）[②]

二竖病魔缠慨术擅岐黄扁鹊难收池水效
一场春梦醒惜才齐元白飞鸿空剩雪泥痕

挽侄女德娴

费尽亲心百药终难医怪病
死原尔命廿年何必现昙花

挽徐花农侍郎

（琪，孔社长）

二千年孔教传人幸挹同道高怀常接琴樽谈风月
七十岁清廷遗老乍醒一场春梦空留诗笔幻烟云

---

① 吴重熹（1838—1918），字仲饴，同治元年（1862）中举人。历任河南陈州知府、开封知府，福建按察使，江宁、直隶布政使，护理直隶总督、北洋大臣，江西巡抚，河南巡抚等职。解职后，闲居天津，闭门谢客，编辑印行《吴氏文存》《吴氏诗存》《世德录》等。

② 恽毓鼎（1862—1917），字薇孙，一字澄斋。光绪十五年进士，历任日讲起居注官，翰林院侍讲，国史馆协修、纂修、总纂、提调，文渊阁校理，咸安宫总裁，侍读学士，国史馆总纂，宪政研究所总办等职。

代曾儿挽杨杏城右丞[①]

（士琦，曾儿受知师）

湘水挂帆归道故仍被采榛重侍通门承大教
沪滨键户卧待时尚资建树竟从静境悟真如

挽孙玉亭孝廉

（温，咸丰己未同入学，今周甲应重游泮水）

同学记髫龄方期扶杖追陪周甲重寻芹藻乐
故乡怀遗老正拟投诗唱和酸辛欻听蓼莪悲

挽刘蔚庐[②]

（人熙，湖南进士，前工部同寅后为湖南省长，故于沪上）

硕学绍河汾记水部同舟共寄北平联旧雨
大功垂桑梓慨沪滨返棹空瞻南岳怅归云

挽锡闰生廉访

（桐，工部同寅，陕潼商道转按察使）

廿载集冬曹历持节秦关归来重联旧雨
一朝醒春梦慨怀恩清室俯仰都化浮云

挽孟处士夫妻继逝

天不假年半生易学专门遗文未卒京房业
寿原偕老一旦诗传同穴感逝终成德耀贤

---

① 杨士琦(1862—1918)，字杏城，为李鸿章、袁世凯的重要部属。

② 刘人熙(1844—1919)，字艮生，号蔚庐，光绪三年(1877)进士，官至广西道台。后返湘任湖南教育总会会长，创办船山学社。著有《刘人熙日记》《蔚庐文集》。

又代

经学蹶文场慨大梦初醒叠遇龙蛇丁岁厄
壶仪垂没世矢同心偕老联翩鸿雁并时归

代侄挽叔

数十年教养无异亲生只缘寄迹京华未获寝门亲侍疾
二千里驰归已伤永诀徒令悲同风木空遗杖履动哀思

代

云路羡双飞讵意同心悲断雁
泉台醒一梦料应回首念遗雏

挽婶母李太淑人

（寿八十有五）

守清节六十有二年不幸佳儿佳妇事未终身赖孝德贻谋化被诸孙勤奉养

享遐龄八旬望九寿方欣多富多男欢常绕膝欻慈颜见背情关犹子剧悲哀

挽陈蓉曙观察

（光嗣君季侃，任甘肃道尹）

内翰春梦一场欻成正觉
佳儿前程万里空盼当归

挽延子澄学士

（清甲戌会榜同年工部同官，著有《蝶仙小史》《锦官堂诗集》）

同登甲四十有六年记水部联吟早与仙蝶为缘神游顿化庄生梦
计降申七旬晋五寿抚锦官遗稿只剩雪鸿留印感逝空传苏子诗

挽马佳母曹太夫人

（绍越千之母）

继体育英耆母训有方共慕显扬荣极品

介眉登大耋佛缘无量自安定静悟真如

挽李命三学部

（著《明夷待访录纠谬》一书，进士，清廷赐御书“正学匡时”匾额）

汉学通儒纠谬正陈书岁在龙蛇呼起起
清廷遗老匡时空矢志天教鸿雁去冥冥

挽谭斗生太史

（巩，甲戌同年，著有《莱竹轩诗集》）

同登甲四十有八年几番阅历沧桑晚节咸钦遗老健
计生申七旬晋二寿一旦罢吟菉竹残春已被梦婆知

代人挽内

勤苦耐家寒数十年仰事俯育心力交摧幸白发延龄娶妇抱孙才了愿

痴顽忧子疾六七载著痹罢癃形神俱困讵青齐暂别兼程回里已长辞

代人挽姑母

数载病安痊幸我姑常侍堂前盼到寿延晚节
一朝悲永诀与吾父相逢地下料应痛切同胞

挽吴季白夫人

一品锡荣封鸿案相庄相夫共著循良绩
双丁勤励学熊丸垂训教子都成干济才

挽李青田

卌馀年聚首京华敬业乐群桑梓敬恭推老辈

八旬寿平心建树丰财和众楷模纯正仰遗规

遗　联

留别亲友

人寿能几何悟名缰利锁及早抽身风月一林还故我
余生今已矣慨地棘天荆不堪回首云霄万里望诸君

留示诸儿

我命尽由天幸寿已全归不必椎心深尔恸
君恩都扫地惟贫无厚葬勿庸表面壮人观

留示儿孙

骨肉岂必皆遂心非甚背乎人情要容所难容忍所难忍
家庭或有不平事但无伤于大体当见如未见闻如未闻

又

达观人世事总有贫富穷通立身只在能安命
谨守我家风不为机械变诈得力无非学吃亏

遗诫儿孙

男儿当自强但能励行笃学休务虚名事事须脚踏实地
丈夫原有志要知成德达材非图利己念念总功归济人

又

除修己无争进术
欲胜人在学优时

心清室诗存

序

潞河王君劭农与余同砚同师，咸丰己未同为秀才，同治壬戌同举于乡，同出武昌胡夫子介卿之门，晚同领郡，同以道员归田，又因岁值重宴鹿鸣，同邀宸翰，较唐李贽所谓四同实远过之。君幼即颖异，文事靡不精而尤以画名。于时通籍授官，移家京师，乞画者踵接，公馀日恒染翰，诗则偶一成咏，以故数十年来录存箧衍者编不盈寸，而奇光逸彩传世有馀。余既与君早岁相知，光绪中叶又取君女侄德庄为桐儿妇，两人契分，固不仅在文字间也。猥遭世乱，庚子秋，君携长次二君，蛰居余监署直庐凡四阅月，危苦之中日惟酬唱以纾悲愤，既而迭经离合，时局愈幻，道侣愈稀。辛亥以还，幸保馀生。君每论及世事，或至拍案裂眦，余辄诵渊明诸曲为之解，君旋輾然，迄今此景宛在目前。乃君甫开九秩，倏返道山，仅余孤立人寰，耋老无俦，郁邑谁语。自君逝后，宝视君画者愈多，惟诗乏刊本，人以为憾。顷长君子怡搜辑遗篇，厘为九集，得四卷，取君晚年自号，署曰心清室稿，问序于余。余记君囊有联云“不解诗情安有画，真知琴趣本无弦”，君画传矣，诗必更传。是编一出，当可与君家摩诘后先辉映，无俟赘评。独是余于篇咏外别无所长，历年镌稿及五十卷诗虽甚富，而尝悔未经抉择，拟大加芟削，约为一集，冀或永传。顾桑榆景暮，縠贻之美与门祚之盛皆远不及君，未卜私愿能偿否也。此则同而不同。因阅君稿，欣戚交并，备书简端，以质世之知我两人者云。时有生第二癸亥年之秋八月,大兴素园老人年姻小弟朱寯瀛顿首拜识。

序

昔钟记室之明诗曰:在心为志,发言为诗。又曰:诗者持也,持人情性,持之为训,有符焉尔。人禀七情,应物斯感,感物吟志,莫非自然。是知本自然以为诗,则凡人之情也,性也,志也,胥于是焉,劵之由是较量,寸分浅深弗爽。或则人馀于诗,或则诗馀于人,盖其真际诚有不可掩者在也。劭农先生起家进士,从政工部者三十年,廉静自守,在腴不润,尝自颜其居曰澹静草庐,盖其志趣之所托也。后改官御史台,所言多以正论矫时弊,当轴者不能用,或迂视之。出守徽郡,壹以清静不扰为治。时方多故变政日急,有如束湿不忍以之累民,未及考绩,即引疾归。盖默察世局,知其有万不可为者,故决然舍去。时年甫逾六十,未衰老也。自后悠游京国,诗画陶写,不数年而辛亥变起,入民国来,益不复问时事,乃更颜其居曰心清室,时与三五故老假文宴以自遣。岁辛酉,寿八十,适值重逢乡举事,闻清室赐书扁额,戚友称祝,一时传为盛事。生平兼通艺事,画尤绝人,能于南田南沙外自辟蹊径。诗不恒作,藉以抒写性情,不事摹拟。晚岁所为渐黟深造自然,今集中澹静、山居、心清三集,居全诗十之六七,晚节细律视前五集意境特殊,要其静致远怀自于诗外得之,所谓人馀于诗者非欤。家声以里党末进,得侍杖履者十余年,时时从闻京朝消长、时世迁易之大言次,忾然若不胜戚。辄以他语乱之,间从问诗,其于伪体附庸,尤截断之甚力,每有所作,虚怀商榷,不弃壤流。窃尝独念先生虽伤心世变,土苴轩冕,顾犹得于荆天棘地之馀,招携耆旧,寄怀觞咏,挹其韵致,如见胜国承平遗轨,不可谓非晚福之独优。今则读其诗,不复亲其言论丰采,独所谓性情真际有炯然不可泯者。噫,来日大难，先正安仰，宜夫感不绝于余心也。姻世侄郭家声[①]谨识。

梦馀集

（幼读书梦馀书屋所作）

题庄子金大令倚剑观书小像

神如秋水气如虹，此日逢君图画中。一卷奇书三尺剑，从知名士即英雄。

蔡村晚行

客路迢遥不计程，野村西畔载舟行。北风秋水斜阳裹，卧听船头打桨声。

杨村夜泊

长河无浪复无风，日暮依村系短篷。两岸虫声清不寐，舟人闲话月明中。

遇　雨

一湾秋水明于镜，半幅轻帆快似梭。日暮西风送微雨，遥看前渡起烟波。

归　路

匆匆晓起放归舟，两岸霜痕满目秋。指点遥村疏树外，依稀塔影是通州。

---

① 郭家声（1869—1946），河北武清人，清末著名教育家，著有《忍冬书屋诗集》。

秋日书怀

廿四风期屈指加(时年二十五),寒酸儒昧误年华。半生往迹蕉阴梦,一事关心杏苑花。敢挟文章夸造凤,只亲笔墨学涂鸦。欲寻霄汉愁无路,安得同浮星使槎。

于少兰表伯自题小像

(代)

幽竹伴我身,明月鉴我心。横琴而不弹,我欲待知音。

重阳客至

连朝风雨满城催,待到重阳就菊来。红叶几回呼仆扫,黄花一半为君开。茶如当酒应无量,诗不题糕莫漫裁。若问登高何处近,古城东望有楼台。

秋夜警盗

跳梁来去总无踪,金柝敲残一夜风。最是闹人眠不得,家家犬吠月明中。

集句书怀

偶来松树下,樽酒乐余春。古月下烟鹤,清风来故人。水流心不竞,花与思俱新。但识琴中趣,无怀氏之民。

题韩荪农[①]姊丈小影

形神矫矫气轩轩,画里高风莫比伦。老鹤待时方振翼,奇松得地自磐根。因吞丹篆梦皆古,为爱黄花秋尚存。四顾苍茫人独立,水清石瘦悟真源。

---

① 韩荪农,大兴人,曾为谭嗣同老师。其他不详。

题郭鼎臣中翰文昌阁记

天生大器必晚成，当其未遇鸣不平。大木深山响天籁，老骥伏枥长悲鸣。自古奇才不得意，譬如青云在平地。俯仰古今感慨生，每托悲歌以言志。汾阳旧族贵公子，少年积学耽经史。读书养气二十年，词源笔阵供驱使。学成橐笔游长安，文章声价高马班。笑我蝇头附骥尾，九霄丹桂同跻攀。缅昔功高李唐室，至今朝廷傅姓氏。校书秘阁对金华，待漏禁门纡朱紫。二十四考中书令，功名有志当如此。才人结造五凤楼，英雄驰骋九花虬。丈夫雄飞岂雌伏，会当投笔觅封侯。无如天心重磨炼，遂使英年置间散。凭高四顾长啸歌，磊块填膺唤奈何。海内风尘知己少，江南烽火积年多。一时豪杰皆吾侣，蛟龙无那风云阻。拔剑斫地地无声，举酒问天天不语。然而时数不可争，只须合眼放步行。富贵功名多变熊，彼苍端不负生平。

题家谱笙兄小像

为挹花香入酒卮，绿蕉阴下纳凉时。间中悟得读书乐，个里幽情有鹤知。

自题小像

我面不自识，我独知我心。欲古而不古，似今而非今。读书不甚解，披画常摹临。无事且酌酒，有时还抚琴。况遏好时节，花木有清阴。悠然禽鸟乐，我亦爱绿林。静观皆自得，幸无尘俗侵。写意画图中，聊以开胸襟。即时当行乐，何必问升沈。

题友人小像

柳荫花香静坐时，清风吾友石吾师。此身不入繁华境，顾影何妨骨格奇。

于少兰表伯小像赞

有竹则不俗，有月则不独，悠悠然，落落然，流水高山知音者，孰匪夷匪惠。不樵不牧是处即庐山，识君真面目，吾得而称之曰，在彼空谷其人如玉。

题韩花农太亲翁肖像

大地生生幻即真，拈花微笑悟前因。苍松同古山同寿，管领人间八百春。

题徐伯英肖像补图

所不可问者，苍茫天意判升沈。最不得已者，落魄英雄载酒吟。嗟君才如不羁马，卓越往古超来今。海内遨游知己少，江南烽火惹愁深。十年橐笔走燕冀，相逢一笑不相弃。曲终流水契知音，赋罢凌云明素志，长康画手工传神。写出庐山面目真，笑我笔荒墨又驰弛为君补出境中身，清比莲花闲比鹤，诗卷琴樽自行乐，修桐百尺坐苍凉。古月一丸增淡漠，停琴待月月方来。举杯邀月月徘徊，磊块填胸浇不尽。一声长啸水云开，酒酣脱帽歌且舞。满腹珠玑自吞吐，本是神仙谪降才，暂作人间风月主。吟风弄月几时休，劝君增乐莫增愁。试看老鹤梳翎羽，会遇长风万里游。

题董子容世丈肖像

地僻不成村，翛然古意存。清香莲出水，高节竹当门。悦性惟鱼鸟，传经有子孙。四时皆乐趣，何必不窥园。

送杨晓雯孝廉之昌平

（步原韵）

买邻何幸遇诗豪，文字缘深在引毫。九夏槐阴连理近，三秋桂子仰天高。宾鸿本不甘雌伏，飞燕无须恋伯劳。愿定明春桃李会，长安走马又相遭。

再和

（倒步原韵以取回环之意）

好友如君未易遭，无端杯酒送劳劳。南来雁旅三秋别，北望鹏程万里高。旧学商量宜著力，新诗投赠且挥毫。丈夫不洒离情泪，匹马长征气倍豪。

题于少兰表伯采兰图

披图如见君，问君独何计？谓爱兰之芳，君何不采蕙？谓爱兰之香，君何不折桂？我意折花时，清静有真契，同心慎无言，一言失妙谛。

其二

（代）

尘俗原来不可侵，闲中况味画中寻。想因清静无知已，独与幽兰契素心。

题汪至宾武孝廉习射图

长康画手真谙练，妙笔为君开生面。英气勃勃欲凌云，神光熊熊惊落电。问君具此英武姿，胡为落寞隐不见。君意功名不可争，沈几徐与观时变。方今劫火未全收，凭高西望边尘旋。一朝雷雨起蛟龙，遂使英才冠群彦。左持宝雕弓，右挟大羽箭。西驰出玉关，勇气压兰鄯。连发三矢杀三人，虏骑望风不敢战。古来豪杰立大功，晚成每为群雄殿。愧余无术觅封侯，寂寂寒窗磨笔砚。有志与君同著鞭，又恐奔轶绝尘，令我徒望青云羡。

京曹集

（自同治十三年甲戌通籍后至光绪二十六年庚子春所作）

于役马兰过濠门遇风

和旅壁成亲王原韵

野旷万山迷，黄埃压日低。风狂收宿雨，沙碛没春泥。近塞馀寒烈，长途暮色凄。驰驱多石径，情转怯归蹄。

蓟州道中望盘山

一豁看山眼，田盘拥蓟城。双峰初日丽，万树晓烟轻。不尽停车爱，徒殷著屐情。千岩青不断，似欲送归程。

过段家岭

和旅壁宝公梦莲原韵

自入田盘路，看山一豁眸。园林逢隐逸，鸡黍足清幽。枯树留闲馆，繁华话旧楼。主人殷好客，相送约重游。

山翁赠石

匆匆车马冒风埃，一望田盘眼界开。多谢主人遗片石，居然带得好山来。

秋夜书怀

园林过雨夜凉生，客里秋心对月明。多少诗情传不出，苦吟都付草虫鸣。

高象阶姑丈小照补图并题

官迹优游不计年，儒生裙屐总飘然。满园桃李栽培力，入座春风即乐天。

赠黄筱宋刺史

云山一幅墨华浓,姓字先从画里逢。气韵天然成妙品,宋元嫡派振南宗。知名已久见何迟,风雅居然老画师。从此艺林声价重,一编逸史赖搜遗(现补画史汇传)。秦碑汉印自摩研,满架图书古味全。铁笔一支精篆刻,遂教名字藉君传。十年点笔学无成,西抹东涂浪得名。尺幅何堪赠知者,愿闻说法作师程。

之泰宁留别恒叔樵步元韵

似水交情古意存,相酬惟有爪泥痕。东风忽入元戎幕,心事翻成羝触藩。无端草草作劳人,都为交情系此身。羡煞寒窗老名宿,一灯书味耐酸辛。

冒雪入都

冻云压树淡于描,隐隐都城入望遥。风雪一肩驴背冷,载将诗思过双桥。

探梅有感

著意探梅去,花开隔水滨。如何太冷淡,不似去年春。

和田叔璋于役马兰之作步元韵

送君风雪出东郊,十日春寒转眼抛。几曲云山萦梦想,数行鱼雁达心交。酒惟北海樽中满,诗在昌黎马上敲。莫道他乡行役苦,及时雨露拜螭坳。

再　和

倒步原韵取回环之意

几番酒绿与灯红,最喜当筵唱小童。胜会不须愁落寞,壮游足以励英雄。志高常棣诸君上，勋纪皇华一役中。鸿鹄从兹欣得路，扶摇万里遇长风。

再　和

雪柳无非报主恩，骁骁车马总蜂屯。闲曹笑我常疏懒，十日春寒不出门。(用成句)

梦中得句

柳儿旧佳杨家港，袅袅腰肢打双桨。春潮初涨碧如油，溪边睡稳鸳鸯两。

多介川比部崇筱岩侍御约同黄雪轩上舍沈揖甫陈莲舫比部饮于延祺堂，赏菊弹琴作画，各志以诗，即席得四截句

雅慕当年昼锦堂，相公馀泽不能忘(延祺堂本英相国厅事)。至今老圃留遗种，依旧黄花晚节香。

公子高怀莫与俦(谓介筱岩昆玉)，开樽雅集尽名流。既逢知己须拌醉，况有花枝做酒筹(是日余饮大醉)。

一声新雁落平沙，曲谱良宵称九华(介川出潞，王琴属沈揖甫奏平沙落雁，余做良宵引以和)。解识琴中有真趣，高风原不让陶家。

相逢对酒赏花时，半属诗人半画师(沈揖甫黄雪轩崇筱岩俱善画)。话到兴酣齐落笔，为留鸿雪系馀思(合笔写菊，各志以诗)。

贺陆砚香新婚

(代友人作十月中旬取杜氏女)

浣花堂上选诗才，入洛机云得意来。一曲霓裳仙侣合，好联新韵话妆台。东风新律入春先，芳信从今次第传。最是诗清人意好，梅花香里月初圆。

感怀

底事滞京华，功名逐念差。宦情如作客，乡梦不离家。萱慕堂前草，菱愁镜里花。中宵一轮月，同此怅天涯。

冬夜弹琴答问舍黄雪轩

树做惊涛撼满庭，援琴一奏夜冥冥。隔窗不怕风声乱，自有高人著意听。

题画润格

画债年年纸作堆，秋风过耳任人催。笔干少与分河润，一笑名花顷刻开。

答友人索画即代柬

索画君真作债催，醉中下笔敢迟徊。写成寄与诗人看，准拟携回好句来。法眼无端向我青，楹联学字那成形。书家自有云烟纸，乞答新诗写挂屏。明朝散步夕阳时，过访幽斋说画诗。准备酒阑灯灺后，手持纸笔强君题。

饮庆和堂次韵(代)

选胜追陪奉羽觞，楼台高处俯莲塘。柳丝对岸雨中画，花气入帘风外香。拌倒玉山呼酒急，罚依金谷索诗忙。即时休暇惟寻乐，天际浮云任雁翔。

月夜闻笛

人静夜漫漫，天高月色宽。一声何处笛，孤客正凭栏。风定龙吟细，秋空兔魂寒。霓裳传别调，此曲和应难。

种　菊

秋成何必种桑麻，自喜携锄种菊花。几曲短篱新位置，一年老圃旧生涯。移来预计重阳近，浇处常迎夕照斜。三径未荒佳色满，高风原不让陶家。

丁亥重阳友人约至名优桐秋（名小桂凤）别院赏菊

即席联吟友人首唱四截句依韵和之

一番凉雨一番风，花信传来冷淡中。最是梧桐庭院好，平分秋色到篱东。

天生品格瘦凌霜，引得诗人酒兴长。毛颖醉中凭写照，黄华不语自含芳。

桂馥兰芬簇一山，难教老子破痴顽。只宜么凤枝头挂，日倩啼花不放闲。

韩圃秋容许共寻，诗家情思碧潭深。兴酣好索联吟句，肯对名花酒自斟。

送绍葛民都护之任西招

（即西藏有大招寺小招寺）

我滞京华十六年，送君东洛又西川，功名变态浮云似，一度骊歌一黯然。八载居停作主宾，解衣推食性情真。论交鲍叔深知我，同气金兰老更亲。竹窗诗画正相投，挥手无端又壮游。秦树陇云添阅历，放怀应胜故园秋。云龙老衲记前身，三藏孤征亦夙因。日奉金刚为护法，不辞辛苦作劳人。石栈天梯路不平，披图万里计邮程。樽前话别无多语，珍重吟身是此行。投笔封侯故事存，即今衔命亦衔恩。愿君早定安边策，好整归鞍入玉门。

题黄筱宋司马壮游图

足迹半天下，收来图画中。寻山开眼界，观海荡心胸。政绩怀前日，诗才拜下风。云程时矫首，万里一飞鸿。

游碧云寺

（时正盼雨）

入山寻古寺，幽境历层层。涧跨危桥度，阶循曲路升。石台高过树，金佛众于僧。随地流泉活，田家得未曾。

题竹林图答延子澄同年

绝少俗尘侵，修篁郁一林。此君多直节，相友尽虚心。拔地云霄上，参天雨露深。松梅得三益，延颈羡同岑。

题仙蝶图答延子澄同年

仙踪有意访君家（子澄有来蝶轩），应为征诗驻凤车。一片彩衣飞不去，常留青影伴梅花。仙亦好名怜史笔（子澄著有《蝶仙小史》），蝶真有识访诗家。太常清供无烟火，半醉花香半啜茶。

小桃源集

（庚子之变寄居朱芷青同年国子衙斋所作。地处幽僻，故比之小桃源。）

感　事

（用日本诗原韵）

承平何事召民团，满地刀兵酿异端。妄说攘夷保周室，儿童竟欲学齐桓。誓扫夷氛若有余，乍闻欲信总踌躇。而今一败真涂地，悔不歼除起事初。惊闻肃杀一城秋，僻处偏隅闭两眸。何日翠华归凤阙，再瞻春色满皇州。满城岂是插降旗，翘望銮舆总不知。差幸敌兵能约束，只今皇路尚清夷。

再叠前韵

兵事如丝乱作团，由来贻误总多端。东迁岂是中兴局，从此春秋托隐桓。论世疑人尽唾馀，独闻神降不踌躇。新军哗溃谋臣死，大错何如慎厥初。出狩河阳岁纪秋，废书而叹泪盈眸。九重城阙烟尘起，列辟恬然拥大州。纵火殃民假义旗，农夫童子本无知。同舟敌国翻无扰，叹我安居在九夷。

感　事

（用日本诗原韵）

仗义都非义，绥和竟失和。妄言平海国，决计奋天戈。狐鼠凭城社，鲸鲵纵网罗。从龙多圣佐，何以靖风波。暂避桃源里，忧怀独愀然。秋声尘世外，日色暮天边。只盼梅风转，频看桂月圆。汉宫依旧好，惆怅万家烟。

答日本兵官

炮雷弹雨大夷伤，困守危城正悚惶。赖有同文尊孔子，喜因顾曲识周郎。衣裳会待干戈后，仁义声传道路傍。名士英雄挥手去，令人极目水云乡。

重阳寿朱芷青同年

秋风无处避嚣尘，寻到桃源寄此身。一局残棋忘岁月，恍如世外遇仙人。年年此日看花黄，今日无花懒举觞。交似醇醪人似菊，对君即不负重阳。曾来海客访诗豪，义手联吟唱独高。笑我才非刘梦得，欲逢佳节敢题糕（以花糕持赠）。风急秋高霜气凝，琴书有味话寒灯。感时不作牢愁语，如此襟怀即寿征。

闰中秋和朱芷青同年

龌龊幽居思悄然，中秋景物屡推迁。惊闻西陆风何劲，愁望南楼月又圆。鸿雁几时来远浦，鱼龙终日混重渊。伊谁论事回天力，转眼春光到九边。

冬日杂咏和朱芷青同年

不图事变至于斯，蕉鹿茫茫忆盛时。寻得小桃源里住，消愁且说画中诗。风饕雪虐励冰操，至谊情深酌酒醪。不羡虎头飞食肉，暂分清福拜诗豪。倚枕无端百感生，客愁难遣是深更。风号万窍天如洗，孤月空悬濯水晶。广厦千间不庇寒，更难裘马逞雕鞍。泥涂委积衣裳冷，彳亍长途和泪看。王孙进食且疗饥，差幸葭莩附末微。高义陈蕃容下榻，再赓安燠岂无衣。秋风吹雁不成行(时海弟挈眷避居密云)，怕看团圞满月光。孺子恐非真可教(二子受业芷青时随侍在京)，马牛叹我老冯唐。一室和平共理琴，天伦乐事个中寻。紫阳家法春风里，真趣非关弦上音。风雪催寒酒力加，笑余耐冷住京华。天公总有回春日，未必抛残陌上花。

朱芷青同年王伯恭[1]学博唱和佳章见示依韵和之

幽居入醋瓮，孰凿浑沌窍。懑极一长吁，行歌等谭峭。晨起冻指僵，偎炉理茶铫。朱子啸咏来，言诗得同调。叠韵分琳琅，盥读就窗窱。顿使龌龊子，心花开四照。毛郑今经师，大文隐雾豹。小儒胡饶舌，动以非礼报。当头试一棒，大喝警昏觉。

---

① 王伯恭，又名王仪郑(1861—1921)，原名锡鬯，字伯恭，别署公之侨。举人，国子监学正。曾入张之洞幕，与马相伯使朝鲜，为国王聘客。翁同龢门生，著有《蜷庐随笔》传世。

过正阳城市慨然有作

帝阍崇巨丽，填溢百廛罗。一炬成焦土，重洋起大波。风尘蒙翠辇，荆棘卧铜驼。再造金汤固，回春祝太和。

答朱芷青

半载身如客，相依患难中。交深言不浅，才拙句难工。落拓伤家狗，平安盼塞鸿。熙熙惟海国，忧乐岂能同。

杂感

东迁成覆辙，世事变春秋。仓廪资狐鼠（洋人开仓粜米），簪缨走马牛（某蓝翎侍卫贩米面负载道路）。谋生都咄咄（洋兵搜刮十室九空，生活无计），望岁愈悠悠（风闻乘舆回京迄无确耗，万众翘盼）。何日春风转，愁云一卷收。

咏雪答芷青

晓风窗纸脆，吹遍雪晶莹。地气融三白，天容肃一清。阳春应有曲，朝日尚无情。且共烹羔酒，衔杯想太平。

雪夜共话芷青有作依韵和之

吟肩独耸似寒郊，雪压低檐伏草茅。事有百端萦梦里，愁无一日放眉梢。琴诗邀我闲中课，松竹犹人冷处交。梅鹤多情长供养，不嫌羁客漫相淆。

眷属由密云回京芷青投诗致贺依韵答之

羁客愁眉尽日攒，感君投辖勉为欢。一林梅鹤仙家佳，四壁琴书斗室安。燕乳新巢先志喜（近予又得一孙），鸿归旧侣不惊寒。朱陈从此皆团聚，伫看庭阶竞秀兰。

除夕有感

半载流离盼到家，岁寒耐冷度年华。六龙回驭犹难测，万象更新未可夸。夜静不闻喧爆竹，春明何处觅唐花（新岁无薰牡丹）。风光虽好难寻乐，消遣惟凭酒力加。

辛壬癸甲集

（庚子腊月由国子监回寓，自辛丑至乙巳所作）

朱芷青同年见示辛丑元日即事诗依韵答之

桃符未换门如旧，爆竹无声市不哗。转瞬年光都了草，浑忘风信几番花。沙鸥泛舟频惊浪，旅雁随阳又徙家。世味共尝同嚼蜡，漫将吉语互褒嘉。

辛丑端阳虚度六十芷青投诗引年依韵答之

龙驭銮回在目前，全消云雾又瞻天。惊心尘海都成梦，回首桃花恍遇仙。自分功名如止水，那堪岁月似流川。白衣苍狗当时事，应读南华第几篇。

延子澄同年投诗引年依韵答之

郎署浮沉岁月淹，新诗酬答已成函。一枝犹记花簪帽，廿载空馀酒满衫。神骏蓊云思并辔，危舟骇浪慎扬帆。白衣苍狗忧时局，翻羡山翁老穴岩。雨露风霜忽变移，黄花秋老恋东篱。华年同作金台客，皓首犹联水部诗。漫说簪毫能补衮，只愁鞅掌欲棼丝。馀生已作浮云想，不独丹青学大痴。

重阳寿朱芷青同年

去年烽火避城东，患难相依一室中。慨我无家容寄客，祝君有酒拜诗翁。阳春白雪高难和，晚节黄花淡与同。转眼光阴又重九，好联觞咏醉秋风。

芷青见示壬寅元日诗依韵答之

家家爆竹乐清时，重睹衣冠肃汉仪。献寿愿称新岁酒，迎春争和早朝诗。人归雪柳都如梦，我感沧桑转似痴。只盼须臾观德化，老来常变总相宜。

题平江吴颖芝[①]同年两代孝子画像

记得霓裳一曲同，名流才调属江东。载观累叶清芬录，大德犹传泰伯风。修明礼乐肃宫墙，推挽蒲轮让未遑。懿行自寻名教乐，不因穷达计行藏。学海汪洋道器深，经师雅望重儒林。大裘广厦生平志，总是肫然锡类心。纯孝修为百行先，延陵家学是心传。天教通德门闾大，表表前贤启后贤。

芷青同年外除粤东刺史重阳值华诞寿以诗并志贺

一代经师式泮宫，年年觞咏菊花中。鹤筹又进重阳日，雁路旋乘万里风。南粤使才推陆贾，西川教授属文翁。从今岭峤传生佛，岁月熙熙乐与同。

癸卯春汴闱分校得画牡丹一幅携归予长孙宝枢题二截句勖之

琐院分曹列九房(余分第九房)，壁间图画灿生光。携来留与儿孙看，记取春风坐满堂。喜延多士共评论，桃李居然蔚一门。富贵傥来皆幻相，只期家学绍渊源。

---

① 吴荫培(1851—1930)，字树百，号颖芝，云庵。苏州府吴县人。清光绪十六年(1890)庚寅科探花。

癸卯闱中和曾屿九太守七十征诗元韵

生来寿相应前定，觉后禅心可静参。桃既著花花结实，长留春色纪重三。

甲辰监试汴闱于海帆观察前身僧相图

回首龙华已混茫，依然四大作禅床。性灵不逐浮云变，直把名场当佛场。生来寿相本瞿昙，入定禅心静里参。赏月吟风欲相访，只今春梦尚沉酣。

题黄小宋[①]观察益壮图

河洛声名二十年，画图早共口碑传。鸿飞雁落浮云变，不碍诗翁淡定天。云扈飞龙西狩回，天容一霁瘴烟开。神舟重辟明农绩，教稼还资干济才。放开老眼辟游踪，飞渡蓬壶第几重。直欲呼龙种瑶草，尽收鹣鲽入陶镕。濯足扶桑万里流，高吟义手答同洲。海邦风教齐民术，载笔知非汗漫游。

乙巳元日立春朱芷青同年有作依韵和之

和风丽日正元辰，爆竹声中报立春。大块文章方假我，小儿造化忽魔人(时方养疴)。事如蕉叶浑成梦，吟到梅花当写真。天上浮云多变态，可容常此寄闲身。

延子澄同年六十自寿诗徵和依韵答之

骚人结想入非非，吟到游仙惹蝶飞。花坞夕阳迟更永，蓬壶老境

---

① 黄璟，字小宋，号二樵者，晚号铁生，斋号四百三十二峰草堂，广东南海人。光绪二十七年(1901)调北洋通商大臣衙门，第二年奉派考察日本农务。宣统元年(1909)官豫南道，宣统三年(1911)辞官赋闲。

古尤稀。无端秋水生回溯，大好春风莫咏归。身是玉皇香案吏，可容招隐乐渔矶。

芷青投诗贺孪生二孙依韵答谢

并蒂兰开未觉奇(去年盆兰开并蒂花)，不图梓树茁双枝。向平愿了仍多累，绕膝重添待哺儿。达适安能拟圣朝，寸田尺壤有肥饶。却如两部蛙声闹，聒耳争啼分外娇。新秋月满喜重光(七月十三)，一室含饴集五常(现有五孙)。合璧联珠喧吉语，可能熊梦果征祥。佳章盥读粲笺华，字字骈珠敢拜嘉。惟祝菩提大灵感，即投双玉报君家。

心清集

(由沙岭回京颜斋额为心清室所作)

自沙岭回京豹隐山人投诗招饮步韵和之

澹静年年卧草庐，惊尘奔走忽纷如。风涛江海真难测，珠桂长安岂易居。招我归来拌一醉，问谁耕稼蓄三余。眼中变态空千古，从此狂歌不读书。

壬子七月二十八日豹隐山人六十寿

风风雨雨送新凉，雅集旗亭互咏觞。鹤算添筹刚六纪，龙山落帽恰重阳(是日为阳历九月九日，民国礼制相见皆免冠)。蓬瀛湟海平生梦(公由翰苑历清要，出官西宁扬历西海，解组归)，酒国诗城自在乡。退老更宜丝竹乐，霓裳妙曲引年长(是日并观文明女戏)。

题吉宪臣归田课子图

天容黯淡日光沉，变态风云匝地阴。尘海茫茫难驻足，只宜披发入山深。桑麻合共老农谋，世外桃源岂易求。赖有泷冈遗泽在，归田乐得服先畴。字难言庞古籍昏,眼看秦火欲燎原。名山石室收藏秘,独抱遗经教子孙。我本无田只有庐,感时欲废古人书。诒谋何处勤耕读,空仰天台咏遂初。

七月十二日通州兵变感赋和徐养吾[①]韵

蓦然烈焰满城红,弹雨横飞一夜中。四路豺狼齐入市(城内四街一齐焚掠),千家鸡犬尽惊风。民财溃到房栊烬,兵气骄成盗贼公(焚掠后整队归营沽酒肉大享)。试问元戎仍坐镇,将何颜面对哀鸿(灾民环德政碑痛哭)。传来警报意迷离,军火伊谁左右之(先抢军器子弹库守者遁去)。地本疮痍才喘息(庚子之变元气未复),兵无纪律总扬眉(军人骄恣屡欲蠢动)。发棠得请穷何补(发仓米千石放赈),挟纩难筹冷不支(衣物抢掠一空,不留寸缕,何以御冬)。满眼灾黎哭焦土,纵行诛戮已嫌迟(戮兵官兵丁数十人敷衍而已)。

补祝豹隐聚饮市楼和徐花农韵

脱开尘网任纷纷,逸兴遄飞自乐群。樽席不谈天下计,笙歌合入月中闻(文明园观女乐)。珠玑乱落诗才富,旗鼓相当酒气醺。一咏一觞真快事,豪情勃勃独推君。长安市上好开筵,为祝诗翁引大年。旧梦云霄抛世外,多情风月话樽前。老来浪迹狂非病,交到忘形醉即仙。三唱曲高犹勉和,香山雅会藉诗传。

悬车送老骡归山

年逾七十渐衰颜,谢绝交游老马闲。不忍忘情挥骆去,高吟遐想白香山(白乐天既老录家事会经费马有骆者将鬻之,作不能忘情诗)。缚轭钩

---

① 徐石雪(1881—1957),名宗浩,字养吾,号石雪,后以号行,祖籍江苏武进,生于北京,书画家、收藏家。曾任东方绘画协会顾问、北京古物陈列所顾问、北京中国书法研究社副主席。

横十二春，年年驾我逐京尘。华阳归去知辞主，伏枥长鸣亦怆神。

和朱芷青同年重阳生日之作

重九光阴异昔时，秋风慨想黍离离。菊花却喜还家赏，乔木难忘故国思。未遣白衣人送酒，忽逢青鸟使传诗。遥知甲子编成集，晚节馀音绕满篱。

延子澄学士同年自辛亥年终即封笔不复作诗今出侯朝宗书诗笺及宋牧仲画墨菊合装一帧属题漫成截句志感

雪苑悲歌故国思，�廊才藻际清时。摩挲遗墨重兴感，荒径秋花懒赋诗。

徐花农侍郎招饮赏绿菊即席口占

记得东篱隐逸家，秋容淡淡爱黄花。素娥青女还相妒，冷艳何如萼绿华。西风紧逼鞠华黄，花到深秋渐老苍。荒径寒香摇不落，独披绿发傲严霜。诗翁招我到宣南，赏菊联吟雅兴酣。浊酒仅堪浇磊块，除风月外勿多谈。

梦　境

盲风怪雨目迷离，黑白嚣争打劫棋。鬓发自髡翻屑毷，丰毛尽鞹强留皮。鸡虫得失缘难了，鹬蚌相持利可知。幻梦沉酣宵正永，气清天朗待何时。

阳历新年有感

旷观莽莽古神州，撩乱年光又一周。岁月惊心加马齿，功名满眼烂羊头。寅宾数典翻新历，甲子编诗感旧游。省识东风春气象，不堪回首仲宣楼(通州故乡亦遭兵燹)。

徐花农诗老嘉平念九日诞辰适值立春有诗属和用旧作乐寿歌韵答之即为祝

天地有春气，独得惟诗老。逸性发蓬蓬，天怀怅浩浩。良由根器深，笃生本大造。征祥览揆初，饯腊迎春早。石麟降九天，威凤集三岛。云霄恣翱翔，翰简任挥扫。风月助谈资，莺花绚文藻。华年夸徐庾，老境慕绮皓。羲娥欻改御，象数棼颠倒。甲历眩黎元，寅躔定苍昊。春生值崧生，天道亦人道。鳞次四气周，鹤算百年保。悠悠万千春，名德永寿考。

腊月十九东坡生日同人醵饮口号

酒侣招呼聚市楼，人人胸次有千秋。当筵不许谈时事，醉舞狂歌一扫愁。东风入律已经年，腊鼓春灯两寂然。老子狂愚忘岁月，从今不复祀坡仙。

放　歌

自古言诗有乐歌，引吭成调即吟哦。风来解阜虞弦畅，云起飞扬汉律和。赤壁扣舷清兴远，玉壶击节壮心多。酒酣高唱阳春曲，此乐人生能几何。

癸丑新年有感叠前韵

依然春色满皇州，爆竹无声静岁周。风纪维新殊气象，龙光感旧蹙眉头。家贫酒少怜陶令，世变诗多慨陆游。七十二龄犹健在，东风怅望一登楼。

癸丑春正余有安仁之悼豹隐山人投诗唁慰并询篷室雅意可感作此奉和即以达意

钗荆裙布旧时衣，回首糟糠泪自挥。差幸向平心愿了，慰情都说是全归。年逾七秩未衰颓，数载缠绵病暗催。应厌沧桑归去好，招魂入梦不曾来。篁村昔隐圣湖滨，强把衰年恋好春。我亦轻舟将出世，谁来甘作挂帆人（陶篁村赠妾诗“我已轻舟将出世，烦卿来作挂帆人”）。若问风情笑不言，果逢佳丽也消魂。可人安得柳如是，终恐凄凉红豆村。

延子澄同年属题故友画连登黄甲图

（画双蟹）

南宫甲第旧苕岑，四十年来朋盍簪（与君甲戌同科迄今四十年）。指点画图怀故老，郧侯当日此知音。吏隐金门不竞名，诗坛酒阵独横行。感时竟搁诗人笔，把酒持螯了一生（子澄自辛亥冬即阁笔不复作诗）。

题徐养吾遂园印存

一编鸿爪印痕奇，手勒贞珉发古思。十鼓六彝皆法则，不徒秦汉仿残碑。才名三绝画书诗，许我同音结故知。至竟输君金石契，一枝铁笔冠当时。

题汪以仁亲家蓼莪图

黄山白岳阵云堆，江上妖氛卷地来。风雨飘摇巢尽覆，慈乌抱子剧堪哀。宿露餐风费护持，出山负米入山迟。惊尘竟促萱华萎，恨隔烽烟两不知。徒悲风木怅慈云，收骨招魂赖细君。回首仓皇避豺虎，痛心月夜别荒坟。舟车底事指京华，为慕椿庭客当家。生聚更难忘死别，披图血泪染萱花。

癸丑冬月张振老由济南来京叩送崇陵奉安同人醵饮于酒家公筵赏雪张振老有诗依韵奉和

春满梅林雪满天，知交重聚酒樽边。西山龙气潜藏日，东国麟书复振年（国令仍遵孔道）。空忆槐安成幻梦，聊同菊隐谢尘缘。冰心一片还相问，甲子编诗又几篇。

郝勖初四十生辰回溯初度为同治甲戌适与余通籍甲戌科同年因画松梅纨扇题诗赠之

记得春风一岁中，梅花吐萼杏花红。于今四纪年华富，应与苍松比寿同。

寒夜重衾得汤瓶鸭绒枕置被底以取温暖聊当雏姬侍寝因名之曰平儿荣儿各赠一诗

见卿却不畏探汤，终夜温存特热肠。清瘦喜无婆子气，相偎同入黑甜乡。平儿

重衾偎倚总温柔，软体何堪作枕头。暖老无须宠燕玉，得卿颠倒也风流。荣儿

孔社杂志祝词

述古依然比老彭，六经羽翼益彰明。断章补阙仍华衮，杂俎调和即太羹。义懔春秋辞莫赞，心期日月食还更。众音叠奏归渊雅，玉振金声仰大成。

阳历一月二日接张振老由济南来函附天字韵诗四律依韵奉和一首

巍峨泰岳峻摩天，景仰情移东海边。千里鸿音怀旧雨，一阳风纪感新年。闷来酒解无穷恨，老去诗添未了缘。笑我才非金马列，联吟强附柏梁篇。

和朱芷青同年甲寅元旦试笔原韵

改岁旋经两度新，风光撩乱负芳辰。晋家遗老难同乐，洛社耆英但率真。有兴君赓梅雪句，无怀我羡葛天民。消磨七十三年纪，留得

闲吟自在身。

和朱芷青雪后游先农坛即事原韵

春泥滑滑隔城垣，误我寻芳又一村(南城花界新开酒肆名又一村)。雪泽全融真下尺，风光渐暖好开尊。鼎钟忍看成狼藉，坛壝难忘效骏奔。听罢琵琶无限感，漫将词意化诗魂(顷观剧听李龟年弹词有感)。

听前宫监伶工陈子田演唱李龟年弹词有感

此番鼎革不同前，开辟新华别一天。依旧皇都好风景，那堪又遇李龟年。供奉颐和奏管弦，旧时南府散如烟。若非此曲来天上，安得齐听陈子田。

甲寅春日自题七十三岁肖相

绛县老人知甲子，黄山遯叟纪壬寅。疏狂那管阴阳历，七十三龄又一春。

端阳生日有感

读罢离骚欲问天，余生感慨渺无边。身经二万六千日(时年七十又三)，恩纪九重三十年(三十三岁通籍京朝，六十四岁简守新安，越一年告归)。尧步舜趋新揖让，庄巾老带旧因缘。汨罗江水知清浊，吊古投文又几篇。

闰端阳得句

卯岁曾经闰端五，浃辰闰月又天中(癸卯闰五月至今十二年)。重添槐荫千章绿，更喜榴开两度红(京寓建先祠，院有槐三株，因题额曰槐荫祠堂，予现已抱曾孙)。树亦感时杨遇厄，人如守节艾成翁。一年再纪悬弧日，寿缕延长随化工。

和赵次山同年见示诗原韵

矍铄七十一龄叟，到处丰碑传万口。志学本在三代前，勋名直垂千载后。膏雨溥润锦城花，春风远度玉关柳。衡湘荟蔚辽海清，岂徒山水识某某。每建大议决大计，从不依违两可否。孰意道不与时偕，几类参辰判卯酉。慨然衔命赋西征，并不乞骸归田亩。一朝节钺复东来，始终伟烈成一手。独立三边严锁钥，共仰一人如泰斗。况值风饕雪虐时，岁寒凛凛励三友。蓦然烽燧起江湖，树帜风传遍九有。危疆东北逼强邻，难凭风雨征休咎。雍容坐镇静无哗，维持疆寄真无负。驱策骐骥尽循途，莫敢横奔骋四牡。功成退居东海滨，几与天地共悠久。良史旁求迁固才，惟君褒然为举首。车书一统纪大清，不容覂驾之马背道乱驰走。

自题二十四岁小照

人海浮沉五十年，归来故我尚依然。旧时诗侣凋零尽，剩有苍松伴老禅。

诗画征花约

丹青原可作生涯，老子于今逸兴加。不造孽钱都不使，只将诗画换名花。

诗画征花又约为己索画者

仅有芳菲笔底传，却无兰玉满阶前。愿人偿我爱花癖，藉了半生诗画缘。

答友人索画

小园花木已萧然，又过深秋赏菊天。收起寒窗诗画笔，为花写照待来年。

题阔安甫恭代祭告青海图

洋洋湟海接天青，众派朝宗祭百灵。万里龙章颁祀典（钦颁祭文），一麾虎节达边庭。旌旗降伏诸羌气，俎豆升闻一德馨。百载波澜长不起，画图瑞纪使臣星。

和丹徒严雨农布衣八十自寿诗

南极星高见碧空，人间赏菊正秋风。家家齐进延年酒，叠和新诗祝放翁。历经沧桑自在身，满怀珠玉未为贫。客星不入天官奏，高节依然隐富春。地行仙本任东西，矍铄无须倚杖藜。游戏人间三万日，橘中之乐岂幽栖。托迹金焦绝俗缘，眼看富贵尽云烟。沂雩童冠从游咏，修到耆儒即是仙。

徐养吾赠水仙梅花縢以二截句依韵答之

凌波仙子夐难攀，微步安能到老残。水石精神君契合，肯携过我话清寒。

寄情诗画亦前因，吟到梅花爱写真。愧乏君家没骨法，赠春姑负陇头人。

腊月连脱二齿口占

（秋冬殇一孙一曾孙有感）

老夫七十三，年终竟未死。全体不容归，且先归二齿。

岁朝咏唐花牡丹

梅清菊傲竹平安，违俗何尝爱牡丹。富贵浑忘心澹静，好花只作画中看。

乙卯正月自题七十四岁肖相

靖节编诗书甲子，灵均览揆忆庚寅。老夫愚不知年纪，又度壬寅十四春。

朱芷青同年见示乙卯元旦之作依韵答之

立春以后又迎春，度岁诗翁过七旬(芷翁年七十又一)。考历建寅仍守旧，催耕小卯不翻新。敬陈腊酒酬先祖，懒应年华贺外人。翘盼孙枝发庭竹(芷翁盼抱孙为令郎纳小星)，只应三祝效尧民。

王殿臣户部六十征诗成四截句为祝

半生吏隐渐成翁，郎署宣勤不计功。世业青箱清自贵，槐庭岂必羡三公。

满腹珠玑不合时，刘蕡曾未受人知。家传太史遗书在，寿世文章老愈奇。

瓦缶黄钟慨楚骚，女媭相倚励清操。朱陈互结神仙眷，继起高门有凤毛。

鸿嗷四野剧关情，有脚阳春济众生。仁者精神寿者相，拜飏作颂当称觥。

谭叔裕[1]廉访元配许夫人七十寿诗

(叔裕为甲戌同年一甲第二人，许夫人徽州歙县人，七月八日寿)

云海莲峰忆宦游，新安文献几旁求。从知山水精英气，并毓芳徽萃女流。回首苕岑四十年，鸿胪犹记唱名先。伯鸾赁庑同清望，荆布争传德耀贤。凤凰池上正高翔，豸节南巡歘远方。梅鹤恐撄鸿鹄志，

---

① 谭宗浚(1846—1888)，原名懋安，字叔裕，广东南海县人，清末官员，诗人和美食家。

将雏鞠育驻珂乡。儿女关情计虑深，牵丝纳采日相侵。只期得了向平愿，自励岁寒松柏心。庭阶兰玉尽峥嵘，继起能传老凤声。东海西溟游历壮，总由机杼励成名。婺星晖映锦云浮，昨夜银河渡女牛。应拜天孙闻吉语，预征富寿祝千秋。

家塾即事口占

读书声里一窗幽，窗外阴阴草树稠。开到玉簪秋色淡，蓼花红出短墙头。

题李响泉[①]榆园图

孤山处士梅，栗里先生柳。花木若有情，与人同不朽。清自入山深，贫不恋五斗。避世品诚高，济世心则否。津西有畸人，芳躅独无偶。树木数千株，成林逾百亩。槐柳皆时品，枌榆为称首。老圃足怡情，嘉蔬可适口。手自种秋花，缓步翦春韭。体物有同春，得天乃独厚。如斯隐逸翁，岂是田园叟。定有建树志，小试经纶手。十年育成材，乐利计长久。扩之四海春，举世为法守。

郝鼎臣以寄怀诗邮筒见示奉和一律倒步原韵取葭水溯回之意即以代柬

记得桃源曾问津，仙乡容我寄吟身。林泉到处幽成趣，诗笔传来妙入神。蒿目沧桑空望岁，萦怀岭树几经春。何时再访名山去，重与骚人作比邻。

---

① 李响泉(1868—1953)，字浚之，号响泉，山东宁津县人，祖籍山东即墨。清臣张之洞外甥。曾东赴日本考察。曾任灵丘县知县、故宫博物院顾问等。

王画初[1]赠菊口占鸣谢

曾写孤松赠辋川，陶家高致想同然。而今分我东篱菊，如结泉明未了缘。

咏名伶梅兰芳

夭桃秾李绚春光，花国争夸擅胜场。俗眼岂知真品格，梅清兰秀自芬芳。

咏名伶王蕙芳[2]

海棠红艳腻春光，只恨难为王者香。丰韵尚无尘俗气，幽兰还许作联芳。

嫦娥采花图

（梅兰芳演剧肖相）

舞罢霓裳散绮霞，素娥原不逞风华。天葩合入清虚府，安得人间有此花。

雪后严寒有感和潘振卿学博韵

何时葭律动飞灰，雪虐风饕日逼来。梁苑一枝梅独发，汉宫千树柳全摧。谁怜卒岁无衣客，漫诩迎春献赋才。不敢狂吟只缄口，几回拈句几徘徊。

---

① 王画初，京师大学堂师范馆首届毕业生，其他未详。

② 王蕙芳(1891—1953)，字湘浦，号若兰，祖籍安徽省潜山县。京剧名伶。

芷青同年因予招饮赏菊投诗致谢依韵和之

（前以诗画征花蒙戚友赠菊多盆因会饮同赏）

岂是东坡雪浪盆，寒香亦自避嚣喧。爱花不费青蚨买，投赠应酬酒一尊。笑予寒瘦似黄华，诗兴都非为晚霞。聊伴秋容慰岑寂，东篱何足比陶家。甘溪菊水久流传，寿客清高即是仙。吟到餐英宜痛饮，邀君同醉引长年。

潘振卿咏梅兰芳演黛玉葬花四截句依韵和之

落红点染暮春痕，堕溷飘茵细讨论。收拾余香归净土，芳心一片慰花魂。（埋香）

本为伤春病不支，幽怀只有个人知。一编同玩词中趣，恰是心心相印时。（窥词）

痴情早已属婵娟，妙在无言互爱怜。戏借艳词轻道破，忽嗔忽喜两怡然。（戏娇）

岂是霓裳奏广寒，曲中幽咽逗心酸。声声听到伤春处，慵坐花间泪自弹。（感曲）

再咏兰芳妙香合演黛玉葬花

（前咏戏情此详色艺）

绛草仙姿原冷峭，神瑛情种亦玩痴。芳香妙质翻新曲，温雅聪明两可儿。惜花恰与芳心合，窥曲微知妙意亲。无语偷看情隐约，忽嗔忽喜更传神。

芷青同年见示丙辰元日诗依韵和之

星拱依然向北辰，中天帝运竟重新。尚留冠服安遗老，不出门庭见大宾。驰逐共争秦鹿失，飞腾自觉叶龙真。翘瞻德化成何日，诗酒聊同乐一春。

阅安甫侍郎见示立春感旧诗依韵和之

沧桑一变乱离多，乐业安居孰有那。遁世同人都落落，胜朝遗老更皤皤。闲参画理减诗债，静悟禅机祛酒魔。尺五名园疏阔久，数编大稿日摩挲。

赵次山同年前辈招饮旗亭酒后约观女伶鲜灵芝演剧漫成两截句

一品山人李邺侯，珊珊仙骨自风流。酒酣拟画旗亭壁，谁识公卿已白头。

也同四皓驻童颜，大隐逃名柱史班。采得灵芝问黄绮，商山能否胜嵩山（公为嵩山四友之一）。

赵次山同年前辈属题鲁斋年伯阳谷殉难事实敬步公松球歌十六韵

天兵压境除群丑，腹负将军握枢纽。贺兰拥众尽熊罴，睢阳危立无刁斗。况乎阳谷仅弹丸，固圉无庸兵力厚。坐视不发一旅师，竟任孤城入贼手。宰官五日京兆耳（到任才五日城陷），胡不托故越境走。丈夫志节卓如山，进退讵因人左右。百里之城当要冲，岩疆岂容贼人有。一邑之宰朝命尊，臣节当为天子守。靴刀单骑奋直前，嚼齿捐躯不顾后。誓甘一死报朝廷，天经地义正非偶。乔材本自起岩阿，劲草绝不委泽薮。树立早负凌云姿，艰贞岂避狂风吼。正如泷冈松结球，瑰奇钟毓由天受。赫赫天祖所鉴临，烈烈风沙难杂蹂。移孝独完臣子心，仗节聿昭岁月久。宜乎继起皆达人，伟烈丰功同不朽。

感　时

大典无端帝自为，南风一扫净无遗。三章定约除秦法，五爵空谈肃汉仪。不信神龙能变化，只愁野马更纷驰。天荆地棘难行路，怅望清平待几时。

听　雪

风急渐吹窗纸脆，云繁雪密座中猜。庭鸟对语深偎树，园鹤梳翎紧守梅。夜静叩门惊犬吠，宵深扫径觉人来。阶前竹影低垂首，敲洒疏棂冻不开。

潘振卿塾师出示写怀一律依韵和之

澄如秋月不生尘，咳唾珠玑岂是贫。画有琴心神自远，诗无笔处意方真(君论诗画如此)。图书独对闲时乐，花鸟相亲静者仁。我愿与君伸一解，无怀同作葛天民。

题遗逸清音集

休明启丰镐，鼓吹三百年。先哲慨隔世，时髦只任天。节操无隳斁，风雅有变迁。旧泽未竭熄，余韵终流传。

老　境

七十五龄心澹静，世缘涤尽自清娱。睡能龟息衾无伴，步未龙钟杖不扶。戒酒翻加诗兴致，莳花藉助画工夫。弦歌悦耳琴书懒，莫把疏狂笑老儒。

忆　梅

梅伶赴沪，有蜚语遭厄，而子虚潘振卿咏一律，属和走笔答之。

梅花本是江南种(梅伶扬州人)，北地胭脂寄此身。既在春明居上品，不应山野溷凡尘。天姿只合清为友，世态能无妒煞人。风雪虽严皆阅历，冰肌玉骨自精神。

题瑞鹤庄乐寿山庄图

翠绕羊肠一径通，太行西望郁葱葱。天梯石栈都经过，归卧家山乐醉翁。避世寻幽合入山，结茅宜在翠微间。不嫌寂寞樵苏径，野鹤闲云自往还。

冬至雪中赏菊

菊非徒有傲霜枝，开到深冬赏雪时。春透梅窗迎节早，寒凝松径落英迟。天工戏引延年酒，寿客催吟禁体诗。高卧山中真隐逸，爱花咏絮系人思。

入腊连日大雪朔风严寒徐养吾世讲赠鸭绿江鱼画兰一幅并媵以诗步韵答之

辽左寒风逼近边，望中晴雪万峰巅。颁来双鲤分遗我，鱼兆同赓盼有年。连宵风雪闭闲门，坐拥书城寂不喧。一幅春兰传墨妙，幽香静领化诗魂。

朱芷青寄示丁巳元日诗依韵答之

时燠时寒气候均，还从夏正始更新。羲和定岁重华世，巢许逃名古逸民。酌让童年宜后我（元日饮屠苏，先酌少年，后酌长者），祭遵祖腊不随人。那堪极目萧条象，只盼东风早报春。

徐养吾赠梅花碧桃佛手特谢以诗

我本前朝遗逸人，幸存七十六年身。蒙颁佛国拈香手，一笑天工又被春。

时事口号

五更麇集如奔命，兑换所前严禁令。寄语国民休怨嗟，此为大部新财政。

飞艇花灯歌

(美国女士夜演飞艇放花灯,女名史天孙)

考飞艇初制如小舟在水边,有机轮翅尾鼓轮浮水前进,渐离水面,即升空,近改由平地起,舟愈小,前后加四小轮,如车鼓轮前进,即升空,由水起必犹落水由地起,则到处皆可落地,似车,实非艇,犹名艇,因其旧耳。

鸿都道士奔驭气,列子御寇行御风。类皆精灵幻其术,未必躯体腾于空。泰西奇技创飞艇,较轻气球尤玲珑。火力机轮任发纵,张翼掉尾凭虚冲。扶摇平地云霄上,骞翥遥天鹰隼同。欧西战阵列成队,弹雨俯射敌营中。骇如雷霆骤下击,神奇迅烈夺天工。壮哉天孙史女士,直从北美游亚东。绝技欲夸大都会,飞行来献新华宫。白昼共仰云中鹤,黑夜忽惊天上鸿。皎然捧来华月白,欻若灿列繁星红。明珠飘飖朗灼灼,银花洒落光熊熊。疑是姮娥玉宇降,恍与织女银河通。我闻此女本华种,生长异域学成功。岂徒机棙运灵敏,良由胆识生奇雄。吁嗟乎,造物予人特狡狯,从此乾端坤倪陆离光怪乌乎穷。

自 嘲

生不能拜大学士,死不能称文正公。只缘未纳罗敷女,独睡清寒一遁翁。

檀斗生[①]同年见示同年小集一律依韵答之

杏林四十四经春(甲戌春榜至今已四十四年),旧雨晨星白发新。宦

---

① 檀玑(1851—1922),字汝衡,号斗生,一字霍樵,安徽望江县人。同治十三年(1874)甲戌科二甲第三名进士。选庶吉士,散馆授翰林院编修,累升侍讲。光绪二十六年(1900)出督福建学政。官至翰林院侍讲学士。

海壮游常作别，家山退老转相亲。且寻乐地联诗酒，休学忧天问世尘。一样秋花持晚节，遑论堕溷与飘茵。

感　时

本是阴霾暗淡天，旷观差幸靖烽烟。波涛西望原中立，风雨东来强结连。千万买邻真有价，分毫守土尽无权。精华外泄生灵困，八百孤寒却快然。

张振老八十征诗咏一律为祝

岱宗景仰峻于天，罗列儿孙东海边。酒进菖蒲称令节，诗赓松柏引长年。宪台硕望尊遗老，洛社耆英话旧缘。风度依然犹矍铄，早传金鉴录成篇。

潘震青出示感时之作依韵答之

狂澜既倒决东西，神禹难防已溃堤。处处争端成逐鹿，重重怪相现然犀。昊天日月都私照，纳麓风雷孰弗迷。如此危邦逃不得，每思将帅怕闻鼙。

久旱不雨时事日纷震青有作依韵答之

七年已觉旱如汤（自辛亥至今已七年），空盼云霓引领望。恒有曲尘蒙目暗，绝无麦陇送风香。冤民到此凭谁白，患气真难问彼苍。膏雨不施风不靖，四方蟊贼总遑遑。

五月十三日复辟之变京师猝遭兵劫赁使馆界洋楼避居赋此志感

竟把东华作战场，池鱼几被误罹殃。苦无葛令移家术，幸得楼居托列强。

潘震青由通州寄诗存问依韵答之

咸同世变远方多，托庇神京是潞河。不料乱离常作客，一生兵劫五经过（甲寅、庚申、庚子、辛亥、丁巳）。

延子澄夫人七十寿诗

（用子澄六十自寿原韵）

象服鱼轩老境非，闲云野鹤任双飞。诗赓同梦甘偕隐，酒介齐眉古愈稀。乐共堂前娱彩舞，欢逾陌上看花归。唱随城市山林趣，不必烟波觅钓矶。

王孝慈[①]素嗜观谭鑫培演剧时伶已故特汇其所演剧目装成一册征诗为题截句

供奉离宫奏管弦，曲高独让老龟年。一门忠烈思宁武，绝调昆词惜未传（别母上寿昆词谭伶绝唱罕能和者全册无此出特为标出）。

孝慈又出一册剧目有宁武关别母上寿一出可为完璧惟无少年武剧因再题截句标出

盛名久冠数歌曹，难和都称曲调高。谁识当年好身手，悟空筋斗石郎刀（谭伶喉音不足，故幼学武技身手矫捷，悟空舞棒，为后学师，石秀舞刀传自少林，罕能学者）。

又题谭伶演剧照相

屈计歌台孰擅场，玉山以后此名扬（程长庚号玉山）。而今对镜留

---

① 王孝慈，原名立承，字孝慈，河北通县人（现北京通州），监生，广西法政学堂毕业，历任度支部主事、检查纸币清理财政处帮办、大总统秘书、政事堂机要局佥事、国务院秘书厅佥事等。藏书家。

真相，似有余音绕画梁。

和潘震青感时之作步原韵

年来退老强优游，蒿目时艰愈感秋。外海扶余连杀劫，中原党派激潮流。良医不信经三世，大错谁知铸六州。况复滔滔尽昏垫，更于何处问耕牛。

丁巳九秋约同人赏菊并对酒当歌以消块垒座中潘震青有诗步韵答之

问天何必读离骚，斗酒狂歌引兴豪。且对黄花娱老景，难援青史教儿曹。贪闻丝竹寻滋味，拌弃诗书任魄糟。建议从今谋幸福（是日参议院开会，各署各学放假），西南能否赋同袍（谓川粤战事）。

十月初一日延铁君见示寿吕镜老暨余七十六岁诗依韵勉和一律志感

七十六龄犹健在，古稀却喜有同人。岂因温饱渝吾志，难得糊涂忘世尘（原诗有志非温饱事不糊涂等语）。阁笔年年伤纪亥（公自辛亥改革后数年不作诗）投笔处处介生辰（前曹有诗寿余又寿芷青同年兹又寿镜老并及余雅意可感）。晨星寥落还辉映，愿共衔杯迓早春。

梅伶兰芳应选剧界大王肖相六弢有诗依韵和之

旷观鼎鼎大名人，标榜终疑伪乱真。香国早传王者相，花魁本是状元身。舞衫歌扇渊源久（祖慧仙父竹芬皆菊部名伶），擐甲挥戈气象新（兼长武剧）。色艺虽呈儿女态，庐山面目不含颦。

又二截句仍步六弢韵

棋局纷驰孰弈秋，竞争果得胜为优。威仪却似伯里玺（相系洋装），玉藻难加十二旒。

梨园子弟羡花封，千古歌场运独钟。莫叹中原已无主，舞台今竟庆遭逢。

梅伶演天女散花震青有诗依韵和之

庄严不见宝珠璎，一任天花落地轻。结习已除空色相，岂因痴爱更生情。

观剧有感

（弋腔戏演铁冠图请清兵）

朱明误国尽贪臣，请到清兵振一新。观剧莫谈兴革事，不知谁是戏中人。

卧　雪

宵深寒气逼衾窝，侵晓搴帷舞雪多。花好任教天女散，绳床不著病维摩。

芷青同年见示戊午元日诗依韵答之

岁过龙蛇节令新，尘嚣依旧负芳辰。协和难变重华世，独行谁传五代人。汉腊仍遵翻莽历，虞渊已暮吊羲轮。古稀又度六寒暑，何日同君乐好春。

芷青见示春游即事诗步韵答之

驰道车声为底忙，焕新世界正春阳。五重危阁摩天起，四达通衢拓地长。游女粲如云变态，市人哄到电生光。莫愁薪米成珠桂，且作繁华梦一场。

芷青又示游海王村公园一律依韵答之

名是公园实市场，海王村里哄非常。万人锦簇争流览，百货珍罗任品量。登有楼台春自远，游无桃李夜偏长。红男绿女联翩坐，啜茗何尝问一枪。

潘震青出示感时之作依韵答之

霸术伊谁敢侮予，摧残王道笑迂疏。拥兵徒酿萧墙祸，网利惟知竭泽渔。七载佥壬棼政策，九边旁午迫军书。内忧外患滔滔至，何日欃枪得扫除。

潘震青剪发作痒决然髡之作诗自嘲依韵奉和为进一解

岂留短发类疑狐，决不牛山剩一株。自具佛光呈法座，本非仙侣总方壶。圆灵似镜空诸有，烦恼成丝累已无。莫怪葫芦画依样，未尝同合入流污。

中日密约成震青感而有作依韵和之

虞渊日暮吊残曛，豺虎纵横乱野群。溟海翻澜波浩浩，烈风摧树叶纷纷。废书几欲燔秦火，黩武偏难靖楚氛。东望三山倍惆怅，新愁又叠几重云。

潘震青咏新竹见示颇蒙奖励奉和答意

新竹都循夫子墙，沾濡化雨渐青苍。栽培果具干霄气，成立当希马五常。

震青又有感时之作依韵答之

古来燕赵愤悲歌，况值时艰感慨多。渔利自甘输海峤，洗兵谁肯挽天河。伟人唾手金籯满，志士灰心铁砚磨。大陆神州沉没尽，徒贻他族笑支那。

又和潘震青原韵

缅想皇风鼓太和，谁挥返日鲁阳戈。而今安有华胥梦，遍地蚩尤雾气多。

题郝筱浦先生孝行家传十六韵

乾始知化育，成物惟坤贞。先天混一体，堕地乃分形。慈亲鞠孺子，挚爱根于诚。日不离襁负，夜则怀锦绷。恫瘝弥保抱，失溺犹携擎。相依以为命，永感罔极情。子壮母乃病，寸心能不倾。寝席必近侍，槭窬必亲呈。动定相维系，视听无形声。岂计报母德，睽离神不宁。切愿安母疾，呻吟心每惊。肫然一片心，纯孝由性成。和风咏常棣，惟孝念所生。向日倾葵藿，移孝播令名。德居百行先，褒称一字荣。遗徽昌厥后，永世钦芳型。

感时

佛言诸法惟平等，王道中兴乃共和。附会翻成夷变夏，徒因文字酿干戈。

延子澄同年招饮作十老会口号志感

座中宾主十一叟，寿算七百三十九。半周花甲尚康强，半过古稀未衰朽。一客五十又五龄，也如温公洛社偶。愿常相聚再十年，直比彭篯更长久。

题刘伯绅卫源归耕图

救时原不避田园，去国徒伤遗老存。怕说嬴颠与刘蹶，只应洗耳入桃源。

虞渊日暮吊残辉，遍地荆榛草木稀。剩有林泉干净土，月明独自荷锄归。

题刘伯绅六瓶三砚图

六瓶三砚特清奇，以此名斋有别思。供养如仙亦如佛，研磨宜画更宜诗。数分奇偶生相应，器备方圆守自知。高士案头含道妙，世间俗眼漫猜疑。

潘震青游西苑归出示咏人字柳诗因用石碣所刻乾隆御制诗韵和之

（今柳已无矣）

故宫杨柳郁龙池，得地依依值盛时。汉苑三眠嗟往矣，春旗一色怅何之。宸章剥落秋风冷，石碣荒凉夕照迟。犹有上林多少树，任人攀折更哀思。

李子香[①]封翁七十寿征诗

不修仙佛练精神，德意渊涵益寿真。身历五朝舒化日，心周万类布阳春。良医良相同仁术，多福多男属善人。桑梓敬恭常棣乐，古稀雅慕葛天民。

芷青同年因欧战终结有诗志喜依韵和之

战胜难凭彼已知，那堪鹬蚌久相持。三年蛮触嚣争势，一旦虫沙涣散时（闻德国群起革命，逼德皇退位遁去，兵遂瓦解）。共挽天河齐洗甲，免浮沧海远劳师。自应中外同欢庆，尤羡邻邦复故基（闻比国君已返故都复位）。

石次卿[②]京卿七十寿征诗

七秩遐龄本古稀，况攸好德寿同归。情殷桑梓筹安集，慨布金钱

---

① 李士铭（1849—1925），字子香，一作嗣香。祖籍江苏昆山，世居天津。光绪二年（1846）举人，援例为户部候补郎中，户部云南司行走。

② 石元仕（1849—1919），字次卿，天津杨柳青人。庚子之乱，天津城破，乃毁家纾难，力保青镇治安。卒使外兵不得残逞，镇人感德，至今称道。

拯溺饥。杖国精神三锡允,珂乡颂祷万民依。晋征耄耋称馀庆,桂馥兰芬绚彩衣。

石次卿征寿诗再祝一首

富寿洪畴世所稀,更难万善与同归。居乡志在人温饱,易地思犹己溺饥。谊洽梓桑都皞皞,和如杨柳总依依。康强偕老兼逢吉,歌舞愿随莱子衣。

劝善歌

名士文章寿世多,而今名士更如何。陶斋遗稿彰彰载,弁首先传劝善歌。

题章仲迂西湖泛舟图

满湖明月一扁舟,载得幽人纵意游。岂只二分杨柳岸,杭州毕竟胜扬州(此画杨柳岸类扬州非西湖风景)。

万柄莲花一镜涵,香风六月满三潭(此画三潭印月夏日荷花最盛)。孤舟玩月爱清净,为访当年退省庵(三潭印月彭刚直祠在内即公当日退省庵故址)。

观梅伶演红线盗金盒行(二十韵)

俳优果有大王风,权奇直夺神鬼工。岂徒天仙幻色相(散花奔月),不仅儿女成英雄(从军斩蛇)。剑术奇伟有传著,梅郎游戏见神通。有唐藩镇势煊赫,每以巾帼胜兵戎。红线剑仙本侠女,青衣婢子侍薛嵩。不用干戈降大敌,能救生灵掌握中。红绡约体巧装束,乌蛮结髻纷玲珑。昭昭太乙高护额,耿耿匕首横蟠胸。其去婉转如游龙,其来飘忽如惊鸿。铜台漳水倏超越,荒林落月凭虚冲。一刹那间飞绝迹,七百里外瞰敌踪。铁甲士皆声噤嘿,肉屏风亦形痴聋。床头金盒镇生命,护符自恃眠朦胧。欲褫其魄寒其胆,盗此即足当心攻。风驰电掣脱然返，袅娜依然一女僮。自幸此行不辱命，手捧金盒呈主翁。枭雄从此果慑服，不敢一矢加乃公。我叹飞仙神术真，咄咄更羡畹华妙手尤空空。号召豪贵达官词人学子壮夫逸老闺秀名姝数千众，无不屏息噤声怵心骇目诚欢诚忭赞赏同，吁嗟乎，歌舞至斯观止矣，不可无一不能有二宜乎，世界中外齐推崇。

芷青见示何来咏感时之作依韵答之

跅弛纵横本不儒，清班羼入叛吾徒。诬民最烈攻邪说，欺世偏工冒圣模。既倒狂澜愁及溺，将倾大厦恐难扶。穷奇梼杌纷纷至，磔市真应暴五都。

芷青见示咏腊雪诗依韵答之

连阴酿腊雪，最于土脉宜。天心务长养，普愿百谷滋。昊苍有主宰，人偏逞新奇。昧乎造物本，窥测节与枝。占风或降雨，课阴乃迎曦。谈天不知天，推算徒费辞。莫笑老农愚，雨雪诚祷祈。若非天气降，大地皆尘缁。瑞雪信天意，竖子乌乎知。

震青结馆回通投诗留别奉和

迎年腊鼓又逢逢，爆竹冲寒雪渐融。海国已传销杀气，寰区都盼布和风。承平敢望羲皇上，丰稔先占岁月中。回首故园归未得，曾游泮水忆儿童(余咸丰己未入泮)。

今岁不禁放爆竹除夕终夜有声口号志之

自从改革七经年，饯腊无声夜寂然。万户今方迎乐岁，满城爆竹喜朝天。

咸丰己未年余入泮今又己未矣昔袁简斋俞曲园均有重游泮水诗拟其意作此惟世教变迁不无感慨云尔

岁逢己未纪髫年，泮水游踪乐育天。黄甲先声曾小试(府试第一，州试第二，院试第三入泮，人戏呼为小鼎甲），青衿后辈乃重联。难忘释菜瞻宫庙，徒抱遗经拜圣贤。七十八龄回首处，愿同旧学话前缘。再赓芹泮亦何奇，六十年光自问之。尚有文章留旧价，却无教学致新知。眼看八秩逾花甲，瞬历三秋折桂枝（再三年壬戌即乡举重逢）。春梦那堪侍内翰，只因退老忆清时。

芷青同年亲家咸丰己未年十五入泮今周甲又逢己未重游泮水敬贺一律

又逢己未吉羊年，回首芹宫得意天。白发已非春濯濯，青衿原是美翩翩。不妨旧学参新学，毕竟前贤胜后贤。君昔成童余及冠，算来君实著先鞭（余己未入泮年十八）。

新正奏鼓演曲为乐口占志之

开元初政最清明，相业都称宋广平。头似青山手白雨，也曾羯鼓奏新声。

孙师郑[1]郑斋感逝诗题词

鼓吹三都与两京，何如短句即长城。韵高节古原家法，依旧天台金石声。衣钵渊源通德门，贞元朝士几人存。轶闻合补名臣传，汉纪宜方褚少孙。诗史搜罗历四朝，而今半作岁寒凋。阅人阅世沧桑感，慨想清时赋大招。经经纬史著书多，异学蜩螗可奈何。故老名儒凋谢甚，徒教载笔涕滂沱。

---

① 孙雄（1866—1935），原名同康，字师郑。江苏昭文（今常熟）人。光绪二十年（1894）进士，官学部主事，大学堂监督、内阁中书等职。曾协助翁同龢办理笔札。工诗文，并精考据。平生嗜书成癖，收藏图书10万余卷。其“眉韵楼”为其收藏之所和著书之地。撰《师郑堂集》《眉韵楼诗话》《旧京文存》等。

陈子久[①]太守寄诗贺重游泮水依韵答之

采芹重咏早春天，风信翻从意外传。雁帛尚稽来海上，鸿音先听落云边(拙诗尚未寄呈先奉佳章)。青衿回首殊今日，乌府同心话往年。壮不如人惭老大，余生何敢拟期佺。京朝记否集觥筹，退老而今共白头。早谢簪缨延岁月，晚耽诗酒遣春秋。兴公且作遂初赋，宗悫休谈领一州。同阅沧桑甘隐逸，黄门冷落慨前游。

张振老函寄和重游泮水诗附缪傅二君和作叠韵答意

自从退老义熙年，劳燕分飞各一天。远别燕齐书易达，故交韩孟句重联。东山游屐娱丝竹，北海开樽乐圣贤。引领耆英真率会，后尘愿步惜无缘。燕公大笔本瑰奇，泰斗文章仰退之。既报琼琚增旧价，更联珠玉引新知(并转致友人赐和)。同心幸比金兰臭，矫首如攀月桂枝。尝咏济南名士句，不图赓和遇今时。

张振老函寄再叠韵和诗四律复叠韵答之

翁真矍铄总忘年，吟到狂时欲上天。字待推敲诗更好，韵逢竞病句仍联。花风快送连番信，笔阵翻过四十贤。当是昌黎识东野，唱酬未了亦前缘。不独高文共赏奇，数联诗已压微之。搜寻云海吟新稿(来函询及徽州黄山风景殆将开拓诗界收入奚囊)，提倡风骚讯故知(致延铁君函问豹隐山人近何无诗)。驹絷自藏空谷玉，凤鸣终恋上林枝。最难忘是钧天乐，惆怅华胥梦醒时。

---

① 陈恒庆(1844—1920)，字子久，山东潍县人。同治十二年(1873)乡试中举，光绪十二年(1886)进士及第。曾任工部都水司主事、营缮司员外郎、屯田司郎中、巡城御史、兵科给事中、河南道监察御史、掌印给事中等职。后辞官归里。著有《谏书稀庵文草》《谏书稀庵诗草》《谏书稀庵随笔》《归里清草》《清季野闻》等。

庭竹甚茂潘震青有诗依韵和之

此君只合吾家有，啸咏其间洗俗缘。竹里馆中诗客住，知音如共素琴弦。

拍照小影震青有诗依韵答之

对镜尚存真面目，安能顾盼更生姿。古稀瞬过八寒暑，变态年年扰梦思。此身已类树婆娑，尚有生机自养和。休道香山旧风范，会中九老剩无多(前曾集九老会仿香山故事，今在京者惟延、阔二君而已)。

延铁君同年于十月九日作展重阳补祝朱芷青同年寿即席口占

小春还作展重阳，为祝诗翁补寿觞(芷青重九生日)。共赏早梅沽酒约，尚留晚菊作羹尝。问年差比耆英会，惊座难为醉客狂(余不能饮)。最羡诸君豪饮乐，漫吟短句引杯长。

题郝筱浦先生遗像

临洵之滨，盘龙嶙峋。灵秀所毓，笃生斯人。粹温其貌，静穆其神。不骋乎文苑之薮，惟饫乎道味之醇名德所建立纯孝为之根，此所谓大人不失赤子之心。

郝子高亲家寄示七十晋九自寿诗依韵和之

开年八秩已迎春，佳什传来慰远人。知是信天安义命，谅非学佛戒贪嗔。心同日月无私照，寿比冈陵有素因。皓首每联耆老会，孰知两世结朱陈。一载光阴占我先(君长我一岁)，耄期岁月共皤然。有朋仅许齐三寿，无位还思儆十愆。早脱名缰身绰绰，长留经笥腹便便。知君罔极追维切(君生日适奉太夫人讳)，不忍称觥庆大年。

郝云樵内弟见示六十自述诗和以八截句

望族传家读与耕，书香郁郁久闻名。文场小试雕龙笔，已兆鸿胪第一声（君小试府院皆取第一名入庠）。

累叶贤书次第来，百年乡望重燕台。秋风鹗荐云程误，馆阁蜚声亦见才（秋闱屡荐不售，仅取誊录，入馆阁供职）。

八载宣防懋绩勤，乘时特现宰官身。沧桑变后名心淡，说法犹期济世人（以知县需次山左，历办河工。近退居，习静入道，常以静坐劝人）。

庭阶玉树播芬芳，爱日欣欣蔚一堂。兴到清谈止风月，云霄分付与诸郎（浴沧稚云昆玉供职部曹，皆勤能有声）。

为联情话寄都门，旧日亲朋古意存。朝市虽喧心自静，异书多购教儿孙（诸孙皆幼，读近常散步书肆购书以遗子孙）。

记得朱陈始结缘，华堂诸老尽皤然。而今乐寿传吾辈，气谊相投六十年（咸丰己未予年十八，与君家结姻，见合潭诸老多寿，今予七十有八，君六十犹康健不衰，弥相投契）。

丹青愧我博虚名，阿好惟君誉过情。涂抹何堪答知己，聊同诗画乐余生（君最爱予画，年来常以纸箑相属，画实不足藏，聊以此为晚年消遣之资耳）。

欲言素志莫如诗，周甲年华自述之。松柏岁寒持晚节，介眉何必酒盈卮（戒儿辈勿称祝，因作六十自述诗见志，松柏贞静具见寿征）。

祝陆母钱夫人八十寿

（代）

龙飞凤舞毓名门，德妣机云誉望尊。玉宇清芬传桂子，瑶阶美荫育桐孙。高风持节延秋竹，爱日忘忧养寿萱。会值良辰韶律转，介眉春酒挹芳樽。

和朱芷青同年庚申元旦诗步韵

文皇初纪岁庚申，驻使才容异国人。柏叶迎祥真腐败，桂花献臭更翻新(大学士柏葰时以科场案遭刑,叶名琛督粤被英人虏去,桂良花沙纳夫天津议和失败,英法遂入京师,时人戏撰一联讥之曰:柏叶迎祥,桂花献臭)。三朝虚拥怜冲主,八载共和作逸民。六十年来风变亟,只宜守道学长春(每新正都人士女游白云观拜邱祖)(按,签条批曰:头联拟改为柏叶滔空元日饮,桂花香异好秋新。风变拟改迁变。馀仍旧)。

祝韩母钟夫人六十寿

(代)

钟郝前型母德尊,荆州声价仰侯门。凌霜老圃延秋菊,爱日华堂养寿萱。五色凤毛勤育子,百年燕翼永贻孙。试灯风里开佳宴,正值长春酒满樽。

祝陆母吴太夫人八十寿

(陆文端夫人)

婺星光耀状元坊,蒲碧榴红日正长。寿历五朝联凤翥,荣膺一品焕龙章。和羹早识梅花格,进酒新尝桂子香。卅载苔岑钦壶范,愿簪彤管颂康强。

祝宁母太夫人六十寿

玉律吹回黍谷春,北堂萱草倍精神。断机慈训徽音嗣,捧檄荣名喜色真。鹤算延长刚夏大,兕觥齐祝况周亲。葭莩窃附陔兰咏,彤管标题绚寿辰。

延子澄学士同年挽词并柬朱芷青同年

苔岑卅载最相知,一旦人琴慨永辞。仙蝶有缘同入梦,雪鸿留印只传诗。难忘九老编年谱(时约老友聚饮,手叙齿录,计全数以诗志之,并著于籍),无复千秋引寿卮(遇同人生日,必招饮为寿)。旧雨晨星太寥落,仅留吾辈著哀词。

郝云樵六旬晋一寿赠两截句为祝

静坐长生自可修，金经日课更何求。年华周甲精神健，海鹤先添第一筹(君近入道，日常静坐阅金经，以为日课)。

佛果独尊无量寿，众生都病大慈悲(设法振饥民)。我闻一切皆欢喜，正是天花乱坠时(是日观剧演天女散花)。

同治元年壬戌恩科秋闱余年二十有一，举于乡，今届辛酉周甲，余年八十，例应重宴鹿鸣荷同乡诸公合词上陈仰蒙御书赐额暨徐大总统[1]题额勉成俚句恭纪呈乞大吟坛政和

霓裳记咏大罗天，梦里游仙六十年。寿算八征龙纪历，宾筵重赋鹿鸣篇。旷观诸夏沧桑变，空忆中秋月桂圆。周甲科名私自幸，联诗也拟继前贤。

揖让休风际盛时，圣清文教系追思。十年安作遗民老，一第还邀故主知。天上龙章钦拜命，人间燕乐胜歌诗。旌庐叠荷褒荣笔(蒙赐仙桂重芳额，大总统赠望重耆英额)，晚节留香不厌迟。

今值岁在辛酉余与芷青同年亲家均乡举周甲蒙御书赐额承示纪恩诗依韵奉和

幼学何尝望老更，居然苹鹿晚和鸣。幸跻宾席逢重宴，休叹儒冠

---

① 徐大总统，指徐世昌(1855—1939)，字卜五，号菊人，又号弢斋、东海、涛斋，晚号水竹村人、石门山人、东海居士。直隶(今河北)天津人。早年中举，后中进士。光绪三十一年(1905)曾任军机大臣。颇得袁世凯器重，民国五年(1916)被袁起用为国务卿。民国七年(1918)10月，被国会选为民国大总统。民国十一年(1922)6月通电辞职，退隐天津租界，以书画自娱。编著有《清儒学案》《退耕堂集》《水竹村人集》等。

误一生。回首泮宫皆俊秀(咸丰己未余与君同入泮,前年己未周甲应重游泮水,余与君均有诗征和),追踪洛社亦耆英。苔岑早共抽簪隐,车服羞夸稽古荣。纶綍初颁气象新,九天宸翰焕星辰(客腊迎岁奉旨赏匾额)。龙章仍拜前朝锡,燕乐翻胜旧典循(旧章只准再宴未曾赐额,近科举旧典停止,乃蒙御书赐额,曷胜荣幸)。幸我风骚延八秩,输君霞举早三春(壬戌乡举余年二十有一,君年甫十八)。从来重与鹿鸣宴,几见乡亲得两人。

四月初五日儿辈延宾预祝余八十寿兼为乡举周甲纪胜音尊宴乐因以志喜

应时樱笋绮筵开,为接嘉宾进寿杯。对酒当歌洵乐事,逢场作戏尽通才(客亦登场作)。若非梅尉仙踪驻,安得麻姑妙舞来(梅伶来进花称祝,特演《麻姑献寿》,歌舞大家)。倾倒一樽终一曲,飘然余韵尚徘徊。

腊廿四日为阳历元旦久晴忽雪志喜

迎岁终无寒风侵,忽然密雪满园林。欣逢阳历开元日,想见皇天厌乱心。衮衮诸公新喜起,滔滔万姓久沉浮。十年未享共和福,解阜休风愿自今。

芷青同年见示壬戌元旦诗依韵答之

余生端午岂良辰,何幸蹉跎过八旬。自分冥鸿甘遁叟,又赓呦鹿乐嘉宾。艺林上瑞宸章焕,仙桂重芳御笔真(科举废鹿鸣宴久停,余与君蒙恩赐御书匾额,君额文曰艺林上瑞,余额文曰仙桂重芳,均于辛酉颁下)。周甲酉科原预竿,难忘恩诏纪元春(同治元年壬戌恩科系春正下恩诏)。

六弢主人示感时之作依韵答之

岂是旋乾与转坤,共和召乱莽无垠。蒙皮两虎常相斗,无首群龙尽独尊。蹂躏同胞如土芥,招来异族当屏藩。漫言统一弥分裂,洪水滔滔孰正源。

阔安甫赠诗索和依韵答之

（倒步原韵取溯回之意）

旷观诸夏感沧桑，十载光阴比客忙。乐与同侪联寿算，幸因退隐谢名场。君吟珠玉超唐宋，我学丹青愧恽王。留得蹉跎遗老在，空过八十二端阳（余端阳生日，今年八十又一，适值闰五月故云）。

香山诸老似潜渊，一去真如下水船。千里还乡都隐遁，五云恋阙独稽延。古稀寿相春长在（君今年七十），老至吟怀日自然。早共抽簪遂初服，与君觞咏乐余年。

画中诗集

（题画之作）

画渔翁

云为屏障石为台，海日初升紫浪开。铁板铜琶歌一曲，蓬莱山下钓鳌来。钓台低处水云宽，来去无心总自安。浪迹江湖君莫笑，英雄从古托渔竿。

学圃图

物以朴而真，味以淡而旨。咬得菜根香，堪笑肉食鄙。

画梅

月满山中雪作堆，横斜醉影一枝开。世人莫笑侬身瘦，只为平生喜画梅。淋漓一挥手，纵横三两枝。有意复无意，兴到笔随之。

白头翁菊花

杨柳青春傍画楼，任教莺燕逞歌喉。秋来吟到黄花句，耐得风霜属白头。

叱石成羊图

化羊成石，化石成羊。名山千载，可喻沧桑。

梅蝶

一片仙子衣，飞上罗浮岭。幻作梦中身，常绕梅花影。

玉壶买春图

香餐数斗花，冷嚼一团雪。消得玉壶春，诗魂自清绝。

画梅

每因清瘦亵芳姿，谁识寒梅老愈奇。摄取冰魂凝腕力，独挥铁笔写枯枝。

渔翁

镇日江干坐钓舟，得鱼归去复何求。肯同苏子相邀饮，携酒重寻赤壁游。

柳雪寒鸦

迷离柳色带烟斜，宿鸟啾啾静不哗。诗思莫愁春太老，夜来新著雪为花。

梅花宿鸟

莫道凄寒甚，幽禽惜羽毛。一枝聊可借，魂梦亦清高。

雪梅宿鸟

凉月如有情，寒花不堪折。春色尚朦胧，高卧孤山雪。

白莲

本与红尘远，甘寻白水盟。清香不可亵，飞鸟太多情。

山鸟红梅

园林雪霁竹窗明，好鸟咬咬弄晚晴。料得江南春信早，寒梅破腊几枝横。

岁朝图

一声爆竹破新晴，隔巷传来腊鼓鸣。耐过岁寒春又到，安排诗酒结花盟。

墨梅

用汝和羹会有时，早传春信到南枝。遭逢不抱灵均恨，肯附群芳入楚词。

太平春色图

岁寒新律入东风，春满瓶花供养中。不让三郎夸羯鼓，也应唤我作天工。

菊花酒樽

陶令避三径，靖节高出尘。魏公归老圃，晚节谁比伦。独爱数丛菊，矫矫存其真。我今随手写，岂谓花传神。对此一樽酒，抗怀思古人。

松菊

昨夜西风霜气浓，篱边冷落见秋容。最难晚节逢知己，惟有陶家一老松。天高风急晓霜浓，秋老黄花见瘦容。傲骨不须矜晚节，耐寒犹有后凋松。西风摇树作秋声，红叶黄花晚节荣。我有新醅一樽酒，欲开三径学渊明。

柳燕

杨柳桥边乳燕轻，呢喃学语斗春晴。旧巢小住乌衣巷，会使探花到锦城。

山鸟菊花

雨急风狂怕夜寒，花枝生小护持难。芳英不许山禽啄，秀色留将醉后看。

寒梅宿鸟

翠羽嘈啾甚，罗浮梦未酣。枝头春信逗，待我雪中探。

黄菊

冒雨开三径，衔杯问九华。时人竞红紫，可许入陶家。

重阳图

江清霜老正肥螯，每到重阳酒兴豪。诗胆大于刘梦得，醉中落笔敢题糕。

题刘海图

一念归真，万缘不起。普愿世人，皆大欢喜。

墨梅

疏疏落落数枝横，几度吟诗句未成。妙谛不须多著语，香禅一字莫如清。

白描水仙

洗心归净虚，励志见坚白。个中无点尘，独立神仙格。

端阳图

柳红艾绿映蒲觞，记取余生叶梦祥。益智无方惭剥粽，蹉跎又过一端阳。

兰石

芳芷杂江湄，树蕙遍原隰。布叶分交加，著花累百十。岂识兰之馨，众卉不能袭。真品在岩阿，幽香原独立。

灵芝水仙

闻说水中仙，常住蓬莱岛。我欲入三山，搜岩劚芝草。

桃柳

鸡犬桑麻别一天，田家春色自年年。桃源岂是神仙境，即在先生五柳边。

兰竹

湘灵之瑟，龟山之琴。俯仰千古，谁是知音。

红鸟白莲

小鸟呼晴逗夕阳，前溪过雨觉荷香。凌波洗尽胭脂色，不许人夸似六郎。

红梅

冰是精神玉作花，记曾冒雪嫁林家。香魂忽入罗浮梦，一笑春风上脸霞。

墨梅

诗情画意莫相夸，诗画传神本一家。试问吟成挥洒后，是诗是画是梅花。

白梅

缟袂丰姿白玉肤，欲拈新韵转踌躇。爱花艳说罗浮梦，不识花曾入梦无。

芙蓉秋柳

我家画意在诗中，岂把胭脂学俗工。吟到秋江才涤笔，传神著此一枝红。

春柳黄鹂

俗耳得针砭，诗肠借鼓吹。谁携斗酒来，临风当一醉。

莲华金鱼

雨过荷塘波影空，粉衣低映锦鳞红。花何皎洁鱼何乐，只在生机活泼中。

桂月

露满园林月满天，枝头金粟影轻圆。如闻老衲谈无隐，风定花香自证禅。

红莲

一夜雨声足，朝来色愈鲜。恰如沉醉后，高卧酒家眠。

柳树杏花

送春风雨莫相侵，绿意红情费苦吟。柳絮不飞花不落，顿从诗境悟禅心。

梅影读书灯

梅花围住读书声，寒夜同怜太瘦生。窗内灯光窗外月，一般清影不分明。

牡丹

魏紫姚黄费品评，众香国里斗春晴。吹嘘不仗东风力，安得人间富贵名。

荷花

不分淡白与深红，十里波光荡晓风。最喜楼台常近水，朝朝香气透帘栊。

新竹月季

嫩箨解新绿，幽花开半红。我画无粉本，雨馀师化工。

枸杞墨石

托根在南山，结子如红豆。却不惹相思，可以驻年寿。

芭蕉红叶仿郑板桥

盼到芭蕉六尺长，阶前老树已秋光。放开叶子多听雨，添个枝儿好看霜。

白梅

数点动幽香，高标立清影。春自暗中来，莫道霜雪冷。

桂花老少年

记得秋风折桂天，霓裳一曲月华圆。至今犹染生花笔，老去诗情胜少年。

宿鸟云树

风雨飘摇树树同，云开天霁洗晴空。白衣苍狗须臾变，只在迷离一梦中。

画菊花酒杯送王铸生之闽中

数载论文地，三秋赏菊天。衔杯不忍别，挥手已陶然。

癸卯春闱分校讫写梅得句

寻春偶过灞桥西，风雪纷纷路不迷。吟到和羹有真赏，胜他桃李漫成溪。

疏影幽香领略难，怕因冷落误清寒。品题一著诗人眼，不作寻常草木看。

延子澄同年由水曹郎迁翰苑嘱写梅自题名留诗悬衙斋以志鸿印画成口占

水曹从古寄诗才，为有官梅称意开。铁石精神冰雪骨，自应移植在蓬莱。

画松

古松压屋碧云垂，风雨惊涛发壮思。欲叩天门著狂议，夜深惟有老龙知。生平不作画中诗，双管枯荣未足奇。下笔淋漓书谏草，漫挥余墨写虬枝。

墨莲

独邀太乙托仙踪，天气苍茫雾气浓。玉井亦开花十丈，何如云海涌奇峰。

写墨莲赠周山门

一枝一叶一如来，色相空明世界开。闻说濂溪爱清净，此中原不著尘埃。

墨梅雁足灯

窗下展书读，老梅横月光。更深一灯影，静中闻古香。

梅菊

小园芳信若相催，春雨秋风次第栽。只恐一年花事了，故留残菊待梅开。

梅花诗三十韵

岁寒新律入东风，点笔徐参造化工。领袖百花开第一，传神只在墨痕中。老干疏枝写瘦容，孤山深处托芳踪。天公位置清高品，何若蓬莱第一峰。铜瓶纸帐对银釭，争似横枝写月窗。园吏不须偷折去，凤城以外更无双。写花不写华光师，点椒不点杨补之。自有画工真粉本，小窗月落见横枝。烟容袅袅雪霏霏，傲骨冰心识者稀。只许白描传本色，胜他红紫斗芳菲。种梅百本满庭除，香雪缤纷密不疏。领取一枝斜写影，虚堂玉照竟何如。孤山何处问林逋，子鹤妻梅信有无。但得知音频写照，绝胜冷落隐西湖。玉洁冰清费品题，天寒老鹤许同栖。香魂不入罗浮梦，那有啾嘈翠羽啼。大庾岭上春初暖，西子湖边雪正埋。一段幽香谁管领,合依山水寄吟怀。冰作精神玉作胎,灵根手植自栽培。燕山桂子蓬莱杏,从此名花次第开。谁向仙山访玉真,一天风雪见精神。画图逼肖清奇格,不数师雄梦里人。朔风萧瑟雪缤纷,酝酿寒梅已十分。一树垂垂春似海,何须寻梦说梨云。新枝古干不须论,落笔原无画意存。领取乾坤清气足,只挥淡墨一留痕。冻云漠漠月团团,松竹同心励岁寒。静夜空山三尺雪,恰如高榻卧袁安。冰霜骨格玉容颜,写出清姿见一斑。似是仙人在姑射,可曾同住九嶷山。东风新律入春先,芳信从今次第传。最是诗清人意好,梅花香里月初圆。九陌红尘到此消,寻春何必灞陵桥。爱花休入丹青手,合擘霜笺画白描。三友曾传淡淡交,诗人觅句几推敲。吟梅字字清如洗,寒瘦翻疑似孟郊。不同秾李与夭桃,铁石心肠冰雪操。为爱此花频点笔,清名千古仰弥高。长枝短枝交繁柯,千花万花香雪窠。惬心但得一两笔,耐人看处不争多。孤山深处是林家,西子湖头一径斜。欲访先生问雏鹤,古祠前后只梅花。冷月盈盈浸粉墙,横斜疏影试新妆。一枝岭上传春信,散作人间不断香。疏疏落落数枝横,几度吟诗句未成。妙谛不须多著语,香禅一字莫如清。何必寻春到野亭,花时供养有铜瓶。一枝可折尽须折,留与传真归画屏。百花头上艳相称,若问和羹尔独能。宰相状元天位置,安排转欲笑王曾。翠羽飞鸣惊树头,有人寻梦到罗浮。从今写入瑶仙籍,不许花神再出游。清标不耐俗尘侵,曾说幽人踏雪寻。数点一枝均爱惜,生机活泼见天心。雪虐风饕一梦酣,山深地僻费穷探。天心别有栽培意,转眼春光到岭南。满天雪意朔风严,呵冻临池笔褪尖。窗外梅枝写清影,偶因索笑一巡檐。洗尽尘埃信不凡,闲从世味别酸咸。际时自有和羹事,且领涤冰暂署衔。

杨忠愍公祠松筠图

松柏有心,竹箭有筠。盘根错节,淬精励神。风霜愈烈,气骨愈伸。凛然万古,景仰斯人。

鹰立古柏

振翼升高柯，瞬睛极千里。扶摇乘天风，云路从此始。

祝荫亭和征花诗并赠菊花出箑属画因写梅竹并和原韵题画

诗不清新画不奇，新诗常在爱花时。吟梅惟有东坡好，竹外横斜品一枝。

癸丑秋日延子澄同年出折箑属画松画成题句

西风扫尽露华浓，怅望遥天黯淡容。万卉经秋都变色，苍然不改剩孤松。

题江亭雅集图

江家亭子倚城边，杨柳阴阴细雨天。到此顿增诗酒兴，况逢知己更陶然。

画桂花纨扇赠樊介轩同年即送其提学江苏

霓裳同咏大罗天，回首苔岑四十年。老至春明重握手，桂花香里话前缘。快倾尊酒叙平生，宦海浮沉各有情。雁北鸿南仍作别，长风万里壮君行。

画梅影赠何闰夫

寻春何必入罗浮，东阁吟诗记旧游。明月二分描瘦影，依稀清梦在扬州。

画石榴菖蒲祝张振卿总宪寿并题一律

榴红蒲碧正清和，光景常新奈老何。独有仙根延九节，更因寿相证三多(振老七十一岁又生一子,因画石榴并贺)。花因白发依然笑,酒上朱颜分外酡。最是诗翁风趣甚,妙香一曲入弦歌(名伶妙香振老颇赏识)。

画松

春雷一震老龙惊,鳞鬣纷拏怒浪生。十万甲兵天上下,迸成风雨撼涛声。

松树灵芝

谡谡青松枝,英英紫芝草。古芬不争荣,灵气当永保。

绿珠红梅

轻绡雪白制齐纨,绿意红情画一团。老笔别含生意足,落花时节雨中看。

桃花游鱼

世外桃源一样春,此中未必即仙人。年年花落随流水,除是渔郎谁问津。夹岸山桃著意红,低枝含笑舞春风。花飞点水鱼儿出,一片生机活泼中。

乔松绝壁灵芝

矫首苍松巅,紫芝生绝壁。由来托迹高,世人难采觅。

荷花

莲华世界意云何,尘劫茫茫感慨多。大地难寻干净土,远香无语立清波。

菊酒图

甲寅端阳后五日，元和陆相国招同俞筱沅、方坤吾两观察、延子澄学士、檀斗生太史诸同年暨余六人雅集，开东阁畅饮，同年遗老共话一堂，洵乐事也。子澄出相国所书箑索画，因即事写意，并缀小诗以志一时佳话。

艾绿榴红快举觞，联翩介寿过端阳（相国年七十四，五月四日生，余年七十三，端午日生）。更欣会饮韩公圃，领略黄花晚节香。

梅菊

闻道汉书能下酒，也如花事记春秋。初春梅格深秋菊，想像留侯与武侯。

甲寅重九日为朱芷青同年七十寿辰绘菊酒图并题二十韵为祝

七十古非稀，所稀在遗老。世运有亨屯，节义无颠倒。紫阳吾故人，相尚素以道。同学年少时，观国宾兴早。鸿才重艺林，鹏路期蓬岛。刘蕡慨遗文，郑虔屈夙抱。天禄秘书窥，成均多士造。南粤著循声，中州膺上考。滔天异学鸣，匝地斯文扫。万卉偃疾风，孤标知劲草。旷观时局危，决计归田好。两袖剩清风，满载惟诗稿。京洛访耆英，商山拟绮皓。顾我眼常青，羡君发未隺。佳句互唱酬，奇文共探讨。调琴养性灵，把酒除烦恼。人世任棼棼，天怀自浩浩。令节值重阳，生申祝天保。休献曼倩桃，莫夸安期枣。菊酒最延年，尊彝识永宝。

乙卯正月史母田太淑人九十寿绘菊酒图题诗为祝

婺星耀南天，辉映齐北斗。通门仰哲人，举案俪嘉偶。俭德谢绮罗，勤能操井臼。育凤起英才，丸熊赖贤母。光宠溢门闾，保定歌山阜。良由蓄德醇，岂独得天厚。梅阁迓新春，莱衣祝寿耇。椒盘颂有词，柏戽称在手。我写益寿花，再进延年酒。额手庆长春，豫祝到重九。

乙卯二月延子澄同年七十寿辰特画杏林春宴图题诗为祝

簪花记否一枝妍，荏苒京华四十年。老景春明开寿宴，依然共醉杏花天（同治甲戌科春榜迄今已四十二年矣）。卅年同作水曹郎，佳句争传粉署香。修竹精神梅品格，叠征诗画为流芳（同官水部公掌屯田、都水二司印，嘱余作梅竹各一帧并题诗，留悬司壁以为纪念）。玉堂天上咏余春，共列清班侍从臣。一斗百篇谁敌手，风流原是谪仙人（公年周甲转翰苑晋侍讲学士，余亦滥充侍御，清班多暇，时时雅集，公诗酒益豪）。悬车杖策帝京游，历尽沧桑到白头。阁笔不言新旧事，独持高节自千秋（庚子之变，公有《都门记事》诗传于世，辛亥改革即阁笔，不复作诗，惟与朋辈饮酒行乐，而已襟怀高旷，足为寿征）。

画松赠中学校长王君画初

不教桃李炫华秾，多谢园翁善种松。正似栽培佳子弟，十年长养即成龙。

李母高太淑人八十正寿画竹菊作高节延年图题诗为祝

苍苍南山竹，矫矫东篱菊。不改柯易叶，不依草附木。自立有本性，天生实使独。非关雨露滋，备历风霜肃。岁寒更青苍，晚节益芬馥。孝笋日峥嵘，孙枝日蕃育。老圃淡弥香，秋容清且穆。我征贤母寿，绘图张华屋。王母桃虽鲜，麻姑酒亦熟。未若此写真，高节俨在目。清阴永猗猗，佳色长簇簇。墨舞而笔歌，即作登堂祝。

赵丹林七十寿画松菊题截句为祝

鹏抟鸿顺企前贤，云路分飞五十年。毕竟故园松菊好，归来同守岁寒天。

效述堂[1]方伯感慨时局常居野寺避嚣因画莲并题句赠之

满途荆棘惹风烟，举目难寻物外天。最爱宝莲生佛界，不教清净染尘缘。

画松石有感

问天何苦困芸生，杀草繁霜太不平。原野良苗半枯萎，怪松顽石独峥嵘。

画墨竹芭蕉

幽篁深处绿天庵，画理常从静里参。惟有诗人堪索解，一窗风雨助清谈。

画兰石志感

只说当门碍路行，尽教锄去坦然平。前途从此皆荆棘，空谷幽香自在清。

画松菊赠孟迂知谢医

春秋四气岂无偏，草木荣枯各任天。幸赖栽培经妙手，园中松菊总延年。

---

① 效曾，号述堂，三品衔，曾官江苏淮安钱粮衙门员外郎，缎库郎中。

画松菊祝郝琴侣五十寿

（时尊翁在堂）

满目荆榛插足难，陶家三径自盘桓。花开莫道秋容老，尚有乔松共岁寒。

画寒梅宿鸟

尘纷溷林莽，众鸟趋争鸣。孤山一枝雪，高卧梦俱清。

画松竹长春图祝马佳母曹太夫人九十寿并缀以诗

风饕雪虐天地塞，万卉一时都变色。贞松郁郁转苍深，慈竹青青犹劲直。老梅管领九十春，独得春气知天心。结子即作和羹用，向荣叠茁孙枝新。垂阴久承雨露泽，托根实赖栽培力。贞心高节多延年，自古清芬寿无极。

画梅兰扇面赠梅伶并题小诗

梅之清在骨，兰以静中香。真品乃天授，超群而自芳。

张振老八十上寿绘松菊图题二十韵为祝

翘望千佛山，溯回明湖水。自古名士多，传诗阐奥旨。渔洋一代宗，衍派谁继起。手笔推燕公，檠檠大才子。蜚声翰墨林，观艺辅轩使。风雅振菁莪，成章育桃李。建言抒谠论，进讲稽经史。立朝四十年，清望罕与比。会值多事秋，文武共国是。兰锜简禁兵，柏台饬风轨。余事但长吟，断断无他技。记我宦游归，青顾引知己。雅会共真率，十老序年纪。温室树不谈，惟诗酒而已。世变欻沧桑，挂冠返故里。甲子更编诗，唱酬时寄鲤。八秩正开筵，康强犹健履。坚贞松与同，靖节菊可拟。图呈昼锦堂，称觥赓酌兕。五福拜诗翁，南山恒仰止。

写墨莲大堂画赠欧美同学会

乘莲太乙识仙踪，南望苍溟雾气浓。道是一花一世界，纵游海外有奇逢。

徐养吾投诗出纸所画因写柳莲题句答之

上林苑里三眠柳，太华峰头十丈莲(原诗句)。妙句清超真拔俗，画中诗意藉君传。

张振老嘱写竹并缀截句

渭川千亩素罗胸，下笔烟云起箨龙。直上青霄无屈节，耐寒不让后凋松。

王植轩六十双寿写竹梅并题诗为祝

一天冰雪练精神，常伴湖山作主人。和靖家风娱子鹤，特标高节驻长春。老梅只合住深山，懒作和羹鼎鼐间。东阁一樽浮竹叶，醉中索笑共开颜。

郝子高亲家八旬寿画松菊图题四截句为祝

游泮年才十四春，半生说法宰官身。六十六载难回首，历尽沧桑作逸民。

世教翻新古籍盲，遗编笃守不求名。读书养气年俱进，有待传经老伏生。

对君玉照羡皤然，一载年华占我先(君长余一岁)。千里怀人共明月，计经九百六回圆。

蔼然孺慕矢终身，寿考汾阳休比伦。对酒当歌君不取，特将诗画引长春。

金筱珊水部七十寿画松菊题一律为祝

（庚申九月）

通门承教记当年，文字交深两世传（筱翁令伯曾授先叔先兄读，为世交至谊）。作客金台名骏发，吟诗水部句蝉联（余与君同官水部）。著书岁月看松老，对酒精神借菊延。满眼风霜持晚节，共君且醉九秋天。

绍越千都护十月六十寿写梅题两截句为祝

管领群芳早占魁，春风披拂笃栽培。满城桃李峥嵘气，都应天心次第开（君创立实业学校，长教数年，人材蔚起）。

早梅天气又回阳，东阁联诗足咏觞。难得华堂舒爱日，春光九十共延长（太夫人寿九十有一，君今周甲，可称德门盛事）。

辛酉六月初五日吕镜老八十寿画荷花中堂题诗为祝

曾邀太乙托仙踪，天气苍茫雾气浓。知是一花一世界，壮游海外豁心胸。花开十丈叶千重，玉井高连太华峰。佛座庄严寿无量，南山不数大夫松。独与濂溪意气和，中通外直立清波。殷红开过秋容老，更爱仙房子愈多。风流雅慕李青莲，小谪原从兜率天。脱却尘氛爱清净，放怀诗酒即神仙。称觞才过菖蒲节，又扇荷风夏气清。正是碧筩杯最好，醉余联句说长生（余端阳生日蒙公和诗为祝）。仙家楼阁俯莲塘，雨后花开晚愈香。不觉舒长游化日，依然九十驻春光。

陈玉仓尚书七十寿画松菊屏题七律一首为祝

谡谡风高挺劲姿，托根得地记当时。栖踪有鹤云霄舞，作势成龙霖雨施。晚节却同秋色淡，后凋直到岁寒知。一庭垂荫弥苍秀，更茁新枝接故枝。

定镇平都护七十寿写梅题一律为祝

天荆地棘莽纵横，惟有寒梅静一生。不溷风尘纷色相，只甘冰雪净聪明。著书岁月同松老，对酒精神比菊清。吟到小春诗兴好，合编甲子纪长庚。

云海鸿泥集

（乙巳秋出守徽州至丁未告归时所作）

出守徽州谒芜湖道旅舍遣怀

芜湖迫江浒，自昔称严疆。津要合开埠，岛国咸通商。百货已充牣，五洲齐输将。人烟苦阗溢，马路辟康庄。阛阓互连络，楼台相颉颃。玉人歌舞地，豪贵宴游场。我为谒长吏，附轮来是邦。傍岸忽风起，小舟如簸扬。划船急登岸，风紧雪逾滂。仓卒乘洋车，奔驰投栈房。迂回钻隘巷，左右夹危墙。入门楼阁起，攒聚仅一方。天井六七尺，仰观微透光。连屋尽幽暗，南牖尚迎阳。呼僮速洒扫，粗略安一床。主屋隔板壁，眷属难隐藏。周旋苦促狭，杂沓奇肮脏。厨厕逼对宇，鸡孩喧一堂。我畏江水寒，沽饮暖酒浆。须臾进肴馔，恶劣不敢尝。菽水聊一饱，幸未鸣饥肠。人生论遭遇，通塞亦何常。无心值艰窘，随地且徜徉。避嚣岂无术，倚枕梦家乡。

旅舍冬至阻雪

乍作江湖客，游怀喜早春。小楼终日雪，围住一羁人。

之任徽州山程早发

客路肩舆趁晓催，披云冒雨入山来。小窗无数林峦过，绝妙荆关画本开。

过大箬岭小箬岭游仙岭

层峦叠嶂翠环清，石磴侵云斗不平。雨后竟忘山路险，吟身终日画中行。

周山门教授投诗致贺依韵和之

白岳黄山望眼开，骊歌乘兴别燕台。一州斗大聊藏拙，万仞墙高颇寄才。悟后琴书成绝学，宦余诗画志游怀（著有《琴韵切音》《九华山志》）。关心饥溺筹兵食，问政惭非叔度来。

山门教授招饮六声堂赏牡丹即席得四截句

十分春色六声堂，雅集琴诗互咏觞。但得周郎时一顾，胜他新调唱沉香。

魏紫姚黄漫品评，众香国里斗新晴。栽培独接春风座，不羡人间富贵名。

诗兴由来爱景光，东风吟到百花王。同侪欲比耆英会，仿佛名园忆洛阳。

濂溪家学本清寒，立说何尝爱牡丹。大敞琼筵高列座，此花合与众人看。

与周山门论音韵

哈呜哦嚏总无分，儿笑儿啼处处闻。文字语言皆后起，从知天籁是元音。

鸟语

（小鸟鸣如云在这歇歇先回去音极清脆）

忽寒忽暖忽阴晴，湿气侵人闷损生。山鸟多情如劝我，歇时回去唤声声。

由祁门赴黟县

淡云微雨出祁门，路转峰回度几村。涧水急流田水活，泉声引我入桃源（黟县相传古桃源东南有山口，榜曰桃源洞）。

由黟县赴休宁出桃源洞至渔亭尖

山重水复隔红尘，谁向桃源再问津。我竟拨云穿洞出，此游足傲武陵人。

夏日历六邑查学堂归路口号

峡水潺湲岭树重，寻山消夏记游踪。周回千里崎岖路，遍览新安十万峰。

题周山门七十游山门图

（山门现年七十有二）

老至游山门，奇景辟岩谷。七十二洞天，识君真面目。

题李艺渊[①]观察同年慕莱堂图并诗文征存

（慕莱堂系署临江府时建）

身不曾著老莱衣，亲不曾见老莱舞。惟此爱亲一片心，直与老莱共千古。古来至孝亦何奇，神孙圣子犹孩提。谁云钟鼎异菽水，岂有远志弃当归。移孝作忠词已赘，锡类推恩尤附会。亲舍所在心常依，心依不妨身在外。临江之城即闾里，慕莱之堂即庭陀。色笑音容心目中，千驷万钟无与比。亲在养志思无违，亲没继志远可追。一任生离死别境万变，寸心爱慕无穷期。

新安官廨登山石拍照小影题句

携鹤游黄山，独立群峰顶。苍茫云海中，特秀孤松挺。

---

① 李维翰，字艺渊、艺垣，号筱园、种百四十树杨柳主人。湖南邵阳人，举人，官南昌知府，署江淮道等，卒于民国初年。著有《慕莱堂集》。

赴婺源过大鄣山五岭

（山又名三天子都）

客腊来新安，曾跻大洪顶。上七下八里，盘折路危回。今登天子都，崄巇更殊等。五岭势嵂崒，千岩气嵝溟。对镜(岭名)望芙蓉(岭名)，摩天莫与并。石蹬矗入云，仰窥叹越泂。肩舆牵挽上，舁夫力加胫。如登上天梯，如撑逆流艇。彳亍懔倾侧，颠坠胡可拯。心悸似悬旌，目眩类酩酊。半晌至峰巅，憩亭姑啜茗。黑云从西来，雷奔电光炯。急雨挟风斜，万壑声沸鼎。须臾雨一过，道途又苦泞。踟躇下山路，息肩夫谁肯。幽壑乍曲盘，危峰忽峻挺。岭脊泻流泉，梯田叠畦町。谷底路如绳，行人担荷梃(挑夫皆带荷一梃，以便上下山扶持支拄)。竹树随俯仰，岩洞费窥诇(山有灵岩三洞，闻极幽胜)。历境殊奇迷，履地梦初醒。

新安杂咏

有佳山水说新安，宦路登临信大观。三十六峰涌云海，七百二坝分江滩(徽州黄山三十六峰，以云海为奇景，休宁县榔木岭山下水分流东达浙江严州府境三百六十滩，西达江西饶州府境三百六十滩徽处万山之巅，地势最高，平视浙之天姥)。林壑幽深列岫青，荒村野店几曾经。人家比屋开天井，客路随山息雨亭(人家四面皆墙，开天井六七尺耳，山皆石路，距一二里建一亭，行人避雨)。溪山围绕一城圆，合起高楼览胜全。恰对两三峰入郭，漫夸廿四柱通天(徽郡包乌聊山为城，三面临水，四山环之，府署大门建楼正对五魁山，五峰挺秀如屏，土人谓之五鬼山，相传恐不利郡署，故建高楼，立二十四根通天柱以镇之，委巷之谈耳)。多水多山多石路，忽凉忽暖忽阴晴。四时气候浑无定，寒湿侵人疟易生(山有岚瘴，不敢早起，湿寒特甚，北人到此多病疟)。路上行人欲断魂(用成句)，游程何暇问寒温。通心竹艇当风卧，束体山笼冒雨蹲(新安江船覆以竹篷裹雨旁，舟人前后操作，须从篷内穿过，山行小竹轿名过山笼，极窄小)。山农不雨即呼天(土语十日不雨则仰天而呼)，土壤无多亦可怜(山多田少)。石拥溪唇供水碓，泉倾岭脊灌梯田。田妇力耕多赤脚，舆夫缓步尽偻肩。女何勤苦男何窳，大半贫民爱吸烟。道学新安本不磨，其如教化不行何。赌风直比文风盛，图诈图翻讼棍多(俗多借尸图诈，或缠讼不结，皆讼棍唆使)。屋有数重皆暗壁，楼无一面不高墉。何妨启牖通风日，生怕难成午睡浓(土人云开窗见日光即睡不着)。山城物产属天家，大府飞文下县衙。绫锦装函呈御墨，松萝列瓮贡名茶(歙县贡墨休宁贡茶)。簿书鞅掌日纷拏，行部游春偶放衙。著眼溪山寻歙砚，满身云雾检黟茶(砚石产婺源龙尾山，今不出矣。旧曾有砚贡，近亦停止，黟县地势尤高，常阴，如在云雾中，亦产茶，有极品名云雾茶)。谄神佞佛太纷纭，一炷馨香插户焚。乐岁保安争作会，闰年菩萨戏成群(逢闰年为大年作会，尤多负戴神像游行街市，谓之戏菩萨，昼夜鼓声不绝)。经旬鼍鼓哄鼕鼕，奔走街衢到处逢。造像绣金装鬼魅，游神灯火舞鱼龙(府城闰年作会，纸糊鬼神高丈余，饰以绸绫织绣金彩晚舁寺庙神像供舟中，联数船结彩楼阁悬灯并舞鱼龙灯彩，往来河上谓之游神，四方男女乘舟来观追随，旋绕中流，箫鼓彻夜)。此乡风味异家乡，鼻观难分臭与香。饭捧一盂门外食，矢遗满瓮屋中藏(存粪出售)。骄日蒸云山亦热，霪霖骑月树难晞。喝牛引犊潜溪卧，饥鸟衔虫冒雨归。蚊扰似蝇当昼集，蝶翻如燕逆风飞。莺花迥异莼鲈味，回首故园胡不归。

尹星垣经历(耀庚)期满投诗留别酬韵

天都云海纵游春，胜地名流快有邻。不溷风尘为俗吏，尽收山水作诗人。鸿嗷四野劳心抚(米缺平粜，经理贤劳)，鹤警三更雅步巡(郡城巡警颇资整饬)。从此飞鸣入霄汉，岂容林壑寄闲身。

题徐铁孙观察画墨梅

养到气清醇，生机自出尘。冰霜凝骨格，铁石炼精神。岂止诗惊俗，还凭画写真。岁寒知劲节，千古驻芳春。

留别周山门教授

（用赠别原韵）

闻君曾说赋归来，岁月惊心（丁未年丁未月）屡溯回。天上星辰瞻有象，世间荆棘谢无才。直从极浦催吟舫，顺出春江访钓台（舟过富春江子陵钓台）。诗酒多情仍惜别，黄山回首望云开。

留别朱慎侯广文

莫笑清贫苜蓿盘，紫阳道脉重新安。腾蛟岂是池中物，羸马将从壁上观。检点琴书归画舫，流连诗酒谢吟坛。来年京国重携手，且拜花封现宰官。

留别陈蓉生广文

（用赠别原韵）

万壑千岩眼界开（在万山观饯别），联吟宜仿柏梁台。玉杯劝酒愁无量，金谷催诗愧不才。邹鲁同风资教化（徽州府学门外石坊额曰东南邹鲁），晋秦输粟系安怀（时方疏浚江右浙西粮运）。卧治姑负佳山水，留待讴歌叔度来。

尹星垣经历投诗赠别和韵

曾传鸿信及瓜期，云路高飞尚待时。应恋新安山水好，胜予多得一囊诗。五岭峣岧拟壮游，却因话别又勾留。多情恰似连朝雨，待满春江送客舟。

留别歙县蔡惠庵大令

（用赠别原韵）

山城羁宦又经年，雨润风清两焰然。棋局欲翻难定谱，琴音屡改怕调弦。卧治徒慕徐公乐，问政还资单父贤（歙县有问政山，旧有书院名为问政书院）。从此挂帆江海去，浮云变态付遥天。

舟发新安记程

江口夜泊，自郡城至此两岸山渐平远，已入浙境。

飘然五马乐行春，来与名山作主人。此日扬帆仍惜别，群峰送我过前津。

严州夜泊

新安江水涨悠悠，二月春阴送客舟。夹岸云山三百里，一帆烟雨到严州。

钓台

钓台低处一停舟，四面林峦足眺游。二月春寒犹料峭，笑余也学著羊裘。云山渺渺水漫漫，想像当年物色难。雷雨任他龙斗野，不教鳞甲惹渔竿。

西湖

四围楼阁画中看，万顷湖光快纵观。水更潆洄山更秀，天然幽胜让新安。

上海

万帆舟楫万家楼，珍错云屯萃五洲。醉舞狂歌春似海，不知大陆有神州。

黄鹤楼

（遗址现改建洋式警钟楼）

名城俯瞰大江流，水陆交通贯九州。警夜钟声新世界，莫谈黄鹤古时楼。

张船山[①]先生嘉庆庚午出守莱州冬日履任次年辛未冬乞休壬申春解组归时年四十有九予光绪乙巳出守徽州冬日履任次年丙午冬乞休丁未春解组归与先生若合符节然予年已六十有六矣因赋二绝志之

蓬山云海一年游，冬去春归太自由。诗画兴浓官兴淡，徽州颇不让莱州。一到蓬莱即告归，早知四十九年非。我今周甲才回首，愧听旁人说见几。

澹静集

（自新安回京修葺澹静草庐唱和之作）

澹静草庐落成约同人雅集延子澄同年贺以诗依韵奉和二首

白衣苍狗幻云天，趁势西风逼九边。荆棘真难行此路，桑榆不返待何年。特开东阁联诗社，静倚南窗了画缘。自笑闲居慵作赋，赚来佳句集成篇。

此身不属大罗天，那有仙风到耳边。晓日峥嵘新学界，晨星寥落旧同年。耽吟未免添诗债，逃醉翻疑结佛缘。整顿敝庐挥恶客，只凭

① 张问陶(1764—1814)，字仲冶，一字柳门，号船山、蜀山老猿，四川遂宁人。清代诗人、诗论家、书画家。因故乡遂宁城郊有一座孤绝秀美的小山，形如船，名船山，便自号船山，亦称“老船”。因善画猿，亦自号“蜀山老猿”。乾隆五十五年(1790)进士，曾任翰林院检讨、江南道监察御史、吏部郎中。后出任山东莱州知府，继而辞官寓居苏州虎丘山塘。晚年遨游大江南北，病卒于苏州寓所。撰有《船山诗草》，存诗 3500 余首。与袁枚、赵翼合称清代“性灵派三大家”，被誉为“青莲再世”、“少陵复出”、清代“蜀中诗人之冠”。

斗酒换鸿篇。

王春岩六十征诗代儿子曾绶作

岭外游踪水上萍，乍亲光耀即垂青。灵椿得气恒千岁，丹桂联芳蔚一庭。东海尚流君子泽，南天齐拜老人星。乌衣门巷原同谱，合共莱斑祝百龄。

戊申春观剧有感步何闰夫副宪原韵

俳优到处竞欢迎，撩乱琴心尽郑声。剪彩作花容易谢，磨砖成镜总难明。鸿飞本有冥冥志，豹隐宁无赫赫名。笑指浮云变苍狗，青天不管任纷更。

延子澄同年奉使往车臣汗部赐奠赠别

恩礼名藩简使才，亲赉丹诏下蓬莱。天家秬鬯龙章锡，瀚海旌旗驿路开。共仰文星辉北斗，别传甘雨润东台（世兄适奉檄权江苏东台县事）。边庭云物关山月，定被诗囊尽卷来。

张振卿总宪钟秀之侍郎两次招饮均因病未赴约闷极口占二绝代柬

联翩诗酒绮筵开，尽许狂饮座上陪。造化小儿偏见忌，连番困我不容来。

雨气方浓又转风，苍天何苦蕴隆虫。遂教澹静闲居客，懒散无端忽热中。

延子澄学士奉使车臣汗回京诗以劳之

星轺一路战风沙，诗到边庭气量加。放眼纵观戈壁月，豪情蔚起赤城霞（车臣即赤城）。浓斟乳酪偏非酒，暖入毡庐便是家。日日朗吟成大卷，壮游足傲古皇华。

何梅叟[1]借诗附呈一绝

准备联诗好借诗，直同名将乞偏师。料知得句成功后，犒我还应酒一鸥。

戊申端阳阔安甫侍郎投诗引年依韵奉和

敢因蒲艾冀长庚，小草欣欣也向荣。扪虱亦曾嫌镇恶，雕虫何足拟信明。苦无奇句酬鸿笔，乐得狂吟酌兕觥。却喜耆英常雅会，相招总不费弓旌。眉宇轩轩拜紫芝，风流儒雅冠当时。年过耆艾饶清福，酒进菖蒲得好诗。万里懒持龙虎节，九韶惯咏凤凰池。东山养望娱丝竹，况复兰阶列寿卮。

恽孟洛太守之任闽中话别四截句

一声胪唱噪京华，姓氏当年记榜花。修到丹成才羽化，双旌飞舞入仙霞。

破浪乘风此壮游，澎湖西岸且停舟。割鸡小试屠龙技，斗大何嫌领一州。

本是循良汉吏才，眼看风气八闽开。政平讼理真经术，惟有通人妙化裁。

江南薄宦两经年，雪柳行踪亦偶然。鹢自退飞鹏自奋，升沉何必问苍天。

---

① 何振岱(1867—1952)，字梅生，号心与、觉庐、悦明，晚年自号梅叟，侯官县(今福建福州)人。师从名儒谢章铤，光绪二十三年举人。辛亥革命后在福州主纂《西湖志》兼《福建通志》。擅画能琴，书法融碑帖于一炉，功力深厚。诗以深微淡远、疏宕幽逸的诗歌美学在闽派中独树一帜，是“同光体”闽派的殿军人物。

恽孟洛太守濒行招同人旗亭话别

且把骊驹系路边，临岐欲别再流连。客翻作主频呼酒，拼得陶然胜黯然。

和何梅叟步韵

怕闻修士因人热，消向冰瓯雪碗间。不助波澜翻宦海，自然面目见庐山。伤今吊古三缄口，对酒评花一破颜。变态风云都过眼，桑榆乐得夕阳间。

再和何梅叟叠前韵

由来美玉钟灵石，久播清芬宇宙间。雨被尘埋难润物，云因风急易归山。吟哦别寓诗中意，笑傲聊开醉后颜。大雪漫天迷道路，陇头独羡老梅间。

再和何梅叟叠前韵

后来大隐居朝市，寄兴无非诗酒间。但使洗心盟白水，何须披发入深山。邯郸旧梦迷陈迹，傀儡新场笑改颜。满引一杯持献寿(是日万寿圣节)，熙熙且共野人间。

和何梅叟病起志喜步韵

病起高吟乐趣生，诗筒飞递当游行。医方谢去仍涵养，热客休来免送迎。雪案检书探二酉，冰瓯消暑避三庚。因时最好清心法，红藕花瓶插数茎。

题何梅叟江亭玩月图

人海浮沉外，江亭一快游。好风清入夜，凉月淡宜秋。画手凌云笔，诗情近水楼。二分明若此，旧梦记扬州。

题何梅叟二分明月簃联吟图

壮岁客扬州，老至恋京阙。浮云幻太空，知心此明月。天地本逆旅，风月为主人。狂吟聚一室，奇句惊鬼神。客去月无聊，客来月常满。人与月双清，不让延秋馆。一分迎诗客，一分留伴君。徘徊觞咏足，清光增十分。

题何梅叟岫云览胜图

西望群峰高插天，中有古刹千百年。层峦叠嶂互环抱，崇楼杰阁相钩连。慈云上腾作化雨，醴泉下注成回川。郁郁神奇帝王树，昭昭灵异龙蛇渊。昔闻幽燕建京国，化城犹在都城先。世俗侈谈总仙佛，高人幽赏惟林泉。我溷京尘三十载，足迹竟与山无缘。独有诗人何水部，游踪吟兴殊飘然。公余著屐呼伴侣，探奇直上翠微巅。佳客入山山亦喜，岩花岭树争呈妍。云林苍茫水月净，都被采入新诗篇。更倩丹青写鸿印，常教胜境留目前。人生富贵春梦耳，万态过眼皆云烟。试看白云归远岫，出山何如在山真。意全我作狂歌难，索解人解与君缄口同参不语禅。

朱芷青同年寄诗贺(小孙)完姻旋因国恤停止诗以答之即代柬

开缄一笑奉佳章，盥露高吟喜欲狂。日月忽沉天惨淡，星河难渡夜苍茫。催妆诗好姑停笔，送酒人归未举觞。待到来年小阳后，梅花香里贺新郎。

光绪戊申腊月廿九日徐花农侍郎六十寿

不曾学佛不求仙，酒国诗城有乐天。联步云霄皆旧梦，止谈风月亦前缘。吟春笔灿珊瑚架，饯腊尊开玳瑁筵。晴雪梅花新气象，五朝历纪话长年。

延子澄同年见示己酉元日诗步韵奉和二首

风纪书元第一春，维新气象物华真。云开嵩岳山同寿(恭逢万寿)，雪满畿疆野不贫。九老觥筹联鹤算(余与子澄均列九老会)，百篇珠玉焕龙宾。眼看圣治资贤佐，寰海欢迎庆得人。

才消腊雪入新春，吟到梅花自写真。宦冷于冰惟寄傲，诗清似水不言贫。著书未敢评今古，纵酒何妨互主宾。阅历五朝仍健在，问途谁识过来人。

正月十四日立春何梅叟招饮诗以致谢

雪霁梅开报立春，安排东阁集嘉宾。唐花含笑都迎客，诗草传观尽解人。名士庖厨清有味，大家书画久难真(客有携书画来乞审定者)。试灯风里壶觞乐，不负三呼献寿辰(恭逢万寿)。

答客问

问余底事返园林，宦绩无成病已侵。壮不如人何况老，古原可学岂宜今。耻教收蓄笼中药(生平惟拜受业受知师，此外未尝另拜一门)，怕听更张爨下琴。骨傲难容腰懒折，任情只合早抽簪。

何闰夫副宪出云山别墅春宴图属题

(旧作咏狄梁公截句似与此图有合，因缀录之再成一首聊以报命)

海内人才入药笼，休休大度记梁公。相臣心事惟忠孝，只在云山一望中。清芬累叶扬灵石，相业千秋仰寿阳。前辈风流开后学，年年春酒话家乡。

重修会典告成颁赐内外文武大臣

欲敷文教遍尘寰，方策煌煌太史颁。万卷图书天上列，可曾一字到[①]人间。

何梅叟延铁君豹隐主人招饮诗以谢之和豹隐元韵

春到骚人得意天，叠为宾主又开筵。依然驻客延行客（易实甫观察滇南），都是诗仙半酒仙。如饮醇醪心已醉，止谈风月语尤颠（徐花农谈笑林谰语合座轩渠）。独君吟兴清于水，知在梅花铁石边。

题何闰夫西湖春泛图

天都云海记前游，归路西泠也泛舟（余守新安遍览山水之胜，解组归，道出武林，曾往西湖一游）。回首湖山劳梦想，羡君鸿雪画中留。往事浮沉纪此湖，钱祠岳墓费追摹。波间添个诗人舫，名士英雄共一图。清波门外六桥边，灵隐韬光望渺然（图为东半湖，若三天竺、灵隐韬光诸胜皆在西山中）。何必参禅访天竺，冯虚一叶已登仙。草青堤畔曾调马（君有春堤试马图），波暖湖心更放舟。知是扬州何水部，又留佳话在杭州。

柬何梅叟取还借诗

一鸱美酒盼君酧，何日连城返赵侯。休献白衣摇橹策，使君必不据荆州。

徐花农六十有一生子

（闰二月十一日）

老梅独放早春天，管领东风六十年。饱孕奇香重绽蕊，生机仍占百花先。庭阶兰玉早敷荣，遇闰秋桐叶又生。老凤丹山犹振彩，更将雏凤继清声。

钟秀之都护驻节成都以诗见寄奉和二首

锦江玉垒景何如，历尽蚕丛兴有馀。岂为题桥方策马，也应叱驭

---

① 稿本《心清室诗存》“到”作“落”。

独驱车。严公节钺风云壮，杜老溪室草木疏。怀古纪游诗卷富，此行不负腹中书。

爱游山水胜于官，不畏空江夜雨寒。荆楚风光诗里写，峨岷云气画中看。也秉秋兴翻新咏，尚念春明赠故欢。万里桥边回首处，寄梅应笑菊花残。

阔安甫侍郎招饮尺五园赏梨花诗以鸣谢仍步天字元韵

春阴正是养花天，花下偏宜列绮筵。发瓮香浮金谷酒，开门雅集玉堂仙。居然雪后梨云梦，幸未风来柳絮颠（局终微雨，夜即大风）。一曲清歌酬一爵（客有善歌者），人生此乐总无边。

题阔安甫莫愁图

金粉南朝久化尘，眼前风气更翻新。英雄旧迹休提起，且对湖山话美人。万里归来作隐侯，小园花事剧风流。知君粉黛萦情处，两字宜人是莫愁。

题何闰夫钟进士图

举杯矫首对青天，此老胸中气万千。不露锋芒降鬼魅，何妨冠盖作神仙。浮名误我抛身外，清福骄人乐眼前。美酒只须奴共饮，任教瓶罄也陶然。

又题

啖鬼如啖人，醉饱衣朱紫。终南捷径多，何必举进士。

乐寿歌

交谊贵忘形，同心集九老。达人乐年寿，无取祝与祷。托身在岩廊，移情在蓬岛。神仙或可修，富贵非所宝。道器各有真，生化凭大造。劳劳肃衣冠，仆仆赠纻缟。岂其拜堂阶，即足引寿考。礼文纷往来，统须归一扫。若来我不迎，不来亦不恼。相与率天真，从此敦古道。洛社方耆英，商山慕绮皓。游园赏名花，寻山劚芝草。最爱青春长，不愁白发早。兴致本陶陶，襟怀尤浩浩。裙屐自风流，樽席互倾倒。呼酒快尽觞，催诗争脱稿。或自适性灵，或各抒怀抱。只以助笑谈，却非竞文藻。脱尽习俗气，殊觉风味好。潇洒无拘牵，康强自永保。

凤禹门[①]将军招饮净业湖登楼赏荷步何梅叟韵即柬延铁君

骄阳恰被淡阴收，消夏宜登近水楼。三界莲花归净业，六桥柳色话前游(岸柳不让西湖苏堤)。湖心虾菜难征古(湖心旧有虾菜亭，久圮无存)，乡思鲈莼易感秋(余由徽州守解组归)。长揖将军仍好武，济时舟楫海同浮(将军练陆军，现朝议重建海军)。

和阔安甫侍郎步韵

闻说钧天迥隔凡，忽颁仙律叶韶咸。霓裳对月翻新曲，玉署条冰称旧衔。笑我衰慵常欲卧，羡翁矍铄那须搀。每逢宾醉号呶处，赖有诗人作酒监(公不喜饮酒，每局必有诗)。久居日下旧多闻，诗兴飘然总不群。彩笔雕龙刘校尉，深山射虎李将军。闲评花月思如水，高唱阳春响入云。珠玉落天难学步，讴歌聊献野人芹。

九老公请王石坞观察绍仁亭侍郎因足疾不能赴约口占二首柬同人

开筵佳客共欢迎，旧雨新知各有情。颇愿前驱亲执爵，无如裹足不容行。

何妨扶病且盘桓，劝酒谈诗亦尽欢。只恐脚跟难立定，归途匍匐

① 凤禹门(？—1911)，字禹门，刘氏，隶汉军镶白旗。清末广州将军。辛亥革命时，被广州革命党人李沛基用炸弹暗杀。

笑邯郸。

题徐花农崇效寺看花图

寺中旧有红杏青松图，系前明遗老隐于禅者。国朝诸老题咏成一大卷，洵巨观也。庚子之变失去，近又出有驯鸡图，俗笔不足道也。红杏青松本大观，前贤遗墨不容刊。

兰亭赚去无消息，只合随人看牡丹。虎伏龙降自定禅，驯鸡何必画图传。花王却喜招仙蝶，大众同游色界天(是日太常仙蝶适来，翔于花间)。

论诗

诗到三唐已别裁，不图生面近重开。字能泣鬼无灵气，语必惊人有霸才。七宝楼台迷片段，九天珠玉障尘埃。百思索解终难解，安得香山老妪来。

己酉中秋后十日何梅叟招饮云山别墅时园中海棠重开柳根生紫芝三秀梅叟属绘图志异画成缀截句二首

秋馆重来赏海棠，此中消息问何郎。想因东阁老梅聘，不待春风催上妆。

莫嫌秋柳渐衰颜，三秀灵芝毓此间。遁世有人吟绮角，云山高处即商山。

九月二十九日同人醵饮于王爵生[①]侍郎寓斋赏菊并祝阔安甫侍郎寿安甫有诗依韵和之

依然逢九宴重阳，赏菊天犹未见霜。寿世诗才推杜老(安甫工诗

---

① 王爵生，莱阳人，清法部侍郎。

每聚必有作)，晚秋花韵比徐娘。芳樽倾倒争浮白，古帖纷披辨硬黄(主人出藏帖同观)。列坐琼筵莫辞醉，今朝酒国有名王(是日爵生值席备酒极佳)。虎卧龙跳东晋书，吾宗健笔勇有馀。兰亭高会助豪兴，群芳绮靡气扶舆。况醉延年菊花酒，大放厥词飞琼琚。九老一团太和象，天荆地棘都扫除。

朱桂卿学士七十双寿征诗得十四韵

凤凰不孤栖，梧桐相待老。乾坤灵气钟，岁月永龄保。紫阳古儒宗，行藏衷大道。释褐跻清班，谈经抒素抱。蜚声翰墨林，翔步蓬莱岛。观风骋𬨎轩，造士赋芹藻。滔滔异学鸣，岌岌斯文扫。藏器自有真，悬车胡不早。著书贻子孙，采芝慕绮皓。妙手起痌瘝，仁心溥熙皞。兰玉况峥嵘，萱华亦寿考。富不在鼎茵，贵不在冕璪。莱衣足欢愉，鸿案尤静好。清福洵古稀，善气定永宝。

何闰夫抚同族幼子继为孙诗以贺之

梧桐庭院绿阴成，别有芝兰绕砌生。五色凤毛留异彩，引来雏凤继清声。风雪孤山梦不真，古梅清瘦倍精神。北枝苍老南枝秀，并作一林无限春。

题匋斋尚书西园雪夜评碑图

(尚书弟为许州牧，得颜鲁公书和州刺史张敬因碑残石一段寄呈尚书因装拓绘图征诗)

纵横数十字，笔正神肃然。卓哉鲁公书，循吏藉以传。颜氏笃忠贞，大节星日悬。即此一片石，窥豹见其全。匋斋有真赏，岂独文字缘。建节救时局，抗心师昔贤。积古踵文达，同志引惠连。搜自魏故都，载致石城边。名迹重球图，装拓成简编。雪夜一披览，光气应烛天。

送吴颖芝太守之任贵州镇远

一编鸿雪纪前游(出守廉州时所作《粤游鸿雪》诗见赠),岭峤云烟笔底收。也似吾宗老圆照,并传诗画说廉州。由来利器不轻投,错节盘根建壮猷。万里功名班定远,仍探虎穴觅封侯。

六月二日赴九老补祝之约阔安甫侍郎赠诗步韵奉和

蒲柳年来已望秋,却依松柏见风流。簪花春宴侪君实,种竹闲居啸子猷。画不求工双管下,诗多待和一囊收。乐随大隐藏燕市,谩向云山咏破裘。八砖怕说步来迟,正是群公退食时。酒兴酣于春雨足,谈峰纵似夏云奇。红楼遥度风流曲(隔壁梨园有喧笑声),黄绢新翻绝妙词。清比莲花诗更好,绝胜豪饮醉琼卮(公能诗,不喜饮)。

忽闻

忽闻高论果通神,覆雨翻云总有因。但使袖长还善舞,莫愁绠短也能伸。老来对饮怕生客,醉后纵谈防熟人。昂首不攀低不拜,疏狂谁信是天真。

六月十九日太常仙蝶来翔于中庭因绘图并赠以截句

我觉游仙梦已回,道人何事尚徘徊。彩衣征遍诗千首,特为传神索画来。

庚戌中秋云阴终日晚放晴月明如洗何梅叟有诗见怀依韵答之

中秋最怕云藏月,忽放晴空万里宽。佳节此时都兴会,清光何处不团栾。渴思朋辈开瑶席,笑看儿童拜玉盘。对酒怀人发高咏,诗翁于我总相干。

再叠前韵

西风尽卷浮云去，放出中秋月色宽。阒院桂香添皎洁，虚窗竹影写檀栾。心凝净夜蟾辉澈，意逐高空鹤势盘。此境与君同领略，总因世事不相干。

题何梅叟养园图

不谈世务不谈禅，寄迹何妨近市廛。半亩园林高卧处，诗翁别有意中天。

又题

君非太上忘情者，大隐仍居朝市间。梦里烟云萦北阙，眼中林壑寄西山(公退处居都下，岁往西山一游)。一窗梅雪抱清骨，三径松风醒醉颜。愿睹圣明新气象，园亭退老亦安闲。

题阔安甫侍郎尺五园图

大海鲲鹏忽倦飞，风涛浩渺识先机。回翔不是投林鸟，仍向五云多处归(公由青海引退还京)。亭台高起隔凡尘，骇绿纷红色色新。妙境去天才五尺，韶华分得上林春(公居帝城之左，去天尺五，因以名园)。满地棠阴接竹阴，东山高卧自长吟。娱情却不闻弦管，一片熙朝雅颂音(公诗才宏富，足补入《熙朝雅颂集》)。明窗净几趣如何，且把闲身托啸歌。我亦有园凭意拓，画图赚得好诗多(余有意拓园图，征诗，蒙公惠题佳什)。

延铁君招饮冒雪赴约即席口占

大块铺平淡墨天，天公玉戏屡盘旋。飞扬扑树狂于絮，洒落沾衣薄似棉。白战联吟诗有禁，黄封逃醉酒无权(余不能饮)。如君恰是梅花主，我愧寻春孟浩然。

和何梅叟元韵

闲中乐意总相关，邮递诗筒互往还。千顷波涛黄叔度，九江风月白香山。梅花水部传真相(公有梅花水部灵石山樵楹联)，檀板金樽破醉颜(座有妙伶侑酒)。三唱阳春成绝调，曲高欲和不能攀。分韵无须折柬招，邮传不觉路迢遥。让君横扫千军笔，笑我空悬五石瓢。杨柳晓风词易唱，梅花晴雪画难描。开樽剪烛资谈柄，足抵联床话一宵。

庚戌腊月朔消寒第一集张振老招饮呈一律

恰逢破腊早梅天，领袖骚坛第一仙。十纪年华诗作引(消寒会作主先后以齿序，计十人，共六百二十八岁，即以十人六百二十八起韵联诗)，二分春色酒为缘。高文典册千秋鉴(公时进经史讲义)，丽句清词万选钱(是集公作长歌两篇，皆二三十韵，诚巨制也)。九九联吟从此始，燕公手笔冠群贤。

冬至后十有一日，约十老聚饮于澹静草庐，作消寒第二集，仍用十人六百二十八起韵，志以诗。阔安老已首唱，得十四韵，张振老得二十六韵，王爵老得三十八韵。愈唱愈高，探骊得珠，余皆鳞甲矣。爰掇拾诸老所遗，勉成十二韵，用博九老一噱。

寒消二九一十八，风饕雪虐千林髯。草庐澹静坐无聊，发醵呼朋同噢咿。九老回翔朝市间，宴游雅步都健瓠。莫笑零落残牙齿，大嚼雄餐更鹾黼。高会人人诗兴浓，绝胜把酒持蟛蜞。豹隐首唱十全歌，竞病尖义无桀黜。皇皇燕公大手笔，鸿篇示我惊碣磍。兰亭三唱曲弥高，苏海韩潮势澎汃。阳春白雪安能和，走入醋瓮难窟窡。骊龙鳞甲掇拾成，恧然颜汗湿巾帓。聊供一夕噱谈资，写入诗牌莫揩扴。九老对此牢愁都扫除，捧腹轩渠消膃肭。

嘉平廿二日消寒第三集吕镜老招饮病未赴约呈一律致谢

阳和独驻吕仙家，吟到消寒饮兴加。罚爵定依金谷酒，开筵恰傍玉梅花（玉梅花下交三九恰合）。东莱风度尚书履，西域声名汉使槎。腊鼓春灯多乐事，共登七秩祝年华（开年公寿古稀，余幸同庚）。

辛亥正月四日消寒第四集病不能到诗谢何梅叟并呈九老

漫天风雪入新春，春酒消寒乐最真。老辈风流频召我，小儿造化太魔人。玉山拌醉虽无分，金谷催诗若有神。管领东风标第一，老梅清格总超伦。

消寒第五集病仍未到诗谢延铁君并呈诸老

联翩春酒绮筵开，九老欢倾介寿杯，仆病未能同醉饱，呈诗权当座中陪。罗列图书结古欢，海王村里任游观。同行姑负新春约，本欲消寒却畏寒。

二十日效述老作消寒第六集病初愈仍不能赴约诗以谢之并呈诸老

花风六九已连翻，饯腊迎春过上元。药味饱尝三十日（养疴一月矣），更无豪兴到芳樽。春阴几见日曈曈，满路冰花雪未融。总觉消寒消不得，采薪何敢向东风。

二十七日阔安老作消寒第七集近在聚丰堂扶病赴约呈二律谢安老并呈诸老

俯仰余生今七十，无端卧病度新年。闭门杖未临风倚，投辖车真竟日悬。闷极躭吟诗有债，睡多逃醉酒无缘。痡瘉强起联高会，只为欢迎九老前。

旗亭咫尺开佳宴，病起扶持乐一行。无限地融残腊雪，有情天放早春晴。闲中醉饱容吾辈，老去风骚了此生。忽忆东南灾祲厉，贤劳何以救蚩氓(谓江皖水灾暨关东鼠疫)。

钟秀之都护由成都告归作消寒第八集即席成二律

吁嚱蜀道青天上，万里鸿毛也倦飞。九老香山寻旧约，十年尘海见先几。高风莲社菊花酒，爱日萱闱莱子衣。惟有峨岷山水好，游踪回首话依依。

同侪正约消寒集，九月君归恰及时。不咏暮云春树句，共联晴雪早梅诗。连宵情话千杯酒，往事尘劳一局棋。最是高堂娱白发，家乡何只故人期(秀翁太夫人年逾八十，未就养，入川故秀翁告归)。

二月六日消寒第九集王爵生招饮兼饯别桂月亭将军

凤巢移占上林枝(由内阁学士迁法部侍郎)，吟社开筵正好时。滕阁才名秋水句，阮亭风调冶春词。人含喜气花都笑，天酿馀寒酒不辞。雅集西园入图画，酬君合作画中诗。九九图成杏未红，几番微雪禁东风。寒留梅阁诗情里，春入兰亭觞咏中。香梦海棠初日觉(主人温室唐花海棠已开)，离怀塞草暮天空。行人欲别重携手，同倚高楼送远鸿(次日再集西安市楼公饯将军)。

送桂月亭侍郎之任绥远城将军兼垦务大臣

仗钺出燕台，关山驿路开。雄城严锁钥，大野辟蒿莱。不展筹边略，安知济世才。将军天上下，胡马敢南来。

赠效述堂食物四篚

诗人病起已枯肠，勿药才知肉食香。自觉家庖乡味好，略分四篚劝君尝。

赠孙玉亭

髫龄同舞泮宫前(少年同入学),入海浮沉五十年。我已悬车君杖国(余年七十,玉亭六十又九),桑榆重乐故乡天。郁郁灵椿美荫清,庭阶兰玉更峥嵘。却闻古乐翻新曲,应使前贤畏后生(世兄新学毕业,得奖出身授官)。

冬至后九十日同人醵饮为何梅叟补祝漫成四截句呈梅叟兼怀阔安甫、桂月亭两侍郎

欲探芳信问春风,二月春寒雪未融。都为老梅香正满,东君不放杏花红。

次第迎春入酒杯,图成九九盼花开。消寒期满馀寒在,东阁称觞续一回。

每逢诗酒斗尖义,豹隐(安甫别号)吟情分外加。西望潼关冲雪去(安甫往陕西),定多佳句赠梅花。

北门锁钥属将军(月亭署绥远城将军),酒绿灯红少一人。计过花朝开寿宴(梅叟二月十八日诞辰),也应回首帝城春。

题孙叔盉青槐避日图遗照

读书稽古薄桓荣,车服何堪衔老更。龙树青苍留本色,粹然秉礼鲁诸生。老成心迹托庭槐,弹指南柯幻梦回。手植婆娑馀荫在,十年郁起庙廊材。

题何梅叟花好月圆人寿图

坐花醉月作诗人,不数风流贺季真。此老天生寿者相,梅花骨格月精神。

吕镜宇尚书七十双寿画乔松双鹤图题赠

苍苍岭上松，矫矫云中鹤。灵根郁得地，仙踪高可托。长养羽毛丰，一飞独逴踔。班行逾鹓鹭，奋迅迈鹏鹗。振翮天外翔，云海纵寥廓。苍溟极南游，朱霞粲西落。岛屿暂栖迟，鸟兽亦咸若。蓦然飓风旋，掀起洪涛恶。青鸟信音乖，鲸鹏尽惊跃。异类本非族，势欲逞击抟。奋翼冲霄去，迥乎不可掠。翩然复东来，灵囿恣踸踔。或游麒麟薮，或巢凤凰阁。清声闻九天，远势盘广漠。联翩云霄上，不受樊笼络。岂为稻粱谋，得天亦不薄。湛露渥沾濡，天章被炳烁。岁久值闲旷，岂必归林壑。回翔五云中，雅不安落寞。长鸣上下风，双栖足逸乐。有子和在阴，飞舞縻好爵。寿算不知纪，仙境愈开拓。俯视榛莽间，嗤彼凡鸟雀。

吕镜宇尚书七十赐寿

九重云日降龙光，南极星临昼正长。天亦助公成寿寓，扫开雷雨送新凉。

题翁叔平[①]尚书虎字

善书何须画凤尾，健笔岂独扛龙文。奋迅一挥真相出，气压百兽称山君。我闻昔者松文清，醉书虎字神震肃。掷笔大笑墨淋漓，阚然群邪都慑伏。

---

① 翁同龢(1830—1904)，字叔平、瓶生，号声甫，晚号松禅、瓶庵居士，江苏常熟人。大学士翁心存之子。咸丰六年(1856)一甲一名进士，历任户部侍郎、都察院左都御史，刑部、工部、户部尚书、军机大臣兼总理各国事务衙门大臣，是当时著名的清流领袖。戊戌政变后，罢官归里。卒后追谥文恭。翁同龢为光绪师傅，“得遇事进言”，光绪“每事必问同龢，眷倚尤重”。

立秋后何梅叟来访补祝生日即约在近市旗亭小酌并观剧梅叟赠四截句依韵答之

三庚避暑闲门静，忽报高轩过敝庐。知是诗人非熟客，吟怀已入早秋初。

酌酒花间怀李白，煎茶竹里唤樵青。共君一聚东安市，定有天官奏德星。

东阁才名第一流，登临到处有春秋。自经庾老谈风月，倍觉清光满画楼。

介眉春酒记端阳，老辈风流话草堂。揖客忽然低首拜，大陈箫鼓迓冠裳。

七月十八日皇上典学恭纪四首

九天奎璧拱辰居，帝学宏基慎厥初。恩礼儒臣开讲席，宣公奏议太邱书(陆凤石相国陈伯潜侍郎进讲)。

清书一代自传家，郁郁周文蔚国华。远鉴有殷贤圣作，端由伊训进谋嘉(伊仲平都护进讲清文)。

毓庆宫中尕殿开，翘瞻云日颂昭回。九成始作箫韶乐，但见朝朝彩凤来(谓凤老)。

凤楼初日喜新晴，巷舞衢歌满玉京。一色黄旗辉万户，龙飞从此振文明(是日都城遍悬黄龙旗)。

八月盆梅叶未脱忽开一花诗以志感

老梅识天心，静候东风信。秋肃养气收，骄蕊乃独振。无力傲风霜，摧落在俄瞬。行生胥自然，万类忌轻迅。

感事寄曾儿

倥偬妻孥避海滨，栖迟犹幸有周亲。不须更作游仙梦，梅鹤先回故里春。脱开缰锁远嚣尘，鸿印累然系此身。探得湘君好消息，急谋解组付他人。为谋禄养别庭帏，岂料鸿毛遇竟违。荆棘愈多途愈险，安亲为上莫如归。廿年乡国守清寒，学古乘时且入官。旧业难投新世界，别开生面弃衣冠。

山居集

（辛亥避居沙岭所作）

辛亥冬月何梅叟投诗招饮作消寒雅集适余避居三河沙岭邮递得诗即步韵奉和

江湖蓦地起烽烟，警报传来惊四筵。树帜争夸光复策，倒戈直述武成篇。怆怀秦楚分王际，痛哭康隆列圣前。披发入山甘遁世，难将历数问皇天。

岁寒山居即事

岂因乘兴入山游，暂避惊尘目自由。家似桃花源里住，客宜竹里馆中留。林泉地僻都成趣（有麻林山寺、盘龙山泉，聊供游眺），翰墨缘多亦解忧（亲邻索书画坌集）。岁暮京华回首望，春风姑负仲宣楼（京寓新建祠楼饯腊不克瞻拜）。

壬子元日沙岭侨居感怀

（时年七十有一）

乱时为客正愁人，七十衰龄岁又新。蕉鹿迷离三月梦（客秋来此瞬经三月时局变迁恍如梦幻），茅龙团聚一家春（茅舍数椽全家聚处）。天寒且卧空山雪，风劲难消大地尘。为爱此乡安乐土，避居重与接芳邻（自幼至老，徙家避乱四次两居此乡，信为乐土，漫成一律，题壁以留爪痕）。

朱芷青同年守陈州告归寄示和何梅叟见赠诗原韵一律依韵答之

同咏霓裳独轶群，才名早薄杜司勋。春原有脚风行草，归岂无心雨过云。吟罢冰壶弥皎皎（曾赠我汴游冰玉稿诗集），脱离尘网任纷纷。伤今吊古难开口，只托诗歌远寄君。

郝鼎臣投诗谢画和韵

耽吟不作画中师，点笔闲情当咏诗。老去丹青无雅兴，颁来珠玉尽清词。高歌击节真难和，险韵搜罗未足奇。却似文章鸾掖句，挥毫得意压微之。

沙岭郝氏纪胜八则①

佳城丛树

村南远近丛树皆郝氏先茔。诸山朝拱曲水周环，都据形胜。乔松老柏，郁郁葱葱，并多异卉寄生，足征地脉腴厚，以故子孙繁绵，科名蔚起，望而知为甲族②。

群山环列拱佳城，松柏苍苍尽向荣。心地栽培成福地，不须龙穴论纵横。

连第高槐

郝氏自高曾析为南北院，北四房，南六房，厘为六门，南向若比邻，宅第云连闬闳整肃，门外高槐数十株，浓阴匝地，对面场圃夹为通衢，东西设两门，启闭自成山庄。

山村聚族古醇风，十丈槐阴比户同。耕读传家余荫远，高门却不羡三公。

---

① 《沙岭纪胜八则》又作《沙岭纪游草》。

② 此据《沙岭纪游草》补入，下同。

同春岁祫

（南六门合族为同春堂）

六门为同春堂，共一宗祠。岁暮祫祭，陈宗器，荐时食，必丰必洁。父老率合族子孙朝暮瞻拜，除夕祭毕，望燎，子弟捧祝帛由中门出门外，楮锭山积，按世次横列，亘数十丈，引矩焚化，鸣鞭升炮，合族西向奠酒拜送，灯火满街，为年终盛典。

先畴旧德到云礽，俎豆馨香世继承。六合春风融一室，翕然祖腊守高曾。

种德春园

（南北十门合族为种德堂）

南北院十门，为种德堂，堂在南院，厅事宏敞。新正元旦聚族于堂，序长幼班行，叩贺春喜，兄弟行则罗列堂前团拜，少长咸集，衣冠济济，具见礼法家风。

十出宗支撮合难，华堂春色共相欢。芝兰玉树庭阶满，舞蹈和风簇一团。

茶棚款客

村西门外建茶棚，四月接待东山香客，殿三楹，供碧霞元君，殿前芦棚列座备茶，旁有净室以待女客，盥匜厕牏毕具，行人称便。

煮茗焚香净客尘，仙乡乐与物同春。年年多少游山侣，驻马都称好善人。

粥厂济贫

年年冬季设厂施粥并施棉衣，递年各门输司散放，父老子弟督视综核，远近村赤贫赖以生活。高曾创之，事载邑志。子孙世世遵行，故善行远播。

穷檐风雪御冬难，守富何容白眼看。饥者授餐寒挟纩，乡邻温饱乃心安。

星轺驻马

顺天学政每过三河，经沙岭，必到门拜访，叙年世谊。盛治酒肴，优礼款洽，并幕宾驺从夫马，均以饮食接待，尽一日之欢。濒行，学使者以诗章屏联相赠，订文字交，岁以为常，至科举停乃止。

晒腹高风轶古今，不妨寄傲在山林。却缘培养诗书气，赢得文星岁照临。

朝贡旌闾

历朝巡幸卯髻山跸路经沙岭，随扈朝贵多望门投止，各院厅事扫榻以待，盛筵礼接，临别或留诗笺，或书联额，以旌奖善行，故各院所藏国朝名家墨迹甚夥，至今悬壁，辉映室堂。

凤翥鸾翔下众仙，襜帷暂驻尽欢然。大收当代如椽笔，通德门闾百世传。

沙岭八景

盘龙听泉

盘龙山洞共寻幽，山下泉声绕石流。茗碗茶铛烹活水，爱他清净在源头。

卧虎斜照

（王魁山远望斑文似虎，故名）

山色斑斓日色浮，大风如啸卧荒陬。却无剑气冲霄上，盘踞成形胜虎邱。

麻林社会

麻林山寺远尘氛，塔涌高峰矗入云。野老祈年乡社会，连朝箫鼓闹晴曛。

杜桥晚行

杜家庄外路迢迢，树色山光入望遥。归客骑驴村市散，一鞭残照绿杨桥。

行宫松雪

郊原东望故行宫，宫里松涛响远风。最是三冬晴雪后，玉龙鳞甲欲腾空。

野水荷风

（邻村曹庄有荷塘）

石桥烟柳护池塘，远水荷风晚送香。不羡西湖游曲院，此中清净即仙乡。

临光古柏

（临光寺前明大珰所建，殿宇闳丽，光绪年尚存，今圮）

临光山寺杳无痕，故址空留老柏存。三百年前繁盛地，寒鸦古木吊荒村。

陶穴晚烟

（白塔村砖瓦窑）

淡淡斜晖漠漠痕，乡邻陶穴倚高原。恰如摩诘画中景，山外孤烟明远村。

岁暮山居即事[①]

岂因乘兴入山游，暂避惊尘且自由。家似桃花源里住，客宜竹里馆中留。林泉地僻都成趣（麻林山寺、盘龙山泉足供游眺），翰墨缘多亦解忧（亲邻索书画坌集）。岁暮京华回首望，春风姑负仲宣楼（京寓新建祠楼饯腊，不克瞻拜）。

壬子元日感怀

乱时为客正愁人，七十衰龄岁又新。蕉鹿迷离三月梦（客秋来岭，瞬经三月，时局变迁，恍如梦幻），茅龙团聚一家春（茅舍数椽，全眷聚处）。天寒且卧空山雪，风劲难消大地尘。为爱此乡安乐土，避居重与结芳邻（咸丰庚申曾挈眷来岭避居）。

壬子春正十二日生一孙（安保）廿六日生女孙一喜志以诗

（十二日京都变焚掠大乱，京宅幸无扰）

东风送暖又经年，燕乳新巢喜气联。两字平安祝天保，载赓瓜瓞

---

① 此首及下文《壬子元日感怀》，仅见于《沙岭纪游草》，兹予补录。

更绵绵(女孙名绵绵)。山林藏住一家春，绕膝重添未了因。待到学耕兼学织，居然华国两新民(壬子为中华民国元年)。

郝鼎臣见沙岭纪胜暨八景诗作长歌见赠诗以答之[①]

桃花园里避嚣尘，来与诗人作比邻。游遍山林羡清福，一枝高咏岭头春。诗到春来画意多，聊将短韵引长歌。读君苏海韩潮笔，顿觉烟云衔眼过。

和诗附录[②]

蒙题敝乡内外八景十六章，不独蓬荜增辉，亦使山川生色。无以为报，谨作长歌以当谢表。伏乞黄山遯叟诲正。鼎臣郝植梅学草

桃花源里来诗翁(先生避乱于此，榜其门曰桃源)，潞河名宿文章雄。胸罗星斗腕生风，立言不与他人同。先生高兴意无穷，掇拾土壤为长虹。十六篇名雅制鸿，点染朽腐成神工。譬诸饥者食不充，一经醉饱肌肤丰。吾家白叟与黄童，齐赴先生笔阵中。全家拜赐感至公，医我孤陋开愚蒙。百年弃物如焦桐，品题见重先生功。下士闻道惟大笑，俯首咋舌不知妙。阳春白雪曲本高，和不成音语无调。测海不识虫语冰，窥豹安知井蛙诮。三复先生珠玉辞，斯文儒雅是吾师。人谓先生诗有画，先生谓画当吟诗。君不闻燕赵自古多奇士，文采风流今见之。传写君诗诵万遍，感君嘉惠作口碑。

劭农姊丈亲家大人今正以在岭感怀即事七律书屏见赠先经侄辈邮诗稿至陶嗣于公暇及旋青寓后叠步原韵久拟寄政惟因俚句意忧时而语弗合时今勉录奉博一粲，荏山老牧弟崇照呈稿

暮年犹作宦游人，扰攘弥笃节候新。履亩陶邱晴向晚(陶山夕照列陶志八景

① 《沙岭纪游草》作《郝鼎臣姻丈以长歌见赠诗以答之》。

② 此下亦为《沙岭纪游草》所仅见，兹予补录。

之首，而县境实无山。正初赴南乡勘丈，河淤，就近寻《禹贡》所载陶邱遗迹，惟豹隐微有土阜之形而已），问津卫水泮先春（客腊中旬卫河即已大半冰泮）。愧无善政能移俗，聊慰初心不染尘。何处桃源足栖隐，卜居惟愿德为邻。念年齐鲁走风尘，宦寄陶邱又转春。邑保公安资镇静（陶邑边剧接直境自去冬乱警时传人心不靖，惟严密侦防，力持镇定，迄春杪卸篆，地方幸未受扰害），世逢多变竞争新。清时旧吏甘投劾（牧令无新界学识者多自乞退，固无待于排外也），安乐行窝喜结邻（侨寓青郡夥巷与李硕愚镇军比邻）。好把黄山入诗画，如君高逸更何人。

生长江南于岭村只住二宿今又二十年矣读劭农姑丈八景诗故里桑麻弥深眷恋成律一首录求斧政沙岭郝尔泰呈稿

南北东西又廿年，故乡景物转茫然。桃源翻向新诗见，梓里曾无信宿缘。梦里家山怀乐土，望中岭树入寒烟。蓬门栖息知何日，苦逐车尘博俸钱。

吾郝氏自前清国初由山右迁顺天三河县之沙岭村，迄今几三百年矣，祖宗耕读传家，田园日辟，族属日蕃，至乾隆中叶家道称极盛，同光以后家计渐微。树基生甫髫龄即就学京师，二十后复游学俄都有年，奉调回京，观政商部，羁于职守，未尝终岁家居。鹏生于山左临清州先祖任所，幼随任读书，稍长肄业于济南高等学堂，毕业后遂奔走四方，楚北辽东佐理学务，客岁，复就职京曹学习财政。半生历碌，竟未获一返家乡，虽闻父老称道故乡风景、家世、礼教，究属略而不详。近获读王劭农姑丈《沙岭纪游草》一册，所载景物、风教，历历如在目前，不胜欣幸。因商用石印法印成多本，分寄同族，其宦游羁旅于四方者，开卷即如归故里，并分赠戚友，知吾郝氏虽僻处山陬，而先人之遗泽有可称述，如此岂不大增吾族之光宠欤？郝树基、郝鹏谨识①

辛卯癸甲集

（庚子腊月由国子监回寓，自辛丑至乙巳所作）

重阳日寿朱芷青同年

去年烽火避城东，患难相依一室中。慨我无家容寄客，祝君有酒

① 见于《沙岭纪游草》卷末。

拜诗翁。阳春白雪高难和，晚节黄花淡与同。转眼光阴又重九，好联觞咏醉秋风。

芷青投诗贺孪生二孙依韵答谢

并蒂兰开未觉奇(去年盆兰开并蒂花)，不图梓树茁双枝。向平愿了仍多累，绕膝重添待哺儿。达适安能拟圣朝，寸田尺壤有肥饶。却如两部蛙声闹，聒耳争啼分外娇。新秋月满喜重光(七月十三)，一室含饴集五常(现有五孙)。合璧联珠喧吉语，可能熊梦果征祥。佳章盥读粲笺华，字字骈珠敢拜嘉。惟祝菩提大灵感，即投双玉报君家。

王振声往来书信

目　录

A

B

C

D

E

F

G

H

J

K

L

M

N

P

Q

R

S

T

W

X

Y

Z

附录一:绍祺信函

C

D

G

H

L

R

S

W

Y

Z

附录二:绍誠信函

C

D

G

H

J

K

L

N

P

Q

R

S

W

Y

Z

王振声书信

阿笑山(皖臬)[①]

笑山仁兄大人阁下，自违豸节，时切恺私。顷奉惠函，备承奖饰。回环三复，致篆五中。恭维履茀日新，升华时楙。吉云骧首，祝露欢心。弟溷迹都门，尘容历路，依然故我，无可告君。所幸粆平，足慰锦注。家兄于四月中旬抵京，惠函已代呈。

安庐涂和道

敬禀者，窃卑府夙仰仁晖，未亲德范，翘詹光霁，怅鹭堠之迢遥，幸隶帡幪，志凫悰而结恋。恭维大人勋祺懋介，禔祉蕃膺。凭五术以观风，清同白水，驾一车而随雨，恩到苍生。循声久播于庐江，懋赏即颁于魏阙。际此祥迎豸绣，统州郡以宣猷，会看宠锡鸾纶，超柏薇而晋秩，崇阶仰企，忭祝滋虔。卑府郎署随班，久惭樗质，谏垣忝列，益愧菲才。卅载从公，忆涓埃之莫补；一麾出守，冀埏埴之亲叨。获沐谦光，无羞陨越。望龙门而神往，待效衣抠；瞻鸿度以心仪，肃呈履历，谨修寸禀，恭请钧安，伏乞垂鉴。卑府谨禀。

宝中堂

敬禀者，窃侄伏处都门，追陪杖履，骊歌且唱，麈教弥亲。并蒙宠以鼎烹，倍觉深其感感。遥瞻北斗，倏转东风。敬维佩翁大叔中堂春晖衍庆，昼锦凝禧。韩圃黄花，暖进延年之酒，裴堂绿野，喜赓乐岁之诗。化日优游，临风忭舞。侄燕台叩别，梁苑驰驱，只益薪劳，毫无树

---

① 括号中文字为原信稿所有，为帮助了解收信者身份、功名等信息，仍予保留。

立。白圭乏术，徒惊既倒之狂澜；丹笔书春，上颂长绵之爱日。专肃布悃，敬请崇安，伏叩新禧，仰祈垂鉴。姻愚侄谨禀。

蔡惠庵(歙县)

惠庵仁兄大人阁下，同舟一载，诸赖贤劳，话别依依，渥承赠饯，并蒙远送河干，雅意殷情，至今铭感。顷颁谦简，倍系离悰，近维鼎茀春恒，升华夏大，以欣以颂。弟别后扬帆东下，波平水满，五日抵杭，十日达沪，三月上浣附轮溯江而上，直指武汉，一路游览，遇事勾留，于中浣乘焰轮北上入都。征尘甫歇，不免亲故应酬，未遑偃息，旧恙仍未霍然，尚须医药调理，幸未甚病，堪慰雅怀。回首山程，诸待修举，新尹下车，必有一番整顿，仙舟共济，当相得而益彰也，无任驰仰。手复布悃，祇请升安，谨擘劳服不具。

久企鸿仪，如风偃草，新侪雁序，向日倾葵。敬维仁兄大人首邑宣劳，肤功懋著。政传北野，琴台征驯雉之祥；誉满中朝，纶阁锡回鸾之宠，升阶即晋，豫祝允孚。弟外任甫膺，中藏益励，鸠庸莫掩，抚樗质而滋悬；骏望遥詹，企兰芬而可挹。专肃，祇请台安，惟希雅照不备。愚弟顿首。

仓少坪(云南臬；戊戌翰)

恭维少翁老前辈大人青阳集庆，丹篆凝禧，弼教孚三阳之泰，敷骏恩于滇南，祥刑调六琯之和，迓宠光于阙北，久孚简在，即卜幢巡，瞻挹华簪，颂深岁籥。晚生供职西曹，惊心东作，惧深秋谳，未谙明允之条；庆集春台，愿上祥和之颂。合修芜牍，敬请钧安，顺贺节禧，伏惟鼎鉴。

长笏臣(广西臬)

辰维笏臣仁兄大人荐辛集祜，书亥凝禧，祥刑歌有脚之春，仁敷百粤；弼教无心之化，宠迓三霄。行见芝绋频颁，即卜薇垣迭晋。詹言矞采，曷罄铺棻。弟供职西曹，惊心东作，惧深秋谳未谙，明允之条，庆集春台，愿上祥和之颂。合修芜牍，敬请钧安，顺贺节禧，伏惟鼎鉴。

陈霭如(履成)(黄沁同知)

霭如仁兄大人阁下，自违芝宇，时系葭湄，顷奉谦函，倍殷离瑟。辰维功成掌坝，荣晋头衔，引领矞云，倾心积日。回首河梁于役，晨曦相依，仰赖大材力肩重任，一旦曹功克奏，首荐宜膺，而弟已占地道之无成，乃荷天心之来复，恩出望外，惭积五中，谬被腴词，弥增汗颜。专复，祗贺蕃禧，虔请升安，谨璧芳版不具。

陈春亭(甘肃凉州府正堂)

云违鸿度，时切恺私，前奉贲书，渥荷春风之惠；久稽复简，弥殷秋水之怀。敬维春亭仁兄同年大人紫绶风和，黄堂日丽，鼎茀与吉云并蔚，一路福星，升华荷湛露方酡。三迁指日，焕然豸绣，厚也凫趋。弟京曹羁迹，历路滋惭，虚掷分阴，毫无寸善，慨秋风之转瞬，眄旧雨而心仪，莫名鹄企。专泐布悃，敬请勋安，惟希蔼照不备。年愚弟顿首。

陈舫仙[1]

远阔麟仪，倏赋鸣蜩之句；复怀鸿度，弥深结蚁之私。恭维舫仙

① 陈湜(1832—1896)，字舫仙，湖南湘乡人。湘军宿将。咸丰六年(1856)入湘军，从曾国荃镇压太平天国。咸丰十一年(1861)，以功擢道员。同治元年(1862)，从曾国荃围攻南京。四年(1865)，授陕西按察使，调山西，参与镇压捻军。光绪八年(1882)，经两江总督曾国荃奏调，统水陆诸军，兼治海防，驻军吴淞。光绪十二年(1886)复出统南洋水师，总湘、淮诸军营务，授江苏按察使。光绪二十年(1894)甲午战争爆发，奉檄率湘军旧部赴防山海关。甲午战争后，被擢为江西布政使，诏命赴甘肃镇压回民起义。未行，复驻山海关。光绪二十二年(1896)卒，赠太子少保。

仁兄大人景福春长，勋华夏大，鬶云骧首，祝露欢心。弟都门伏处，历路如恒，髀肉已生，自笑池中之物，壮心未已，徒作壁上之观。翘首东山再起，旗鼓一新，重作两江保障，所谓三年不蜚，一蜚冲天，曷胜欣羡。自惭驽钝不附骥尾，以驰逐中原，望尘弗及，惟有伏枥长鸣而已。宫保总制东南，足以奔走天下之豪杰，用人行政，定卜整顿一新，经大才槃槃，相助为理，想已纲举目张。不识燕见雅谈时，曾一齿及鄙人否。都门近事政府一新，法越事已定和局，南北新增会办，阁下躬逢其盛，定能共济时艰。风便尚乞惠我数行，以慰驰慕，则所祷耳。专此祇请勋安。

陈文騄(浙江金华府)

仲英仁弟大人，溯违芝宇，时系葭湄，正拟裁鸿，适蒙寄鲤，并荷春风之惠我，弥吟秋月以怀人。比维履茀日新，升华时楙，引瞻鬶采，曷罄铺棻。兄都门坐困，历路如恒，近状无可告者，所幸顽躯粗适，眷口粗平，差慰远注耳。吾弟以翰苑清华一麾出守，本觉长才短驭。顷读手书，从政期年而已事事井井，立征措置裕如，天下事大可为在乎之实心实力，古所云共平治者怀良二千石耳，顾矢之以诚，持之以久，拭目候之。且匪直此也，骥足一展，则远到又乌可量哉。兄郁郁久居，无能为矣，弟台宏此远谟，以副厚望，南风多便，时引颈飞鸿远音也。专复，即颂升安，惟希离照百备。

陈养元(浙江杭嘉湖道)

睽违鸿度，倏忽驹阴，正切心驰，适颁手翰。渥荷梅吟之雅贶，倍殷葵向而倾忱。恭维养元仁兄大人鹏程云蔚，豸阁风清，六察宣猷，荡节壮湖山之色；九重笃眷，芝纶沛醽醁之恩，晋擢柏薇，益倾葵藿。弟羁滞京曹，滋惭历路，毫无建树，祇益劳惭。怅鹭堠之遥睽，神驰云树；缅莺迁之志喜，颂溢霜笺。肃覆申谢，敬请勋安，惟祈蔼照不具。年愚弟。

溯违麟度，倏转龙杓，正切心驰，适颁手翰。渥荷春风之惠，弥殷秋月之怀。敬维养源仁兄大人鼎茀凝庥，履祺笃祜，豸节壮湖山之色，六察省风；鸾章迎殿陛之恩，三迁指日，薇吟引领，藻颂倾忱。弟浮沉郎署，虚掷驹过，荏苒年华，徒惊马长，鸠惟守拙，迹同不食之匏；鹏正高翔，心有常倾之藿。专复布悃，敬贺蕃禧，虔请勋安，惟希朗鉴。愚小弟。

陈仲英(安徽太平府)

远违眉宇，时转心轮，前奉贲书，久稽复简。每企春晖之晋茀，弥系秋水于秦葭。辰下敬维仲英仁兄同年大人黄堂日丽，紫绶风和，化被麟图，想象太平之春色；仪占豸绣，拜扬高厚之恩光，矫首莺乔，欢情凫藻。弟仆仆京尘，悠悠郎署，发惭马长，迹同不食之匏；引领鹏抟，心有常倾之藿。专修芜牍，祇叩勋安，惟希蔼照。年愚弟。

成宝岩(安庆府)

溯违鸿度，顺转龙躔。前奉谦函，久疏复简。迩际春风之晋茀，倍系秋水于秦葭。恭维宝岩大兄亲家大人己黻凝庥，辛盘介祉，福星一路，万家兴襦袴之歌；指日三迁，九陛迓丝纶之宠，焕然豸绣，厚也凫翘。弟都门坐困，历路如恒，拙且藏鸠，齿徒增马，情殷饯腊，欲开柏叶之樽，颂上宜春，特剪梅花之字。专修鲤牍，敬贺鸿禧，祇请勋安，谨璧芳版不具。

程立斋(四川藩；丙辰)

驹光如驶，鸿度久违。怅秋水于一方，正殷葭溯；问春风其几度，又报梅开。辰维立斋仁兄同年大人履端肇庆，鼎绂凝禧。夏甸流膏，涵濡皆黍雨棠风之化；春台布治，鼓舞随锦江玉垒而来。福星正耀于西川，恩露常酞于北阙。幢巡瞬建，镜听情殷。

驹光如驶，鸿范久违，几度春风，怅望未通梅报，一方秋水溯回，弥切葭思。辰维立斋仁兄同年大人华簪集庆，冰镜扬辉。清节为秋，告成皆黍雨棠风之化；澄心似水，流泽与锦江玉垒俱长。福星正耀于西方，恩露常浓于北阙。翘瞻棨戟，曷罄簦轩。承乏秋曹，未谙春律。怅劳形于案牍，无计藏鸠；时矫首于云泥，愿聆麈教。谨此，祗请升安，兼贺节禧不备。年愚弟顿首。

再启者，新分贵属候补知州潘云穀系云阁夫子令侄，与弟多年世好，相知最深，且其人练达精明，允堪造就，幸隶帡幪，务祈训迪提携。惟省垣需次稽迟，尚望随时驱使，俾得枝栖，藉资糊口而免向隅，感同身受矣。

成善(安徽安庆府正)

远违鸿度，时切恺忱，迭奉瑶函，备承锦饰，不胜惭悚之至。戚谊相关如此，谦抑推奖，万不敢当，亲戚情话，彼此率真，千乞此后勿再施客套，是所切嘱。敬维宝岩大兄亲家大人履茀日新，升华特楙，载歆载颂。首郡繁区以贤劳为领袖，足以表率循良，此皖民之福也。

成子鹤(护理江南抚台)

远违帨节，韶华又赋龙杓；每跂鸿仪，云树时萦蚁曲。辰维子鹤三弟姻大人薰风在抱，化日抒怀。泽流河洛，棠荫垂长养之仁；望重台垣，艾保懋抚绥之绩。从此斧柯之暂假，旋膺简命而即真，引企高牙，莫名忭手。兄廿年宦海，恍如浮梦之鸥，千里归山，闲若倦飞之鸟。分阴虚度，尺短滋惭，所幸粗平，足慰锦系。

诚某某(皖抚)

敬禀者，窃卑府燕台奉职，夙企松乔，皖水应官，幸依樾荫。仰牙璋之威望，喜遂凫趋；瞻心镜之光昭，情殷鹄立。恭维大人履綦笃祜，节度宣勤，法令严明。张都督威行四境，治功卓越，朱仲卿名动中朝，统八府以帡幪，文经武纬；综百僚而表率，吏畏民怀。行看宠权，兼圻红旌总制，更卜恩周夹辅，黄阁襄谟，启戟凝禧，轩鞶胪颂。卑府久羁郎署，忝列谏垣，愧无领郡之才，遽辱典城之寄，鱼符初绾，鹈味滋竞。所欣训迪亲承，式矩设规悬之度，栽培曲逮，得绳趋轨步之宜，托庇慈云，倾心祝露。谨修寸禀，恭请钧安，履历敬呈，伏乞垂鉴。卑府谨禀。

崇善（江宁将军）

睽违麟度，倏忽驹阴，正结恺忱，适颁鸿翰。荷腴词之藻饰，备悬感而葵依。敬维佑卿老伯将军履茀春恒，丰功夏大，威望远著于秣陵，恩命即颁于枫陛。遥瞻棨戟，曷罄鞶轩。侄备位谏垣，毫无建树，时艰莫补，素拙徒藏。京师大局粗平，商民渐次复业，善后赖有重兵入卫，地方尚安谧如常，近又春雪渥沾，农田定占丰稔。知关廑注，用特缕陈。肃覆，敬请钧安，仰惟亮詧。

崇受之[①]（热河都统）

溯违帨节，时结蚁私。顷奉瑶函，备承锦饰。浣薇三复，篆竹五中。敬维受之尊兄大人鼎茀燕申，勋华彪炳。旌旗日丽，焕长城柳色之红；纶绋春温，迓朵殿芝泥之紫。引瞻铃阁，曷罄鞶轩。弟京曹羁职，历路滋惭，虚掷分阴，毫无寸善。惊心马齿，迹同不食之匏；翘首鹏抟，心有常倾之藿。专修鲤牍，恭贺鸿禧，敬请勋安，惟希丙鉴。愚弟顿首。

---

① 崇绮(1829—1900)，晚清大臣，字文山，阿鲁特氏，原隶蒙古正蓝旗，后升隶满洲镶黄旗。大学士、军机大臣赛尚阿之子，郑亲王端华女婿。同治三年(1864)一甲一名进士，状元。迁侍讲，封三等承恩公。光绪间历任吏部尚书、礼部尚书，与徐侗同为大阿哥溥儁师傅。八国联军入京，随荣禄走保定，自缢死。谥号“文节”。

光满介眉，遥忆春光于柏叶；雁书系足，欣传芳讯于梅花。流露开缄，临风驰系。敬维文山三哥大人勋华彪炳，鼎茀燕申。锁钥铭功，共仰高风于北斗；丝纶锡宠，如瞻旭日之东升。引企辕铃，莫名轩鼚。弟职忝寅清，礼惭末学，佐金吾之任，殊愧玉汝于成，竭驽力于承肩，鸠藏无计，藉鲤函以布臆，鹄企攸依。再前读手示，敬悉尊府看守下人无多，当即饬属昼夜妥为照料，可告无虞。弟依旧劳形，别无淑状，趋跄总署，近复佐理金吾，终日驰驱，迄无暇晷，所幸公私托庇平顺，顽躯耐劳，眷口无恙，致足慰耳。京师一冬无雪，入春无雨，微觉干燥，幸地方尚称安堵。风便尚望数言时锡，俾有遵循，是所拜祷。

崇辛阶（光）（粤海关部）

自违鸿度，又转龙躔，顷奉瑶函，备承锦饰。恭维辛阶尊兄大人祉介禔躬，禧延凝庥，粤关日丽，威仪从风。帨节云芝，诰频湛露，引候膺采，曷罄铺棻。弟窃司农，才惭治赋，毫无建树，负此年华，竭驽力以承眉年，长藉鲤函以布臆。书贺鸿禧，虔请节安，惟希鼎照。

醇王爷

敬禀者，窃久隶芝軿，时亲㮚训，拟向荣之小草，渥荷栽培，幸不弃之菲材，倍深铭泐。恭维王爷绿墀集祜，朱邸凝庥。思日赞之枢机，德周函夏；敷天家之雨露，泽普熙春，翘企鸿慈，莫名鳌戴。虔修鲤禀，敬叩鸿禧，伏请钧安，仰希鼎鉴。

大伾山道士

道兄法鉴，临河返辔，近访名山，获挹仙踪，令人尘念都消，徘徊而不忍去，且白石黄粱，十分款洽，感不释怀。顷接朵云，备承垂注。望山林而回溯久之，遥惟野鹤闲云，徜徉怡悦，不胜心羡。弟于九月初十日买舟北上，放乎中流，听其所止，道经临清津沽，停泊小作勾留，至小阳廿四日抵都。征尘甫歇，适感微寒，抱小恙调息渐痊，从此杜门焚香，默坐少间，清净以谢世缘，但不识风尘中人能渐悟元妙否也。鸦途拙劣，乃蒙勒石，徒增汗颜，并承摹印惠寄，弥感。风便尚冀鹤书时锡，指引迷途，是所拜祷。手此衹请道安，惟希朗照百备。

丹林

丹林十兄大人阁下，都门封襚，倏转春风，遥企光仪，良殷渴慕。比维升华时楙，潭第增绥，以欣以颂。前奉手翰，谨悉阁下抵德后已获派济，前后帮办，足征贤劳，上游推重，欣慰奚如。今届漕政有起色否，台从约须何时启行北上，弥念弥念。弟京尘仆仆，故我依然，无可告者，所幸躯眷粗平，堪慰雅系。都门因东事日亟，庆典潦草办过，均未能邀恩奖叙，而大兵云集，人心惶惶，物价腾贵，京通市面极紧。今届南漕大减，吾乡何以为生，东省战事水陆屡挫，且严疆日削，几乎不可收拾，而和局毫无端倪。时事如此，不知若何之局，徒令人抱杞忧耳。台旆抵通后公暇仍望来京小住，届当把酒纵谈也。手此布臆，敬请升安，统希蔼照百备。

德馨(江西抚)

久违麟度，时深春树之云；每企鸿骞，咏到秋葭之水。敬维晓峰仁兄大人鼎茀春恒，升华夏大。帨节与牙幢并丽，泽被西江；骏绩共心简交孚，恩浓北阙。弟都门伏处，历路滋惭，鸠堪藏拙，形如不食之匏；鹏正高翔，心有常倾之藿。专此，敬请勋安，惟希蔼照百备。

再启者，癸未庶常陈名同礼系弟门下士，品学优长，多年至契，相知甚深。刻因请假回籍营葬，惟家本寒素，而翰院亦清苦，拟就近由江西抵粤遍访戚友，设法措赀回京供职。素谂足下爱士怜才，拟趋谒龙门，一亲光辉，务恳垂青格外，并恳转嘱首邑，代为招呼，杖吹嘘之大力，俾积蓄之有资，则口角春风，嘉惠不啻身受矣。

邓祐侯(歙县)

远慕芝仪,曾通驿使。近承兰柬,弥切驰依。比维祐侯仁兄大人花县风清,琴堂日暖,吉云翘首,积日倾心。弟月初抵省,旋奉宪饬赴任,兹定于日由省启行,约日可抵府城,择于日[①]接篆,甫歇征车,须定馆舍,务祈费神代为预备,并假几榻等件,俾幕宾从得所栖止,祗期敷用而已。弟夙安俭朴,万勿华丽铺陈,致蹈官场积习,是所拜祷。专此布恳,祗请升安,敬璧谦版,诸维霭照百备。

丁春农[②](直候补道)

儿子曾绶自津门归,弟敬询光仪,称述稍悉涯涘,无任欣感,正拟达走,乃荷先施腴词褒奖后进,华衮不足比荣,何挈云乃尔。至瘉痡衰朽,自迸宽间更何足道,亦蒙齿及,尤令颜赧矫首,神骏策云,惟瞠目后尘,叹不可及而已。台从倘能抽暇作春明一游,把袂畅叙契阔,是则瓣香所企祷者。手复,敬请春农我兄大人著安。

丁田生(安徽安庆道)

田生大哥大人禧延卓午,政协抚辰,引企杓晖,莫名藻颂。弟都门坐困,愧不如人,历路如恒,依然故我。所幸人口粗平,一身无恙,差足慰耳。都门一切安堵,近畿入春缺雨,二麦不登,惟盼透雨,以待西成矣。法事和局已定,四月下旬在津换草约,现尚未画细约,虽已停战,而法未退兵,故海疆尚无撤防信息,大约总可罢兵也。风便尚冀时寄教言,以慰驰慕,是所盼祷。专此敬请勋安,顺贺午禧,诸惟蔼照百备。

---

① 整理者按:原稿"日"字前有空格,表明时间不确定或自己也忘了。

② 丁象震,字春农,河南省归德府永城县人,光绪六年进士,二甲第八十一名。散馆改主事,官至直隶河间知府。

远违眉宇，几易驹阴，正转心轮，适闻鹊报。恭维田生大哥亲家大人荣承凤诰，荣补麟厅。鹗荐密陈，久沐乾清之上考；鸾书载锡，遂膺观察之空除。从兹豸绣分巡，风行草野；即卜莺迁不次，日上柏台。弟解组投闲，眉须如昨，杜门安拙，髀肉徒生，敢云舍之则藏，聊同株守。只恐系而不食，自笑匏悬，每矫首于鸿骞，倍驰神而鹄企。专肃，恭请勋安，虔贺任喜不备。

敬再启者，疏懒，久稽笺候，渴想时殷。阅抄，欣悉简授安庐，不胜欢忭。在吾哥以瑰奇磊落之才，如天马行空，不受羁勒，得一州如斗大，犹不足展骥足，然从此阶梯联步，则建衙开府，可翘足而待也。第吾哥多才多艺，素日留意人才，但有一技之长，未尝不容而接之，竹头兼收，而若辈亦幸亲光耀，藉以自壮，是固豪侠烈丈夫所为。而今事权在手，则取舍不可不慎，盖笼中物，能益人，亦能损人也。想吾哥精明谙达，操从自有权衡，无俟弟之鳃鳃过虑耳。弟解组年余，郁郁久居，自分已作池中物，以视鹏程，奚啻霄壤耶。所幸躯眷粗平，差堪告慰。不遗在远，尚冀时锡佳言，则千里不啻一堂，不胜引领翘盼。手此，再请升安。

远违豸节，时殷葭水之思；遥企鹏程，又送梅风之信。恭维田生大哥亲家大人祉介禔躬，禧延岁首。绣衣按部，祥刑赓有脚之春；锦节巡时，宠命荷在心之简。薇吟指顾，椒颂情殷。弟都门坐困，历路如恒，拙且藏鸠，徒增马齿，情殷饯腊，欲开柏叶之樽；颂上宜春，特剪梅花之字。专修鲤牍，敬贺鸿禧，祇请勋安，谨璧芳版不具。

再启者，疏懒久稽笺候，而离群索居，无日不驰神左右也。弟依旧赋闲，碌碌无可告者，所幸躯眷粗平，致足慰耳。皖江自寿帅荣迁，吴中丞莅止，想当局面一新，我哥大才棨棨，贤劳素著，中峰必应格外推重，皖中新政如何，定卜蒸蒸日上也。风便尚望时锡兰言，以慰驰慕,是所盼祷。手此,再请升安。

远违豸节,时切恺私。望云影之南来,时通雁候;闻韶光其东转,又听莺啼。恭维田生大哥亲家大人祉介禔躬,禧延岁首。绣衣日丽,观风行有脚之春;锦节时巡,巽命荷在心之简。薇吟指顾,椒颂情殷。弟羁迹都门,负惭历路,驹阴虚掷,马齿徒增。欲开饯腊之樽,倍思远道;特剪宣春之字,藉颂熙台。专泐芜函,恭贺节禧,祇请升安,惟希雅照百益。

丁慰农

慰农仁兄大人阁下,别久思深,适奉手教,猥以外除典郡,腆词奖饰,殊令汗颜。并蒙格外关垂,手示节略,殷殷指教,感泐弥深。敬维履福延鸿,鼎祺安燕,载歆载颂。惟老成清望,竟以古道而遭时忌,尝与筱山兄谈及,殊抱不平。然变态浮云,天壤自定,想逍遥世外,杖履当更洒然也。弟浮沉京职,阅历毫无,遽守一州,良深悚惕。幸卅年鸿印,咫尺匪遥,将来聚处一方,尚冀时锡箴言,以匡不逮,是所盼祷。手泐布悃,敬请道安。愚弟顿首。

杜鹤田(云南藩;壬子,翰)

恭维鹤翁老前辈大人书亥凝禧,荐辛集祜。布棠风而歌黍雨,调元化于滇南;建玉节而秉金章,迓恩光于阙北。久孚心简,即树牙幢。瞻挹华簪,颂深岁篇。侍供职西曹,惊心东作。惧深秋谳,未谙明允之条;庆集春台,愿上祥和之颂。合修芜牍,敬请钧安,顺贺节禧,伏惟鼎鉴。

杜菊人(广东候补县)

菊人仁兄大人阁下,远违芝宇,时系葭湄,顷奉琅函,备叨锦饰。比维鼎茀日新,升华时楙,以欣以慰。弟羁迹都门,倏经寒暑,满拟入秋束装回粤，乃蒙简命，分巡楚南。物换星移，回首旧游，弥令人神往也。承嘱丁明府事，昔曾同官，本相投契，既积官累，我辈相助亦属谊不容辞，可即照三千之数办理。至应如何拨抵，司库有无窒碍，统由大力斡旋，与丁君商办。成人之美、济人之急，弟当与君任之耳。专此。

杜枝园（江苏海运津局即补县正堂）

枝园仁兄同年大人阁下，久阔鸿仪，时殷蚁结。缅台旌之莅止，图良觌而殊艰，咫尺津门，神驰曷禁，顷由陈宜亭处寄到惠贶金腿双枚，茗具十事，渥承雅意，感泐奚名。比维履茀云蒸，升华日茂，载歆载颂。弟悠悠郎署，仆仆京尘，故态依然，无足告者。舍弟仍就景月汀方伯之聘，客游中州，尚称平顺。今届阁下奉差津局，公私一切谅均顺利如恒。竣事计在何日，彼时台从能否来京小住，藉展离悰，不胜翘企之至。专肃伸谢，敬请台安，诸维蔼照不具。年愚弟。

端方

别又经年，腊鼓春灯，正萦离绪，适颁手华，并寄梅吟，雅怀何其挚也，心佩无似。敬维望峻衡云，泽流湘水，而江汉吴楚间纵君翔步，正如神龙摩空，东云见鳞，西云透爪，指顾倏忽，令人目眩而神驰也。区区故态，无可报君，不飞示鸣，又三年矣。赏我者何以勖之，至平安慰问，不足道也，恳件蒙鼎言嘘植，感感。云侪道人时相过从，湖上蕲王非绝口不言兵者，但将军不好武，恐东山再起，依然事与愿违，则未免负腹，故濡滞姑养望耳。楚本多才，新学已开风气，尝阅其文，博雅宏通，不乏绩学之士，倘有如曾、左其人者，维公甄陶而振拔之，则富强之基础矣，当矫首须臾，观德化之成也。手复布悃，敬请勋安。如小兄顿首。

别来久未通问，公忙乎？疏懒乎？想彼此同病，神交而已，不至咏厚禄故人也。比维增荣益誉，福禄光明，颂颂。边尘倏起，想锁钥有莱公，足固吾圉小皖，不敢侵，惟榷务若何，深念深念。兄故态依然，无可告者，两字平安堪慰知己耳。公余何以自遣，燕然狼居漠北，不乏汉迹，科舍图当物色得之，便中能示我数行否？不敢请耳，固所愿也。夏舍亲一函呈察，此布即请午桥棣台大人榷安，如兄声敬上。

午帅大人尊鉴，京华叩别，远隔云泥。公出如神龙纵海，公归如云鹤降霄，固万万生灵所盼仰，非仅区区一人所瞻系也。而恺私之切，实依附之。敬维壮图恢张，神策阔远，意兴矫首，静待新政展布矣，无任歆忭。客腊抵任徽郡，万山如帷，一州如斗，聊以藏拙，何能见长。时事棘手如张琴，大弦甚急，然众音不和，嘈嘈切切，讫不成调，而小弦几绝矣。以菲才作外吏，觉精神才力殊不支。况新安地势斗绝，平视天姥，故晴雨冷暖不时，水土寒湿倍于江浙。衰朽残躯处此，日不离药物，幸未甚病。然时深悚惕，北望益归志。所值节钺入觐，政治馆将开，刘京卿仲鲁已提调馆事，需材必夥，诚欢诚抃。愿借一枝俾得疏附后先，尚可勉进心力，务乞鼎力一援手或一缓颊，能邀奉调开缺，交政治馆当差，则如开笼放小鸟入艺林矣，不胜盼切叩祷之至。手肃，敬请勋安。

午桥棣台大人如手，沧桑世变，浩劫余生，缅想故人，曷胜怅惘。前颁手毕，垂注殷殷，答复稽迟，疏懒诚歉，惟知己必不深究也。近维福履康强，荩猷懋著，无任驰仰。兄补发谏垣，差胜浮沉郎署，既膺言责，不欲为疯狗，亦未可甘作寒蝉。惟兴利除弊诸大政、诸巨公已备悉言之，果能按切推行，或可起沉疴而复元气，不然，即发言盈庭，区区补苴之策，奚济时艰也。大局粗定，朝廷锐意维新，而开源节流尤称当务之急，槃才硕画，当复不少嘉谟，鹤道人入权部篆，大可稍息烦劳，惟简在之心犹未易窥测。月汀愤闷抑塞，早有引退之志，近闻以风疾乞休，未识中旨如何也。手肃布复，祗请勋安，惟照不备。

午帅大人阁下，东山再起，未获畅聆麈谈，迄乎骊驹在门，不遑握别，飙轮一发，棨戟已临汉江矣，无任驰仰。敬维蚬节一挥，鸿逵四达，远风矫首，积日欲忱，区区衰朽疏懒，故态依然，无可告者，惟眠食无恙，足了一生耳。旷观时局，切盼我公坐镇荆襄，依然梦生八翼，扬前烈以达殊灵，用作我中邦疲茶之气，将扶杖翘首以观伟绩之成也。手此布悃，敬请勋安。

惇王爷、肃王爷、豫王爷

敬禀者，窃违侍钧颜，瞬届葭飞于凤律，翘瞻玉度，时深葵向于恺私。辰下敬维王爷绿墀集祜，朱邸凝庥。柏戽时庸，醽醁颁而富贵寿考；枫宸叙典，丝纶焕而福禄光明。骧首裔云，欢心祝露。虔修鲤禀，敬叩鸿禧，伏请钧安，仰希鼎鉴。

恩云峰(奉天府尹)

远违眉宇，频转心轮，回首关山，驰怀云树。伊人秋水，望阻葭道，而溯回久之。辰维云峰大兄大人履茀日新，升华时茂。正纪纲于京兆，三辅风清；树模范于陪都，九霄日近。裔云骧首，祝露欢心。弟才惭驽钝，位窃貆悬，虚度分阴，毫无寸善。所幸顽躯粗适，眷口敉平，堪慰远注耳。不少鸿便，尚望时寄鱼缄，用慰渴思，是所切祷。肃此，祗请升安，诸希离照。

恩竹樵(江苏藩)

驹光如驶，鸿范久违，正切葭思春信，忽闻梅报。比维竹樵仁兄大人薇垣辑瑞，棠舍凝禧。润泽版图，春色庆三吴之山水；旬宣屏翰，荣光焕九陛之云霞。即建高牙，莫名忭手。弟涸迹西曹，惊心东作。怅尘劳之依旧，无计藏鸠；睹物候之维新，愿同贺燕。合修芜牍，敬贺节禧，祗请勋安，伏惟钧鉴。

范梅荪(直隶臬司,庚子)

久阔芝宇,特深葭溯。迩际龙杓转岁,凤籥回春。比维梅荪仁兄大人已黻凝禧,壬林介祉。仁流丹篆,祥刑调六琯之和;泽沛黄图,弼教孚三阳之泰。喜识天颜,咫尺恩承,日角骈蕃,即建高牙,莫名忭手。弟秋官承乏,春律未谙,案牍劳形,冰渊滋惧。窃喜桃符遍换,验时俗于鸠安;更喜棠舍遥依,兆太平之雀贺。合修芜牍,敬贺节禧,祗请勋安,伏惟钧鉴。

方崧(直藩)

流光如驶,又凤纪之更新;温霁久违,仰鸿猷之戬毂。恭维镇青仁兄大人调元布治,履始凝禧。绣甸巡春,蓟谷赓郇公之黍;绮辰颁政,燕郊憩召伯之棠。仁风自三辅传来,恩露从九天飞下。幢巡指顾,镜听情殷。弟物候惊新,尘容依旧,齿徒增马[①],拙且藏鸠。斠来柏叶之樽,情殷饯腊;吟到椒花之句,项上宜春。专泐芜函,恭贺节禧,虔请台安,惟希蔼照。

方佑民(甘臬、登莱青道)

佑民仁兄世大人,鼎祺萃春,履苐升恒。清节为秋,早播玉门之风肃;澄心似水,定渥金阙之露浓。即建高牙,莫名忭手。弟京华伏处,朽木难雕,依旧尘容,毫无淑状。幸藏鸠拙,迹同不食之匏;引企鸿骞,心有常倾之藿。专复,敬请节安,顺颂秋祺百备。

溯违豸节,又转龙躔,顷奉兰言,备承藻饰。恭维佑民尊兄大人勋华麟丙,景苐燕申。应甲历而东巡,初日照三山之气象;迓辰居而北拱,卿云照九陛之光华。即卜薇吟,定符懋颂。弟位窃司农,识惭

---

① 整理者按:“齿徒增马”,应为“徒增马齿”,但书信中多处出现,照录不改。

学稼，听鼕鼕之腊鼓，且随中外以祈年，仰秩秩之鸿猷，愿颂吉祥而献岁。

方子颐(四川臬；己巳，翰)

自别帨旌，星霜瞬易，每怀麟度，云树神驰。迩际珠杓转岁，玉琯回阳。恭维子翁老前辈大人壬林介祉，鼎绂凝禧。泽沛锦江玉垒，祥刑赓有脚之春；仁符黍雨棠风，恩命荷在心之简。从此眷隆一德，即看秩晋三台，骧首下风，欢心祝露。晚涸迹西曹，惊心东作。惧深秋谳，敢图明允之功；庆集春台，愿上祥和之颂。合修芜牍，祗请钧安，顺贺节禧，伏惟钧鉴。

丰汉文(绥远将军)

远违节钺，又转龙躔。顷奉赍书，信殷鹄企。敬维汉文尊兄将军鼎茀燕申，新猷麟丙。旌旗日丽，鹰扬丕振于关中；棨戟风和，凤诏旋承于阙下。即赓虎拜，曷罄凫翘。弟滥厕六官，谬参九府，识惭学稼，徒殷献岁之忱，候届吟梅，特上宜春之颂。专修鲤牍，敬贺鸿禧，虔请勋安，惟希鼎照。

冯钟岱(山西平阳府)

自赓骊唱，倏转龙躔，顷奉赍书，弥殷离瑟。引企春风之晋茀，倍系秋水于秦葭。恭维申甫仁兄同年大人紫绶春长，黄堂日丽。福星一路，熊舆来甘雨之随；指日三迁，凤绋焕卿云之夏。莺乔指顾，凫藻情殷。弟羁职京尘，劳形历路，分阴虚度，尺短自藏。所幸敉平，实叨绂庇。徒增马齿，迹同不食之匏；引企鸿毛，心有常倾之藿。专复，敬请台安，惟希蔼照百益。年愚弟。

冯仲梓(广东雷琼道)

暌违鸿度，倏忽驹阴，正切心驰，适颁手翰。渥荷梅吟之雅贶，倍殷葵向而倾忱。敬维仲梓仁兄同年方伯大人望隆豸阁，勋著羊城。筹算课而摄藩条，晋秩兆三迁之庆；拜芝纶而膺简畀，乾元承叠沛之恩，柏茂薇香，葵倾藿慕。弟羁滞京曹，滋惭历路，毫无建树，祇益劳惭。怅鹭堠之遥睽，神驰云树；缅莺迁之志喜，颂溢霜笺。肃覆申谢，敬请勋安，惟祈蔼照不具。年愚弟。

冯子乔

子乔仁兄世大人史席，聚首经年，诸叨教益，别来殊切离悰，濒行辱承厚赠，并蒙移玉远送河干，雅意殷情，铭感无似。近维紫绶风清，以歆以颂。弟别后扬帆东下，波平水满，五日抵杭，十日达沪。三月上浣附轮溯江而上，直指武汉，一路勾留游览，于中浣乘焰车入都。征尘甫歇，不免亲故应酬，未遑调息，复感时疫，抱恙兼旬，近渐痊可，而旧恙仍未霍然，尚须医药调理，幸未甚病，堪慰远怀。迩来公务想必有整顿，学务有何进境，泊捐已开办否，巡警当已筹有的款，徽属值此青黄不接，米价如何，平粜已筹办否，民食想当裕如，诸殷翘系，风便尚冀手教数行以慰驰念，是所祷耳。手泐布悃，祇请著安。

凤颖六泗道

敬禀者，窃卑府前在京华，获亲椠范。缅云泥之远隔，方切葵倾；幸山斗之复瞻，长叨樾庇。恭维大人鼎祻懋介，履祉绥和。巡察功高宏，锄莠安良之策；富强绩茂大，兴利除弊之规。仁恩偕皖水同流，伟烈与涂山并峙。恤商惠普，听风庐编颂口碑；课最才优，看蜗陛特隆。心简引詹，福耀曷既。卑府郎署随班，久惭樗质，谏垣忝列，益愧菲才。卅载从公，忆涓埃之莫补；一麾出守，冀埏埴之亲叨。获沐谦光，无羞陨越。望龙门而神往，待效衣抠；瞻鸿度以心仪，肃呈履历。谨修寸禀，恭请钧安，伏乞垂鉴。卑府谨禀。

福志（山西平阳府）

自赓骊唱，倏转龙躔。顷奉赍书，久稽复简。引企春风之晋茀，倍系秋水于秦葭。恭维厚安大人紫绶风清，黄堂春暖。福星一路，熊舆征甘雨之随；指日三迁，风绋焕卿云之复。即占豸绣，曷罄凫翘。弟都门羁迹，历路滋惭，拙且藏鸠，徒增马齿。輣来柏叶，莫陪饯腊之樽；吟到梅花，特剪宜春之字。专修芜牍，恭贺蕃禧，祗请升安，敬璧谦版不具。愚弟顿首。

傅哲生（河南臬；丙辰）

驹光如驶，岁华又转龙杓；鸿度久违，云树时萦蚁曲。辰维哲生仁兄同年大人已皼凝禧，壬林介祉。夏威含冬，庆鸿慈普遍于三湖；秋肃寓春，温恩骏望早闻于九陛。行见恩承芝诰，即看秩晋薇垣。翘首向风，倾心积日。弟供职西曹，惊心东作。惧深秋谳，未谙明允之条；庆集春台，愿上祥和之颂。合修芜牍，敬请钧安，顺贺节禧，伏惟鼎鉴。

复兴陛（奉天驿巡道）

远违麟度，岁华又转龙杓。顷奉鸿音云树，倍萦恺曲。恭维仁兄大人鼎绂延禧，履端肇庆，德行比置邮之速，整风化于东京，才猷邀远道之知迓，露浓于北阙，薇吟指顾，椒颂情殷。弟物候惊新，尘客依旧，年惭马长，等托迹于悬匏鹏抟，倍驰神而倾藿。专复，敬请勋安，虔贺春禧。

高文轩（大通茶厘局）

文弟如话，杭城夜话，未罄素怀，雁北鸿南，更增离悰。顷接手书，藉谂游踪行止，深慰，深慰。兄别后次日即行，二日抵沪，勾留十日，于三月初六附江轮，五日抵汉，游览一日即乘焰轮，三日平顺到京。征尘甫歇，不免亲故应酬，未遑休息，复染疫淹旬，近已痊可，惟旧恙尚未霍然，仍须调理，幸未甚病，致足慰耳。督销局之谋就近良便，惟张黄楼前在京虽有一面之识，而素昧生平，亦无门境可入，渠既久宦江南，似仍在外设法图之较为妥速。兄在沪数日，四五两侄时来照应，衰年人看侄辈秀发，良可喜也。八弟医局仍旧。接眷来京之议不果行，七弟亦如旧。前寄来之六十元已照信分交，八弟之三十元知照后即竟代寄沙岭交八弟妹矣。知念附陈，即请近安。

文弟如话，别久思深，夏秋之间曾布一函，因未谂游踪，竟寄沪交四侄代达，计已查收。九十月叠奉手札，均悉。王孝禹亦因水土致疾，差竣即返。兄解组后，署徽守刘闰生到任两月，大病，交卸未回省，即请假回京就医，未愈，急回籍，甫十日故矣。足见新安山水大不利于北人。兄衰朽，故不能不遁，现又别号遁叟，赖以自表耳。回京后亦常医药，而头闷耳暗耳聋仍未愈，且不能用心，少构思即头晕，惟夜得安眠，饮食如旧，尚未卧病，差慰远注。吾乡今秋又大水，兄约同乡金店诸君并金筱珊、张心田筹办赈捐，又在河东开粥厂以救灾，于十一月中旬已开厂矣。金筱山调民政部，已补缺帮稿，每月薪水八十金，可敷衍矣。儿辈金绶补大理院典簿六品，与主事同，次曾儿补商部员外郎，恩绶加捐司务，分礼部学习，奎绶陆军部司务，裁缺，现归主事候补均有差事，薪水尚可敷衍。家婶康健。鸿绶事尚如旧。得绶在造币厂司事，元绶在城内银号，虽均不甚得意，尚有枝栖。七弟仍在洋广货局。八弟事亦照旧。而眷口尚未来京。前两次汇来之洋元均寄沙岭矣。前函云程未庵在工部时兄并不同司，伊系世家子，大气磅礴，素不与兄亲近，我亦不仰攀，现谋在两江幕府，则势利气焰可知。兄以谪守退居，必更白眼视之，实未便致函干请，即请，亦无济也。吾弟既与其亲戚至好，就近谆托，当可有成也。陆申甫在京晤谈，力为说项，现又调江西，新臬瑞心如向无往来，系荣月帆同谱，或可就近函恳嘘植。粮道惠则素昧生平也。拉杂布复，即请近安。

文弟如话，屡接手书，均悉壹是。前曾详覆一函，计已入览。尊事格以代筹，亦时系念。无如当道诸君以非贫贱故交，不过名场朋友。从前在京势均力敌，可以无话不谈，近以飞上青云，视我为老朽之人，谁尚下顾，杜诗云“厚禄故人书断绝”，古今同慨矣。故兄己事未尝因穷途以一纸相干，恐徒见轻增厌，君事言之亦必无益也。惟效述堂夙好无嫌，新放道，尚未甚阔，可以一纸达意，但未识能得力否耳。海弟现尚在京，闻闽关事甚糟，将军大不得意，亦未函催海弟前去，并闻闽中水土恶劣，近更瘟疫盛行，兄亦不愿海弟前去。留京，手足相聚，有苦同受而已。通州毁尽，夫复何言。漕运果由火车进京，吾乡气绝矣，奈之何哉。兄近因公私败坏，心绪纷如，肝气愈郁，虽记御史，不过略更画目，仍无生路，听命而已。

高智生

智生表握青炤，客岁接到讣音，惊悉尊大人弃养，曷胜痛悼。彼时以未悉行踪居址，不获函唁，当即备奠敬八金，交令八叔转递，想经察收。五月中旬接到来函云，客冬有信来，迄未收到，想为邮寄浮沉矣。尊大人年将花甲，身体素康健，前程正远，何一病遽尔长辞，殊令人感慨。幸昆仲皆克自树立，堪以侍奉。堂上康娱，差足慰耳。仆衰病退老，无善可陈，偃息经年，旧恙仍未霍然，耳目清窍不灵，日形闷损，且不能用心，偶执笔构思，则头晕气逆，惟眠食尚好，眷口粒平，致足慰耳。手复，祇请侍安。

高紫峰（广东藩台、山西藩台）

敬肃者，旧属远违麟度，倏忽经年，翘企鸿帡，时殷望岁。每忆栽培之有素，弥深依恋于寸丹。敬维大人黼黻凝庥，鼎禋笃祜。黍雨棠风之化，颂起羊城；芝泥兰检之文，恩承螭陛。高牙瞬建，忭手情殷。旧属羁迹都门，驰神岭海，豸章谬绾，蚊负堪虞。念小草之滋培，实叨樾荫；仰大钧之陶铸，弥切葵倾。骧首龙门，莫遂抠衣之愿；谨濡犀管，特陈悦服之辞。专肃，敬请台安，伏惟垂鉴。旧属谨肃。

溯违温霁，时殷秋水之思；瞬易光阴，又奉春风之信。恭维紫峰方伯仁兄大人已黻延禧，壬林介祉。仁孚玑籥，旬宣深屏翰之功；泽被版图，表里壮河山之色。统三晋而春行有脚，望九重而恩简在心。指顾幢巡，情殷鼎祝。弟虚度驹过，徒惊马长。喜阳回凤律，玉随中外以行军；正风送鹏抟，弥望云霄而折节。专复，敬请勋安，祗贺春禧百备。

恭亲王

敬禀者，窃违侍钧颜，瞬届葭飞于凤律，翘瞻玉度，时深葵向于悃私。辰下敬维王爷绿墀集祜，朱邸凝庥，颐养泰和，晋爵斞长春之酒，吟成萃锦，唐音赓乐岁之诗。履祺偕化日俱长，鼎祉与裔云并蔚。

恭钧（直隶大名道、保定府正堂）

远阔鸿仪，又更龙朔，引企春风之晋节，倍系秋水于秦葭。敬维甄甫世叔大人履端于始，咸与维新，观风扬豸节之春，福星一路，湛露焕龙光之喜。指日三迁，即卜薇吟，莫名椒颂。侄物候惊新，尘容依旧，齿徒增马，拙且藏鸠。斞来柏叶之樽，情殷饯腊，吟到椒花之句，项上宜春。专泐芜函，恭贺节禧，虔请台安，惟希蔼照。

光甫

敬再启者，侄旧日刑钱幕友陈晓山客腊在苏州牧彭君幕中，自客腊彭君出缺，晓山赋闲，侨寓蓟门，伏思世叔大人幕中需才，敢乞罗致幕下，定资臂助，倘座上客满，即乞嘘植代觅枝栖，是所切祷。

远违霁月，疏忽秋风，对葭水而驰神往，树云而结想。恭维光甫仁兄大人履茀秋高，升华夏大。廉车肃法，福星环护于中州；绣节开藩，湛露正浓于北阙。翘候卿月，项起民风。弟羁迹都门，劳形历路，虚抛桂令，依旧匏悬。喜鱼兆之占丰，休征大有；企鸿逵之吉渐，庆叶同人。专泐，恭请勋安，顺贺节禧。

再启者，前新蔡令书端系弟至亲，于去冬丁艰交代，计欠两竿，实系因公亏累，无力完解。闻其任内尚未领之养廉银足抵此款，有盈无绌，因在新章，不准拨抵。惟闻前考城张令、渑池舒令丁忧在新章限内，曾蒙拨抵，则丁忧人员筹措无路或在情悯之中。敢乞推情垂鉴，逾格矜全，准以养廉拨抵，俾得赶紧清理，以便回旗守制，则感戴鸿施，感同身受矣。专泐布恳，再请勋安。

郭宝昌(安徽寿春镇)

远阔节麾，几经岁籥。正殷离瑟，适奉贲书，并承雅惠芽茶，拜受之余，莫名感泐。恭维善臣仁弟大人景茀燕申，勋华彪炳，远风骧首，祝露欢心。兄归里投闲，杜门藏拙，分阴虚度，尺短滋惭。所幸粗平，足慰绮注。

郭广泰

远违虎节，又看桂月之圆；引企鸿仪，弥切葭霜之溯。恭维大兄大人寅阶辑瑞，酉琬延禧。棨戟风清，得月喜楼台之近；旌旗日丽，瞻云迓纶綍之颁。翘首辕铃，倾心轩鼓。弟京华羁迹，老朽滋惭，鲜善足陈，粗平堪慰。望迢迢之云路，时盼鳞鸿；庶落落之天涯，如同教席。专此，祗请勋安，顺贺节禧，惟希朗照百备。

郭松亭(河南南阳游府)

松亭仁弟大人阁下，远违甲帐，屈指年华。顷奉丙函，驰情云树。敬维履祉鸿延，升祺彪炳。裔云骧首，祝露欢心。兄归里投闲，须眉如昨。杜门藏拙，髀肉徒生，毫无寸善可陈。所幸敉平，堪慰。来函承嘱一节，兄与鹿中丞素无渊源，故在京并未彼此往拜，彼时亦无契友可为代达，容有可乘之机，自当竭力吹嘘也。不少风便，尚冀时锡佳言，则千里不啻一堂，惟引领飞鸿远音耳。

郝衡之(江苏候补通判)

衡之贤阮青及，榴火福明，华笺远逮，遐觇裔采，良切渴怀。比维潭居安燕，升祉延鸿，定符颂祝。仆京曹羁职，历路如恒，所幸躯眷粗平，堪慰锦系。展阅来书，知现时奉委稽查朝阳门之差，一切当可敷衍。赵菊曾观察不时晤面，足征气味相投，自当见重。前曾得渠来书，尚未答覆。承嘱之件，容俟覆函时必当力为说项，恳其遇机关照，谅不至于漠视也。专复，顺颂升祺，并候合泽迪吉。姻侍。

郝慎之

慎之贤阮足下，别来倏更裘葛，渴想良殷。秋间在京两接手函，诸承关注，因行踪未定，不遑答覆寸笺，歉歉。比维侍祉康娱，升祺迪吉，以欣以慰。仆于十月廿五日出京，家眷未来，须俟明春。现轻装减从，带同恩绶由铁路南下，廿八达汉阳，趁江轮于冬月朔抵安省，寓八旗会馆。初四谒见层台，初八牌示，旋即奉饬赴任。本拟到宁谒见极峰，因已先到省，奉饬赴任，此缺未曾派署，前任黄太守尚未交卸，专候仆到任接篆，再请咨东行，未便久延，且极峰现请假一月，恐不能见，徒劳往返，只好从后再谒，因定廿后到芜湖谒本道，月底由旱路赴任，约须初六七抵徽，择定腊月初十接篆，知念特闻，馀容续达。迩来贤昆玉有何佳况，江南咫尺，尚冀邮寄当通，以慰驰系。此覆，祗请侍安，并颂合潭清吉。

慎之贤阮青炤，顷接八行，欣悉壹是。并蒙附寄徐君玉望函件，足征格外关注。感感。前函已答徐君致意矣。比维侍祉康娱，履祺协吉，颂颂。仆自客腊抵徽，十三接篆，此间一州如斗，四面皆山，地瘠民贫，好赌健讼，亦颇难治。学堂警察虽已兴办，皆系草创，近复大加整顿，具有规模，并改紫阳书院月课师范学堂，以备蒙小学之师资，附设教育讲习会以期私塾改良，于三月开学，士林颇形鼓舞。春间边境小有匪警，经营团会剿，少有斩除，余俱窜散，近已安堵。入夏米缺价涨，人心不靖，极办平粜，刻皆平静如常。合郡雨旸时若，亦岁称有秋。惟此地水土湿寒，气候寒暖无定。仆以衰朽病躯，置兹山僻，种种不宜。日日不离药物，幸无甚病，差足慰耳。令姑母年已七旬，近亦常病，因闻此处水土、气候、水路、山程诸多不便，拟暂不南来矣，知念特闻。继方伯在京虽曾同部而形迹甚疏，自外放后向未通问，现在势分既隔，未便率尔。方伯与荣太守系世好至谊，倘蒙说项必当有济，俟荣进省时可面恳嘘植也。

慎之贤阮青及，客秋台旆抵都，特劳枉顾，并多遗馈，欣感交深。本拟樽酒盘桓，藉可畅舒情话，适以公务赴津，未遑暂驻。嗣闻在津蒇事，随即南旋，酬答多疏，殊为怅歉，正思寄鲤，适奉来鸿裁答，惠书又至，就谂潭居集祜，升祉凝庥，以欣以颂。仆补官谏垣，略无淑状，幸居清简，聊可偷闲。承嘱之件，自当遇机说项。效廉访客岁来京，曾将贤昆玉衔名达知，谆恳推情关拂，容再切实函托，谅可一邀青顾。近日苏垣上游殊乏至交，展转吹嘘，匪特难冀有成，亦且鲜通声气，当徐图之，如有机遇，必亟为力也。专复，顺候升绥，并颂合潭均吉。

郝子高

子高六兄亲家大人如握，别来忽二十余年矣。其中家国多故，时事变迁，吾辈适奉其会，虽未获晤倾积悰，而彼此出处、浮沉行踪，未尝不了然心目。流光转瞬，不觉颓然亦入老境，远离索居，殊耿耿予怀也。辰维兴居康吉，福禄光明，颂颂。弟痡瘉衰朽，自迸宽间，至不预闻世事，宦途荆棘，令儿辈勉之，聊以图生活。弟惟与二三老友诗酒流连，消遣岁月，安能据鞍顾盼，如公之铄矍哉。刻值华堂七秩开筵，远朋近亲盛会，儿辈亦京外均羁职守，不克跻堂称祝，歉甚，歉甚。特备缎幛针黻并自作诗画扇二柄，聊以将意，即望笑纳。风便尚冀兰言下贲，以慰依驰，是所祷耳。冬月廿一。

海观察现办粮台

敬禀者，久托棠阴，夙依樾荫，沭栽培于逾格，实铭感而无涯，匪以时逢地腊，节届中天。恭维大人盛德偕行，钧祺叶吉。麟符瑞霭，福随炎夏以俱来；豸绣凝祥，勋共蕤宾而并丽。蒲挂行营之剑，威肃粮台；艾悬官阙之弧，香浮绮席。榴开锦幄，红旗增掩映之光；槐荫华堂，紫阙下褒嘉之典。行见承恩，螭陛即看。晋秩乌台，寮宷心钦。吏民额庆，情殷燕忭。未陪角黍之筵，迹阻凫趋；莫遂彩丝之献，肃修子墨。恭叩午禧，虔请勋安，伏惟钧鉴。

何筱宋（福建督；丁未，翰）

自别帨旌，时萦蚁曲，兹届六律调阳之候，欣值兼圻统制之辰。恭维筱翁老前辈大人书亥征祥，荐辛集祜。辅谐北燮南之寄，树左皋右寓之勋。化行偃草，民传闽浙之先声；赋兆调梅，帝重广平之雅度。从此春行有脚，即卜恩简在心。揆席荐登，华賨曷罄。

何相山（河南常德府；同年）

顷奉兰言，备承藻饰。秋水正殷葭溯，春风忽报梅开。辰维相山三兄同年大人紫绶凝禧，黄堂辑瑞。五马光临，饮潇湘之水；一麾出守，传襦袴之歌。从此宠渥螭廷，即卜荣迁豸阙，升华益晋，豫祝咸孚。

呼延（山西潞安协台）

溯违麟度，时倾云树之思；顷奉鸿音，弥切霜葭之溯。辰维雨生仁兄大人鼎茀燕申，勋华彪炳。戎车并驾，山河铭佐镇之功；锦节分镳，殿陛拜酬庸之锡。引瞻棨戟，曷罄蓑轩。弟解组投闲，杜门藏拙，聊同株守，自笑匏悬。所幸粗平，堪慰绮注。避雨亭蒙大力捐廉修葺，足征乃心民事，钦佩奚如。不遗在远，尚望时寄惠言，以慰渴思，是所盼祷。

胡鼎臣(廷幹)(山东藩台)

远违鸿度，时结蚁忱，逖听鹊音，弥殷鹄企。敬维鼎臣尊兄中丞同年大人景茀燕申，勋华彪炳。甘棠布化，旬宣铭屏翰之功；保艾歌风，权衡重抚绥之任。即此斧柯之暂假，旋膺简命而履真，即建牙幢，颂倾心版。弟羁职京华，负惭建树，惊魂甫定，鞅掌云劳。幸毒雾之全消，重瞻煦景；缅裔云而翘企，曷极颂忱。专肃，敬请勋安，顺颂崇喜，诸维垂察不备。年愚弟。

胡捷甫(福建汀州府)

溯违眉宇，时转心轮。前奉贲书，久稽复简。迩际春风之晋茀，倍系秋水于秦葭。敬维捷甫大哥同年大人紫绶风和，黄堂日丽。福星一路，循声早播于仙霞；指日三迁，恩命即承夫湛露。焕然豸绣，厚也凫趋。弟羁迹都门，浮沉郎署，依然故我，无可告君。所幸敉平，实叨绂庇。慨春风之转眼，虚度驹过；缅霁月而心倾，特申燕贺。专复，敬请升安，顺颂春祺百备。

胡介卿(浙江粮道)

溯违麈教，容易赋秋水之篇，每怀鸿仪，入春风之座。恭维夫子大人鼎祉霜清，升华月霁。纳总纳秸，运筹喜万宝之威；裕国裕民，晋级焕九霄之彩。头衔益晋，豫祝咸孚。羁迹都门，劳形历路。起服后到部到馆，依旧当差，惟在馆校对，仍然分校，不日全书告成，未必获邀优奖耳。不少风便，伏乞指南远锡，俾得南北资承，是所私祷。肃此寸禀，敬叩鸿禧，虔请钧安，伏惟垂鉴。振声谨禀。

敬再禀者，京都北城吏目至好，素荷栽培，实深感戴。现因北城事繁责重，已禀请离任归主簿选用，其为人谨慎精细，素在洞鉴之中。惟铨选无期，闲居难赋，夫子大人可否赏派海运通局绅董监员差使，俾得稍有资益，逾荷栽培，则始终成全，感鸿施无极矣。肃此再禀，敬请钧安。再禀。

敬禀者，窃溯别幌旌，瞬届春风之候；倾怀麈教，弥殷立雪之忱。辰下恭维夫子大人福比日升，道随时泰。鸿钧转瞬，三江建舟楫之功；豸绣威仪，九陛迓丝纶之宠。鳣坛集瑞，凫藻胪欢。三载慎终，制惟遵夫墨守；一家生计，田惟赖夫笔耕。暂阻凫趋之迹，倾心豫祝。依然株守于都门，仍借枝栖而假馆，毫无寸进，虚度分阴。所幸眷口敉平，顽躯粗适，差堪上慰垂注耳。翘首师门，暂阻凫趋之迹；倾心豫祝，特申燕贺之情。肃此，敬叩年喜，虔请钧安。振声谨禀。

胡月舫(景桂)(调任湖南臬司署理山东藩司)

前复芜笺，拜荷廉泉之分润去，翘瞻芝采，弥怅远道而驰神。敬维月舫尊兄方伯大人履茀云蒸，升华日楙。幌节暂驻，薇垣建屏翰之功；鸾绋恩版，枫陛重疆圻之寄。牙幢瞬速，镜听情殷。弟羁职京华，负惭建树，惊魂甫定，鞅掌云劳。幸毒雾之全消，重瞻煦景；缅裔云而翘企，曷极颂忱。专肃，敬请勋安，顺颂崇喜，诸维垂察不备。年愚弟。

敬再启者，山东候补知县郝崇照系弟至戚，早岁从戎皖北，由军功洊保知县，后即游幕津沽，阅历多年，堪称练达，且老成廉谨，与弟相知最深。自分发东省听鼓有年，未敢营求躁进，刻闻轮补已可到班，尚冀垂青鉴察，推爱栽培，俾得有所成就，藉图报称而免向隅，则感荷无极矣。附此肃恳，再请勋安。

胡仲垣(衔口厘局知府)

敬再启,徽郡中学堂开办两年,规模已具,尚未完备,亟须扩充,而经费不敷,绅士议办锡箔捐,禀经前任黄石荪太守转详,已奉抚宪批准,而箔商挠阻上禀,前督宪乞免,奉批交徽牙厘局转行贵局查复,曾蒙张美辅热心学务,极力维持,逐层议驳禀复,雅于必行,以裨学界,如奉批准行到贵局,尚冀讯赐示知为盼。绩溪刘今办事勤恳,亦热心学务,足资有司,既系同舟,自当遇事相商以期相助为理。台旌过郡,竟失远迎,未尽东道之仪,良深歉仄。知交咫尺,不获把晤一谈,尚冀时寄兰言以慰驰慕,无任企祷。手复,再请勋安。

仲垣仁兄大人阁下,新安解组,道出春江,辱蒙枉驾临存,登舟款洽,渥叨厚馈,饱德弗谖。恭维鼎茀春恒,升华夏大,载歆载颂。弟拜别扬帆东下,一路顺风,于暮春中浣抵都,托庇无恙,堪慰雅怀。厘务经橥才硕画,定有起色,闻徽郡雨旸时若,麦收称稔,米价尚平,地方有行辕镇抚,当一切安堵,无任驰仰,风便尚冀手教数行,以慰鄙系,是所祷耳。专此布悃,虔请勋安,惟希蔼照不具。愚弟。

华璧臣[1]

璧臣仁兄大人足下,别来匆匆,瞬又过三春。回首京华,诸承关拂,迄今感泐弗谖。辰维鼎茀春长,升华夏大,载歆载颂。弟[2]区区

---

① 华世奎(1863—1941),字启臣,号璧臣。祖籍江苏无锡,后迁避于天津,著名的书法家。其书法走笔取颜字之骨,气魄雄伟,骨力开张,功力甚厚。手书的“天津劝业场”五字巨匾,苍劲雄伟,是其代表作。书法作品小至蝇头小楷,大至径尺以上榜书,结构均极凝重舒放,晚年更加苍劲挺拔。居近代天津四大书法家之首。

② 此下原稿注“同前稿”,即致聂鲜廷以及金筱珊、张心田函,兹据以补全。

谪宦，仆仆征尘。客冬月初抵皖，谒见层台，旋即奉饬赴任，嘉平二日出省，山程四百里，披云雾，冒雨雪进发，崎岖险峻，至初十日始抵府城，十三日接篆。徽郡四面皆山，一州如斗，土民教杂处，且好赌健讼，亦颇难治，学堂公警工艺虽已兴办，而风气尚未开通，且地方瘠苦，筹款甚难，尚须设法筹画整顿。弟才非肆应，性亦迂疏，近年屡抱小恙，不耐烦劳。此地水土湿寒，阴冷之气沁人肌骨，尤深悚惕。所幸地方尚称安堵，顽躯粗适无恙，差慰雅怀。京师诸务改良整顿，鹤、凤两司空如何新政，筱珊兄当有进步，谏垣果有此变，心田兄近况若何，邮便尚冀时惠数行以慰驰系，是所企祷。

华漱石

漱石棣台大人如握，别久思深，阔疏笺候。适奉手教，猥以外除郡守为贺，惭感莫名。敬维福禄光明，佳想安善，颂颂。兄羁迟卅载，遽守一州，壹是未谙，良深悚惕。行期约在小阳以后，挈眷同行与否，或由陆由海，均尚未定。至应住栈房中和栈，有同乡熟人招呼，已有成议矣。瑞观察向不熟识，知与荣月帆太守系同谱至好。棣台就近函托月帆推荐，当可有所成就也。兄出京如赴沪，定当畅聚以慰渴怀。先此布覆，敬请升安。

漱石棣台大人阁下，奉到手函，谨悉壹是。兄处万山之中，水程山程，非常纡折，非常崎岖，非常困难。客腊由省赴徽，山程四百里，跋涉险峻，行十日始抵郡城，故邮寄一切均异常迟滞也。委件本应遵办，奈际此窘步，竟有万难为力者，缘兄自放此瘠缺，在京筹款，已加一层债台，除在京用度外，由火车南下六日抵省甚速，而行费实不资，在省住一月，出省赴差又折回省，由山程赴任四百里山程，主仆五六人暨行李皆用兴台，所资又不资，抵任后资斧已馀无几矣。接篆至今两月馀，毫无进款，缺本瘠苦，自前任奉饬革除节寿，而养廉公费又多扣减，故较前益瘠。境处山僻，人地生疏，无法通挪，闭置衙斋，几同坐困，非在京时容易设法。此时二男实自顾不暇，万无力代君筹措。然承嘱谊不容辞，勉拨伍拾元，聊备翰资，即乞哂收，惟乞鉴原是幸。

华祝轩(农)(河南学台)

自别芝仪，又更蓂溯，正殷离瑟，适奉贲书，并蒙惠我多多，弥令怀人耿耿。敬维祝轩仁兄同年大人道随时泰，福比日升。化雨涵濡，芹藻缤纷于梁苑；春风鼓舞，兰茹荟蔚于虞廷。骧首裔云，欢心祝露。帝京华久滞，朽木难雕，虚掷分阴，毫无寸进。自惭马长，迹同不食之匏；每企鸿轩，心有常倾之藿。专鸣谢悃，敬请台安。顺贺春禧，惟希融照百益。年愚弟王振声顿首。

怀少仙(泰宁镇)

远隔鸿仪，又更龙朔。引企春风之晋苐，倍系秋水于秦葭。辰维少仙仁兄大人履端于始，咸与维新。七萃云屯，帨节畅条风之惠；三升日晋，龙光拜湛露之恩。翘首辕铃，欢心轩鼓。弟都门羁迹，历路滋惭，拙且藏鸠，齿徒增马。斢来柏叶，莫陪饯腊之樽；吟到梅花，特剪宜春之字。专修芜牍，恭贺蕃禧。袛请勋安，惟希蔼照百备。愚弟顿首。

黄凤孙[1]

凤石仁兄同年大人阁下，别来倏又秋风，远阔光仪，无任驰仰。敬维兴居康吉，潭第清平，深慰深慰。弟仆仆京尘，悠悠郎署，依然故我，无可告者，水曹壅滞如前，故年馀尚无进步。自客冬军务处调派文案写差，似属抚经，究无实济，徒益奔驰而已。所幸顽躯耐劳无恙，眷口粒平，堪慰雅系耳。闻吴门振兴商务，我兄为之综理，檠才硕画，

---

① 黄曾源，字石荪，福建闽侯(今福州)人。光绪进士，由御使台出守徽州、青州、济南等州郡。清帝退位后寓居青岛。

大启乡邦庶富之权，不胜翘企。汪柳翁浮云倏忽变态，竟赋遂初，想莅止吴门，与我兄重联旧雨，叙契阔，谈家国近事甚悉，弟不复赘一词矣。风便尚冀时锡教言，以慰驰慕，是所祷耳。

再恳者，江苏补同州判高士彬，系弟中表至戚，客岁业蒙嘘植，奉派海运差使，刻已差竣回省，该员为贫而仕，不堪赋闲，仍乞推爱关垂上游嘘植，俾得枝栖，藉资进益，则感同身受矣。

敬再启者，侍卅载京尘，一朝典郡，毫无阅历，良用悚惶。赖有鸿印在前，得所遵循，不胜庆幸。逖听三载，治具毕张，尚冀手教数行，俾开茅塞，无任切祷。至帨节定于何时，东指省垣，已否奉派权篆，统希即赐覆音，尤感。侍拟于小阳月杪启行，先此布悃，再请勋安。侍生顿首。

两奉赐缄，备叨垂注，并承先导，望切后尘。敬维石荪前辈大人福耀将移，行旌暂驻，超迁指顾，颂祝心倾。载读另笺，谂知徽并无庖代。台旆东指，尚俟侍往承替再定行期，曷胜欣幸。侍现已促装，定于小阳念日后先自启行，眷属明春再往。侍由卢汉遵陆而南，计冬月初间可抵省垣，当即奉达尊右也。专此，敬请勋安。

敬再启者，裕筱鹏观察来京荐定书启一席，至刑钱一席，须俟到省再聘。伏思贤劳典郡三年，刑钱佐治，自必熟谙一切，如可蝉联，庶诸事较为接洽，且省周折，即请费神代为延聘。侍于冬月初旬抵省，寓八旗会馆，专候示覆，乞即函寄省垣为盼。此恳，再请勋安。

石荪前辈大人阁下，敬启者，小阳廿一日邮寄覆函预报行期，并恳代延刑席，不识已达典签否？侍廿五日由卢汉南来，三十日晚抵省，寓八旗会馆，尚未谒见层台。裕筱鹏观察在京荐定书启一席，至刑钱尚未得人。伏思贤劳典郡三年，刑钱佐治，自必得力，如可蝉联，藉资熟手，当更有益规随，务乞费神代为延聘，并恳迅赐覆音为盼。聆教匪遥，馀容面罄。手此布恳，敬请勋安。

石荪前辈大人阁下，廿一日奉到惠书，敬悉壹是。刑钱一席既奉恳代请蝉联，自应敬候赐覆。侍到省时即蒙杨汇翁首台推荐，刑席当即答以候前辈覆音再定。嗣闻省垣诸寅好谈及前辈喜聚不喜散之雅意，刑席已请定同行，此外荐者已皆辞却，惟候至廿日覆音尚未奉到而侍十五六拜辞，廿日赴芜谒见道宪，月底即由山路赴徽，须嘉平初六七到徽，择于初十日接篆，为期已迫不及待。既探悉前辈已请刑席同行，侍即不能不在省另行延定，杨汇翁所荐之李君已于廿日关聘，而廿一惠书适至，懊悔无及，大负前辈推让之雅，惭悚莫名，用特专走作布，缕述下情，兼鸣歉悃，统希鉴谅，仰贤宾主东南之美，德量仍聚而不散，徒深歆羡而已。晤教匪遥，统容面罄。

石荪前辈大人阁下，别来瞬过三春矣。回忆聚首山城，挑灯夜话，诸承教益，感沕莫名。顷奉惠函，知于仲春六日履新，歆维鼎茀春长，升华夏大，引候吉蔼，良惬颂私。侍未谙吏治，谬领郡符，良深惕怵。惟有趋步规随，冀免陨越，幸称安堵，堪慰锦廑。学堂自客腊蜚澄入省，旋奉宪檄，责重监督改弦更张，故诸耆旧皆闻风引退。现由监督另聘新进少年乃当无异议，而报纸且有訾词，时局如斯，岂如何也。侍惟有严责势利，时时勉以紫阳小学预防劣习，冀免风潮而已。芜湖旅学之议本籍士情颇阻，因筹抵制之策，遂以紫阳之款开办紫阳初级师范学堂，先就试院于三月中旬开校，拟将东西考棚修改斋舍，俟修齐，将中学堂移入腾出书院，再将师范学堂移入。现招考师范生以二十岁至四十余岁为合格期，原考月课之诸生可以入校附设教育讲习所，每星期开讲，以期私塾改良，并为不合格之老生计，如此办理，士论尚翕然。警察仍廿人，拟令歙县再筹加十人，现令巡捕分班站街，并权铺店十家点灯，惟款恃灯捐仍觉迟滞。刻又加谕催提，或可济用。惟工艺因灯捐款不敷,尚未开办,拟设法筹款开办,以竟贤劳未竟之功,必不令废于半途也。此新政近况,知念特闻。

惠函谨悉,承询米价,足征关怀旧治,感佩,感佩。四月杪米价骤涨,因浙运不通,旌德石太亦阻,故人心惶惶。至抢米之案惟屯溪一起为甚,乘夜抢杂货铺米百数十石,并及他物,丁分府已移住,极力弹压始止。揆情恐有外匪混入,因急请兵移驻震慑并赶办平粜后即平靖。此外如涕渡南源口不过强买滋闹,并未抢掠,即饬县弹压、赶办平粜,旋即无事。彼时府城亦谣言日起,并匿名帖定期抢米,赶即出示平价,并邀绅集米行劝谕出公米,设局公卖平粜。舌敝唇焦,始就范围。每日共出米廿石,在府仪外公卖,于闰月十八日开局,此后人情即定,谣言亦息,故府城并未出抢米之案,足慰远系。会匪阑入祁门,经乡团会剿,斩三擒四,馀俱窜散。侍奉饬到祁督审,就地惩办,近日已无匪踪,安堵如常。并奉饬到六邑查看学堂,因顺归路到黟、休,旋又到婺、绩,周回九百余里,越大小岭数十重。盛夏行此山程,崎岖险阻,经廿馀日始回署,可谓胜游,然而惫矣。因有句云"周回千里崎岖路,看遍新安十万峰",敢质大方一笑。属皆新任,均尚明白勤事。歙令本邑人,勤慎持重,而非强干有为者,遇事仍须为主持,则经不能省心也。程令可惜可怜,交卸后未谂行止如何,其苦可想而知矣。中丞履新后诸事认真整顿,幕友无须另延,名贤数辈为座上客相助为理,故多新花样。近来文牍较前益繁,侍之两次出差,周历六县,皆前此所未有也。闻贵治较徽繁数倍,经贤劳硕画,定当大有展布,尚冀时惠数行以慰驰慕,是所祷耳。

奉到手教,谨悉新安山水之秀,岂拙笔所能摹写,前录句不过归路任意口号,聊搏一噱耳,安有记游诗呈政大方哉。立宪宣布,诚如遵示,不识如何结束,浮云变态,恐我辈亦不免从此天荆地棘、行路愈难矣。郡中学师范两学堂近尚安静,未起风潮,惟歙北乡呈坎地方有滦川小学堂被乡民捣毁，因愚民蛮野，亦办学人操切所致。学董递层上诉，宪批綦严，惟有饬县严拏查处，勒令罚赔。上严切而下愚蛮，地方官居中宽猛两妨，真难措手也。节孝祠各县册尚未催齐，先送者已发交杨司事写牌位并催促祠公，一时尚不能开祭。侍处此深山，水土气候北人殊不惯，孱躯本多疾，近常头闷目胀，耳嚣耳聋，胸满气逆，夜不成寐，形神消減，日日不离药物，迄未豁然。倘郁郁久居，殊深忧虑，以故兴致不来，久未作绘事，然委件万不敢恝置，容缓必当报命也。

敬再启者，前奉手肃，承注一切，并蒙寄回一件，因黄王一字之误，致渎清神，感感。典郡经年，碌碌无可告者。所幸年谷顺成，冬防尚属安堵。惟邻省灾歉，米价未平，来春恐难接济，殊抱杞忧。公关怀旧治，当何以教之。滦川学堂事经绅调处，已赔修，开学俟辑获闹学首要另结，馀无风潮。师范学堂简易科已届一年，毕业者三十七人，明年再招考。此外小学又报开五六所，并简字半日学堂一所，似风气稍觉开通矣。自秋冬以来，无日不病，情形百出，精神殊不支，颇蓄归志。儿辈在京闻之，亦劝归养。已代为捐道班，拟开春即当解组回京就医也。知念附陈，再请勋安。

凤石仁兄同年大人阁下，都门匆匆话别，瞬又秋风。正切驰思，忽颁大讣，敬悉年伯母大人弃养，曷胜骇痛。敬维我兄陈请归养，甫抵里闾，未遂乌私，遽遭大故，自必哀毁逾恒。伏念年伯母大人德行纯备，福寿全归。鸾封叠荷于生前，燕翼差谋于身后。固已遗憾毫无，尚冀节哀珍摄，勉当大事，以慰先灵，是所祷耳。弟谊属答岑，素叨菱鉴，只以殊方修阻，不获叩奠灵帏，良深歉仄。谨具挽幛，略将微悃专牍奉唁。

徽宁池太广道

敬禀者，窃卑府夙仰麟仪，久殷鹤跂。远违霁宇，念蓬悃之未伸，幸隶仁帡；喜杩辉之近庇。趋承有日，抃舞临风。恭维大人明察毫厘，弊除牙侩。恤商惠普，威仪翔豸绣之华；课最才优，流览极鸠兹之胜。行见开藩陈臬，叠庆升庸，即觇锡宠，褒功重申巽命，崇阶仰企，列郡腾欢。卑府郎署随班，久惭樗质，谏垣忝列，益愧菲才。卅载从公，忆涓埃之莫补；一麾出守，冀埏埴之亲叨。获沐谦光，无羞陨越。望龙门而神往，待效衣抠；瞻鸿度以心仪，肃呈履历。谨修寸禀，恭请钧安，伏乞垂鉴。卑府谨禀。

江赓侯

赓侯仁兄大人阁下，前在省垣时亲雅范，诸承关拂，感泐莫名。比维履茀日新，升华时懋为颂。弟于初二日出省，一路雨雪交加，山程濡滞，至初十日始抵府城，改于十三日接篆。刑席庖代，鸿君于十一日赶到，襄办一切。惟曹君峙熊因仓卒未能同行，约定随后赶即进发，乃迄今已廿馀日尚未到馆，亦杳无音信。弟接篆后一切禀函待发，刻竟经理无人，焦灼万分，曹君是何濡滞，如尚未首途，乞费神探询动驾，倘有他故，亦望飞布意云为盼。手此布达，祇请升安。

金和甫(伊犁将军)

远阔麐仪，惊心驹过，正殷鹄企，翘首鸿来。承浣露以开缄，倍临风而驰系。恭维和甫仁兄将军勋业范韩，功名颇牧。靖回纥北边之扰，纾圣朝西顾之忧。引企辕铃，莫名轩鼓。弟解组归来，须眉如昨，杜门不出，髀肉徒生。时乎不来，只恐齿徒加长，系而不食，未免手云拮据，差幸粒平，实叨绂庇。舍侄辈深荷栽培，铭感奚似。都门一切安堵，麦秋中稔，入夏雨泽应时，大田可望有秋。朝廷诸务整饬，滇省销案奏结，严加窜黜。内而部堂，外而督抚，多所贬谪。幸全案一无诛殛，则犹荷皇恩宽大也。捐例保案经台臣张条奏，层层驳诘，循名责实，申明旧章，将近来寻常保案并异常优奖大加减裁，已奉俞允，嗣后不得滥保矣。近闻法夷侵扰安南，经刘永福系积年伏莽之窜于南徼者，举兵望援，获大捷，歼法夷多人，诚一快事。乃法夷畏勍敌，力不能支，来京向总署争论，衅端一开，又多辨难，尚不知如何了局也。兹就见闻所及附陈崖略，余容续达。此复敬请勋安不备。如弟。

远违麟度，又听蜩鸣，每怀晋茀之仪，弥切秦葭之溯。恭维和甫仁兄大人鼎祉春长，丰功夏大。翘瞻铃阁，曷罄褰轩。弟都门坐困，愧不如人，历路如恒，依然故我。所幸躯眷粗平，堪慰远注耳。京师一切安堵。近畿入春缺雨，二麦不登，节过夏至，尚无透雨，颇有旱象。法事和议已定，闻四月下旬在津换草约，现尚无画细约，虽已停战，而法未退兵，故海疆尚无撤防信息，大约总可罢兵也。差厚斋仍驻扎通州，张朗斋来京数月，时时晤谈，尚不知朝廷如何位置，惟有静候而已。知会附陈，特此祗请勋安，顺贺午禧，诸惟离照。

蒲风应节，曾布鲤函，葭露驰神，猥以转饷微劳，乃蒙腾章宏奖，寸丹志感，尺墨难宣。恭维和甫仁兄大人鼎茀燕申，勋华彪炳。范韩事业，岂止数万甲兵；颇牧功名，迭渥九重申锡。靖回纥北边之扰，纾圣朝西顾之忧。瞬勒燕然，情殷凫颂。弟都门坐困，历路如恒，拊髀兴嗟，已类池中之物；壮心未已，徒作壁上之观。兹蒙录其寸长，弥自惭其尺短。专修芜牍，用达葵忱，敬请勋安，伏惟鼎照百益。

叠承华翰，久滞芜缄。仰帨节之星移，系蚁忱而日切。恭维和甫仁兄大人壬林庆集，甲帐勋隆。三箭传战士之歌，威震兰鄯；万里膺无敌之任，坐镇蕃疆。军声早慑于西陲，帝眷正隆于北极。翘瞻铃阁，曷罄褰轩。弟承乏秋官，未谙春律。劳形于案牍，无计鸠藏；时致懔于冰渊，欲聆麈教。谨修鲤牍，上达鸿程。敬请勋安，诸维雾照不尽。乡愚弟顿首。

再启者，吾兄久镇西陲，时略战功允推今之颇牧，而忠勇廉明，老成谋国，与士卒同甘苦，弟尤深钦佩。至兵单饷绌，边功艰苦情形，逖听下风，已知崖略，曾代陈诸当路，想应达政府矣，不日饷项当有起色也。嗣后如有委件，可即函示，当竭力代谋之。舍亲蒋松龄隶麾下，奔走有年，诸承教诲栽培，感泐无似。惟其年力方强，尚期谙练，仍祈关垂，始终造就。是所拜祷。附此，再请台安，兼鸣谢悃，诸维蔼照。

秋水葭湄，曾奉数行鸿信，春风梅泽，倍萦曲恺，迩际岁转龙杓，青阳回绾。恭维和甫尊兄将军首座凝禧，牙幢肃治。作长城于万里，旌旗与柳色俱新；拜专阃于三军，醽醁与芝泥并渥。翘候铃阁，曷罄餥轩。弟位窃司农，识惭学稼。惊心齿长，且随中外以祈年；引领鹏抟，弥望云霄而折节。

金筱山、张心田

筱珊、心田仁兄大人如握，别来瞬过三春矣，回首京华，岁时畅聚，乐何如之。迭蒙樽酒流连，殷殷握别，此情此景，无时不杼柚予怀也。近维佳想安善，福禄光明，颂颂。弟区区谪宦，仆仆征尘。客冬月初抵皖，谒见层台，旋即奉饬赴任，嘉平二日出省，山程四百里，披云雾，冒雨雪进发，崎岖险峻，至初十日始抵府城，十三日接篆。徽郡四面皆山，一州如斗，土民教杂处，且好赌健讼，亦颇难治，学堂公警工艺虽已兴办，而风气尚未开通，且地方瘠苦，筹款甚难，尚须设法筹画整顿。弟才非肆应，性亦迂疏，近年屡抱小恙，不耐烦劳。此地水土湿寒，阴冷之气沁人肌骨，尤深悚惕。所幸地方尚称安堵，顽躯粗适无恙，差慰雅怀。京师诸务改良整顿，鹤、凤两司空如何新政，筱珊兄当有进步，谏垣果有此变，心田兄近况若何，邮便尚冀时惠数行以慰驰系，是所企祷。

金某某（河南候补县）

仁弟足下，久违芝宇，时系葭湄，顷接手函，备承心注。比维履茀日新，升华时楙，以慰以颂。兄解组投闲，闭门藏拙，无足告者，所幸粗平，致足慰耳。承嘱一节，谊应为力，但兄归里年馀，静观世态，觉向日之欣欣者，近多落落，殊令人致慨炎凉，虽未即广绝交书，亦不曾轻以一纸干人，非我恝然，恐人漠然耳。容便函达中丞，代为说项，至能否有成，亦难期必也。此复顺候升祺不备。愚兄顿首。

景月汀

月汀弟台大人如握，得小阳四日书，知贤宾主方舟并驾安渡黄河而南，并闻电音，藉悉十四日台驺已入吴矣。想兴居康吉，无任驰仰。兄碌碌依然，无可告者。所幸两字平安，致足慰耳。司空满汉依然，无大更张，新政惟事有奏上在须列目呈堂，其某日上某件，候堂定，由内阁政府下部议者，亦须列目呈堂，以备督课稽核。而孙燮老间日进署公馀，退则例馆便坐，与诸君雅谈，藉以讨论公务，考核人材，是则大司空之整顿部务也。至美自权后库似以进为退，间日衙参无多建白，而各司迩来互用印付，不仅标硃以昭慎重，则至美之发议也。朝无新政之府，诸公半因疾休暇，想冰海不耐五更寒耳。幸大驾已于三十日还宫不驻海矣。手书以山左河患，中丞棘手，大吏难于末吏，冀缓升迁，有慨乎其言之。自同光以来，九重拱默，中外诸公诚有如棣台所云，不求办事，止求了事，而往往不得了者，只“办不动”三字而已。山左河患，畿辅水灾，皆当时急务，朝廷捐数十万之钱漕，岂不欲亟救灾民之困哉。容之大帑已颁，泛舟相继，不能再请，而冠盖望于道，牒牍扰于廷，吏胥嚣于野。查核纷拏申转，稽延牵掣碍繁费无等，大吏徒嗟棘手，迄不能救灾黎一日之饥溺，办不动三字所在皆然。时事如斯，为之奈何。吾辈老无民社可姑作壁上观，第棣台已升堂入室，恐不能不久作局外之散人耳。拉杂书此，只当一夕清谈，馀容续达。尊府平安，当有竹报，兹不赘言。手此，布复，敬请勋安，统希蔼照不具。如胞兄王敬上。

月汀仁棣台大人如手，咫尺津沽，飞车即达，一官羁绊，竟难趋访，惟藉笔谈，每一临池，良深回溯。敬维动定康绥，佳想安善，以慰以欣。昨奉手毕，似因区区未邀保奖，代为筹办花翎，谊挚情殷，无殊手足，私衷惭感，何可言辞。弟刻下会典过半，拟明春开保，闻系援照上届实录成案，可保花翎，兄因升阶实官，不可保虚衔，不能再加，现已托人在总裁麟相处递条，极力谋准，尚无回信，如准，固妙；如驳时不保花翎，不过加随带二级，彼时再捐银枚不？尊处如尚未上兑，可请暂缓停办，俟明春如江苏赈捐，奎乐师又奏准又有银枚，则明年尽可从容办理。伏乞鉴酌并望示覆。兄碌碌无可告者，所幸两字平安，堪慰耳。董星五入觐，拟将所部兵改为练，原十六营募足二十营，移扎山陕之间潼关左近，以拱卫京师，系军务处代奏，已于初十入告，由军务处颁关防文，钦派督练甘军，甘肃提督关防，是于聂袁两军外又练一支劲旅，亦自强之计也。外事总署秘密，寂然无闻，据谣传，大约睡多梦长，无好消息，恐一时不得了局，群雄虎视，奈何奈何。都门银贱物贵，用度维艰，不识明年作何变局，徒抱杞忧。员方伯调楚，闻有棣台摄篆之信，不识确否。祈便手示，以慰殷盼。

月汀大弟大人如握，别来又届春风矣，翘企光仪，莫名怀想。比维公私帨豫，凡百咸宜，载歆载颂。前在松持处得诵竹报，欣慰欣慰。客岁苏省淫雨为灾，颇深远虑。幸今届苏漕尚运五十馀万，足征大才硕画，钦佩莫名，何时启节北上，约须何日台从抵京，不胜翘盼之至。潭第尊幼康吉，百花生日，东甫重赋，催妆一切，欢喜吉祥，贺贺。兄寂寞闲居，无可告者，除米盐琐细外，戚友酬应，抽暇弄笔墨以消遣俗虑而已。所幸顽躯健饭，眷口粗平，足慰远注。都下入春无雪，寒燠不时。朝廷无他新政，惟闱差在即，各衙门预备少忙耳。

奎训（东边道）

久违光霁，几易年华，只以浮沉宦海，天各一方，遂至久疏笺候，每怀旧雨，未尝不缅班荆、劳杼柚也。敬维子臧仁兄大人景茀燕申，勋华麟丙。风宪朗豸衣之绣，绩楙东边；霜台拜凤诰之荣，恩浓北阙。候言斋采，曷罄铺棻。弟都门坐困，历路如恒，虚度分阴，姑藏尺短。自秋皋九哥回京，晚年兄弟聚于一堂，弟得左右进随，少叙天伦之乐，此则差堪告慰者耳。风便尚冀时寄数行，以慰驰慕，是所盼祷。专此。

勒少仲（江苏臬；丁酉）

鸿仪远隔，鹄企良殷。望云影之南飞，愿通雁信；问韶光其东转，适报莺啼。恭维少翁年伯大人已覹凝禧，壬林介祉。夏威含冬，长鸿慈普遍于三吴；秋肃寓春，温骏望早闻于九陛。恩来日下，即看福自天申。骧首吟薇，欢心敷藻。侄溷迹西曹，惊心东作。怅尘劳之依旧，无计藏鸠；睹物候之维新，愿同贺燕。合修芜牍，敬贺节禧。祗请勋安，伏惟钧鉴。

黎简堂（贵州抚；壬子）

辰维简堂仁兄同年大人，纯嘏壬林，嘉猷炳蔚。绣戟巡春，正纪纲于贵竹；华幢辑瑞，迓褒宠于宸枫。早知一德之孚，即卜兼圻之晋。翘瞻棨戟，曷罄襞轩。弟供职西曹，惊心东作。惧深秋谳，未谙明允之条，庆集春台，愿上祥和之颂。合修芜牍，敬请钧安，顺贺节禧，伏惟鼎鉴。

李鸿章（直隶督，丁未，翰，宫保爵）

少翁宫保中堂老前辈，祉介熙春，功盖函夏。仁流青甸，阳和叶夫梅羹；泽沛黄图，元气正调夫英溯。勋隆锁钥，北拱辰枢。瑞霭旌旗，东迎乙帝。詹言裔采，曷罄铺菜。晚生秋宫承乏，春律未谙，案牍劳形，冰渊滋惧。窃喜桃符遍换，验时俗于鸠安；更喜棠舍遥依，兆太平之萑贺。合修芜牍，敬贺节禧，祗请勋安，伏惟钧鉴。

远阔麐仪，时切倾葵之慕；每怀蝇附，信殷御李之忱。际此岁转珠杓，律回玉琯，恭维宫太傅爵中堂望重台衡，勋隆柱石，首祚辑黄图之瑞；鼎鼐调和，躬桓迓紫绋之恩。醁醽锡宠，翘詹梅鼎，项叶华夷，年惭马长，拙守鸠藏，材因葑菲而见遗，迹等匏瓜而不食。望龙门之大启，莫遂凫趋；抚风纪之更新，弥殷燕贺。专修芜禀，敬叩蕃禧，虔颂台祺，伏希钧鉴。

敬禀者，窃远阔麐仪，又赋龙标之句；遥瞻缓续，时倾蚁附之忱。辰下恭维宫太傅爵中堂祉介昌辰，禧延卓午。望隆燕辅，建调梅保艾之勋；德合虞廷，协解愠阜财之治。近泰陛而优蒲载咏，总师干而藉柳齐欢。引颈台衡，莫名轩鼓。分阴虚度，尺短滋惭。材同葑菲之遗粽，心等蒲葵之向扇。愿扬仁风，虔濡子墨。敬叩午禧，俯颂钧祺，仰希鼎鉴。

李蠡莼[1]

蠡翁尊兄同年大人，卅载追陪，一挥出守，猥以风尘下吏，叠邀樽席，宠行厚望逾恒，深感无似。敬维福禄光明，贵寿长久，翘候养望，无任仰忱。区区谪宦，仆仆征尘。客冬抵省，嘉平履新，游历珂乡，山水大好，风俗浑朴无华，洵称东南邹鲁。虽或好赌健讼，稍加整顿，尚可转移。中学堂开办已届一期，与监督许君商酌改良规模已具，复将紫阳书院改设初级师范学堂，考取原肄业之诸生，共习师范，为广令

① 李昭炜，字蠡莼，同治十三年(1874)甲戌科三甲进士，官至内阁学士、户部右侍郎。其庚子之变时曾受联军辱打一事，其他有关记载并不多见。

小学堂之基础，诸生亦颇殷殷向学，并附设教官讲习会，以期不合格之老生亦得研求新学，俾私塾改良风气，颇觉鼓舞。弟惟谆属以加习朱子小学，使此邦子弟咸遵守乡先正之礼教以防劣习，而勖实修，当不至背道而驰也。此学界近况，知念，特宜布闻。邮便尚冀时寄教言，俾有遵循而免陨越，是所企祷，奉叨掣堂敢祛套文，略分言情。手肃布悃，敬请台安。

蠡翁宗伯同年大人阁下，前奉钧函并谈华章，尚稽笺复，又奉手教，谨悉壹是。敬维移情海上，寓兴云间，杖履悠游，定饶清健，无任驰仰。弟典郡半年，毫无政绩，猥蒙齿及，殊令汗颜。前者于役珂乡，询悉台驺尚未旋里，不获登堂叩谒为怅。阅各报考政领使回京，朝廷已兴大议，惟内容秘密，儿辈禀函亦不深悉，容有的报，遵即奉闻。铁路为全皖要政，经硕画与李京卿协商定易，率作兴事。朱明府曾通问，如到郡，必可晤谈一切也。手复，敬请崇安。年愚弟顿首。

敬再启者，抚宪恩中丞抵任后，遇事认真整顿，凡在所属，自当益加奋勉，何敢颟顸。弟才本愚拙，性尚勤慎，公事无敢怠荒，素邀洞鉴。因寻常核转文牍少有错误，赶即禀请更正，中峰大加谴责，不胜悚惶。弟与中峰素昧生平，务乞推掌致函，力为说项，并代恳关垂训迪，俾免愆尤，是所盼祷。手此布恳，再请崇安。

再，洪、汪二氏两造各执一词，适有歙绅程君霞坡、许君际唐函谈，皆云汪宽而洪虐，弟以二绅皆公正明达，语当不诬，故不能不保汪而抑洪，顷读加函，乃知反是，自当遵循秉公办理，此复。

李少轩(翰林院)

燕台羁迹，时亲玉茗之风；梁苑趋公，渥荷珍馐之饯。溯回南浦，倏忽东风。敬维少轩仁兄世大人艺圃风和，花砖日丽。福笺绚烂，簪毫凌无色之云；春殿从容，珥笔渥三霄之露。头衔益晋，额颂咸孚。弟汴水重游，条风倏届，徒益薪劳，毫无树立。观澜乏术，敢言治水之功；望岁有怀，敬上宜春之颂。专修芜牍，恭贺蕃禧，虔请勋安，惟希蔼照。

李抟霄(肃宣县)

抟霄仁弟足下,自违芝宇,时系葭湄。前接华函,并承厚贶,正浓裁笺布谢,又蒙惠翰遥颁。展诵之余,弥殷渴想。比维履茀秋清,升华月满,远风引领,积日倾心。兄京华羁迹,老朽滋惭,碌碌无可告者。所幸顽躯无恙,眷口粒平,致足慰耳。吾弟以翰苑英华屈于百里,本觉长才短驭,顷读手书,从政半载而弭盗听讼各端已睹成效,感颂有声,足征贤劳乃心民事,不日定卜课最超迁,跂予望之。前松方伯函就近酌改,自无不可,但大权在上,此处直无能为力。来信云主持二三,恐尚未必,然吾弟政声日起,自当破壁飞去,正无候此公之振拔也。风便尚冀时寄兰言,以慰鄙怀,是所盼耳。手复即颂升祺,顺贺节禧不备。

李艺渊

观察同年大人阁下,卅载同岑,间关一晤,颇恨相见之晚,乃开樽剪烛,甫聆教言,旋又话别。从此雁北鸿南,弥萦离绪,想雅谊有同情也。委绘慕莱堂图勉涂,谨呈拙劣,知不值大方一笑,即请检入。刘闰生太守来权府篆,已于日接卸。弟订于十六日即买舟由杭沪北上,匆促不遑走辞为歉。此后庚邮多便,尚冀不吝教言,以慰驰慕,是所祷耳。

礼王爷

敬禀者,窃久隶芝軿,时亲榘训。拟向荣之小草,渥荷栽培;幸不弃之菲材,倍深铭泐。恭维王爷赤黻凝禧,元圭辑瑞,树左伊右周之业,德与时偕,建贤皋神禹之功,谟思子赞。丝纶章汉,弦管歌云,叩别燕台,驰驱梁苑。白圭乏术,徒惊既倒之澜;丹笔抒忱,上颂如升之日。虔修鲤禀,敬叩鸿禧,伏请钧安,仰希鼎鉴。

连仲三

仲三仁兄乡大人阁下，暌违数载，笺候多疏，顷奉朵云，无任驰仰。乃以硕望清才遭逢不合，致令屈蠖莫伸。然鸿飞雁落，亦变态之浮云，暂虽垂翼，终当奋起九霄也，矫首俟之。弟谬典专城，毫无政绩，幸地僻山深，清简聊可藏拙，地方尚称安堵，足慰锦廑。案牍劳形，殊乏笔墨清兴，委画勉涂呈政，知不值大方一哂也。

联伟臣(颍州府)

京华奉职，久为知己之交，皖省厅官，又附同寅之雅。三生有幸，五内腾欢。恭维伟臣大哥大人履祉增绥，鼎裀笃祜。辎轩鹿毂，循声久播于汝南；宠畀鸾台，懋赏即颁于阙北。翘候吉蔼，曷罄铺棻。弟外任甫膺，中藏益励。鸠庸莫掩，欣旧雨之重逢；麈教时颁，冀祥辉之普照。专肃，祇请勋安，惟希荃照不备。愚弟顿首。

敬再启者，徽郡近因会匪阑入祁门，经营团会剿，斩三擒四，余俱窜散。弟奉饬赴祁门督审，就地惩办，顺路赴各县查看学堂。仄处万山之中，周回六县，山行九百余里，越大小岭数十重。盛夏行此山程，崎岖险阻，经廿余日始回署，因感暑湿而病，进调息，已渐痊可。而前米贵，人心浮动，赶即筹办平粜，即在敝署议门外开局，近日人心异定，尚未收局，幸入夏雨水调，农田可望丰收，差堪上慰远注。近日心愈不静，更无兴致弄笔墨，委件容缓图之。此覆。

伟臣大兄大人阁下，别来又易春秋，每忆光仪，无任驰仰。迭奉赍书，久稽复简，非故惜墨如金，诚以碌碌不足渎清听耳。近维增荣益誉，福禄光明，以歆以颂。弟仆仆京尘，悠悠郎署，依然故态，略无进展。所幸二字平安，堪慰远系耳。水曹松锜两正堂尚无更张新政，一切仍旧。记名诸君殊濡滞，幸午桥获简巡道满股，少觉疏通。福芝泉提郎中，世百先补员外，志蕴山提主事，玉亭调署后库，子澄掌调田印，子和掌厅印档房，孚五松四总办，英二总办上行走，长二阿六帮办眷臣，百先添入帮办衡司印稿，诸仍其旧。此水曹近事，知念，缕述中朝时政，自以胶澳假德，以旅大假俄，以威海假英，群雄环伺日逼，而德藩来京，在颐和园玉藻堂觐见赐坐，并遍游天坛、西苑、景山、观象台、雍和宫、黄寺、明陵、居庸关，濒复在勤政殿与皇上握别而去，可谓相待最优矣。不知此后又有何新闻也。京师自春徂夏少雨，麦已无收，而银价日贱，诸物日贵，几于民不聊生矣。南风多便，尚冀时锡佳言，以慰驰慕，是所祷耳。专此布复。

林颖叔(山西藩司)

自别霞标，屡更月琯，秋水正深，葭溯春风，瞬报梅开。辰维颖叔仁兄大人祜笃三阳，禧延万福。仁孚巩籥，旬宣深屏翰之功；泽流版图，表里壮山河之色。春行有脚，恩简在心。指顾幢巡，情殷镜听。弟秋官承乏，春律未谙，案牍劳形，冰渊滋惧。怅尘劳之依旧，无计鸠藏；睹物候之维新，弥殷燕贺。合修芜牍，祗贺节禧，顺请勋安，诸维鼎鉴。

林质侯(署苏州府)

远阔芝云，倏更柳雪。每怀眉宇，频转心轮。敬维质侯仁兄年大人紫绶风清，黄堂日丽。鼎茀与吉云并蔚，绩楙三吴；升华映化日俱新，恩承九陛。远风翘首，积日倾忱。弟京华涸迹，历路滋惭。虚掷驹阴，徒藏鸠拙。幸叨茀庇，诸获敉平。前奉到济通振捐册，特蒙慨助多金，功德在民，无任感佩之至。当即付交三益和金店，取回收照呈上，伏乞垂察。不少风便，尚希兰言时锡，以慰驰思，是所祷耳。肃此鸣谢，祗请升安，诸维朗鉴不备。年愚弟顿首

刘博泉（仓场部堂）

博翁老前辈大人阁下，卅载追陪，一麾出守，猥蒙鼎言嘘植，叠邀樽酒宠行，厚爱逾恒，深感无似。敬维福禄光明，康强逢吉，载歆载颂。晚[1]区区谪宦，仆仆征尘。客冬抵省，嘉平履任。一州如斗，四面皆山。地瘠民贫，好赌健讼。新政虽亦渐举，风气尚未开通。振以菲才，置此山僻，聊可藏拙，殊难见长。且气候阴冷，水土湿寒，衰朽蒲柳望秋，时深悚惕。所幸顽躯粗适无恙，地方尚称安堵，堪慰廑怀。惟望时颁手教数行，俾有遵守而免陨越，是所祷耳。情真语质，敢屏虚文。手肃布悃，敬请勋安，伏惟蔼鉴，不胜临颖依依。振声叩上。

刘老夫子[2]（福建粮道升浙臬晋豫藩）

敬禀者，窃久暌棨度，时切恺私。顷奉钧函，弥殷鹄企。鸿施远赉，莫抒铭泐之忱；鹊报遥传，逖听联翩之喜。敬维夫子大人晋列荣新，福星一路，八闽早着于口碑；卿月重光，三锡特隆于心简。鳣衔引领，雀忭倾忱。振声京华羁迹，小草向荣，虚掷分阴，毫无寸进，翘企龙门之大启，莫遂凫趋，谨濡笔管以抒忱。虔申燕贺，肃缮寸禀，恭叩荣喜，伏请钧安，仰希垂鉴。

敬禀者，窃王振声晋接都门，得侍风中之座，离悰别浦，时殷立雪之忱。每忆慈惠优隆，弥令孺私惭感。敬维夫子大人福比日升，道随时泰。薇垣布化，骏惠传河洛之声；棠荫流甘，螭陛迓丝纶之宠。高牙即建，忭手良殷。振声冬曹久滞，春律又更。虚度分阴，毫无寸进。幸叨苐庇，诸获敉平。引企鳣坛，莫遂抠衣之愿；谨濡犀管，特抒钦服

---

[1] 此下原稿注“同前稿”，应即致松鹤龄函“别经两载……”中“区区谪宦，仆仆征尘”以下之内容，兹据以补全。

[2] 指刘瑞祺。

之忱。肃此，敬请钧安，虔叩年喜，惟希垂鉴。谨奉。

刘闰生（署徽州府）

闰生仁兄大人阁下，久阔光仪，时殷渴慕，客腊曾申笺贺，计达签存。敬维履茀春恒，升华夏大，载歆载颂。弟典郡经年，毫无政绩足告。现因水土气候不服，孱躯抱恙半年，日形疲惫，不敢恋栈，故过班离任。顷阅省抄，藉悉阁下奉檄权篆，不胜欣幸。徽处万山，政务清简，大可卧治。去岁雨旸时若，年谷顺成，地方亦甚安堵。櫱才曾领大郡，到此牛刀试割，游刃有余，必将大有造于新安也。弟开缺禀请委署，已有家报寄京，新任刘仲良系同乡素识，闻知已委权篆，谅当迟日履新，尚冀台从速临，快聆大教，以慰饥渴，俾弟即释重负，得以早日回京就医，无任盼祷。

闰生仁兄大人阁下，山城把握，诸荷关垂，话别依依，辱承赠饯，并劳移驾远送于郊，雅意殷情，至今衔感。敬维鼎茀春长，升华夏大，载歆载颂。弟拜别登舟，扬帆东下，波平水满，五日抵杭，十日达沪，一路游览勾留，于三月初旬附轮溯江而上，直指武汉，一路游览，遇事勾留，中浣始乘快轮入都，征尘甫歇，不免亲故应酬，未遑调息。复感时疫，抱恙兼旬，近渐痊可，而旧恙仍未霍然，尚须医药调理，幸未甚病，差堪慰雅怀耳。徽郡经櫱才硕画，百废俱备，学务巡警必有整顿，值此青黄不接，筹丰粜民食当已裕如，无任钦仰。风便仍冀手教数行以慰驰系，是所企祷。手泐布悃，虔请勋安。

刘壎（伯和）（山东东昌府同知）

远违鸿度，又转龙躔，顷奉兰言，莫名葵向。渥荷春风之惠，弥殷秋月之怀。敬维伯翁仁兄大人鼎绂凝禧，履端肇庆。麟符分绾，布东国之和风；渥荷优颁，迓北辰之恩露。莺迁即卜，凫颂良殷。弟京曹羁职，历路滋惭。欲开柏叶之樽，情殷饯腊；特剪梅花之字，颂上宜春。肃伸谢悃，恭贺年禧，敬请台安，惟希蔼照不备。愚弟顿首。

暌违鸿度，倏忽驹阴，正切心驰，适颁手翰，渥荷梅吟之雅贶，倍殷葵向而倾忱。敬维伯鹤仁兄大人五马分猷，双熊表望，树贤声于东国，莎厅觇瑞霭之胜，荷宠命于北辰，枫陛迓恩膏之沛。祥辉远瞩，忭颂维殷。弟备位谏垣，毫无建树，嘉谟尠入，素拙徒藏。怅鹭堠之遥睽，神驰云树；缅莺乔之在即，颂溢霜笺。素覆伸谢，祗请台安，诸惟蔼照百益。愚弟。

暌违鸿度，倏忽驹阴，正切心驰，适颁手翰。渥荷梅吟之雅贶，倍殷葵向而倾忱。恭维伯和仁兄大人五马分猷，双熊表望，树贤声于东国，莎厅觇瑞霭之腾，荷宠命于北辰，枫陛迓恩膏之沛。祥辉远瞩，忭颂维殷。弟羁滞京曹，滋惭历路，毫无建树。祗益劳惭，怅鹭堠之遥睽；神驰云树，缅莺迁之志喜。颂溢霜笺，肃覆申谢。敬请勋安，惟祈蔼照不具。年愚弟

远违鸿度，又转龙躔，正切心驰，适颁手翰。渥荷春风之惠，弥殷秋水之怀。敬维伯和仁兄大人百鹿骈蕃，千羊鳞萃。履茀与吉云并蔚，升华迎化日俱新。秩晋头衔，香浓心瓣。弟仆仆京尘，悠悠郎署，分阴虚掷，寸善毫无。所幸敉平，实叨绂庇。发惭马长，迹同不食之匏；引企鹏抟，心有常倾之藿。肃覆布悃，祗请勋安，顺贺蕃禧，惟希蔼照。愚弟顿首

刘芝田(瑞芬)(苏松太道)

祝酒介眉，遥忆春光于柏叶；雁书系足，荷承芳讯于梅花。恭维芝田尊兄大人履端肇发，鼎祉凝庥。锦节时巡，严钥重鱼关之寄；绣衣日丽，丝纶荷龙陛之光。即卜薇吟，式符椒项。

刘仲良(江西抚;庚申翰)

温霁久暌,仰鸿仪而引企;流光如驶,又凤纪之更新。辰下即谂仲良仁兄大人履端肇庆,鼎绂凝禧。绣戟与牙幢并丽,春满西江;福笺从首祚频颁,恩浓北阙。即看师干之总,莫名豫祝之私。

陆凤翁

敬再禀者,卅载京尘,素蒙培植,濒行复奉鼎函嘘拂,即蒙方伯青垂谒见,三日后奉饬赴任,禀辞出省,顺谒芜湖道,即渡江而南。山程四日,余昼披云雾,冒雨雪前进,山路崎岖险峻,嘉平十日始抵府城,十三日接篆。一州如斗,四面皆山,地瘠民贫,好赌健讼,治亦难驯,新政虽已渐举,风气尚未开通,仍须设法改良整顿。猥以菲才置此山僻,聊可藏拙,何能见长。且水土湿寒,气候阴冷,衰朽孱躯,殊深悚惕。所幸顽躯粗适无恙,地方尚称安堵,差慰上慰垂注。风便尚冀教言时锡,俾有遵循而无陨越,是所叩祷。素叨挚爱,敢屏套文,略分言情,手肃布悃。再请钧安,伏惟垂鉴。

敬再禀者,素荷栽培,谬膺典郡,分应勉效尺寸以答知己,乃际兹时局,新政棘手,如弹琴改弦更张而众音不和,嘈嘈切切,迄不成调,大弦甚急,小弦策绝矣。年衰才竭,故殊无政绩足录,大负厚期。且徽处万山之巅,水土寒湿,气候阴晴冷暖不时,岚障潮霉特甚。孱躯处此,病情百出,日形疲惫,觉精力殊不支,何敢恋栈。子弟辈在京亦劝解组,因代筹捐道班离任候铨,拟交卸后即回京就医,赴部候选,届时趋聆大教。仰蒙嘘植,于京朝得俾枝栖,藉效奔走,则幸甚矣。知关垂注,谨此禀陈,素叨挚爱,不敢套禀。手肃布悃,敬请崇安,伏惟蔼鉴。

陆观察(署臬江苏粮道)

敬再启者，前奉惠函，另承手毕，辱蒙下询鄙况，逾恒垂注，弥感弥颂。徽处万山之中，山多田少，地瘠民贫，局面异常清简，自革除节寿、改提减成，境况益瘠。民风好赌健讼，命盗时有，尚不甚多，地方粗称安堵。惟山深地僻，阴晴冷暖不时，水土寒湿潮霉倍于江浙。衰朽孱躯，形神疲惫，日日不离药物，幸未卧病，差慰锦系。舍亲高令叠荷栽培，至今感泐。效方伯在粮道任内曾派文轩随运赴京办理，由火车径运京仓事务，时时进谒，与门下熟识容或有之，至于结盟想不至此，谤毁之故已在洞鉴之中，仍乞训迪成全为祷。手肃，敬请勋安，统希蔼鉴百益。

履平五兄

履平五兄大人阁下，都门小聚，殊慰渴怀。只以俗冗绊，未获畅谈。廿四日遣小儿趋谒，恭请定期在舍开樽畅叙，始知是日大驾已言旋矣，怅甚怅甚。顷奉惠函，猥以市梅小饮，吉语联翩，益增惭恧。恭维鼎祉鸿延，潭祺燕吉，以慰以颂。弟都门伏处，息交绝游，旧日知音，亦殊寥落。回忆与君同舟最契，而数年阔别，时令人离群索居，所幸咫尺匪遥，尚望抽暇移驾来都，光临舍下小住，将剪烛开樽，连床夜话，叙数年之契阔，以慰渴思，是所盼祷。专复，祗请台安。

卢士杰(安徽藩)

流光如驶，又纪之更新；温霁久违，仰鸿教之戬毂。恭维艺圃仁兄大人履端介祉，鼎绂凝禧。布棠风黍雨以巡春化行两皖，建玉节金章而作牧，恩渥九霄指顾幢巡，情殷镜听。弟羁迹都门，负惭历路，驹阴虚掷，马齿徒增。欲开饯腊之樽，倍思远道，特剪宣春之字，藉颂熙台。专泐芜函，恭贺节禧，祗请升安，惟希雅照百益。

鹿学良、俞培元[1](福建盐法道;江西瑞州府)

遂侪仁兄大人、筱元仁兄同年大人阁下,久违雅度,时切渴怀。前奉贲书并颁厚贶,渥荷廉泉之分润,倍瞻远道而驰神,敬维履祉延鸿,升猷遹骏(柏薇联晋,葵藿颂倾;豸仪指晋,凫颂心殷)。弟备位谏垣,滋惭历路,聊藏素拙,莫补特艰。刻值新政颁行,力求整顿,匡襄补救,殊匪易才贤劳,繁剧,崇膺,开源节流,亦必重劳硕画,尚冀不遗在远,治谱常颁,藉广见闻,是所祷耳。肃复伸谢,敬请勋安,诸维蔼照不备。愚弟(年愚弟)(函前有批:缮发)。

鹿学良(福建福州府、福建盐法道)

暌违舄采,几赓雪柳之章;翘企光仪,倍切霜葭之溯。敬维遂侪仁兄大人阁下,紫绶风清,黄堂日丽。猷宣五马,循声早播于闽中;诰锡双鸾,恩命即颁于阙下。焕然豸绣,厚也凫翘。弟京尘历碌,溷迹如恒,兵燹余生,益形坐困。幸叨苇庇,诸获敉平。顾驹隙而惊心,依然匏系;仰鸿轩而矫首,弥切葵倾。专肃,敬请勋安。诸维蔼照百益。

遂侪仁兄大人阁下,久违雅度,时切渴怀。前奉贲书,并颁厚贶,渥荷廉泉之分润,备瞻远道而驰神。敬维鼎祉延鸿,升猷遹骏。百薇联晋,葵藿颂倾。弟备位谏垣,滋惭历路,聊藏素拙,莫补时艰。刻值新政颁行,力求整顿,匡襄补救,殊匪易才贤劳,繁剧崇膺,开源节流,亦必重劳硕画,尚冀不遗在远,治谱常颁,藉赓见闻,是所祷耳。肃覆申谢,敬请勋安,诸维蔼照不备。愚弟。

再启者,缮函未发,适奉苇笺,藉悉王令乃钧深蒙关拂栽培,足征

---

① 整理者按:此函虽无多少实际内容,但因为起草者当时括注了多个字句选项,由此可见草拟信函之基本过程,故予以收录。

情关梓谊，推爱屋乌，无任欣感之至。该员初登仕版，一切生疏，仍费陶熔驱策，始终成全，是所拜祷。附谢，再请勋安。弟又启。

马永修

远违鸿度，又转龙躔，迭奉谦函，久稽复简。迩际春风之晋茀，倍系秋水于秦葭。遥惟慎斋大兄姻大人祉介禔躬，禧延岁首，履茀与条风并鬯，升华荷湛露方酢。引领莺乔，倾心凫藻。弟羁滞京华，负惭老朽，依然故我，无可告君。历路如恒，笑马齿之徒增；迹同匏系，眄鸿毛之遇顺。书贺蕃禧，虔请节安，谨璧芳版不具。姻弟顿首。

梅筱岩（江宁藩；壬子）

久钦鹏名，时深鹤跂。迩际龙杓转岁，凤琯回阳。比维筱岩仁兄大人已歗凝庥，壬林介祉。仁政媲芃黍稷甘棠之美，先春调元化于江南；清品望在乔松茂竹之间，迎岁迓天心于阙北。

苗韵轩（河间献县）

韵轩仁兄大人阁下，暌违温霁，倏忽光阴，正切心驰，适颁手翰，并渥春风之惠，倍倾秋月之忱。辰维履茀日新，升华时棶，吉云骧首，祝露欢心。弟仆仆京尘，悠悠郎署，依然故我，无可告君。差事虽已主稿，徒然劳形案牍，而补缺尚遥遥无期。所幸顽躯粗适，眷口敉平，堪慰锦系。海山舍弟就馆吴江储幕，年年南北奔驰，藉资糊口。闻其道经贵治，诸荷关拂，曷胜欣感。家谱笙兄已补管粮厅，今春抵任，此席清苦，仍赖河运差事少资接济敷衍。现押河运第八帮北上，约须秋间可以抵通。知念附及，风便尚希赐寄其音，以慰驰慕，是所拜祷。手此布悃，敬请台安。

明轩

明轩仁弟大人足下，远睽眉宇，时转心轮，前接八行，备聆壹是。

惊悉大世兄逝世，曷胜骇悼。惟修短有数，命也奈何。尚望达观，善自排解，无过西河之痛，是所祷耳。兄解组经年，杜门安拙，无善可陈。既委心任运，与世无求，而积闲生懒，笔墨亦疏。所幸躯眷粗平，致足慰耳。承嘱一节，容便函恳子中方伯，必当极力说项。不少风便，尚乞嘉言时寄，以慰鄙怀，不胜翘盼。

明毓圃（前盛京工部郎）

驹光如驶，鸿范久违。翘首芝云，怅怀葭水。辰维毓圃二兄大人百鹿骈蕃，千羊鳞萃，履茀与吉云并蔚，升华偕旭日俱新。引领远风，倾怀祝露。弟貊耻空悬，鸠难藏拙，分阴虚度，寸善毫无，所幸粗平，堪慰绮注耳。

铭鼎臣（吉林将军）

驹光如驶，麟度久违。正切蚁私，忽传鹊报。恭维鼎臣老前辈年大人白太传诗才第一，鸿名早著于鸡林；淮阴侯国士无双，虎拜独赓于螭陛。引瞻坛席，曷罄褰轩。侍位窃戎曹，才惭武库，等寓形于匏系，无计鸠藏，时矫首于乔迁。倾怀燕贺，专修鲤牍，敬贺鸿禧，虔请勋安，惟希霁鉴。

穆特布

远违虎节，又看桂月之圆，引企鸿仪，弥切葭霜之溯。恭维大兄大人寅阶辑瑞，西琬延禧。棨戟风清，得月喜楼台之近，旌旗日丽，瞻云迓纶綍之颁。翘首辕铃，倾心轩鼓。弟京华羁迹，老朽滋惭，鲜善足陈，粗平堪慰。望迢迢之云路，时盼鳞鸿，庶落落之天涯，如同教席。专此，祗请勋安，顺贺节禧，惟希朗照百备。

讷（子襄，吉林道）

溯别蚬旌，又送梅风之信；顷颁鸿翰，弥倾葭露之忱。敬维子襄仁兄大人庆肇履端，望隆观察。豸节鬯条风之惠，化被鸡林；鸾章承湛露之恩，眷隆螭陛。莺迁指顾，凫颂情殷。弟京曹羁职，历路滋惭，虚掷分阴，毫无寸进。惊心马长，迹同不食之匏；引领鹏抟，心有常倾之藿。专复布悃，敬请勋安，祇贺春禧，统惟蔼鉴不具。

再启者，客冬奉到惠函，并赈捐四册，蒙概助贰佰金，功德在民，无任感佩之至。当即交三益和金店代收取回呈上，伏乞垂察。弟等现在通州被灾最重之处，特开一厂放粥，每日四千余人，自十月开厂，拟至三四月间停止，数十村灾民得免饿殍，皆大君子之所赐也。弟碌碌依然，无可告者。幸躯眷粗平，致足慰耳。

倪豹岑(中丞)

豹岑世仁兄中丞大人阁下，敬肃者，窃自返都门，客腊今春迭陈芜牍，计达签存。正切依驰，复承惠翰，临风庄诵，感积五中。敬维鼎祉春恒，丰功夏大，远风矫首，上日倾忱合龙，奏绩论功行赏，原始要终，硕画自应称首。乃大度休休，听群才之捷足争先，而淡泊明志，以局外人未录寸功，竟卜天心之复，感激之下，不胜汗颜。回忆经始，蒙识拔于风尘之中，俾奔走于帡幪之下，迄今始终成全呵护，无非出自鼎力斡旋，谊应泥首门墙，以明知遇之感，而事与愿违，积忱莫达。寸心千里，无不耿耿于下怀也。物我依然，碌碌无寸善足述，家兄弃世，谊应讣告，乃蒙惠书存问，并荷厚赙隆仪，训勉侄辈，殷情雅谊，感及殁存。

聂献廷[1]

献廷仁兄大人阁下，别来忽忽，又过三春。回首京华，渥饫鼎筵，重劳椽笔，迄今感泐弗谖，抚景怀人，近维履茀春长，升华夏大，载歆

---

① 聂献廷，生平仕履不详，曾为王振声代拟信稿，恽毓鼎《澄斋日记》言及。

载颂。弟[1]区区谪宦，仆仆征尘。客冬月初抵皖，谒见层台，旋即奉饬赴任，嘉平二日出省，山程四百里，披云雾，冒雨雪进发，崎岖险峻，至初十日始抵府城，十三日接篆。徽郡四面皆山，一州如斗，土客民教杂处，且好赌健讼，亦颇难治，学堂公警工艺虽已兴办，而风气尚未开通，且地方瘠苦，筹款甚难，尚须设法筹画整顿。弟才非肆应，性亦迂疏，近年屡抱小恙，不耐烦劳。此地水土湿寒，阴冷之气沁人肌骨，尤深悚惕。所幸地方尚称安堵，顽躯粗适无恙，差慰雅怀。京师诸务改良整顿，鹤、凤两司空如何新政，筱珊兄当有进步，谏垣果有此变，心田兄近况若何，邮便尚冀时惠数行以慰驰系，是所企祷。

溥兰泉(西安副都)

自违帨节，倏转龙虒，顷奉兰言，信殷葭溯。恭维兰泉尊兄大人鼎茀燕申，新猷虒丙。旌旗日丽，鹰扬丕振于关中；棨戟风和，凤诏旋承于阙下。即赓虎拜，曷罄凫翘。弟滥厕六官，谬参九府。识惭学稼，徒殷献岁之忱；候届吟梅，特上宜春之颂。专修鲤牍，敬贺鸿禧，虔请勋安，惟希鼎照。

启约(福建粮道)

远违蜺节，几赓雪柳之章；翘企鸿仪，倍切霜葭之溯。敬维省三仁兄大人履茀日新，升华时楙，鸿钧转运。八闽告万宝之成，豸绣威仪，九陛迓重申之命，即晋薇垣，引领莺乔，欢心凫藻。弟京尘历碌，溷迹如恒，兵燹余生，益形坐困。幸叨茀庇，诸获敉平。顾驹隙而惊心，依然匏系；仰鸿轩而矫首，弥切葵倾。专肃，敬请勋安，诸维蔼照百益。

---

① 整理者按：此下原稿注“同前”，前稿即致金筱珊、张心田函，兹予以补全。

秦雨亭(甘肃学台、广西学政)

羌笛一声,听杨柳春风之曲,蛮笺十样,动蒹葭秋水之思,并蒙惠我多多,弥令怀人耿耿。敬维雨亭五兄同年大人福比日升,道随时泰。冰清藻鉴,弦歌早播于玉门;雨华芹香,简命旋承于金阙。春华在望,秋露抒忱。弟京华久滞,朽木难雕。事笔砚而如傭,依然故我;笑衣裳之作嫁,只为他人。所幸粎平,足慰绮注。齿惊马长,迹同不食之匏;目极鸿骞,心有常倾之藿。慨春光之转瞬,虚掷驹过;缅旧雨而倾心,时殷燕贺。专鸣谢悃,敬维台安。

远违眉宇,时转心轮,前奉乙函,计邀丙照。敬维雨亭仁兄同年大人秉轴三台,持衡百粤,天南启秀,阙北酬庸。星轺布化,銮铃扬芹泮之光;云锦为章,凤绋迓枫宸之宠。木天喜溢,艺苑欢胪。弟都门坐困,历路如恒,事笔砚而如佣,依然故我矣。衣裳之作嫁,只为他人。所幸粎平,足慰锦注耳。云树虽遥,鳞鸿多便,尚冀箴规时锡,俾得韦佩有资,是所盼祷。

敬再启者,分发广西使用通判李嘉惠,浙江嘉兴府嘉兴县人,系弟至亲,于客岁到省垣,随班听骨,初登仕版,一切生疏,付冀仁兄大人推爱关垂,不惜齿牙馀论上风嘘植,俾有资益而免向隅,则感荷隆情,不啻身受矣。专恳,再请升安。弟又启。

清河道升山东臬司兼留办海运局

敬禀者,窃久隶帡幪,愧无报效。前此襜帷驻节,更蒙教诲,逾恒私结,葵衷难宣。芜禀匪以时逢地隆,蒲流耀彩之丹。节届天中,艾映悬门之绿。恭维大人薰风在抱,化日舒怀。棠荫垂长养之仁,泽流冀北;蒲剑肃崇发之望,德懋山东。坐对芳榴,绕乌台而辑瑞;筵登角黍,传铃阁而延绥。挽飞裕天府之储,筹运洽宸衷之眷。仰见承恩枫陛,即看晋秩薇垣,寮寀心钦,吏民额庆。佩兰馨而志欲抚槐夏之芳辰，情殷燕忭，肃修子墨。虔请福安，伏惟钧鉴。卑职谨禀。

庆某某(盛京将军)

夫子大人鹤鸣继美，麟趾呈祥。家传凤卜之昌，吉占五世；国有鸾章之锡，瑞集三台。引领鳣坛，倾心凫颂。

再启者，舍弟因差来京，藉悉深荷栽培，已蒙调署凤凰城防御具澄，垂爱逾恒，不胜欣戴之至。弟尤有请者，舍弟家本清寒，人尚谨饬，恐署缺转瞬，届瓜期同任，仍虞瘠苦，尚冀格外训诲提携，另为设法调补一缺，俾得少资衣食而供奔走，是皆出自逾格鸿施，则感戴不啻弟之身受也。素叨挚爱，用敢渎恳，再请勋安，伏惟垂鉴。弟又启。

秋丞(浙江湖州府知)

秋丞仁弟大人如手，沧桑世变，浩劫余生，缅想故人，曷胜怅惘。前颁手毕，垂注殷殷，答复稽迟，疏懒诚歉，惟知己必不深究也。近维福履康强，荩猷懋著，无任驰仰。兄补发谏垣，差胜浮沉郎署，既膺言责，不欲为疯狗，亦未可甘作寒蝉，惟兴利除弊诸大政，诸巨公已备悉言之，果能按切推行，或可起沉疴而复元气。不然，即发言盈庭，区区补苴之策，奚济时艰也。大局粗定，朝廷锐意维新，而开源节流尤称当务之急，赞襄筹画，谅亦与有责焉。至于新政颁行，绌于经费交涉，肆应日益烦难，谅无弗重劳硕画也。躯眷均粗安，致足告慰。手此布复，即请台安，并颂合潭均吉。

荣月帆

月帆七兄大人如握，别经三月矣。正切依驰，适颁手翰，猥以区区出守徽州为贺，良用汗颜。敬维贤劳丕著，誉望日隆，以歆以颂。弟疏懒，何堪治郡，幸君先导一步一趋江南者，咫尺笔谈，当有以教我也。刻定小阳下浣由火车遵路而南，汉江换轮，约冬月初即可抵省，眷属明春再往，现仅带三小儿恩绶及两仆随行，轻车减从，行李箱支另遣一仆由海轮押送到安庆会齐，较为妥速。知念缕陈，馀容续达，手复，敬请勋安。

月帆七兄大人如握，自九秋奉到惠函，悠忽未遑手复，转瞬又腊鼓鸣矣。敬维贤劳懋著，政绩维新，无任驰仰。阅报，江北告灾，淮、徐最重。贵治系在上游，未波及，深慰，深慰！惟饥民各处逃荒，南来就食维扬者、麇聚者，又不胜其扰，仍赖硕画劳心抚字，近不识已经资遣否？至以为念。徽郡自入夏雨旸时若，秋收丰稔，冬防尚称安堵。地处山僻，饥民幸无来者。惟徽郡山多田少，向资外米接济，邻省告灾，恐来春转运不灵，殊抱杞忧。刻正集官绅极力预筹，不识能否应手耳。弟自夏间历九属查学归，因感受暑湿而病，以后时复时愈，终未霍然，秋冬益剧。地处万山之巅，天气不清，时有岚障，水土寒湿尤不服，故日日头晕目涨，耳嚣耳聋，现右耳已闭不闻声，左耳亦甚模糊。胸满气逆胁痛，夜不成寐，种种情形，殊觉委顿。日不离药，终无效，勉强支持，虽未卧病，日形疲惫，孱躯处此，隐虑实深，故北望已有归志。海弟暨儿辈闻此情形，睹兹时局，亦劝归养。已在京代为筹捐道班并离任，拟开春即当解组回京就医，倘在京另有机会，尚可勉效尺寸。如精力实不支，则终老耳。知关知己垂注，特以布陈，尚冀公暇手示数行，以慰驰慕。是所企祷。

月帆七兄大人如话，别久思深，夏秋叠奉手书，就稽笺答，歉甚罢甚。吾哥莅扬一载，值灾黎丛脞，格外贤劳，时切鄙系。自移节宣州簿书，应稍清暇，卧治游刃有余，弥殷驰仰。弟自仲春解组，由新安江扬帆东下，夹岸云山三百里泊严州，出富春江，过子陵钓台，波平水满，五日抵杭游西湖，勾留数日，复买舟小县施带，一日夜抵沪游览淹旬，附轮溯江而上，直指汉阳，本拟顺道划船进瓜步趋谒，一叙契阔，适夜半过镇江轮舶渚难自由，且人地生疏，行李尝仆从上下，多不便，竟至过门不入，良用怅然。抵汉小驻旅舍，渡江，登黄鹤楼，聆观大江形胜，旋即买火车，三日到京，征尘甫歇，不免亲故应酬，未遑将息。复染时疫，抱恙月余，医药痊可，而头闷耳嚣耳聋仍未愈，且不能用心，偶执笔构思，则头晕气逆，惟夜得安眠，饮食如旧，幸未卧病，差慰远怀。然形神清减，精力远不若前矣。京师近况，外面繁盛整齐倍于前，而百物腾贵，亦倍于前，米珠薪桂，民不聊生，各部院舍旧图新，日事纷更，茫无实效，依旧敷衍，而用费之糜，十倍于前，处处皆形窘迫，想外省亦复如是。新政如此，徒抱杞忧。儿辈在部院均尚有差缺，略资薪水，敷衍糊口而已。拉杂书此，只当一夜清谈，风便尚冀惠数行以驰系，是所祷耳。专此祇请升安，并请嫂夫人坤安。弟顿首。

月帆七兄大人如握，别来又届端阳，奉到惠函，适值弟公出，于五月底差旋，正拟裁笺布臆奉候起居，连日阅报，悉贵治米案日滋而郡城尤甚，颇深翘系。近日贤劳，必异常鞅掌，事经大才硕画，威惠所至，风潮定可渐平，无任驰仰。弟碌碌无足告者，徽郡山多田少，产米仅敷半年，全杖外米接济，自入夏各路阻运，米价日昂，人心不靖，乡镇亦渐有强买抢米之案。即饬绅商赶办平粜，其风少息，郡城亦谣言日起，赶集绅商议，在府仪门外设局平粜，于闰月中旬开局以后亦稍定，迄今幸未出抢米之案。春间江西会匪阑入徽境，祁门县界经营团会剿，斩三擒四，余俱窜散，复经上宪派兵驻扎祁门，嗣后即无匪警，地方尚称安堵。弟自闰月下旬奉饬赴祁门督审匪犯就地惩办，并饬赴六县查看学堂，盛夏行山程，周回九百余里，越大小岭数十重，崎岖险峻，经廿余日始回署，可谓胜游，然而惫矣。弟以衰朽病躯，尚膺外任，值兹多事之秋，觉精神才力多勉强，日日不离药物，幸无大病，堪慰锦系。内子因近年亦常病，闻此地水土气候并道路诸多不便，拟暂不来。秋间送恩绥儿媳南来随任，知念特闻，风便尚冀时锡数行，以慰驰系，是所企祷。

月帆七兄大人如握，别来倏又新春。前由都门泐函奉复，计达典签。近维鼎茀日新，升华时懋，以歆以颂。弟自客冬十一月朔抵省，初四谒见层台，初八牌饬赴任，十五禀辞，廿后赴芜湖谒本道，因徽府未派权篆，各宪饬速赴任，故未赴宁，由芜仍回省束装，于嘉平二日出省渡江，由山路进发。徽处万山之中，崎岖险峻，行路甚难，披云雾，冒雨雪，前途至初十日抵府城，十三日接篆。徽府素称清简，近则土客民教杂处，且好赌健讼，亦颇难治。学堂警察虽已设立，惟风气尚未大开，尚须设法劝勉整顿。属境山多田少，居民大半出外经商，地多荒瘠，自前任改提减成，革除陋规，较前益觉清苦，办理新政，殊觉心有余而力不足。弟才非肆应，性犹疏懒，近年屡抱小恙，不耐烦劳，此地水土湿寒，天多雨雪，阴冷沁骨，时深悚惕。幸地方尚称安堵，顽躯粗适无恙，差慰锦廑，卅年至好江南北相距咫尺，竟不获时亲尊席一叙契阔，不胜耿结于怀，尚冀公暇随时手毕数行，以慰驰慕，是所祷耳。

瑞茀侯(宁绍台道)

茀侯三弟姻世大人鼎祉春恒，履祺夏大。豸绣重保禧之任，麟符尊管钥之权，旋承兰检芝泥，即卜薇吟柏列。升华益晋，豫祝咸孚。景物惊新，劳形依旧，空对东风之暖，难消北舍之寒，以视乔迁，奚啻匏系耶。惟是相逢梅驿，尚望时寄兰言，以慰驰思，所至祷耳。专此，祇贺年喜，顺请勋安，诸维蔼照。

山西平定州

驹光如驶，鸿范久违。翘企芝云，思深葭水。比维百鹿骈蕃，千羊鳞萃，远风骧首，祝露欢心。弟都门羁迹，历路滋惭，乏善可陈，粗平堪慰。兹恳者，弟前岁由晋入都，有零星物件暂寄获鹿行店内，租房收存，蒙沈梅荪司马费神照料，因俗冗无暇，久未取回，兹特遣家人来获取运入都，诚恐该行店因存物日久，需索房租，致有留难。务祈阁下费神派人招呼，俾将房租公道算清，以便家人妥速运物回京，不致稽延，则感荷隆情无既矣。琐渎恳。祗请升安。

绍葛民(安徽藩)

前在春明，获亲冬庆，班荆聚首，啜茗谈心，匆匆赓南浦之歌，忽忽报东风之信。恭维葛民一兄年大人薇垣布治，迎瑞气于郊东，花殿流膏，敷仁膏于皖北。从此恩浓九陛，即看秩晋，三台指顾幢巡，情殷镜听。

绍秋皋(泰宁总镇)

秋皋九哥大人阁下，远违温霁，屡易光阴。客腊奉到惠函，备承奖饰，拜读之下，惭感交萦。久未上书，非敢惜墨，碌碌无足渎陈座右耳。辰下恭维鼎茀燕申，升华麟丙，载歆载颂。弟浮沉郎署，已历十年，蹭蹬名场，迄无一遇，加以家门变故，生计萧条。西江有水，远离涸辙之鱼；北舍风清，几作号寒之鸟。所幸顽躯粗适，眷口粗平，足慰垂注。舍下家务自客腊家二兄幡然改悔前非，情愿息讼，将现有之产，请至亲分析。家大兄应分之一分房产，让与家二兄。弟亦遵教，将本身应分之一分房产全行推出不取，凭至亲酌分给长房、三房，弟并不敢居让产之名。至未清之债，弟与家大兄承认设法清还，从此了结。弟承祖父积累，侥幸成名，乃不能敦睦家庭，致令同室操戈，贻笑乡党，罪不容辞，时自惭悚，悲愤莫可如何。今得如此了结，稍觉心安理得，略盖羞颜，亦差堪上答知己矣。但恒产已无，嗷嗷众口，仰食一人，又负千百金之累，羁职京曹，别无生路，只凭书画为佣，自给且不足，安能为家给，如兄知我之深，忧我之挚，其何以教我而益我耶。在京蒙葛兄不弃，罗致幕下，青垂逾格，晨夕谈书画，弄笔墨，颇惬素心，但以弟之不才，时恐有负雅意耳。吾哥公暇作何消遣，亦颇游戏笔墨否？晨夕当时与师字雅谈，近来两学生读书，想更有进矣。风便尚乞手示数行，以慰渴慕素叨。雅爱用特杂沓渎陈，纸短言长，笔难尽述，统容续达。专此，祗请台安。

秋皋九哥大人阁下，溯违鸿度，又转龙杓，梅阁之香，弥切葭湄之溯。敬维福履日升，道随时泰，乔迁骧首，椒颂饮心。弟碌碌依人，惟耕砚田而望岁；劳劳故我，难恃笔墨之生眷。加以纷纭家务，奔走尘劳，恒产已宜，讼端杂息，盖以无台避债，业已倾橐以还人，而蓦地起波，竟谓饱囊而肥己。弟虽欲独任殷诬，力主推让，无如侵吞，直诬及尊长，专欲难成章连莫解于友朋，众怒难犯，兄其无象。微弟徒抱牛忧，安思惠好如君，惟冀嘉言益我，所幸顽躯耐劳，眷口无恙，差足告慰耳。

敬再启者，舍弟自去岁充浙江海运南董尚差二年，略资薪水，明年差使已经前粮道恽公允派，尚未奉札，而恽公出缺，署任吴公接办，舍弟未蒙派列新校粮道。廖公未出京，弟已设法招呼，以图续派，殊无把握，必须仓宪大力分派，方能有成。弟不善攒营，吾哥所知，诚不愿向浅交之人，作无异之请，无如近已在洞鉴外。舍弟有事，藉资臂助，则一家生计独力实不能支，用是不揣冒昧，敢乞吾哥大人鼎力专函转恳贵华宗仓宪继述翁函致浙江粮道廖公，求其续派南董，则小草之向荣出日，大钧之陶铸，感愈身受矣。如蒙俯允，千乞速翰寄京，求述翁于年内函达南方可望成，倘迟至明春，南运北上，则恐无及矣。素叨挚爱，用敢促迫琐渎，知我者必谅我而不深责也。专恳再请勋安，统希蔼照，不胜翘企盼切之至。

绍英

越千棣台大人如手，别来瞬届新春矣。回首京尘，无日不神驰左右也。敬维福体复元，体躬康吉，以欣以慰。兄自客岁小阳下浣首途，火车江轮行六日，于冬月朔抵省，尚称顺利。谒见宪台，旋奉饬赴任。嘉平初二出省，山程四百里，披云雾、冒雨雪前进，山路崎岖险峻，至初十始抵府城，十二日接篆。徽郡素称清简，近则土客民教杂处，且好赌健讼，不时生事，亦颇难治。学堂、巡警、工艺虽已兴办，而风气尚未大开。且地方瘠薄，筹款尚须设法筹划整顿。兄才非怪应，性亦迂疏，近年屡抱小恙，不耐烦劳，此地水土湿寒，天多雨雪，阴冷沁人肌骨，时深悚惕，所幸地方尚称安堵，顽躯粗适无恙，堪慰远注。棣台兼摄司农，与宝臣尚书和衷共济，于财政必有硕画以裕利源。汾阳当不乏竹报，想尊幼康适为念，风便尚冀手示数行以慰驰慕，是所祷耳。

越千棣台大人如手，别来又届春风，翘企光仪，良深怀想。恭维体躬万福，政体一新，载歌载颂。客岁百先观察宁关，贤劳赞画度支，任专责重，惟旧章之率由尚易，而新政之改良甚难想，况瘁精勤定，当日不暇给，深念深念。数年困守，从此裕如。旋即提刑两皖，可谓扶摇直上，欣羡无似，指日联步开藩，方能展其骥足，惟引领望之耳。本应晋省趋贺，藉叙契阔，惟徽处万山之中，距穹远，跋涉往返，须廿余日，不易成行。且中峰属札擅离，并专札不准进省贺年，故未敢造次，惟手牍达念耳。汾阳当不乏竹报，相堂帏康适，政成民和，定符私祝。手肃布臆，恭贺春禧，虔请勋安，兼颂潭福，统希菱鉴。

再启者，兄处徽一年，因水土气候不服，自秋徂冬，孱躯日形疲惫，颇蓄归志，海弟暨儿辈闻之，亦劝解组而归，因代筹捐过道班开缺候选，现既简放人员，此间即禀请上宪派员接署，候交卸后拟即由杭沪北上，大约春夏之交当可抵京矣。前函所谈政治馆差仍恳关虑，相机嘘植，是所企祷。此恳，再请勋安。

越千棣台大人如手，别久思深，前上手书布悃并陈近况，计达签存。近维政体调摄，经春和夏健，定复元气粹然，翘颂深慰。兄典郡半年，无差足录，近因江西匪警阑入徽境，经祁门县督团会营剿捕斩三擒四，余俱窜散，复经上宪派兵驻扎严防，地方尚属安堵。自入夏以来，米价飞涨，徽属山多田少，向由外省运米接济。自各处米运不准出境，故此处人心尤不靖，抢米之案屡见叠出，现正设法在府城办理平粜，分饬各属一体照办，并疏通外米来源，如能米运通，米价平，当不至再生滋扰。兄丁此邦，政尚清简，惟赣鄂客民太多，每闻匪警，无兵无粮，常窃隐虑。中小各学堂自上年始开办，山僻风气闭塞，愚民皆指为洋学堂，致生种种阻力。现极力开通改良中学堂，已具有规模。兄因徽省无师范学堂，特将紫阳书院改办师范学堂，以为推广小学堂之基础，于本三月开学，即招考书院原肄业之生员习师范简易科，并附设教育讲习会，俾不合格之老生研究教科，以期私塾改良，士林尚觉鼓舞。现中学堂经费系禀经由茶厘局每年拨五千两，紫阳师范学堂仍就原有书院经费四千余元办理，因欲扩充，计款不敷，绅士公禀拟办锡箔捐，尚未开捐。此外毫无捐项，即丝毫未界及商民。乃徽属最好造谣，前因米贵，皆无端归咎于学堂，皆风传欲与学堂为难，因赶办平粜，人心少定，幸未生事。警察亦上年开办，公勇二十名、委员二人，不支，薪水每月须一百三四十元，惟收烟灯捐，济用常不敷，不能推广，外省办公警多不悉宗旨义务，只就原有三团练保甲改名公警，不过下夜公更缉捕盗贼而已。外省新政办理棘手，类如斯也。敢缕陈知己，只当一夕清谈，尚冀时惠数行，以慰驰慕，是所祷耳。

绍叙五

叙五四弟大人如握，别来倏忽经年。正切依驰，适颁手翰，猥以老朽出守徽州为贺，殊觉汗颜。敬维贤劳丕著，誉望日隆，以欣以慰。兄疏懒，何堪治郡，幸三江腹地，山城清简，尚可藏拙。刻定于小阳下浣启行，由卢汉遵陆而南，约冬月初即可抵省，现仅带三儿恩绶暨两仆随行。轻车就道，行李箱支另遣一仆由海轮押送到安庆会齐，以期妥速。眷属俟明春海弟送往，知关远注，特此缕陈，馀容续达。草此手复，敬请勋安，惟希蔼照百益。

沈葆桢(幼丹)(两江督；丁未，庶常)

久阔鸿仪，时殷鹄企。迩际岭梅春分，黍谷阳回。恭谂幼翁老前辈大人已黻凝庥，壬林介福。金章燮治，条风回蜺节之春；玉烛调元，湛露焕龙璇之字。作两江之锁钥，耀八镇之旌旗。骧首下风，欢心祝露。侍涸迹西曹，惊心东作。怅尘劳之依旧，无计藏鸠；睹物候之维新，愿同贺燕。合修芜牍，敬贺节禧，祗请勋安，伏惟钧鉴。

沈家本(天津府)

溯违鸿度，又转龙躔。前奉贲书，久稽复简。每企春晖之晋茀，倍系秋水于秦葭。敬维子敦仁兄大公祖同年大人紫绶凝禧，黄堂辑瑞。鼎茀与吉云并蔚，化洽丁沽；升华荷湛露方酞，眷隆午陛。焕然豸绣，厚也凫翘。弟羁职京尘，负惭历路，分阴虚度，尺短自藏。所幸粒平，实叨庇护。慨春风之容易转瞬驹过，缅霁月而心仪莫名鹄企。专此布复，敬请勋安，惟希荃照不备。年愚弟。

沈晋祥(山西蒲州府正堂)

迭奉鸿音，久稽复简，正殷鹄企，又接贲书，感雅意之殷拳，实铭心而镂骨。迩际岁转，珠杓阳回。恭维梅荪仁兄大人紫绶春长，黄堂日丽。治称三善，万家兴襦袴之歌；望重百城，九陛渥丝纶之锡。焕然豸绣，厚也凫翘。弟物候惊新，尘容依旧，齿徒增马，拙且藏鸠。值风纪之日新，羡鸿毛之风顺。书贺蕃禧，祗请节安，惟希离照百益。

再启者，秋间曾布寸简，恭贺任喜，迢迢阻道，恐不免为殷羡浮沉也。顷蒙专颁来函，猥以寄存琐物久萦照拂装迁，犹分心代为多方筹画，雅意殷情，直使弟感激愧怍，不知所云。原弟入都，拟专丁往取，因眷口远住北山，未能入都，家人不敷分派，及眷口旋都，适家兄请假入都，舍弟完姻，诸务纷纭，日不暇给，而前经手之家人又请假数月，故稽延至今。每思琐渎清神，时抱不安。现已定于明上元前准派原经手之家人赴获走取，断不再延。即恳费神传示该行店稍候为幸。弟赋闲藏拙，碌碌无足呈者，所幸顽躯无恙，眷口粗平，堪慰雅系耳。

附呈，聊以伴函，即祈哂纳。手此布悃，再请升安，统希雅照不尽。

沈梅生(梅荪)(梅松)(山西冀宁道、署理山西平定县)

梅荪仁兄大人如握，春风回首，秋月兴怀。前上素书，计邀青炤。比维履苐日新，升华时楙。远风骧首，祝露欢心。弟羁迹都门，负惭历路，依然故我，无可告君。回忆在晋行李之往来，赖东道主多方关拂。所存琐物，多年延阁，兹蒙费神照料，寸衷时抱不安，兹已遣原经手家人于新正赴获取运入都，知关雅系，特此布闻。前函奉赠之茶叶未便携带。

梅生仁兄大人阁下，睽违温霁，倏忽光阴，每忆芝云，载赓葭露。敬维履苐春长，升华夏大。风宪朗豸衣之绣，霜台扬凤绋之光。引领乔迁，倾心凫藻。弟梁苑回车，都门退处，依然故我，无可告君。所幸躯眷粒平，堪慰雅系。兹有恳者，河东中场盐大使吴名传纶与弟世好，现在病故任所，女眷先亡，仅遗两子幼弱无依，朋友照护，伶仃孤苦，闻之令人酸鼻。吴公奶弟名传滕，号季白，刻在舍下授侄辈读，闻信，星夜驰往，而一介书生，诸未谙悉，嘱弟专函代恳阁下，转乞迈观察格外垂怜矜恤，俾得抚孤扶柩，早日回籍，不致困累羁留，则感盛德靡涯矣。专此切恳，敬请勋安，惟希垂鉴百备。

梅荪仁兄大人阁下，溯违芝宇，时系葭湄。顷奉八日，备聆壹是。承惠贡绸书籍，拜领之下，惭感莫名。比维紫绶风清，绣衣日丽，且喜斧柯之暂假，旋膺简命而即真，引企莺迁，良殷凫颂。弟溷迹都门，尘容历路，依然故我，无可告君。所幸粒平，差慰锦系耳。周少白画笔虽粗古质，迥异俗艳，足征法眼。都下伪作觅得数幅，尚非赝本，寄呈乞鉴收。兹有恳者，呈上绢素两页一帙，系儿媳叩求尊夫人法绘。儿媳初学画花卉，愿意为法程。如蒙赐绘，将来当令谂樵呈政。倘以为可教而辱教之，收为遥从女弟子，亦属闺中韵事，想嫂夫人必不遐弃也。西风多便，尚冀时寄兰言，以慰驰慕，是所盼祷。专复，祗请升安，顺颂秋祺百备。愚弟顿首。

梅松仁兄大人足下，溯违芝宇，时系葭湄，顷奉瑶函，备承锦注。浣诵之下，惭感莫名，辰维履茀日新，升华时楙，载歆载颂。弟归里投闲，杜门藏拙，碌碌无足告者。所幸躯眷粗平，堪纾雅系。晋垣新政日繁，大才槃槃，贤劳卓著，定为上游抚重，莺乔指顾间也。摄篆及派，未识何时赴绛，不胜翘企。交潭等处，僻险藏身，石窑蒙饬修另造，足征乃心民事，钦佩之至。弟所存获鹿物价，诸承关照，感甚。不日遣丁走取，届期仍须烦渎招呼至好，不套叙也。

沈仲馥(安徽抚台)

远阔麈仪，又转梅风之信，倾怀麈教，载赓葭露之章。敬维仲馥四哥大人福比日升，道随时泰。建金章而协治，瑞辑三阳；调玉烛而和时，化行两皖。帨节畅条风之惠，螭廷迓湛露之恩。引企辕铃，莫名轩翥。弟物候惊新，尘容依旧，虚抛驹隙，只愧鸠藏，笑马齿之徒增，迹同匏系，眄鸿毛之遇顺。书贺蕃禧，敬请节安，惟希鼎照百备。弟顿首。

升竹珊(浙江臬)

久违眉宇，频转心轮。伊人秋水，正切葭思。惠我春风，忽闻梅报。辰维竹珊仁兄大人履端肇庆，鼎绂凝禧。秋肃点协，春温寓慈祥于丹笔；夏威合冬，庆敷教化于苍生。祥风从两浙传来，恩露自三霄飞下。吟薇指顾，敷藻情殷。侍溷迹西曹，惊心东作。怅尘劳之依旧，无计藏鸠；睹物候之维新，愿同贺燕。合修芜牍，敬贺节禧，祗请勋安，伏惟钧鉴。

盛宣怀(天津道)

再启者,李鹤亭名□□者,须次天津,曾随吾弟在招商局当差,素称熟习,前在京晤谈,知兄与吾弟同谱,谆嘱函恳推情关拂。务乞训迪栽培,相机提汲,是所拜祷。此恳,并请勋安。

史念祖(滇臬)

溯违帨节,又转梅风,顷奉鸿笺,弥怀葭水。恭维仁兄大人鼎绂延禧,履端肇瑞。弼教敷无心之化,泽被滇南;祥刑赓有脚之春,恩承阙北。藩书即晋,椒颂允孚。弟都门羁迹,栗陆滋惭,马齿之徒增,迹同匏系,仰鸿毛之遇顺。书贺蕃禧,敬请勋安,惟希朗照。

世百先(善;署杭守、衢州府)

百先贤弟如握,别来忽忽五年矣。江南咫尺正切驰依,迭接华函,弥萦离绪,顷阅申报,欣悉荣权首座,指日飞腾,曷胜欣慰。兄自客岁冬月初旬到省,嘉平十三日接篆,徽郡四面皆山,一城如斗,地瘠民贫,土客杂处,好赌健讼,不时生事,治亦难驯。学堂、警察、工艺虽已兴办,而风气尚未开通,以筹款维艰,尚须设法整顿,属境山多田少,居民大半出外经商,地多荒瘠,自前任改提减成,革除陋规,较前益形清苦,办理新政殊觉心有余而力不足。兄才非肆应,性亦迂疏,近年屡抱小恙,不耐烦劳,此地水土湿寒,天多雨雪,气候阴冷,沁人肌骨,至深悚惕。所幸顽躯无恙,地方安堵,差堪告慰耳。现惟三儿恩绶随任家眷须入秋方克南来,知念附及。客冬京尘一震,越叔无妄之灾,幸法医院急治一月已痊。兄濒行话别时已销假进署,近想复元矣。叙叔亦常通问,亦均安谧,当不乏竹报也。隔省比邻,竟难晤言,尚冀兰言时寄,以慰驰慕,是所翘盼。

百先贤弟大人如握,别久思深,适阅吉报,荣膺特简观察宁关,曷胜欣慰。只以未谂荣旌行止，遂致函贺久稽。顷阅报，知已履新，就谂升华夏大，鼎茀春长，无任翘企。吾弟宣勤外部有年，素与欧人接洽，必能联之以情，持之以理，不难就我范围，幕中当必有交涉专席，而近出之约章成案汇览立资考证，更当措置裕如，指日飞骞，可翘足而待也。兄碌碌无可告者，春间赣匪阑入徽境，幸祁门县营团会剿，略有斩擒，余俱窜散，复经省垣派兵防堵，地方现已乂安。入夏米缺价涨，人心不靖，四乡亦渐有抢米之案，府城尚无暴动，因设法赶办平粜，民情始定。幸雨旸时，若岁谷大熟，迎供平静如常矣。兄以衰朽病躯，置此深山僻地，水土气候种种不宜，觉精神气力异常勉强，良深悚惕，日日不离药物，极力维持，幸未甚病，差堪告慰耳。杨大爷调省，即署首台，足征上游推重，行当即真可以预卜，金华太守嵩子山已到省否？皆水部同舟而隔省，不克良晤，未免系怀。风便尚望拨冗示我数行，以慰驰慕。

百先贤弟大人阁下，前上手牍，计达典签。顷阅省抄，因清恙请假，近想霍然，不胜翘系。刘闰生太守奉搬来权篆于初七日抵郡，初十日已接卸矣。委筹赴任如斯迅速，皆赖鼎力关垂，深感无似。现料理案牍，已交代清楚，并无经手未完事件，本应晋省谒见宪台，趋诣铃辕，叙数年契阔，实因霪雨经旬不止，湿寒困人，气体益形委顿，耳聋尤甚，不必酬应，未克成行，总觉歉仄。刻拟顺由水路赴杭沪，即附轮入都，一面调理，一面候铨，已将下情禀陈抚藩宪，恳请径咨吏部，以免行查，仍恳费神垂拂，无任感祷。徽府土产惟墨与茶，特呈松萝茶一桶，民生在勤墨一匣，并自制墨四匣，聊以伴函，即乞箴纳。

百先贤弟大人阁下，叠陈芜牍，幸达签存。顷奉远云，弥殷驰仰。恭谂政体贤劳，禔躬德润，载歆载颂。兹恳者，敝署书启幕友曹君玉号子能，系湘省诸生，文笔甚佳，向办书札，单行骈体俱擅长，书法尤胜真草北魏，无不出色当行。在署年馀，相交颇为故契，惟解馆回省，苦无门径，寒士赋闲，别无生计，涸辙堪虞。遥知记室必有翘材，可否增设一席，俾其相助分劳，必当力胁指臂，且一登龙门，则声价十倍，于应酬笔墨藉求生活安当，名噪一时，尤荷栽培雅意，抑或不惜齿牙馀论推荐馆地，俾得枝栖，藉资糊口，统乞关垂，无任感祷。手泐布恳，虔请勋安，惟希蔼鉴百益。

百先贤弟大人阁下，山川间隔，鱼雁频通，时切渴思，迭传吉报。观察甫临宁海，提刑旋莅皖江，直上抟扶，翘候欢忭，分属下僚，贺应上禀，惟忝列至谊，恐蹈虚文，敢略分以言情，特濡毫以代画。恭惟鼎茀骈蕃，升华彪蔚，载歆载颂。安省本系旧游，先泽遗徽未远，继志述事，定增前烈之光，无任企仰。区区典郡，碌碌经年，略无政绩足录。徽郡地瘠民贫，风气闭塞，性尤蛮梗，赌风实盛。时时严禁查拏，附郭赌风敛息，乡僻仍然不免讼事，多系刁缠，动辄虚诬上控，治理殊难。至学务风气既未开通，办理亦多棘手，抵任后即极力改良整顿郡中学堂，并开办紫阳师范学堂，规模粗具。初期效果尚无风潮，各属小学多不合格，令其改良，并手撰粗浅告示解释劝谕推广小学。无如民情固闭顽梗，阻力殊多，警察则以保甲团防虽设，愚顽毫不知警察为何事，虽谕以宗旨义务，听之茫然，亦略具表画而已。兄本有肝气，性尤拘执，置此山僻，办理新政，宪谕甚切，种种困难，时觉愤郁不舒。加以水土寒湿，岚障潮霉，倍于江浙，北人诸多不服，故日觉头晕目涨，耳嚣耳聋，胸闷气逆，夜不成眠，形神殊为疲惫，日日不离药物，衰朽羸躯，近年屡病，望七之人处此隐虑，殊深北望蓄归志。海珊暨儿辈闻此情形，觏兹时局，亦均劝解组而归，已在京代为筹捐道班并捐离任，一俟部文到省，即拟禀请派署开缺，以便交卸，回京调理，就近候选。倘京朝遇有机会可借一枝，尚可勉效尺寸，否则退老耳。儿辈在京，金绶大理院，曾绶商部，奎绶兵部，均尚有差，仅可敷衍而已。令郎现均及岁随任，似不便入学堂，谅必延博通中外之师范教习国文科学，此亦后生及时之急务。辉山三弟想仍随任代为襄理内务也，闻越叔在京亦代叙叔捐道班矣。知念附陈,手泐布悃,不敢套叙。眼花手颤,草率鉴原,祇请勋安。恭贺任禧,兼颂潭福,惟希菱照,不胜临颖依驰。

再启者,中峰诸事认真整顿,驭下以严,僚属无不惕厉。兄素谨饬,尤日兢兢。本署因公事不甚繁,已将门房裁撤,关锁有护,令书吏径赴签押房面呈面领,事皆自拆自判,不假手家人,犹如昔在部司办事,力除隔阂,觉公事尚无延误。夏间因寻当核转文件,小有舛误,旋即禀请更正,乃大加谴责记过,不胜懔然,当即函恳越叔专函缓颊说项,谅蒙优容,尚望于燕见雅谈时相机齿及,力为嘘拂,庶得格外鉴原,则幸甚矣。专恳,再请勋安。

百先贤弟大人阁下,前月中旬邮呈手牍,计达典签。旋奉谦函,弥殷离瑟。恭谂鼎茀春长,升华夏大,载歆载颂。区区典郡,忽忽经年,毫无淑状足陈,惟觉病躯益朽,仅以药饵敷衍,尚可勉强支持,差堪远慰锦注耳。灵山远隔,樽席难亲,勉泐手书,用抒怀恳,叨属至谊,语质情真,谅不怪潦草简亵也。专此恭贺年禧,虔请勋安,兼颂潭福,统希菱鉴百备。

再恳者,近因山僻,天多阴雨,湿寒侵袭,疲惫日增,夜不成寐,头晕气逆愈甚,胸满胁痛耳聋,右耳已闭不闻声,左耳亦甚模糊。此间医家施治,于北人体质多不合,自酌方药,亦殊无效,日日支持,幸未卧倒耳,良用惕然。前函云已捐道班离任,俟部文到省,即拟禀请派署开缺。届时尚祈鼎力周旋,如蒙体恤下情,派员署理,即令速赴任接卸,俾得病躯早日回京就医,不胜盼祷也。素叨挈爱,用敢渎恳,统希关注,不尽欲言。专恳,再请勋安。

百先贤弟大人阁下,客腊下旬曾陈手牍,遥贺年禧,计达签存。顷奉谦函,弥殷驰仰。恭维禔躬万福,政体一新,定孚私颂。前函所陈报捐离任,顷接京信,腊月二十日奉部核准开缺,由部知照军机处,当即请旨简放人员，兹特专差禀知抚宪，请派员接署。知关荩注，谨以奉闻，诸希垂拂，无任企祷。手肃，虔请勋安，惟乞蔼鉴。

百先贤契青及，客冬奉到手毕，欣谂台旆展转数月，既已荣莅衢州，曷胜慰藉。正拟裁笺作答，新春又奉惠函，就谂升祺懋吉，潭福增绥，以欣以颂。衢郡自上年教案结后地方情形如何，交涉事宜当复不少，调停肆应诚近今最棘手事也。新政有何颁行，学堂已开办否。至开源节流诸大政，尤维新之要领。赞襄筹画，当亦与有责焉。水曹二者地尚未择定，刻因整饬部曹，遴派十余人筹办新政，将来当有一番更张。令四叔榷税张家口，腊底北征，正初莅事，闻税收颇属畅旺，可为欣幸。舍弟亦随往襄理一切，昕夕过从，藉免岑寂也。仆自入谏垣，颇为清简，幸躯眷尚称粒适，儿辈差况如恒，致足告慰耳。手复，祇候升祺百益。

署徽州府

远隔鸿仪，时深蚁慕。鹤琴之在御，藉凫藻以抒忱。恭维仁兄大人履祉延和，升华辑瑞。懋鱼悬之清绩，化被新都；膺鹗荐之殊荣，宠邀极陛。引詹吉宇，曷既颂私。弟外任甫膺，中藏益励。虑肩承之匪易，弥懔冰润，冀指示之有加，光修简牍。所幸成规之具在，俾得窘步以无虞。祇请勋安，惟希荃照。愚弟顿首。

松椿（直隶臬台、直藩、直臬升湘藩）

自别帨旌，又赋龙标之句；每怀鸿度，倍殷蚁附之忱。恭维峻峰大人升华云蔚，履茀日新。示蒲辱以节刑，化行燕辅；谱新歌而解愠，治协虞廷。指顾吟薇，情殷凫藻。杜门安拙，栗路滋惭。猥云舍之则藏，聊同株守；长此系而不食，自笑匏悬。所幸粗平，堪慰锦系。望迢迢之云路，时盼鳞鸿；庶落落之天涯，如同樽席。专此，祇请勋安兼贺任。

再启者，都门聚首，话别匆匆，未遑樽酒一饯，至今回首，歉然怅然。帨节出京，转瞬匝月，计已履新，不胜翘企。兹恳者，友人赵叠山向在直隶办理刑钱，品学老练，因回籍省墓，今春来直，赋闲侨寓省垣。素知幕府需才，敢乞罗致幕下，定资臂助。倘座已数满，即希鼎力推荐，代觅枝栖，则春风化雨，为惠多多矣。

金台话别，玉律瞬更，翘跂麐仪，良殷鹄企。每忆春风之惠，或弥赋秋水以怀人。敬维峻峰十兄大人鼎茀燕申，勋华麟丙。鸿钧转运，济川建舟楫之功；骏绩丰隆，晋级拜丝纶之锡。引候铃阁，何罄褰轩。弟京尘羁滞，历路滋惭，虚掷分阴，毫无寸善，惊心马齿，迹同不食之匏，矫首鸿毛，心有常倾之藿。专修芜牍，恭贺蕃禧，虔请勋安，惟希鼎鉴。

再启者，别来倏忽春风，回忆都门聚首，简亵殊多，乃承厚贶，良深惭感。兹恳者，内弟松华老隶麾下得效奔走，业蒙青顾，欣感之至，尚乞推爱，随时训诲提撕，俾得有所遵循，而免陨越。私衷不胜切祷。手此再恳。

远溯帨节，又转梅风。顷奉鸿笺，弥怀葭水。恭维峻峰大人鼎绂延禧，履端肇庆。弼教敷无心之化，泽被黄图；祥刑赓有脚之春，恩承丹陛。藩封即晋，懋颂允孚。弟都门坐困，历路如恒，怅马齿之徒增，迹同匏系，仰鸿毛之遇顺。书贺蕃禧，虔请勋安，惟希蔼照。

春明回首，秋月兴怀。正殷葭水之思，又报梅风之信。迩际青阳转律，欣看丹篆凝庥。恭维峻峰大人已巘延禧，壬树介祉。仁流青甸，祥刑调六琯之和；泽沛图弼，教孚三阳之泰。喜识天颜咫尺，恩承日角，骈蕃即速高牙，莫名忭手，物候惊新，尘容依旧，虚抛驹过。滋愧鸠藏，笑马齿之徒增；迹同匏系，企鸿毛之遇顺。书贺蕃禧，祇请年安，兼颂潭福，惟希蔼照。

峻峰十弟大人履祉春恒，升祺日晋。克威克爱，冀北歌雨膏之苗；来旬来宣，楚南仰风声之树。从此春行有脚，早知恩简，在心即卜幢巡，良殷镜听。兄都门羁迹，历路滋惭，拙且藏鸠，齿徒增马。尌来柏叶，莫陪饯腊之樽；吟到梅花，特剪宜春之字。专修芜牍，恭贺蕃禧，祇请勋安，惟希蔼照百备。愚弟顿首。

都门羁迹，历路滋惭，拙且藏鸠，齿徒增马。尌来柏叶，莫陪饯腊之樽；吟到梅花，特剪宜春之字。专修芜牍，恭贺蕃禧，祇请勋安，惟希蔼照百备。愚弟顿首。

松鹤龄[①]

鹤龄仁棣台大人如手，别久思深，适奉手华，猥以老朽贬谪一州为贺，良用赧然。矫首鸿轩凤举，一飞冲天，弥令人目穷瞻仰耳。区区郡守，分际则卑不足道，时事则责愈加严固，然徒政平讼理，遂可称良二千石也。抚膺弥深悚惕，前路茫茫，惟所问途。先进仍冀公暇草示数行，将生平阅历所得之处明以教我，俾遵守法程而免陨越。知己良箴，寸衷切盼，此非世情酬应之套言也。行期约在小阳以后，挈眷同行与否，尚难预定。先此手复，略分言情，不敢套叙，敬请勋安。如小兄。

别经两载，思切三秋。顷阅邮报，歆悉荣承简命，综筦戎曹。遵兹尚武之精神，裕自强之基础，翘候硕画，定协颂私。区区谪宦，仆仆征尘。客冬抵省，嘉平履任。一州如斗，四面皆山，地瘠民贫，好赌健讼。新政虽亦渐举，风气尚未开通。振以菲才，置此山僻，聊可藏拙，

① 松寿（？—1911），字鹤龄，满洲正白旗人。历官陕西督粮道、山东按察使、江宁布政使、江西巡抚、江苏巡抚、工部右侍郎兼正蓝旗蒙古副都统、热河都统、兵部尚书、工部尚书、察哈尔都统、闽浙总督等。

殊难见长。且气候阴冷，水土湿寒，衰朽蒲柳望秋，时深悚惕。所幸顽躯粗适无恙，地方尚称安堵，堪慰廑怀。惟望时颁手教数行，俾有遵守而免陨越，是所祷耳。情真语质，敢屏虚文。手肃布悃，敬请勋安，伏惟蔼鉴，不胜临颖依依。振声叩上

鹤道人手足，别又迎秋，感怀殊切。前奉手教，侃侃而谈，于时局洞见症结，并蒙要言指示，歆佩莫名。敬维政躬笃祜，潭祉凝庥，无任驰仰。声典郡半年，毫无政绩。中学堂整顿改良，规模略备，并校紫阳书院改设师范学堂，于三月中旬开学，考取原肄业生习简易科，为广设蒙小学堂之预备。各县皆有官立私立小学堂，共二十馀处，仅具外观，难言成效，此学堂之表面也。府城警察虽立，不过将保甲团防改名警察，于公警宗旨义务茫然不知，各县亦类。然刻加整理，形模粗具而已，若认真办理，无此人格，而款捐于商，风气闭塞，亦殊棘手，此警察之表面也。徽郡山多田少，岁收仅食半年，向赖外来接济。入夏外米不通，米缺价涨，人心浮动，因急会绅劝谕米商，令出米公卖平粜，舌敝唇焦，始就范围。闰月中旬开办，人心稍定，故四乡间有闹米之事，府城幸未出米案，并饬各县办理平粜，幸尚平静，然向无储蓄，常虑罄悬。赣匪于春间阑入徽境，经祁门县营团会剿，小有斩擒，馀俱窜散，幸未大扰。徽邻赣浙两省，山深地僻，最易藏奸，徽营兵只百馀名，分布六县，直谓无兵，一闻匪警，难言防御，此又每念及之不免怵然者也。徽处万山之巅，地势斗绝，故晴雨冷暖不时，水土寒湿倍于江浙，衰朽孱躯处此，日日不离药物，幸未大病，然隐虑殊深，此兄抚躬自省，不免惕然者也。综此数端，觉精神才力种种不及，际兹时局，所在皆然，故宦情甚淡，北望已益归志。兹值考政大臣旋都，政治馆将开，已派提调，则需材必多，区区颇愿借一枝自甘清苦，庶可勉效尺寸。敢乞鼎言嘘植，向诸当道论列齿及，力为说项，能邀奉调开缺，交政治馆当差，则如开笼放鸟入林矣，不胜盼切叩祷之至。小儿奎绥兵部司务学习当差，少年寡学，尚乞训诲时加，俾免陨越。至谊谈心，

不敢套叙，眼花手憔，草率鉴原。肃泐，敬请崇安。

鹤道人手足，别来几易岁华，殊殷渴慕。位兹风云变态，翘候鸿鹄回翔，万里扶摇，无任驰仰。敬维鼎茀骈蕃，勋华彪炳，载歌载颂。区区典郡，忽忽经年，毫无淑状足陈。惟觉病躯益朽，刻已过班离任，解组还乡，一路游览江湖，形神稍适，差堪远慰锦廑。惟鸿南雁北，道路差池，不获间关一晤，畅叙契阔，私忱殊耿耿耳。半壁东南，深资硕画，下风遡听，良切依驰。肃泐，恭贺任禧，敬请勋安，诸维霁鉴百备。

敬再恳者，分闽补县王令乃钧，系顺天同乡至好，曾授儿辈读，品学兼俱优，前由教习知县分闽奉差数年，诸尚谙习，现起复回省，乞隶帡幪，诸乞推爱关垂，俾寒士得有枝栖，藉效驰驱而免涸辙，是所拜祷。

鹤道人手足，别来又过三春，雁去鸿来，无任望风翘首。敬维丰功霞蔚，感德日新，载歆载颂。区区退处，落落闲居，依旧狂奴故态。瘠痛偃息，仍未霍然，眠食尚佳。惟视听清窍不灵，头目日形闷损耳。都下客冬雪泽沾足，二麦可望有秋。入春银价腾涌，益觉薪桂米珠，近虽银价稍平，而百物依然昂然，官民交困。自三月中旬起日夜祝融肆虐，市面竟如风鹤之警。新政重申烟禁，云侪东山再起，负兹重责，颇极经营，果能使海内烟雾一扫而空之，为苍生造福无涯也。

鹤龄棣台大人如握，别来弹指，又过端阳。远阔光仪，无任驰仰。前奉惠函，久稽笺答，非故惜墨，徒以郎署浮沉，龌龊不足渎清听耳。郝子功兄濒行，适值兄负向平之累，匆处又不及修函，当属传语道念，代陈近况，想蒙鉴谅矣。近维福禄光明，增荣益誉，颂颂。兄故我依然，无可告者，所幸躯眷粒平，致足慰耳。衡司一切公事如常，秋臣遇事，循例棣台故步，并无更张，杨馨山于正月中旬化去，春农补主稿，范堂补正行，皆循例以进。至美张口司榷，小海权永司，大派权档房考。海保送知府，馥仲芬送直牧，此二君本无去志（上书固辞），而格于新章，惘然而去。平心而论，未始非南山捷径。惟许子原补罄山之缺，椿寿臣补老海之缺，伟哥题醴泉之缺，贾小云补仲芬之缺京察一等，溥惠清彦松六宝陈赵皆记名满汉，均觉疏通，此部中近事，拉杂缕陈，所谓此中人语，不足为外人道也。尊府平安，自子功兄定议西行，即代荐伊堂弟号子昭者接教读席，于二月初到馆，师生颇相得。谓子昭于节前接家信回里，乃因胞嫂病故，胞兄远游在外，八旬老亲近亦多疾，一时不能远离，婉辞教读之席，知系实在情形，只好中止，当即转达仁山六弟，再斟酌另延课师，知念特布。京师一春不雨，四郊无麦，颇觉亢旱，近虽得雨，尚未深透，秋田待津孔殷，幸地方间尚称安靖。子功兄到陕后，两侄读书想已静心日课。棣台政务不繁，贤宾主课余公退之暇，杯酒雅谈，定增一段清兴，便中尚冀锡我数行以慰驰慕，是所祷盼。

缮函未发，又奉赐书，猥以次儿授室，多奖饰词，不胜荣幸。前蒙仁山六弟惠以多珍，兹夏远颁厚贶，隆情稠叠，感泐莫名。兄名场蹭蹬，已近廿年，毫无进境。京尘仆仆，日事饥趋，加以多男多累，食指日增，委琐不堪劳扰。以视鸿轩凤翥，无啻云泥，兄望尘弗及。惟有曳尾途中，叹老大无成而已。所幸顽躯耐劳，眷口无恙，差慰锦注。近来清兴已减，泼墨点笔，殊少惬心。委画容心神少暇，当竭力绘成，寄上法家指正也。专复布谢，再请台安，惟照百益。

鹤龄棣台大人如握，别来又腊鼓鸣矣。正切渴怀，适颁手翰，藉悉宝款贵贤，歙和纳福，深慰驰仰。兄故态依然，无可告者。幸躯眷粗平，堪纾锦系。本司春农报丁，瑞五因三股事关销算，强兄调三股，本作由简调繁，反觉由前移后，殊属无谓。既朋友作将伯之呼，亦姑安之。范堂主头股，所遗正行，奉堂裁撤，兄与绍云值年报满，际唐，春农继之，春农，丁弢夫继之，弢夫，军机已传到，馀仍旧贯。小峰迁鸿少，大派调后库，星桥调所，咏之调田司，宝臣补厅印档房，小海推伟齐称首，大派补实帮搭，玉亭帮搭松六一麾，此君可谓得天独厚，足令趑才捷足者气阻，然滇南万里，官游亦不易也。所遗正郎，星桥题升汉股，陈星五物故，郑兴梁补之，断矣，傻子不去，后路皆成呆相。兄名弟五，尚不记勋，现遇缺无人，三缺后或可到班，此亦几希之望耳。现办皇太后万寿金辇，兄承乏其间，绘图烫样，两次进呈，事关典重，颇费经营，醇贤庙祠工并金龛乐器承办诸君亦无暇晷，馀无新政，此水曹近事，为知者告之。佩老骑箕，入祀贤良，谥文靖，饰终之典甚优，发丧万全。月汀独任，不愧兰玉莫分，八千归东，月汀不问，甫知友于之谊，然两袖清风矣。兼之秋间幼子殇去，故濒行话别，殊觉惘然，闻今居苏漕尚好，或可少增兴会。玉美自三月北征，迄未通问，闻榷务甚旺，想会计无暇也。虽边尘不靖，插汉一路，未闻告警于榷务，无妨，惟殃及启哥，不得了耳。京师一冬无雪，时疫流行，都人士仆仆吊唁，奔命已疲，殊无生兴，不过假消寒为名，酒食征逐而已，甚无味也。遥企贤宾主公馀诗酒雅谈，清福令人艳羡，便中尚冀手示数行，以慰驰慕，是所盼祷。

鹤龄棣台大人阁下，别来倏又秋风，际兹露白葭蓉，西望长安，良殷洄溯。敬维韩节秋高，秦声夏大，以颂以欣。兄蹭蹬名场，浮沉郎署，依然故我，无可告君，所幸两字平安，差慰远念耳。春间寅臣出守武林，兄调主二股，由简调系，固蒙寅臣缓颊，良以棣台推奖吹嘘有素，乃获此适阶。兄惟有恪守棣台成法，期无陨越，藉以答知己耳。尧农服满到部，即主三股，旋传补军机。馀仍旧贯，于渊物故，陶推马补，馀亦循序以进。祁老遽返道山，赏银治丧，谥文恪，荫子孙饰之典尚优，身后萧条，依然儒素，清品不滓，令人钦仰，真不愧家风也。孙燮老先署旋补，依然和蔼，正堂熙迁农部，松寿翁升补右堂，崇迁少宰，志罄山升补，一切悉循故辙，尚无更张。惟九司应奏事件，令先期列单付档房，不由总办酌定，须呈堂由堂官共同酌定，然后具奏，并将阁抄交议事件摘，由抄单随奏底分送各堂，以便稽查督催，是则大司空整顿之新政也。大派出守蒲州，午桥由水司调署后库，小海署水司掌印，一转移间各得其所，琉璃窑则贾小云、宝星桥得之。此水部用人行政数大端，惟可为知者道耳。月汀今届漕务，尚明利，惟东甫丁生母忧，又须月汀独任其事。连年屡遭期功之丧，殊可虑，幸堂上康娱，留妻妾侍奉，遂落落独往，转瞬春来，雁臣又复北乡，真宦游中一快事也。

鹤龄弟台大人如握，别来又转春风，每企光仪，良深渴念。前奉手书，并颁雅贶，拜领之下，惭感莫名。敬维履茀日新，升华时懋，羡君清望，劳我渴怀。兄仆仆京尘，悠悠郎署，依然故我，殊乏进境。差幸躯眷粒平，公私粗适，堪慰锦廑。水部新政恭办万寿庆典金辇，不日告成，约午节后即可呈览。派办司员十人，端、海、松、铁、英、张、许、徐、徐，而兄厕其间，差幸躬逢其盛，刻又恭办彩殿三座绘图烫样，尚未进呈。事属创办，无案可稽，一切规制五大臣会议数次始定，用木架彩绸成，做殿五楹，重檐高数丈，长亦如之。规模宏敞，甚大观也。皇太后仪驾卤簿，前年已办，刻又添办骑驾卤簿一分，以备颐和园进城时骑马前导，至于综绸援毯已经奏请传办，因一时难定数目，尚未奉旨，此亦水部承接一大端也。太和门、颐和园工程因琉璃不齐，承修大臣意欲奏催，维孙堂派现任监督宝贾并前三任监督轮班赴窑，住宿坐催，始能陆续运工，现又奏请琉璃加价二成并加运费三成，已蒙俞允，想窑务嗣后当有起色矣。此水曹近事数大端，馀俱照常，不缕述。

棣台大人阁下，别来又一春秋，腊鼓迎年，正驰遐想，迭奉赍书，渥承雅贶，并颁大画，泽及鸿嗷，拜而受之，钦感钦感。敬维福鹿骈蕃，吉羊鳞萃，载歆载颂。兄仆仆京尘，劳劳物务，略无寸进足告远人，幸两字平安，堪慰雅注。赈款百金当交三益和代收，取来收照呈察。兄与同乡绅士在通州被灾最重之处，特开一厂放粥，每日就食者四五千人。自十月开放，期至三四月间停止，俾数十村灾民得免饿殍，无非仁人君子之所赐也。水部近事怀堂大加整顿，水司因皇差处销算贻误，将印稿海仲安瑞式良一切乌布全开，并庆典总办帮办亦不留。京察则色敬亭、阿震之未列上考，并开去厅所掌印。堂意以为不入六法，尚属从宽。列上考者满十人，联、端、松、志、惠、延、丰、锡、孚、福，汉二人，古香、铁山。水司掌印派孚心兰，厅印子澄，所印再芳，三君中必叠双，亦一时佳话也。元旦因庆典优诏，紫缰盈朝，双眼花翎遍天下。慈宁宫筵宴，部郎入宴，亦邀特赏福字，如意千载，一时盛典也。然处分累累，察典被黜者亦踵相接，可谓恩威并济矣。都门入冬数次大雪，今岁二麦可望有秋，惟冬无严寒，河冰不能盈尺，腊底则冻全销矣，岂即所谓天道北行耶？挑灯握管，千里驰神，恍如一堂共话，不禁拉杂觍缕，当不笑其剌剌不休耳。风便尚冀时锡数行，以慰驰系，不胜翘盼。手此布复。

鹤龄棣台大人如手，别来又转东风，正切渴怀，适奉手华。惊悉弟妹夫人弃世，曷胜诧骇。伏思强寄贤劳，全赖内助有人，不复分神家政，卒遭变故，能勿黯然。尚冀宽怀排解，无过伤悼。二月间灵辆归里，即往墓庐慰问世兄，藉悉政躬康适，差慰鄙怀。兄龌龊无足道，惟躯眷粗适，堪慰远系。客冬许子原迁侍御，区区竟题南顾，二十五年甫进一步，正如曳尾途中，得毋鹓鸿积叹耶。然知念，不得不强颜作吉也。京察仅列备一第一未邀上考，则此后依然蹉跎岁月耳。水曹近况一言以蔽之，曰简概可知矣。都下虎神望卫，两军如火如荼，声势颇壮，他如修城垣、平事路、铸银元、复大钱、查保甲、筹赈抚诸务并举，矫首观成，而旱干无麦，不雨恒风，疫气流行，银贱物贵，官民交困，不闻乐声。别事则山左民教案、畿南义和拳嚣然不靖，闻之徒增闷损，其奈之何。风便尚冀手示数行，则大慰饥渴，予日望之。专此敬请勋安，惟照不一一。如小兄敬上。

阔别芝云，几更柳雪，正思寄鲤，适奉裁鸿。三复回环，五中铭篆。敬维鹤龄棣台大人庆肇履端，望隆观察，贵贤宝谷，棨臬载咏于关中；秉臬陈藩，醽醁宠颁于日下。薇吟指顾，藻颂情殷。兄羁职京尘，负惭历路，依然故我，无可报君，所幸敉平，堪纾锦系。怅远道而怀人，抚衷耿耿；冀嘉言之益我，私祝匆匆。肃此布臆，祗请勋安，惟希朗照百备。愚兄顿首。

孙春山

初五日晡时，赴宝春之约，候至日曛，玉趾不临，即趋入城矣。所事商之前途，极力撮合，成秦关之数，不能再益，望酌定成否。初八晤聆复音，鄙见士绅知己物亦宜然，出百数十金，购一砖一石，宝逾拱璧，可谓知己，不负此石，不负初藏此石之人，意想春叔冥鉴，当亦含笑矣。妄论然否，惟舜臣弟台裁之，余晤不尽。

孙毂庭(翼谋)(浙臬署藩)

自阔鸿仪，时殷鹄企，秋水正深葭溯，春风忽报梅开。辰下恭维毂庭仁兄大人调元布治，履始延禧，棠风黍雨，阳春从两浙传来；玉节金章，恩命自九霄飞下。久孚心简，即建牙幢，骧首远风，欢心祝露。弟都门羁迹，历路滋惭，拙幸藏鸠，齿徒增马。剩来柏叶，莫陪饯腊之樽；吟到梅花，特剪宜春之字。专修芜牍，恭贺蕃禧，祗请勋安，惟希蔼照。愚弟顿首。

孙静山

敬禀者，窃远违麈教，时切恺私，前奉钧函，备叨奖谕，拜读之下，惭悚莫名。禀牍久稽，非敢懒于笔墨，诚以碌碌无状，不足渎钧听也。辰维夫子大人福比日升，道随时泰，向风翘首，积日倾忱。浮沉郎署，已历十年，蹭蹬名场，迄无一遇。现仍在都就馆，衣裳作嫁，书画为佣，毫无寸进。自止捐后印结减去津贴，迄无定章，而各衙门整顿，又须时常入署，觉清苦更甚于前。所幸顽躯粗平，堪慰垂注。舍下自近年家门多故，生业荡然，皆须糊口于四方。家谱笙兄以通判分发江苏，于八月到省，尚未获枝栖，亦不免困守。近岁雨潦成大灾，议振集捐，仍恐无济。都中自阜康暨城内外钱铺纷纷倒闭，银贱谷贵，诸务异常拮据。入冬无雪，尚不免无麦无禾之虑也。振声谨禀。

孙莱山（工部右堂）

燕台羁迹，麈教时亲，梁苑趋公，鸿仪远隔。每忆春风之嘘植，弥赋秋水而溯回。敬维莱山世叔大人鼎祉凝禧，履端肇庆。卿云纠缦，工虞详官礼之文；思日赞襄，纶绋筦枢机之秘。候言梅阁，颂叶椒盘。重来汴水，又转条风。徒益薪劳，毫无树立。观澜乏术，敢言疏浚之功；望岁有怀，敬上祥和之颂。专修芜牍，恭贺蕃禧，虔请升安，惟希离照。

孙梅生

梅生世叔大人阁下，都门拜别，转瞬经年，每忆光仪，时深渴想。五月杪接奉惠函，谨聆壹是，欣悉夫子大人平安抵吉，即为各宪推重，总办两局，旋即代理长春，奏补吉林，赖世叔大人襄理一切，从此升阶叠进，不胜欢忭之至。侄都门羁迹，历路滋惭，故我依然，毫无善状，杜门守拙，静以待时而已。前接穆堂舍侄来信云，预筹夫子大人归计之项，适值伊自顾不暇，未敢妄许，想亦实情。五月杪遵纪韩贵来京，迎接宝眷，于日出京，计日当已平安抵吉，不胜悬企。望便赐示，以慰鄙系，是祷。专复，敬请台安。

孙琴西（湖北藩；庚戌翰）

流光如驶，又凤纪之更新；温霁久暌，仰鸿仪而引企。辰下恭维琴翁老前辈大人履端肇庆，鼎茀凝和。布棠风黍雨以临民，化行江汉；秉玉节金章而作牧，泽被荆襄。祥和赓有脚之春，宠命荷在心之简。巡幢指顾，镜听情殷。侍供职西曹，惊心东作。惧深秋谳，未谙明允之条；庆集春台，愿上祥和之颂。合修芜牍，敬请钧安，顺贺节禧，伏惟鼎鉴。

孙省斋(直隶藩司，丁未翰)

久阔鸿仪，时殷鹄企，阳回玉琯，岁转珠杓。恭维省斋老前辈大人调元布治，履始凝禧。绣甸巡春，蓟谷赓郇公之黍；绮辰颁政，燕郊憩台伯之棠。仁风自三辅传来，恩露从九天飞下。巡幢指顾，颂籥情殷。晚生秋宫承乏，春律未谙，案牍劳形，冰渊滋惧。窃喜桃符遍换，验时俗于鸠安；更喜棠舍遥依，兆太平之萑贺。合修芜牍，敬贺节禧，衹请勋安，伏惟钧鉴。

孙树人(安徽候补道、署芜湖道)

驹光如驶，鸿度久违，每瞻春树之云，时咏秋葭之水。敬惟树人仁兄大人鼎茀日新，升华时楙，风宪朗豸衣之绣，霜台拜凤绋之荣。引企莺乔，莫名凫颂。弟廿年宦海，恍如浮梦之鸥，千里归山，闲若倦飞之鸟 。杜门藏拙，历路滋惭。所幸敉平，实叨绂庇。云山虽隔，鱼雁常通。尚望时锡箴规，俾得藉资韦佩。专此，衹请勋安。

再恳者，候补千总何清标求派差使。

驹光如驶，鸿度久违。正切心驰，适颁手翰，并荷春风之惠，弥殷秋水之怀。敬维树人仁兄大人勋华麟丙，鼎茀燕申。六察观风，豸关焕卿云之彩；三迁指日，鸾章荷湛露之思。引企薇吟，良殷藻颂。弟都门羁迹，历路滋惭。猥云舍之则藏，聊同株守，长此系而不食，自笑匏悬。怅远道而怀人，冀嘉言之益我。

谭文卿(陕西抚；丙辰，翰)

流光如驶，温霁久暌，际风纪之更新，企鸿猷之戬榖。辰维文卿仁兄同年大人履端介祉，鼎绂凝禧。绣甸巡春，百二之河山增色；金章爕治，九重之雨露方浓。瑞霭来迎，眷隆西顾。师干即总，豫祝良殷。弟供职西曹，惊心东作。惧深秋谳，未谙明允之条；庆集春台，愿上祥和之颂。合修芜牍，敬请钧安，顺贺节禧，伏惟鼎鉴。

谭序初(江苏藩台)

驹光如驶，雁候多疏。每忆芝云，时殷葭水。恭维序初仁弟大人薇垣辑瑞，棠舍凝禧。泽被版图，润色爱三吴之山水；功高屏翰，恩光焕九陛之云霞。即建高牙，莫名忭手。羁职京华，负惭建树，本以闲曹藏拙，近兼史馆提调；日夜趋公，转觉劳形奔走。幸获粒平，足慰远系耳。云树虽遥，鳞鸿多便，尚冀时锡兰言，则落落天涯如同樽席，惟引领飞鸿远音也。

谭仲修[①]

仲修我师大人阁下，远阔光仪，几经寒暑，载赓秋水，又届春风。恭维鼎茀日新，升华时懋。缅君清望，劳我渴怀。弟依旧闲居，略无淑状，碌碌鲜可告者。所幸躯眷托庇粒平，致足慰耳。皖江自寿帅荣迁，吴中丞莅止，想当局面一新，我兄大才槃槃，贤劳素著，中峰必格外推重。皖中新政若何，定卜蒸蒸日上也。风便尚望时锡兰言，以慰驰慕，是所盼祷。专此，敬请升安，顺贺眷禧，惟希蔼照百备。愚弟顿首。

仲修我师老夫子大人阁下，远阔光仪，几经寒暑，载赓秋水，又届

---

① 谭献(1832—1901)，初名廷献，字仲修，号复堂。浙江仁和(今杭州)人。词多抒写士大夫文人的情趣，由于强调“寄托”，风格过于含蓄隐曲。文词隽秀，琅琅可诵，尤以小令为长。著有《复堂类集》，包括文、诗、词、日记等。另有《复堂诗续》《复堂文续》《复堂日记补录》。词集《复堂词》，录词 104 阕。

春风。比维鼎茀日新,升华时楙,载歆载颂。弟依旧赋闲,碌碌无可告者。所幸躯眷粗平,致足慰耳。风便尚望时锡兰言,以慰驰慕,是所盼祷。手此,再请升安。

谭某某(安徽怀宁县)

别来忽忽五年,聚散升沉曷胜今昔之感。秋初奉手示,捧读一过,弥触离怀。比维仁兄大人正美三长,才屈百里,心劳抚字,征诸父母之歌,首领循良,重以贤才之任,羡君清望,劳我渴怀。弟归里投闲,杜门藏拙,碌碌无足告者。摒挡末臬,不堪琐屑,几类田舍翁龌龊牖下。内子小儿秋仲由北山旋都,一切委之,略堪习静,别无淑状,幸粗平告慰耳。皖省奇灾,赖贤劳移粟助给,哀鸿得全活,宣上德而抒下情。书院一联,嘉惠士林之意,期诸久远,不独修废,观一时之美,钦佩奚似。近畿自盛夏霪涝水,洊成大灾,仰荷皇仁优渥,并官绅集捐助赈以济灾黎,犹恐力难为继,安得乃心民事,如君一拯畿疆赤子乎。风便尚冀时锡数行,以慰驰慕,不胜翘盼。

唐咸卿(贤卿)(豫臬)

远违霁月,疏忽秋风,对露水而驰神,往树云而结想。恭维光甫仁兄大人履茀秋高,升华夏大。廉车养德,福星环护于中州;绣节开藩,湛露正浓于北阙。翘候乡月,项起民风。弟羁迹都门,劳形历路,虚抛桂令,依旧匏悬。喜鱼兆之占丰,休征大有;企鸿逵之吉渐,庆叶同人。专泐恭请勋安,顺贺节喜。

再启者,前新蔡令书端,系弟至亲,于去冬丁艰交代,计欠两竿,实系因公亏累,无力完结。闻其任内有未领之养廉银,足抵此款。有盈无绌,固在新章不准拨抵。惟闻前考城张令、渑池舒令丁忧,在新章限内,曾蒙准作拨抵,则丁忧人员筹措无路,或在怜悯之中。敢乞推情垂鉴,逾格矜全,准以养廉拨抵,俾得赶紧清厘,以便回旗守制,则感戴鸿施,直同身受矣。专泐布悬,再请勋安。

春明话别，秋月兴怀，正殷葭水之思，又报梅风之信，迩际青队转律，欣看丹筹。恭维履端于始，咸与维新。祥刑赓有脚之春，泽流河洛；弼教敷无心之化，露湛云霄。翘企薇吟，倾怀椒颂。弟物候惊新，尘容依旧，虚抛驹隙。只愧鸠藏，马齿之徒增；迹同匏系，眄鸿毛之遇顺。书贺蕃禧，虔请台安，惟希蔼照百备。

涂元甫[①]（河南道察院）

元甫仁兄大人阁下，别来倏又春风矣。回首云山畅聚，可谓主人情重，殊令游子怀惭，并荷誉车握别，赠馈宠行，厚爱逾恒，深感无似。敬维履茀春长，升华夏大，羡君清望，劳我渴怀，弟[②]区区谪宦，仆仆征尘。客冬抵省，嘉平履任，一州如斗，四面皆山，地瘠民贫，好赌健讼。新政虽亦渐举，风气尚未开通。振以菲才，置此山僻，聊可藏拙，殊难见长。且气候阴冷，水土湿寒，衰朽蒲柳望秋，时深悚惕。所幸顽躯粗适无恙，地方尚称安堵，堪慰廑怀。惟望时颁手教数行，俾有遵守而免陨越，是所祷耳。情真语质，敢屏虚文。手肃布悃，敬请勋安，伏惟蔼鉴，不胜临颖依依。振声叩上

皖藩

敬禀者，窃卑府夙仰仁晖，未亲德范。翘瞻光霁，怅鹭堠之迢遥；幸隶帡幪，志凫悰而结恋。恭维大人位隆方岳，任重旬宣，抒伟略以匡时，积公忠而报国，仁慈广被，膏泽于庐江，威望咸孚，树风声于皖水。碧峰耸处，作王室之屏藩；丹诏颁来，荷帝廷之纶綍。明良一德，

---

① 涂国盛，湖北襄阳府襄阳县（今湖北省襄樊市）人。光绪六年登进士。光绪十八年，任会典馆纂修官。光绪二十五年，任户部江西司员外郎。光绪二十七年，任户部浙江司郎中。后任掌广东道监察御史。

② 整理者按：此下原稿注“同前稿”，应即致松鹤龄函“别经两载……”中“区区谪宦，仆仆征尘”以下之内容，兹据以补全。

遐迩同钦，引企铃斋，倍殷鼓舞。卑府久稽郎署，忝列谏垣，愧无领郡之能，遽辱典城之寄。鹈濡弗称，蚊负难胜。所冀训迪亲承，俾得遵循有自，望龙门而神往；待效衣抠，瞻鸿度以心仪。肃呈履历，谨修寸禀，恭请钧安，伏乞垂鉴。卑府谨禀。

皖臬

敬禀者，窃卑府夙仰仁晖，未亲德范，翘詹光霁，怅鹭堠之迢遥，幸隶帡幪，志凫悰而结恋。恭维大人勋华彪炳，履茀麟彬，抒伟抱以济时，励荩劳而率属，慎五听而民怀吏畏，仁慈偕皖水同流，秉三章而激浊扬清，法令与潜山并峻。会此际新颁雨露，共仰祥刑，卜更番宠擢屏藩，即膺开府，丝纶叠沛，黼黻崇昭，福曜引詹，愉忱曷既。卑府久稽郎署，忝列谏垣，愧无领郡之能，遽辱典城之寄。鹈濡弗称，蚊负难胜。所冀训迪亲承，式矩设规悬之度；遵循有自，得绳趋轨步之宜。托庇慈云，倾城小草。谨修寸禀，恭请钧安，履历敬呈，伏乞垂鉴。卑府谨禀。

汪子常(天津府正堂)

溯违鸿度，倏转龙躔，每企晋茀于春风，弥咏秦葭于秋水。恭维子常仁兄大人已黻凝庥，辛盘介祉。泽被七十二沽之外，襦袴歌风，祥开三百六日之先，丝纶湛露。焕然豸绣，厚也凫翘。弟都门羁迹，历路滋惭，拙且藏鸠，齿徒增马，㪷来柏叶，莫陪饯腊之樽，吟到梅花，特剪宜春之字。专修芜牍，恭贺蕃禧，祗请升安，敬璧谦版不具。愚弟顿首。

远阔鸿仪，又看月桂，每瞻豸阁，载咏霜葭。辰维子常仁兄大人鼎茀燕申，升华麟丙。福星一路，熊舆来甘雨之随，指日三迁，鸾诏焕卿云之复。引瞻斋采，曷罄铺菜。弟历路都门，坐困如恒，鲜善足陈，粗平足慰，慨秋风容易，虚掷驹过，缅旧雨而心仪，弥殷鹄企。

再启者，友人俞君子澜江苏名士，精医学，系曾经周大京兆聘主京师施医局，刻因撤局赋闲，由京赴津，拟觅路出山，为贫而仕，久深慕蔺，极切瞻汗，务乞青垂格外，大力维持，俾有资益，想阁下爱士怜才，亦必乐为援手也。手此布恳，再请勋安，惟照百备。

远违芝宇，时系葭湄。顷奉贲书，倍殷离瑟。承惠机器制面，拜受之下，感谢莫名。比维子常仁兄大人紫绶凝禧，黄堂辑瑞，履茀与裔云并蔚，升华被湛露方浓。即晋豸仪，良殷鹄企。弟解组投闲，杜门藏拙，分阴虚度，尺短滋惭。所幸粗平，差慰锦注。惟愿相逢梅驿，不吝时寄兰言，以慰驰思，是所盼耳。专复，祗请升安，谨璧谦复不具。

远违豸节，几更雪柳之章。顷奉鸿音，北阙霜葭之溯。辰维子常仁兄大人紫绶风清，黄堂日丽。鼎茀与裔云并蔚，升华迎化日俱新。引领莺乔，欢心凫藻。弟都门羁迹，历路滋惭，所幸敉平，毫无淑状。家兄弃世，乃蒙惠书慰问，挽幛遥颁，雅谊殷情，殁存均感。专牍鸣谢，虔请勋安，惟希蔼照百备。愚弟顿首。

王继华

继华世大兄世讲大人，青炤秋间，两奉手函，备聆壹是。比维侍奉康娱，兴居清吉，颂颂。弟痛瘉退处，落寞闲居，无善可述，孱躯懒于应酬，与衮衮诸公颇疏接洽。玉苍尚书虽素相识，并无深交，现已势隔云泥，未便以事干请，至时趋内重谋内用者，纷至沓来，运动之技愈工而力愈大，绵薄实所不逮，属在至谊，惟有随时留意，如遇事会可乘，必为竭力。倘有成局，当即函达也。尊大人交盘当已清楚，近日有何佳音，不胜翘盼。风便尚冀时寄兰言，以慰驰系，是所祷耳。手复，祗请侍安，惟照不具。

王克庄(翰林院)

燕台羁迹，时亲玉茗之风，梁苑趋公，渥荷珍馐之饯。溯回南浦，倏忽东风。敬维克庄仁兄世大人履端于始，咸与维新。艺苑蜚声，人在蓬莱第一，经师雅望，恩承纶绋迁三。秩晋头衔，香浓心瓣。兄汴水重游，条风倏届。徒益薪劳，毫无树立。观澜乏术，敢言治水之功，望岁有怀，敬上宜春之颂。专修芜牍，恭贺蕃禧，虔请勋安，惟希蔼照。

王鲁香(毓藻)(江苏粮道)

溯别麐仪，瞬更龙朔，每企春风之晋茀，信系秋水于秦葭。恭维鲁香仁兄同年大人瑞肇嘉蓂，祥征宝穀，鸿钧转运，三吴纪舟楫之功，豸绣威仪，九陛焕丝纶之色。薇吟指顾，椒项情殷。弟梓乡溷迹，栗路滋惭，瞬度韶华，毫无淑状，斠来柏叶，莫陪饯腊之樽，吟到梅花，特剪宜春之字。专修芜牍，敬贺蕃禧。虔请节安。惟希鼎鉴。年小弟王振声顿首。

敬再启者，历年苏运抵通，均归富成钱店交，今年富成歇业，阜成钱店所有伙友均仍其旧，务恳关垂，格外饬下，到通一切银钱仍归阜成交易，万无贻误，诸蒙藉重鼎言以壮视听而资生理，则铭感无涯矣。专恳，再请升安。少农。

王鹿峰

鹿峰六兄年大人阁下，前在潞河获亲樽席，诸蒙青睐，实惬素心。匆匆赓南浦之歌，忽忽报东风之信，辰维厘凝首祚，祉介禔躬。履福与吉云并蔚，鼎文迎丽日弥新。瞻企鸿轩，情殷凫项。弟等溷迹梓乡，尘客栗路，依然故我，无可报君。所幸敉平，堪慰锦注。兹恳者，弟等因与堂兄弟析居，将富成歇业一切料理清楚，兄弟既多，富成势难同业再作，弟等另立富成钱店，仍在城内北街，所有铺友均仍其旧，务恳鼎言转达鲁翁大兄大人饬下到通，仍在富成交兑钱，万无贻误。知交数载，诸荷青垂，相信非虚用，敢渎请知我者谅不见外也。

王向甫(广西浔州府正堂)

远违鸿度，时切悒私。迭奉赍书，并渥春风之惠，久稽复简，弥殷秋月之怀。敬维向甫仁兄同年大人紫绶风清，黄堂日丽，福星一路。熊舆来甘雨之随，指日三迁，凤绋焕卿云之复，莺迁指顾。凫藻情殷。弟羁职京尘，劳形历路，分阴虚度，尺短自藏，所幸粆平，实叨庇护，慨春风之容易转瞬驹过，眄霁月而心仪莫名鹄企。专复布悃，敬请勋安，顺颂春禧，惟希蔼照百备。年愚弟顿首。

王孝玉(河南盐道)

孝玉仁兄大人阁下，春明一别，屈计六易春秋矣。前年台从筦榷屯溪，距郡城咫尺，同事一方，正好时亲教益。适值弟引疾归休，彼此道路差池，竟不获间关一晤。及抵武林，遇舍亲高令赴差，匆匆手上一椾，聊抒积悃。年来久稽存问，顷奉手毕，弥切依驰。敬维榷按鹾政，擘画贤劳，定卜真除，曷胜钦颂。弟痡瘉衰朽，自屏宽间，无状足告，目昏耳重，湿郁未除，自归来，不与世事，静养始得安眠，正船山所谓到无官日梦俱清也。闲时与张振老、子澄、闰夫诸公诗酒流连，聊遣岁月而已。顷见颁来玉照，古须眉愈形矍铄，老成硕望，指日晋膺重寄，容济时艰，无任驰仰。风便尚冀时锡数行，以慰渴慕。汪姑奶奶近来身体甚好，在舍暨郝宅往来，相处亦颇安适。另有禀函附呈。手复，敬请勋安。二月初三日发。

王兆槐(山西候补州正堂)

斗臣仁棣大人足下，自违雅度，时系驰思。顷接八行，备悉壹是。前在都门，诸多简略，至今予怀歉然。顷闻抵省后以主客莫分一语，致尊事不准兼办，弥深怅怅。如上游处倘有可乘之机，必当极力斡旋，但中峰严严特立，则层台均有自顾不遑之势，恐亦难为大力，奈何。时事如此，相机待时可也。兄伏处都门，如恒历路，无善可陈。所幸躯眷粒平，堪慰雅系。不少风便，尚冀时锡数行，以慰鄙系，不胜翘盼。

维侯(西安将军)

溯违麟度，容易秋风。正切恺私，适颁春信。亟开缄而三复，备驰系于五中。恭谂桂亭姻台通侯景茀燕申，勋华彪炳。范韩勋业，奚啻数万甲兵；颇牧功名，定荷九重申锡。引瞻铃阁，曷罄蓑轩。京华羁迹，老朽滋惭。鲜善可陈，粗平足慰。望迢迢之云路，时盼鳞鸿，庶落落之天涯，如亲樽席。专复，祗请勋安，顺贺秋喜，惟希融照百备。

再启者，一别倏经年矣，奉到手函，聆悉壹是。以大才硕望，坐镇边陲，足以靖回纥北边之扰，纾圣朝西顾之忧。曷胜额颂。而长途跋涉中，犹复留心翰墨，物色名迹，想见儒将风流，可谓将军不好武矣。杜门不出，俗务纷纭，殊少典致。本不工画，而笔荒墨驰，弥觉生疏，乃蒙大方齿及，徒增汗颜。风便尚冀时寄兰言，以慰驰慕，是所祷耳。手此布复，再请勋安。

文佩(热河总管)

自违麟度，屡易蟾圆。正切心驰，适颁手翰。承开缄而浣露，倍驰系而向风。恭维焕如尊兄大人千羊总集，百鹿骈蕃。畲云仰北斗之高，化日指东升之瑞。正喜鸿飞得路，管镇木兰，更欣熊梦征祥，庭生玉树。叠喧鹊报，曷罄凫欢。弟等都门溷迹，历路滋惭，依旧尘客，毫无淑状，所幸诸托顺平，堪慰垂注。近畿夏间淫雨，河水涨决，泛滥成灾，京师银贱谷贵，市面觉紧。闻热河大雨，山水暴发，阁下宝眷皆不免迁徙，入秋想已平安。便中尚冀手示数行，以慰翘系。专复，敬请台安，兼贺鸿禧。

文式岩(山东抚)

自阔鸿仪,星霜转眼。每怀麟度,云梅驰神,迩际梅萼迎春,葭灰入律。即谂式岩仁兄大人履端肇庆,鼎绂凝禧。绣甸巡春,骏惠遍青齐之野,绮辰颁政,鸿声高泰岱之云。瑞霭旌旗,东迎乙帝,恩承纶綍,北拱辰枢。引领乔迁,曷胜藻颂。弟溷迹西曹,惊心东作。怅尘劳之依旧,无计藏鸠,睹物候之维新,有怀贺燕。合修芜牍,祗贺节禧,即请升安,诸维鼎照。

文绪(前黑龙江将军)

远违麟度,几易驹阴,每怀晋苐之仪,弥切秦葭之溯。敬维殿元仁兄将军颐养春多,鼎祺夏大。豹有文而善隐,望系东山,鹏有翼而仍抟,恩浓北阙。引候棨戟,曷罄襞轩。弟(原注:同前致天津府汪稿)历路都门,坐困如恒,鲜善足陈,粗平足慰,慨秋风容易,虚掷驹过,缅旧雨而心仪,弥殷鹄企。

驹光如驶,麟度久违。正切葭思,适承兰简。惊悉尊嫂夫人仙逝,曷胜骇诧。遥惟贤称举案,久钦德耀之光,歒歌鼓盆,难作庄周之达。但时运不齐,修短有数,当望排解达观,无过伤心,是所祷耳。弟解组投闲,杜门藏拙,依然故我,无可告君。所幸粒平,足慰缕注。怅迹阻于凫趋,徒情殷于鹤吊。谨具挽幛,略达微忱。专此,祗请勋安,诸维达鉴不备。

翁玉甫(湖北抚)

驹光如驶,鸿范久暌。望秋水之伊人,正深葭溯;忆春风之惠我,又到梅开。辰维玉甫仁兄年大人厘延岁首,祉介禔躬。化行江汉,条风回帨节之春;望重荆襄,湛露焕龙璇之字。从知眷隆一德,即占总制兼圻。骧首下风,欢心祝露。

吴伯庄

伯庄仁兄大人阁下，远违光霁，几易春秋。客岁奉手函，久疏笺答。然伊人秋水，未尝杼柚予怀也。比维鼎茀春恒，升华夏大，以欣以颂。弟羁滞都门，碌碌无可告者，终年赋闲，用度大而酬应烦，几欲坐困。所幸眷躯粗平，差足慰耳。小儿茁壮如常，本拟将前捐之员外领照分部当差，乃因从前捐案银数与例不符，经部驳不能领照，且停捐业逾五年之限，虽欲补交捐项，亦不能办，是前捐竟归乌有，无可如何，仍改就荫生，本班不意验收后又录用旗员，前途愈舛。幸已开捐，只好另谋道路。惟新例报捐员外约须七八千金，予手拮据，一时竟难撮此巨款，而儿辈功名不可不早为培植，且开捐银一年即停，如不急图，恐过此愈无出路，进退维谷，不时焦灼。谋诸京师亲友，大半力皆不逮，况以弟退居之人，难于京官中筹此巨款，即有力者，亦不免望而却步，想亦人情诚不如外省局面，遇事可以通融。在豫皖十余年，遇有亲友急难之需，每乐为赀助，非敢谓慷慨好义，大率情谊不容辞，实亦筹画易为力耳。第以儿辈功名之事，竟强颜忍耻，干求于无关痛痒之人，实不敢出此，惟有二三知己情谊有素，休戚相关，不敢不摅诚以告，用特缕陈，务乞关注，格外费神，代筹□金，或稍作子息，无亦惟命，并望早赐玉成，集腋成裘，即当赶早报捐，则栽培后进，俾得功名有路，无非出自大力成全，俟弟事机稍转，即当力筹奉赵。且遇有事会，行当借径出山，令儿辈在京学习当差，持守门户，以纾内顾之忧，则所全尤大。叨属至谊，用敢专函渎恳，务望早赐玉成，是所盼祷。吾兄保甲局差想当仍旧，贤劳擘画，当已纲举目张，况为沅帅素所推重，行当大展骥足，不胜翘企。专泐布恳，祗请勋安。

吴少渠(徽绅、部郎)

少渠仁兄大人阁下，远阔芝仪，倏更梅序，正殷私悃，适奉公函。辰维鼎茀咸恒，升华萃泰，载歆载颂。敬启者，七月杪曾奉诸君公函调查学务并附章程，当即面达中学监督许君际唐，并嘱由许君答覆。今又接读公函，则云前次同人并无是作，殊堪诧异。前函确系七月十五日由北京邮递，廿七日到徽，由邮局送署，信由京寄，其虚实此间无从查讯，兹将原函并章程寄呈，即请诸君鉴察。至许君际唐初由在京在籍众绅举禀，经抚宪奏闻本县，由府延聘，客冬有芜湖学界上言学务处攻讦中学堂，弟奉方伯面交一纸，指名退出数人，并谕改良办法，嗣由学务处专照会许监督主持全堂用人教育暨管理诸务，以重事权。许君热心学务，时与弟接晤，弟亦常诣学堂，互相讨论，凡教法之纯驳、功课之宽严、规矩之谨肆、管理之勤惰、用款之省费，似与奏定章程尚无违背。前因学生有私去发辫并好讼旷学者曾斥退二人，弟又力陈著操衣出学堂四弊，禀经上宪批准，通饬府县各学堂添设更衣所，平时不准学生著操衣出学堂以防流弊，朱子小学为此邦乡先正礼教，弟令于修身科内酌添讲习，使此邦子弟遵守先贤身体力行以防劣习而勖实修。徽处深山，风气闭塞，咸诬诋为洋学堂，致生种种阻力，且谣言屡起，欲与学堂为难。弟因手撰粗浅告示详细解释，遍贴六县城乡，广为劝谕，以期民智渐开，为劝立蒙小学堂之预备。刻因饬办劝学所，弟以兴学诚以劝学为急务，而劝学尤以释其疑量其力为入学关键，复将劝学告示缩小刊刷，并采取近人条陈推广小学简易办法，一并刊刷千数百张，遍发府县各学堂暨劝学所。令其广传劝学，似于徽郡学界不无裨益。师范为小学堂之根本，弟抵任后因芜湖旅学欲提书院之款，士情颇阻，即将紫阳书院改为紫阳师范学堂，仍请许君为监督，考取原肄业生四十余人，宽限年龄四十岁以上亦为合格。并为合格之老生计，附设教育讲习会，每星期开讲教授管理诸法并讲算学，以期私塾改良为蒙小学堂之基础。先就考棚后院于三月中旬开学，酌定将来东西考棚修改斋舍，俟修齐将中学堂移入，腾出书院再将师范学堂移入，俾名实相符。是皆弟与许君面商酌办者也。翘企大雅宏达荟蔚京华，饱饫文明，关怀桑梓，调查研究，定当明鉴无遗。特将本府商办一切情形附陈涯略，尚冀指示周详，俾得改良以期进步，学界幸甚。敬请升安并乞转致诸君，统希朗鉴百备。

附呈前寄原函章程并劝学告示简明办法各一纸，祈詧入。

吴筱珊(徽州府参府)

筱珊仁兄大人麾下，山城聚首，时聆教言，一旦分襟，倍殷离绪。濒行渥蒙盛饯，并劳移驾远送于郊，雅意殷情，至今铭感。敬维鼎绂燕申，勋华彪炳，以歆以颂。弟拜别后扬帆东下，波平水满，五日抵杭，十日达沪，三月上浣附轮溯江而上，直指武汉。一路游览，遇事勾留，于中浣乘焰轮北上，三日抵都。征尘甫歇，不免亲故应酬，未遑偃息。旧恙仍未霍然，刻尚医药调理，幸未卧病，差堪告慰远注耳。闻徽郡今岁米价尚平，地方安堵。警务杖指挥钱千总经理一切，想日见街道整齐巡夜安静，征兵局已有成否。入夏雨旸若何，当可望有秋。统冀风便手示数行以慰鄙系，是所盼祷。手泐布悃，敬请勋安，惟希霁鉴。

吴修𢾾(江苏候补道)

伯庄仁兄大人阁下，远违雅度，几易年华，正切心驰，适承手翰，并颁芳茶兰腿，拜领之馀，良深铭感。近维履茀日新，鼎华时茂，载歆载颂。弟一朝解组，两载投闲，愧不如人，依然故我，而积闲生懒，笔墨亦疏，遂致久稽笺候，非敢惜墨如金，诚以碌碌无状不足告知己耳。所幸顽躯无恙，堪慰锦系。内人自晋旋都，一病经年，去冬今春调养渐痊，气体虽未能爽健，尚称粗适。小儿茁壮如常，尚未到部，因员外郎系先捐后荫，例不能分部学习，尚须候选，未免迂缓，刻已办理领照赴选。功名迟早有定，只好静候机缘。知关垂念，特此渎陈。沅帅总制两江而阁奉委优差，可谓逢际非偶。扬州繁剧之区，保甲良非易易，想经贤劳擘画，自当游刃有余。风便尚冀锡我，以慰驰慕。附呈，聊以件函，即乞哂纳。此复，敬请。

熏风入曲，旧雨兴怀。正转心轮，适承手翰。荷腴词之藻饰，实铭感而葵依。辰维履茀日新，升华时茂。风宪朗豸衣之秀，霜台拜鸾诰之荣。秩晋头衔，香浓心瓣。弟才惭樗栎，迹等匏瓜，徒听貆悬，难藏鸠拙。望迢迢之云路，快睹鹏抟；怅落落之天涯，遡听鸿信。

吴子健（江苏抚；庚申，翰）

岭梅春晓，黍谷阳回。子健仁兄大人鼎茀凝和，履端介吉。绣戟与牙幢并丽，春满江南；福笺从首祚重颁，恩承阙北。即卜兼圻之近，还瞻铭鼎之功。瞻挹华簪，颂深岁籥。弟溷迹西曹，惊心东作。怅尘劳之依旧，无计藏鸠；睹物候之维新，愿同贺燕。合修芜牍，敬贺节禧，祇请勋安，伏惟钧鉴。

吴某某（前山西藩幕）

心农大兄大人如握，溯违霁月，又奏薰风，前上素书，计邀青鉴。比维履茀春长，鼎祺夏大，载歆载颂。弟羁迹都门，负惭历路，分阴虚掷，寸善难陈，差幸敉平，足慰锦系。前闻署藩高紫峰抵任后，吾兄竟致赋闲，不胜诧异，未审近况何如。想杖履优游，自享含饴弄孙之乐，抑或别开生面，另做一番事功，不禁翘企。乞便手示数行，以慰鄙系。陈润甫春闱联捷入馆，可谓一鸣惊人，我兄闻之当为掀髯一噱也。知念附陈。

卫静澜（浙江藩；壬子，翰）

自阔鸿仪，时殷鹄企。秋水正深葭溯，春风忽报梅开。辰下即谂静翁老前辈大人调元布治，履始凝禧，棠风黍雨，阳春从两浙传来，玉节金章，恩命自九霄飞下。久孚心简，即建牙幢，骧首下风，欢心祝露。

熙穆堂(盛京礼部)

穆堂老侄如晤,关山远隔,时切驰怀,屡接手书,疏懒久未作答。比维起居清吉,以慰以颂。叔羁迹都门,赋闲守拙,无足告者。所幸家室平安,一身无恙,致足慰耳。侄孙来京会试,闻其场作胜于从前,方期必捷,可惜仍落孙山,足见科名迟早有数,当勉以奋志勿懈,则下科亦转瞬间也。前函致接济孙胜翁夫子一节,本系预筹归计,以备不虞,乃适值老侄自顾不暇之际,亦莫可如何,现胜翁署长春厅,补吉林府,想无需此矣。侄趋公当更有进境,公余作何消遣,望便中时寄数行,以慰驰系。

再,静翁来京,一切尚好,惟家务烦心有难,以代谋势。侄际此赋闲,可谓爱莫能助,亦徒呼奈何而已。知念附及。

穆堂老侄如晤,家山远阔,时系怀思。顷接手函,并收到乡味数品,谢谢!读来书,知老侄于客岁秋冬之际迭遭期功之丧,骨肉凋零,能无感悼。惟念修短有数,命也奈何,只宜善自排遣,老年人不堪过为伤悼也。都门伏处,依然赋闲,毫无一善足告。所幸躯眷粗平,致足慰耳,风便尚冀时寄数行,以慰驰系。附呈奠仪,即望哂存。此复,即候近祉。

锡钧(翰林院侍读学士)

燕台羁迹,时亲玉茗之风,梁苑趋公,渥荷珍馐之饯。溯回南浦,倏忽东风。敬维聘之仁兄大人履茀延厘,鼎禔集祜。华国羡文章之丽,黼黻升平,蓬瀛近云日之辉,丝纶优渥。头衔益晋,额颂咸孚。弟汴水重游,条风倏届。徒益薪劳,毫无树立。观澜乏术,敢言治水之功,望岁有怀,敬上宜春之颂。专修芜牍,恭贺蕃禧,虔请勋安,惟希蔼照。

锡桐(陕西潼关道)

遥企莺迁,正殷鲤贺,适颁谦翰,倍切离悰。敬维闰生仁兄大人履茀春多,升华夏大。绩懋关中,霜台承风绋之荣;恩颁阙下,吟薇指顾,凫藻情殷。弟备位谏垣,毫无建树,时艰奚补。素拙徒藏,怅鹭堠之遥睽;神驰云树,缅鸿逵之叶吉。肃覆,祗请勋安,并颂荣喜百益。愚弟顿首。

筱元

筱元仁兄同年大人阁下,久违雅度,时切渴怀。前奉贲书,并颁厚贶,渥荷廉泉之分润,备瞻远道而驰神。敬维鼎祉延鸿,升猷遹骏。豸仪指晋,凫颂心殷。弟备位谏垣,滋惭历路,聊藏素拙,莫补时艰。刻值新政颁行,力求整顿,匡襄补救,殊匪易才贤劳,繁剧崇膺,开源节流,亦必重劳硕画,尚冀不遗在远,治谱常颁,藉赓见闻,是所祷耳。素覆申谢,敬请勋安,诸维蔼照不备。愚弟。

效述堂(前苏藩、江苏粮道、淮安关部)

述堂方伯大人阁下,数载睽违,三秋回溯。幸亲鸿度,又唱骊歌,并蒙厚馈宠行,弥令私衷衔结。敬维履茀咸恒,鼎祺华泰。暂养东山之望,行溯北阙之恩,引领裔云,倾忱积日。

述堂棣台大人阁下,久违雅度,时切渴怀,客冬逖听鹊音,良殷欢忭。彼时极拟趋贺,只以联军扰攘,行路戒严,且冠服舆马,时均弗便,遂致未果,良用歉然。敬维新猷丕焕,升祉崇隆,翘企鹏抟,倍殷凫颂。兄久溷京尘,猝遭兵燹,惊魂甫定,鞅掌云劳。所幸性命苟全,躯眷无恙,堪纾锦系。兹恳者,江苏候补州判高士彬系　中表至戚,人尚勤慎耐劳,堪备驱策,分宁听鼓,濡滞多年,加以乡关兵火,家室荡然,近况殊形清苦,幸隶仁辀,务乞推爱栽培,俾有枝栖,稍资调剂,则感同身受矣。恩艺堂方伯系甲戌同年,因夙昔声气鲜通,未便唐突,渎恳并乞口角春风,相机嘘植,仰赖鼎力,定荷青垂。统乞推情关拂,无任感祷之至。叨在知交,用敢琐渎。南风多便,尚冀时锡兰言,以慰驰慕。是所盼祷。专肃,敬请勋安,祇贺鸿禧百益。愚小兄。

自赓骊唱,又龙标迭奉裁鸿,久疏寄鲤。每忆春风之惠我,弥赓秋水以怀人。敬维述堂棣台大人鼎茀日新,升华时楙,管钥重江淮之寄,绩著蝉联,节旄分天府之光。恩浓螭陛,引瞻斋采,曷罄铺棻。兄羁职京尘,负惭历路,分阴虚度,尺短自藏。所幸敉平,实叨绂庇。慨春风之容易转瞬驹过,眄旧雨而神驰恺结。专泐布悃,敬请勋安,惟希霁照百益。愚小兄顿首。

谢均卿(安徽臬)

流光如驶,又凤纪之更新;温霁遥睽,企鸿猷之戬榖。辰维均卿仁兄大人履端肇庆,鼎绂凝禧。瑞辑胶东,弼教孚三阳之泰;仁敷皖北,祥刑调六琯之和。方令枫陛恩多即卜,薇垣秩晋。詹言斋采,曷罄铺棻。弟供职西曹,惊心东作。惧深秋谳,未谙明允之条,庆集春台,愿上祥和之颂。合修芜牍,敬请钧安,顺贺节禧,伏惟鼎鉴。

秀峰(安徽候补府)

秀峰仁弟大人如握,日昨畅谈,快甚,俗冗尚不暇答拜。兹恳者,家人陈坤江南六合县人,随兄役使有年,刻因赋闲南归,独行无伴,务恳吾弟大人便带南下,俾托庇得返乡里,则感激无涯矣。

许承尧(安徽学政)

敬禀者,窃卑府缅违鸿度,每殷仰止之忱,引企龙门,倍切倾依之念,乃望尘莫及,山斗知尊,而得月有缘,楼台幸近。恭维大人学探邱索,派衍天潢,辉分桃李以成蹊,泽被藻芹于在泮,风采闻于艺苑,申命重而叠沛珠纶。星轺编于皖江，乙照明而宏收珊网，启胶庠而乐育，统州郡以陶镕。棫朴云蒸，藿葵日向。卑府历官郎署，忝列谏垣，愧无领郡之能，遽辱典城之寄。鱼符初绾，鹈味滋竞。所欣近接夫辎轩，俾得常叨夫埏埴。谨修寸禀，恭请钧安，履历敬呈，伏乞垂鉴。卑府谨禀。

许际唐、鲍蔚文(歙绅)

际唐、蔚文仁兄大人仝鉴，谬守名城，殊无政绩，幸叨赞助，差免愆尤。话别临岐，渥叨盛饯，感泐莫名。顷奉手函，弥令神往。比维鼎茀骈蕃，声华并蔚，以欣以颂。弟别后一帆风顺，于暮春中浣安抵都门。征尘甫歇，不免亲故应酬，未遑偃息，复染疫淹旬，近始痊可，而旧恙仍未霍然，尚需调理，幸未甚病，堪慰雅怀。弟抵都时刘太守已前数日首途，未获晤谈一切，然刘系吾乡贤达，抵任后必能自抒机轴，另有作为，不俟旧政之告新尹，至泊捐事，弟步石荪前辈后尘，极力维持支柱，绝不敢松，案牍俱在，可览而知，望于衙斋燕见时一再申明。刘公敏决，当必振屡以底于成也。专复布悃，祗请升安。愚弟顿首。

徐乃秋(兆丰)(浙江温州府)

远违鸿度，时切蚁私。前奉谦函，久稽复简。每企春风之晋茀，弥系秋水于秦葭。恭维乃秋仁兄同年大人紫绶风清，黄堂日丽。福星一路，万家兴襦袴之歌；指日三迁，九陛渥丝纶之锡。焕然豸绣，厚也凫翘。弟京尘羁滞，历路滋惭，虚度分阴，毫无寸善。幸叨茀庇，诸获粒平。怅远道而怀人，抚衷耿耿；冀嘉言之益我，私祝多多。专复，敬请台安，惟希朗鉴百备。年愚弟

薛某某(通永道台)

春明咫尺，久阔麈仪，秋水溯回，时殷恺结。恭维仁兄大人鼎茀

燕申，勋华麟丙。风宪朗豸衣之绣，绩楙东巡；霜台拜凤绋之荣，恩承北极。头衔秩晋，心瓣香浓，弟云云。

再启者，弟前在豫存有常用之粗旧木器，兹托人带回，由水路抵通，务乞饬纪照拂，并恳惠赐免单，以便入都门查照放行，是所切祷。琐渎清神，容图泥谢。专恳再请勋安。

延树南（热河都统；丙辰）

阔别鸿仪，久疏笺候，溯回麟度，时切葭思。辰维树南四弟同年大人棨戟扬镳，鼎禋集祜。勋隆锁钥，壮紫塞之风云；寄重疆圻，迓彤庭之雨露。引瞻斋采，曷罄铺棻。兄谬膺尺法，愧乏寸长。值此秋谳之繁，弥切春冰之惧。敢信于工治狱，自无冤民为问。鲍叔知音，何以教我。望迢迢之远道，时寄鳞鸿；庶落落之天涯，如同樽席。专此，祗请勋安不备。

延子澄

子澄大兄同年大人，卅载京曹，岁时畅聚，一朝挥手，能不黯然，乃蒙开樽款洽，染翰联翩，雅意殷情，至今心醉。极目京华，真令人望穿北斗也。敬维风裁峻整，日近高华，翘企崇班，曷胜艳羡。

彦秀（江苏镇江府）

睽违旧雨，又届春风。迭奉裁鸿，久疏寄鲤。怅驹阴之转瞬，望鹏路而驰神。敬维咏之四兄大人紫绶风和，黄堂日丽。慈同召杜，歌兴襦袴于三江；绩懋龚黄，宠锡丝纶于九陛。吟薇指顾，敷藻情殷。弟弟京尘羁滞，历路滋惭，虚度分阴，毫无寸善。幸叨芾庇，诸获粒平。怅远道而怀人，抚衷耿耿；冀嘉言之益我，私祝多多。专复，敬请台安，惟希朗鉴百备。年愚弟。

仰衡(恭保)(广东雷州府尹)

仰衡仁兄大人阁下，溯违光霁，时系怀思。顷奉八行，敬领壹是。欣悉容权雷郡，从此政平讼理，定当课最超迁，即日真除，曷胜翘企。弟羁迹都门，倏经寒暑，满拟入秋束装回粤，乃承简命，分巡楚南，谬绾豸章，弥虞蚊负。尚冀不遗在远，教言时锡，俾有遵循，是所祷耳。承示丁明府事，昔曾同官，本相投契，既积官累，我辈相助亦属谊不容辞，当即如命，至应如何拨抵，弟已函复丁君，嘱商之杜君菊人办理。知关绮注，特此复陈，即请升安，惟希蔼照不备。

杨广伯(广西藩；辛丑)

恭维广翁年伯大人鼎绂凝禧，履端肇庆。秉玉节金章而作牧，望重南屏；布棠风黍雨以巡春，眷隆北极。久孚心简，即建牙幢。引企华簪，颂深岁篇。侄供职西曹，惊心东作。惧深秋谳，未谙明允之条；庆集春台，愿上祥和之颂。合修芜牍，敬请钧安，顺贺节禧，伏惟鼎鉴。

杨汇峰(首府)

汇峰仁兄首台大人阁下，前经省垣，时亲光霁，深蒙教益，诸荷关垂，感泐五中，莫可言喻。敬维福禄光明，增荣益誉，载歆载颂。弟拜别后于初二日冒雨首途，一路雨雪交加，山程濡滞，至初十日申刻始抵府城，改于十三日接篆，刑友冯君子樵于十一日到馆襄办一切，颇资臂助。惟书启一席，赵君既濒行决然舍去，而另聘之曹君峙熊仓卒未能同行，约定随后即至，乃迄今廿余日尚未到馆，接篆后一切禀函刻竟无人经理，恐年内不能寄达，不胜焦灼，用特缕述下情，望我兄谒见层台、接晤寅友时便中齿及为幸。邮程多便，尚冀时寄教言，以匡不逮，尤所感祷。手泐布臆，兼鸣谢悃，敬请勋安，恭贺年禧，统希蔼鉴百益。乡教弟顿首。廿一日。

敬再启者，前函谈君度兄事，弟因贤劳任重事繁，经手一切必须至友相助，虽易生手，而君度兄更兼理道席亦未便辞却，似有必不能离之势，特恐我兄拘于弟之成约从中作难，故缕述鄙况，姑拟两全之议，敬以相商。弟无定见，此议尚未与冯子樵兄谈及，子乔亦亟欲他图，行止专候明示，倘蒙拨冗推让，君度兄亦惠然肯来，自无须另议，望劝驾速临以慰饥渴。如能速赐覆音尤感。

汇峰仁兄首台大人阁下，自违眉宇，时切渴怀，顷奉手书，弥殷驰仰。敬维鼎祉春长，升华夏大，载歆载颂。弟客腊手肃一函，屡述下情并鸣谢悃，而刑席束脩一层，匆冗竟忘奉复。兹承函询，不胜汗颜，缘弟抵任即函询黄石翁，据复函云，衙门之事总以遵照旧章为妥。弟于钱鉴翁因未知此间情形，故以四百番为聘，而以发审脩属之，实则可以不必，盖我以为加脩人以为无火食也，香圃接受否？如老账均系束修四百金，四百金火食一百二十千，节教八两，随寿二元，加以盐规及六县节教，统计约六百五六十金之谱，应各属所解发审脩，从无径送幕友者，即各府亦莫不然，然弟之办法意图避嫌省事，反生出许多为难，缘各属或有丁忧事故时常解不如数，累月积久，新旧交替，诚以一处有一处章程，非吾辈所能增减，不惟后人无所为难，且可免彼此厚薄之嫌。弟之于钱鉴翁不足法且不可法也云云，弟思如此情形，发审修在外，恐不免参差不齐(现在此间即有哉。属上年欠解数月，此时纷纷换任，屡催罔应)。不如在内整齐无亏，故每月仍照旧章致送，专俟李君到馆后于节敬外每节加敬五十金，勉尽绵薄，以践前言，缺虽瘠苦，而于幕友万不敢拟加反减，有负推毂雅意。谨陈下情，望乞垂察，奉覆羁迟，统希鉴原是幸。

汇峰仁兄观察大人阁下，月之初十日奉到八行，承聆壹是。歆悉崇班特进，行将瞻觐天颜，引领鹏程，无任驰仰。弟枯守山城，毫无建树。近因邻氛阑入，幸经兵团擒剿击散，地方现尚安堵如常。徽俗好赌健讼，严加禁斥，此风少平。学堂警察次第整顿改良，亦稍稍就绪。足慰雅系。君度兄本莲幕上宾，说经手未完，自应请留襄理，何谦言借留，谨当遵命，即请托君度代为料理经手一切。台从刻竟北上，弟处有便，子樵兄尽优为之，无烦顾虑也。弟有因而进商者，缘君度兄为吾知己至友，客冬因恐交卸后君度兄赋闲，故蒙推荐，弟即欣然延聘，而现在情事与客冬似有不同，台旆刻须北上引省中经手一切，必有熟习可靠之人代为经理，即将来回省差务必繁众，非有素深信之至友襄理，不能相得益彰，是贤宾主实一日不能离，况现就道署兼席，亦未便遽然辞却。至弟与冯子乔兄相处甚相投契。子乔为叔鸣高弟，例案熟习，且眼明手快，心细笔勤，弟亲理文牍，自拆自制，不稽时刻制即送幕而子乔即辞即行，故案无稽留，颇觉手口相应。数月来诸事留心，于移交案牍地方情形已俱谙习，遇事商酌，意见相投，弟似亦愿聚而不散，愚见可不必拘客冬成约。刻君度兄在省实不能离，不妨即在省作为长局，冯子乔兄在弟处相聚甚洽，亦即可作为长局，如此一转移间似觉两全其美。况此地水土湿寒，气候寒暖无定，署中除上房外各房无不幽暗卑湿，而来此水路山程，异常迂折艰阻，山深地僻，亦不愿郁郁久居。案牍清简，君度兄来似亦英雄无用武之地，不如照鄙议则一举两得，彼此宾主省许多周折矣，敢以质之高明，以为然否？

汇峰仁兄观察大人阁下，远睽道范，几易光阴，正切依驰，适颁手翰。敬维和平安养，清恙当已霍然。尊夫人亦定占勿药，以颂以欣。弟谬典专城，无状足告，所幸年谷顺成，地方案堵，差慰锦廑。惟山深地僻，气候寒暖不时，水土湿寒潮霉倍于江浙。弟衰朽病躯，种种不服，晨夕不离药物，虽未卧病，而形神日形疲惫矣。李君度兄既与松玉亭兄昆仲世好，自系谊不容辞，好在冯子乔兄亦为龙门座上客，与弟甚相投契，一转移间而事即两全，遵即礼聘乔兄作为长局。知关垂系，谨以上闻。手肃布悃，敬请痊安，诸为珍玉不尽。

杨振甫(广东藩;庚戌,翰)

恭维振翁老前辈大人已黻凝禧,辛盘介祉。薇垣布化,祥和寓棠风黍雨之间;花殿流膏,声名溢铜桂珠崖之外。从此恩浓九陛,即看秩晋三台。指顾幢巡,情殷镜听。晚滥厕西曹,恍逢东作。惧深秋谳,实无计以鸠藏;喜溢春台,正及时而凫颂。合修芜牍,敬贺节禧,祗请升安,诸维鼎鉴。

阳谷(永平府)

远违眉宇,时转心轮,前奉贲书,久稽复简。每企春晖之晋茀,弥系秋水于秦葭。辰下敬维阳谷仁兄公祖大人黄堂集庆,紫绶凝庥,熊舆来甘雨之随,榆关化洽,豸绣焕卿云之复,枫陛恩浓。矫首莺乔,欢情凫藻。弟仆仆京尘,悠悠郎署,发惭马长,迹同不食之匏,引领鹏抟,心有常倾之藿。专修芜牍,祗叩勋安,惟希蔼照。年愚弟。

耀星(怀宁县)

远隔棠阴,正弥葭溯,喜寅恭之叨托,借子墨以抒忱。敬维耀星仁兄大人领袖风骞,襟期月朗,皖城化洽,花封被抚字之仁,丹陛恩浓,芝绋沛褒嘉之宠。升阶即晋,豫祝允孚。弟外任甫膺,中藏益励,鸠庸莫掩,抚樗质而滋悬,骏望遥詹,企兰芬而可挹。专肃,祗请台安,惟希雅照不备。愚弟顿首。

颐臣(山西候补道)

颐臣仁弟乡大人阁下,溯违霁月,瞬忽经年。前奉手函,备承心注,疏懒,久未作答,非故惜笔墨,以碌碌无足告知己耳。舍侄等奖叙一节,诸荷鼎力关垂,感泐之至。弟解组年余,杜门藏拙,无善可陈。既委心任运,与世无求,而积闲生懒,笔墨亦疏。幸顽躯粗适,致足慰耳。松峻峰抵京晤谈,知晋垣局面大改,新政日繁,阁下只好旅进旅退，识者相机待时可也。不遗在远，尚冀时寄嘉言，以慰鄙系。

英萼田（通永道）

萼田四兄大人鼎祉延厘，升祺笃祜，风宪朗豸衣之度，霜台鸾诰之荣，旋承兰检芝泥，即卜薇吟柏列，头衔秩晋，心瓣香浓。弟未谙三宥之条，谬寄五辞之听。怅劳形于案牍，无计鸠藏，时矫首于云泥，愿聆麈教。专修鲤牍，远达鸿程，虔请勋安，诸维霁照。

英茂文（江苏粮道）

叠奉华函，久疏芜牍，伊人秋水，正拟泐简裁鸿，惠我春风，复荷颁书寄鲤，盥薇三复，豫竹五中。恭维茂翁世叔大人已黻凝禧，壬林介祉。骏业著于八政，非挽奚虑夫红陈；鸿钧运目，三吴褒宠益隆于紫极。旋奉芝泥兰检，即看柏列薇吟。翘首莺迁，倾心凫颂。

瑛兰坡（山西臬司署藩）

自违鸿度，时切蚁私。迩际梅萼迎春，葭灰入律。恭谂兰翁叔大人化洽春温，法明秋肃，恩威并济，忠厚持刑赏之平，屏翰兼资，表里壮山河之色。三晋之仁风丕播，九天之恩露方浓。指顾乔迁，情殷藻颂。侄漫寄五辞之听，未谙三宥之条。无计鸠藏，时虞蚊负。所幸公私敉适，差堪上慰锦廑耳。鳞鸿多便，尚望指南，俾得面北资承，是所切祷。谨此，祗请勋安，伏惟钧鉴。

永某某（署察哈尔都统）

久钦骏望，未获识荆。顷奉鸿笺，倍殷倾藿。恭维〇将通星，銚名插汉。旌旗日丽，焕长城柳色之红，纶绋春温，迓朵殿芝泥之紫。翘候棨戟，曷罄褰轩。弟自愧铨材，谬膺重寄。鹓濡弗称，驽钝堪虞，建节分镳，窃幸著鞭之先我，同舟共济，尚赖前路之导予。专复，敬请勋安。

再启者，春仲接奉惠函，抝谦太过，断不敢当。至好率真，幸无再施客套也。兹恳者，新分贵属教习知县沈维垣，系弟教读西席，子侄辈受业有年，品学优长，素所深信。客岁台驾入都，曾嘱其趋谒，已荷青垂。刻甫到省，初登仕版，一切生疏。且寒士为贫而仕，断不堪一日赋闲。务祈格外训迪栽培，酌派一差，俾有资益，藉得糊口，不致坐困，则感同身受矣。弟自解组归来，简默自守，向未敢妄行干渎，惟沈令系知贫寒士，谊不容辞。想阁下怜才，亦必乐为培植也。前鞠子联太守入都，已面恳代达，兹特专函渎请，务祈推情垂拂，并恳于上风嘘植，力为成全，是所切祷。

裕寿山(安徽抚台)

敬禀者，窃远阔麐仪，又届春风之候，倾怀麈教，弥殷立雪之忱。恭维夫子大人福比日升，道随时泰，建金章而变治，瑞辑三阳，调玉烛而和时，化行两皖。帨节畅条风之惠，螭廷迓湛露之恩。引领师门，倾心豫祝。涸迹都门，滋惭历路，驹阴虚掷，马齿徒增。所幸敉平，实叨绂庇，喜更风律，莫陪饯腊之樽；翘企鳣坛，敬上宜春之项。专修芜牍，恭叩节禧，俯请钧安，仰希鼎鉴。

久暌眉宇，频转心轮。望云影之南飞，愿通雁信；闻韶光其东转，又报莺啼。辰维寿山仁兄姻大人荐辛笃祜，书亥凝祥。金章燮治，迎瑞气于郊东；玉烛调元，敷仁膏于皖北。帨节布畅条风之惠，螭庭迓湛露之恩。即总师干，莫名豫祝。弟供职西曹，惊心东作，惧深秋谳，未谙明允之条；庆集春台，愿上祥和之颂。合修芜牍，敬请钧安，顺贺节禧，伏惟鼎鉴。

裕筱鹏(前首府现归道班、安庆府)

筱翁观察大人阁下，都门渥承教益，诸荷关垂，临岐并蒙尊酒宠行，瑶函介绍，隆情稠叠，感泐五中。敬维升华时茂，鼎茀日新，载歆载颂。声拜别后廿五日启行，廿八达汉阳，冬月朔抵安省，一路尚称捷利。初四谒见层台，初八牌示，旋即奉饬赴任到省，一切无不遵循指示，诸事周妥，并假舆盖，弥增光宠，顶戴莫名。书启赵君德孚已请定偕行，刑钱一席蒙杨汇峰太守暨章叔翁推荐李公君度，业已关聘。刻拟于廿后赴芜湖谒见道宪，仍折回省，于月底渡江循山路赴徽，择定腊月初十日接篆。知关垂注，先此缕陈，兼鸣谢悃，馀容续达，略分言情，不敢套叙。手泐，敬请勋安，统惟蔼鉴百益。

久依燕甸，时企鸿仪。幸官辙之迁移，望德辉而近接。抚衷增慕，浣手纾忱。恭维筱篷首台大人履茀麟彬，升华彪炳，庐江化洽，黄堂瞻领袖之班，魏阙恩浓，丹扆锡丝纶之宠。豸章印晋，雀颂云孚。外任甫膺，中藏益励。虑肩承之匪易，莫掩樗庸，冀指示之有加，长叨樾庇。专肃寸启，祗请勋安，惟希荃鉴不备。教弟顿首。

裕泽生（宽）（广东抚、陕臬）

泽生二棣大人，祉介春长，勋隆夏大，奏薰风之解阜，弦歌已编于羊城，际化日之舒长，纶綍正隆于螭陛。帅午即总，豫祝良殷。兄竽吹译署，庖代刑曹，只益劳形，别无淑状，幸叨茀庇，诸获敉平，望殷道而怀人，冀嘉言之益我。抚衷耿耿，临颖依依。专泐，祗请勋安，诸为霁照不备。

再启者，捧读另札，奉恳之件，乃蒙关拂逾恒，厚谊隆情积感，不啻身受也。兄碌碌无足告者，刑部现办秋审，终日案牍劳形，总署俄事日亟，毫无建树，弥抱杞忧耳。幸顽躯健饭耐劳，足慰耳，都门一切安堵，雨泽应时，可望有秋。知念附陈，专鸣谢悃，再请台安。

屡奉瑶函，久疏笺候。伊人秋水，正拟泐简裁鸿，惠我春风，复荷颁书寄鲤，盥薇三复，豫竹五中。辰维泽生仁兄世大人壬符集庆，已黻凝禧。丹笔书篆，百二之河山增色；青阳燮治，九重之雨露方浓。

裕某某（河南南阳府）

远阔光仪，又逢桂月，每瞻温霁，时咏葭霜。比维仁兄大人酉璯延禧，寅阶辑瑞。风清河洛，矞云即集于黄堂；月近楼台，恩露正浓于丹陛。莺迁指顾，凫颂情殷。弟京华羁迹，老朽滋惭，鲜善足陈，粗平堪慰。望迢迢之云路，时盼鳞鸿；庶落落之天涯，如同教席。专此，祗请勋安，顺贺节禧，惟希朗照百备。

袁树五

树五贤弟大人左右，都门一别，忽忽腊鼓，春灯又到，杏花时节前读手毕，正切依驰，适阅邸报权管藩条，从此展其骥足，翔步云衢，不第春风化雨、湖山增色已也，曷胜翘企。兄痡瘏衰朽，自屏宽间，无可告者，惟静观时局，大愿衮衮诸公雷厉风行，扫除荆棘，将文明大启，老朽亦将扶杖而观德化之成也。风便仍冀时锡数行，以慰驰系，是所盼耳。手复，顺颂春祺，惟照不一一。二月初五日。

树五贤弟大人左右，频岁暌违，望风怀想。顷奉手毕，猥以老朽虚度七十，锡金为祝，殊令汗颜。近维道与时行，海随日进，引座清望，良慰渴怀。兄衰朽痡瘏，何足言寿，乃蒙大雅宏达、门生故旧投赠寿言，诗屏甚夥，殊增光宠，拟摆印成卷，分赠戚好，用表扬爱我之雅意，容再寄上。两浙人文渊薮，经吾弟化导提倡，程功必大有进步。风便尚冀时锡数行，以慰驰系，是所盼耳。

再，春间接手华，答复久稽，怀思殊切。兄客冬因仓率就道，未遑走辞话别，良用歉然。乃蒙馈烬，弥惭光感。吾弟曾历东瀛，与贤士大夫游于学术，颇有心得，归来即入学部，可谓用其所学矣。汉书云“盛名之下其实难副”，愿宏此远谟，令众人叹服，兄正以此为吾弟期之。兄抵任后因郡中学堂腐败屡致人言，大加改良，另聘教员，核减浮费，严订规则，近稍齐整，并禁学生不准着操衣帽出学堂，以防流弊。朱子小学为先贤礼教，此邦子弟尤应遵守，均令酌加讲习，以防劣习而勖实修。改紫阳书院为初级师范学堂，考取贡廪增附习简易科以储蒙学师资，并附设教育讲习会，俾不合格之老生研究科学以期改良私塾，是皆为广开蒙小学之基础。惟此郡山深地僻，六邑言语不通，风气异常，闭塞朴野，除二三明达外，愚民从不知兴学为何事，且屡生疑忌，造谣指斥，为洋学堂致生种种阻力。兄手撰粗浅文词告示，详细解识，遍贴六邑城乡，广为劝导，以期民智渐开，即为劝学所之预备。此兄办理学务近事，特为识者告之。衰朽病躯置此山僻，水土气候种种不服，精力殊形疲惫，日不离药，幸未甚病，差堪告慰耳。“宦情之淡，纯任自然”一语，始终守之。倘精力实不支，即当引疾归老耳。手复，不尽欲言，惟照不一一。

袁蔚廷（直枭）

秋信传时，春风驻节，未亲鸿度，遽唱骊歌。蒙惠好之殷拳，倍怀惭而结臆。正拟复函申谢，乃荷谦函遥颁。三复回环，五中惶愧。恭维蔚廷仁兄大公祖大人鼎茀燕申，升华彪炳。云光七萃，树海疆锁钥之勋；露湛九乾，晋畿辅屏藩之寄。吟薇指顾，凫藻情殷。弟羁职京华，负惭建树。惊心马长，迹同不食之匏；引领鹏抟，心有常倾之藿。专此布悃，敬请勋安。谨璧谦函，伏惟鼎鉴。治愚弟。

曾光煦（山西定襄县）

远违芝宇，时系葭湄。顷奉谦函，倍殷离瑟。辰维仁兄大人花县流容，琴堂协洽，心劳抚字，征诸父母之歌，德著循良，重以贤才之任，莺迁即卜，凫颂良殷。弟都门坐困，历路如恒，无善可陈，粗平足慰。令弟来京枉顾，因事未获晤谈，怅怅。承嘱晤刚子良中丞嘘拂一节，弟与子良向不熟识，候到京时遇有机缘必当力为说项也。专复，顺请升安，谨壁谦版不具。

曾沅圃（山西抚台；壬子、优）

自别帨旌，星霜瞬易，每怀鸿度，云梅神驰。迩际梅岩破腊，黍谷回春，辰下即谂沅圃仁兄同年大人履端肇庆，鼎绂凝禧，代传将相奇才，调元启梅图之庆，重帝公侯家世，宠逾柏戽之颁。灵山生色，引瞻棨戟，曷罄蘉轩。弟秋官承乏，春律未谙，案牍劳形，冰渊滋惧。怅尘劳之依旧，无计鸠藏；睹物候之维新，弥殷燕贺。合修芜牍，衹贺节禧，顺请勋安，诸维鼎鉴。

查筠

声庭仁弟大人足下，远睽芝宇，时系葭湄，春夏之交，叠奉谦函。疏懒，久未作答。寸心千里，相契不在楮墨间也。比维履茀日新，升华时楙，以慰以欣。吾弟以河工老手历著贤劳，奉调赴东，必当有所展布，不胜跂望。张朗帅客岁奉命勘河，本欲约兄相助，为理当以东省河工敝坏，极难措手，已力辞之，不识迩来情形若何，尚乞便中手示数行为望。兄杜门不出，碌碌无可告者，所幸粗平，致足慰耳。手复，即请升安，诸惟朗照百益。愚兄顿首。

张得胜（福建建宁镇台）

凯臣大哥大人阁下，海天契阔，云树驰怀。顷奉手函，弥殷神往。恭维履茀春恒，丰功夏大，载歆载颂。自客岁海疆不靖，长门一战，已赫赫在人耳目。盥读手示，知老谋深识，足败夷人谲计而阻其锋，惜乎失机不用，迄大敌当前，弥复浚沟筑垒，近攻远拒，卒以挫敌气而申国威，至今令人气壮。刻虽和议已定，窃以为夷情叵测，垂涎澎台，夺拒基隆，恐不能一旦脱然而去，长门防务似难松动，未识刻下如何布置，想节钺驻守，定能保障东南也。弟伏处都门，负惭历路，须眉如昨，髀肉已生。所幸粒平，堪慰远系。风便尚乞时锡数行，以慰驰慕，是所祷耳。

远违虎节，时切恺私，顷奉华笺，并颁香茗，感君惠爱，沁我心脾。比维凯臣大哥大人鼎茀燕申，勋华彪炳，远风骧首，积日驰怀。弟解组投闲，须眉如昨，杜门藏拙，髀肉已生，才因葑菲而见遗，迹等匏瓜而不食，郁郁久居，自分已作池中物，以视鹏程，奚啻霄壤耶。所幸躯眷粗平，足纾锦注。风便尚冀兰言时寄以慰渴怀，是所盼祷。

张朗斋(山东抚台)

溯别麈仪，瞬更龙朔，每企春风之晋茀，倍系秋水于秦葭。恭维朗斋棣台中丞大人履端肇庆，鼎茀凝庥，应甲历而东巡，骏惠遍青齐之野；迓辰枢而北拱，龙光高台岱之云，候挹华簪，颂深岁籥。兄羁滞京尘，负惭历路，依然物我，无可告君，笑马齿之徒增，迹同匏系，眄鸿毛之遇顺。书贺蕃禧，敬请节安，惟希鼎照百备。如兄顿首。

张静山(寿)(江南盐法道)

溯违鸿庆，几易驹阴，叠奉赍书，久疏復，秋水正殷，葭溯春风又报梅开。恭惟静山三哥大人，履端于始，感兴维新，梅羹叶而鼎鼐调和，芝绋颁而醁醽锡宠，薇吟指顾，椒颂情殷。弟物候惊新，尘劳依旧，惭无建树，负此韶华，自调仪曹，方冀清简，藉藏鸠拙，近复佐理金吾，夙夜奔走，案牍纷纭，日无暇晷，以弟菲才，当兹繁剧，颇深陨越之虞，所幸公私顺适，顽躯耐劳，足慰锦廑耳。都门壹是安堵，惟一冬无雪，天气不寒，微觉时令不正。俄事略有头绪，尚未定议，大局不致决裂矣。心一到京，不时晤谈，叙阔契，颇洽素心。风便尚望惠我数行，则千里不啻一堂，惟引领飞鸿远音也。专此，敬请勋安，顺贺年喜，统希蔼照。如弟。

张世缃(山西善后局候补府经历)

远违芝宇,时系葭湄。顷奉琅函,备承锦饰。并收到朱墨拓联,拙书乃蒙笑及梨枣,惭感殊深。比维仁兄大人百鹿骈蕃,千羊鳞萃。履茀与吉云并蔚,升华迎化日俱长。引领裔云,倾心祝露。弟解组投闲,杜门藏拙,分阴虚度,尺短滋惭。所幸粒平,差慰锦注。惟愿相逢梅驿,不吝时寄兰言,以慰驰思,是所盼耳。专复,祇请升安不备。

张式曾(河南候补知县)

孟则仁兄大人阁下,远阔芝仪,久疏笺候,正殷离瑟,适接谦函,回环三复,不啻晤对一堂,弥令生离群索居之感。比维履茀日新,升华时楙,以慰以欣。弟十年宦海,恍如浮梦之鸥,数载归田,闲若倦飞之鸟,依然故我,无可告君。所幸粗平,致足慰耳。《芙蓉溪馆记》原拓本原无多,现无存者,闻石刻尚在怡寿堂壁间,欲重拓数纸,而廉访既不熟识,拟函恳河帅转致或可行也。《梦迹图》尚未蒙阁下标题,寄呈数册,仍祈赐藻以备续刊。闻阁下在南门外布置园亭,想雅人深致题咏必多,乞便手示大略,弟尚拟寄赠一联以补壁,不识能附骥否也。中州故友寥落无几矣,令亲稽心一老哥康健否?近来景况何如?深以为念。不少风便,统希赐我数行,以慰驰系。是所祷耳。手复,祇请升安,惟照百备。

张筱傅(江西藩台)

暌违鸿度,倏忽驹阴,正切心驰,适颁手翰。渥荷梅吟之雅贶,倍殷葵向而倾忱。恭维筱傅大公祖同年大人鼎绂凝禧,履端肇庆,秉玉节金章而作牧,泽被西江,布棠风黍雨以临民,眷隆北阙。幢巡指顾,镜听情殷。弟羁滞京曹,滋惭历路,毫无建树,祇益劳惭,怅鹭堠之遥暌,神驰云树,缅莺迁之志喜,颂溢霜笺。肃覆申谢,敬请勋安,惟祈蔼照不具。年愚弟。

张心田(托送察院信)

心田仁兄大人阁下,别久思深,曾泐手函布悃,由筱珊兄会转,计达签存。近维履礽绥和,诗祺康吉,颂颂。弟故态依然,无善足录。幸山深地僻,案牍不烦,聊藏拙耳。兹呈致谏垣诸君十数函,望费神带署,饬为分校,是所拜祷。

张友山(广东抚;甲辰部)

流光如驶,温霁久暌。际风纪之更新,企鸿猷之戬榖。辰维友山仁兄大人荐辛笃祜,书亥凝祥。仁符缄籥,鼓舞随华幢而来,版图讴歌,溢铜桂珠崖之外。瑞气辑于东巡,恩光浓于北极。从知眷孚一德,即看制总兼圻,翘首向风,倾心祝露。弟供职西曹,惊心东作。惧深秋谳,未谙明允之条,庆集春台,愿上祥和之颂。合修芜牍,敬请钧安,顺贺节禧,伏惟鼎鉴。

张振卿(吏部大堂)

振翁少宰大人阁下,五载谏垣,藉亲光霁,一朝典郡,顿隔云泥。猥以风尘外吏,叠邀樽席宠行,厚爱逾恒,深感无似。敬维福禄光明,贵寿长久,载歆载颂。晚[1]区区谪宦,仆仆征尘。客冬抵省,嘉平履任。一州如斗,四面皆山。地瘠民贫,好赌健讼。新政虽亦渐举,风气尚未开通。振以菲才,置此山僻,聊可藏拙,殊难见长。且气候阴冷,水土湿寒,衰朽蒲柳望秋,时深悚惕。所幸顽躯粗适无恙,地方尚称安堵,堪慰廑怀。惟望时颁手教数行,俾有遵守而免陨越,是所祷耳。情真语质,敢屏虚文。手肃布悃,敬请勋安,伏惟蔼鉴,不胜临颖依依。振声叩上。

---

① 整理者按:此下原稿注"同前稿",应即致松鹤龄函"别经两载……"中"区区谪宦,仆仆征尘"以下之内容,兹据以补全。

张中堂、额中堂

敬禀者，窃自别麐仪，时深恺结。比向荣之小草，缪荷栽培，幸不弃之菲材，复供奔走。并渥鼎烹之享，弥切感感之私，南浦溯回，东风倏忽。敬维年伯中堂已巘凝庥，新盘介祉，黄阁重盐梅之任，鼎鼐调和，丹陛宣纶绋之音，枢机筦秘，台衡翘首，轩鼓莫名。

张子初（岳州总镇）

远违虎节，几易驹阴，顷奉赍书，倍殷离瑟。敬维子初仁弟大人气凌湖海，威震岳阳，棨戟先声，吞云梦者八九，旌旗雅望，想气象之万千。从兹月近楼台，定荷露浓，纶绋辕铃，翘首轩鼓。兄云云。

张子和（山东观城县）

子和三兄大人阁下，都门话别，转瞬经年，别后即闻中途受惊，失去物件，不禁骇然。嗣闻补领部照，旋即整旆而东，正切驰思，适承惠翰，敬悉履茀日新，升华时楙，矞云骧首，祝露倾心。弟等郎署浮沉，里门伏处，依然故我，无可告君。所幸粗平，堪慰雅系，不少风便，尚冀时寄兰言，以慰驰慕，是所祷耳。

章叔鸣

叔鸣仁兄夫子史席，省垣渥聆大教，诸荷雅意关垂，濒行话别，殷殷高谊深情，铭感无似。敬维增荣益誉，福禄光明，颂颂。拜别后冒雨雪、历山程，至嘉平十日始抵府城，于十三日接篆。徽郡素称清简，近则土客民教杂处，且好赌健讼，亦颇难治。学堂警察已设立，而风气尚未开，尚须设法改良整顿。弟才轻任重，深虑弗胜，幸赖冯子樵兄赞襄，深资臂助，饮水知源，是皆出大君子之赐也。风便尚冀时寄教言，以匡不逮，是所祷耳，手此布谢。

叔鸣仁兄老夫子史席，远违雅教，时切渴怀。屡拟笺候，自春间即闻台旆归乡，继闻赴庐，旋又入都，近悉回省小作勾留，复转而赴凤矣。未悉行旌从止，遂致鱼雁难通，弥殷驰仰。敬维德比日升，道隆时泰，载歆载颂。弟谬典专城，毫无政绩，春间祁门小有匪警，经营团会剿，略有斩擒，并上台派兵驻防，地方赖以安堵。入夏米价跌增，人心不靖，间有抢米之案，急办平粜并疏通米运，旋即静谧如常。幸五六月雨旸时若，秋禾颇称中稔，辖境粗安，差堪远慰垂注耳。顷闻冯子乔兄云，前因李君度兄不果来，有疑及子乔兄割据之意者，致渎师门清听代为筹虑，函嘱设法乔迁。弟闻之不胜惶骇，此事变通之故，子乔兄毫不闻知，皆出弟一人万不得已之私虑，敢为贤者缕析陈之。缘李、冯二君皆杨汇翁座上客，李君少迟即请冯君庖代，固二而一也。至春间接汇翁函，则李君有斟酌馆俸拟于前任例俸之外加增三百之议，弟以每节加数五十金复之，候至闰月底尚无消息，亦始终未得李君一函，彼时弟即奉闻李君有游疑不果之意，继而接汇翁函，拟留李君经手未完事体，此因宾主至好，谊不容辞，万无他说，乃李君更兼理道席，且旁闻另有他图之说，则李君之迟疑不果似非虚矣。而此时子乔兄因交替不远，亦拟乔迁另图自立一帜，料理颇有行色。弟私衷不胜焦急，倘如赵德孚故事，李君不来，冯君须去，则此榻将悬。弟处此深山僻地，省垣远隔，择人甚难，仓促焉能得此良友，反覆计虑，万不得已，乃冒昧函商汇翁，如李君势不能来而冯君在此相处亦甚投契，似可不必拘去冬成议，变通办理，一转移间，则彼此两全，省却许多周折，可否？乞即示覆云云。此弟私与汇翁函商行止未定，固不能与乔兄明言也，乃无端令贤者被割据之诬，殊出意计外之，然皆由弟私计之过，不胜悚惶引疚，用特缕陈朗鉴，当蒙曲谅下情，亦以见子乔兄固廓然坦白无他也。迄今汇翁尚未覆音，屡屡展假养疴，弟亦不敢再渎，而李君则已就他州，果不来矣。倘冯君复弃我而去，弟处兹山僻，实无法延聘，且弟亦不能于此郁郁久居，时事变迁，殊难自料，万望师门格外鉴原，函致乔兄推息屈就，不吝赐教，俾弟有所遵循，是所切祷。仍恳费神将下情详达汇翁，诸乞原谅，则疑团俱涣然冰释矣。手肃布悃，敬请道安，统希蒙鉴百备。

叔鸣仁兄老夫子史席，别久思深，前陈芜牍，缕述鄙怀，计邀青察矣。敬维福履绥和，佳想安善，以歆以颂。前函甫发不数日，适接杨汇翁复函（此函系七月廿九日邮发，因信面误书发州府黄字，致邮局转递山东青州府，经黄石荪太守察系误王为黄，又由青州寄徽，十月初九日始接到，一字之误，遂至往返稽迟两月也）言，李君度兄与松玉亭太守令弟秀峰观察世好谆请相邀，谊不容辞，刻已入松幕，知弟与子乔兄甚相投，即照弟前议，请子乔兄作为长局云云。是李君之不来实碍于世好之谆请，而冯君之不去实由于弟之谆留，一转移而事即两全，正合弟与汇翁函商之意，此中毫无疑议矣。弟已礼聘子乔兄赐教，特布师门定邀金也。专此，敬请道安，统惟蒙照百备。

赵菊曾（江南候补道）

菊曾仁兄大人阁下，别久思深，阔疏笺候。适奉手教，猥以老朽贬谪一州为贺，良用赧然。并蒙关注，指示前途，弥深感泐。敬维鼎茀骈蕃，升华彪炳，载歆载颂。区区郡守，卑不足道，而时事则责愈加严，拊膺弥深悚惕。前路茫茫，惟有问途先进。幸新安为台从旧游，将来道出石城，必当趋叩荣阶，畅聆大教也。行期约在小阳以后，挈眷同行与否尚难豫定。先此手复，略分言情，不敢套叙。敬请勋安，惟照不一一。愚弟。

止门山人

止门山人左右，腊正之交，接奉手毕，并颁大著（寿卿相国一部已代送），拜读钦佩。疏懒久稽简答，良用歉然。遥维道履坦吉，禔躬康绥，颂颂。弟瘉痛引退，故态依然，无状足告，经年偃息，旧恙仍未霍然，视听清窍不灵，头目日形闷损，惟眠食尚好，致足慰耳。许际唐来，询徽郡雨旸时若，地方案堵，台从引退不果，维士庶攀留，足征教泽涵濡，抑公道自在人心也。前谈康熙《几暇格物编》，兹寄呈一部，乞察收。风便尚冀手示数行，以慰驰系，是所祷耳。

钟秀之(成都副都统)

秀之尊兄大人阁下，远暌帨节，淹忽又过三春。顷奉华椾，并读大著，恍如亲樽席而斗笑叉，矫首云山，无任驰仰。敬维棨戟光临，鼎裀茀萃，载歆载颂。弟痡瘉伏处，落寞闲居，无足告者。惟追陪诸老后尘，藉诗酒以遣岁月而已。敬步寄忆元韵弦和二章，录呈郢政。风便尚冀教言时锡，以慰下怀，是所企祷。此复，敬请勋安，统希朗鉴。

秀之尊兄大人阁下，远暌光霁，又易春秋，迭奉谦函，久稽复简，非故惜墨如金，良以寂处索居，无足渎清听耳。恭维鼎茀春恒，升华夏大，以颂以欣。弟衰朽疏慵，依然故我，无可告君。惟饱食酣睡如恒，堪慰垂注。年来追陪同社诸公，诗酒遣兴，近则酒常逃醉，诗思如入定之偈，亦不多作，亦留仙所谓藏拙之一道也。蜀都锦江玉垒，无作诗料，想我公叉手写吟，继杜老后定增一部诗史也，曷胜翘企。风便尚冀手示数行，以慰驰慕，是所祷耳。

周福阶(广东臬；壬子翰)

恭维福翁老前辈大人已觐凝禧，辛盘介祉。仁流丹篆，随朱旗绣服而来；化洽青阳，廉声溢铜桂珠崖之外。从此恩浓枫陛，即看秩晋，薇垣瞻挹，华簪颂深。

周馥[①](两江总督)

敬禀者,窃卑久历燕台,夙仰勋名赫著,远违麟阁,未能模范亲承。兹欣得托乎仁帡,益觉倾依于素悃。恭维大人双旌按部,八柱承天。钲鼓无哗,曹武惠陈师淮澨,韬钤夙裕,王茂宏拥节江浔。提封统章水皖山,权兼掌驭,际遇隆尧天舜日,命作翼为。资保障于严疆,令严锁钥,广招徕于重译,惠遍梯航。引企高牙,倍萦下悃。卑府历官郎署,备位谏垣,愧无领郡之才,遽辱典城之寄,心旌私懔,方虞表率,无能指画,亲聆窃喜。瞻依有自,仰承渠训,庶得规循,待效衣抠。先呈履历,谨修寸禀,恭请钧安,伏乞垂鉴。卑府谨禀。

周山门

山城聚首,时领麈谈,溆浦分襟,顿增离索。回忆诗酒流连,河梁话别,殷情雅意,铭感弗谖。近维德者日新,道随时泰,以歆以颂。弟拜别后扬帆东下,波平水满,五日抵杭,十日达沪,三月上浣附轮溯江而上,直指武汉。一路游览,遇事勾留,于中浣乘焰轮北上,三日抵都。征尘甫歇,不免亲故应酬,未遑偃息。旧恙仍未霍然,刻尚医药调理,幸未卧病,差堪告慰远注耳。闻徽郡近岁米价尚平,地方赖以安堵。入夏雨旸如何,学界有无风潮。大著梨枣已竣工否,统乞风便手示数行以慰驰系,是所企祷。专泐布悃,衹请道安,惟希蔼照不备。

---

① 周馥(1837—1921),字玉山,号兰溪,谥悫慎。安徽至德(今安徽东至)人。早年因多次应试未中,遂投笔从戎。后又升任县丞、知县、直隶知州留江苏补用、知府留江苏补用。清同治九年(1870),以道员身份留直隶补用,积极筹划建立北洋海军事宜,同时创办中国第一所武备学堂——天津武备学堂。光绪三年(1877)任永定河道;七年任津海关道;九年又兼任天津兵备道;十年,奉李鸿章之命到渤海编练民船团练;十四年升任直隶按察使。甲午战争爆发后,被任命为前敌营务处总理。马关议和后,以身体病弱自请免职。

周石君(天麟)(署山西平阳府)

石君仁兄大人足下,溯违鸿度,几易驹阴,叠奉谦函,久稽复简。春间蒙寄晋阳明备录并小学书板,琐渎清神,莫名感沕。奉赠鼻烟由晋藩东方寄上,计呈察入。比维鼎茀春长,升华夏大。履茀与吉云并蔚,升华迎化日俱长。引企莺乔,欢心凫藻。弟解组年余,杜门藏拙,碌碌无足告者,委心任运,与世无求,积闲生懒,笔墨久疏。所幸顽躯粗适,致足慰耳。阁下为上游抚重,摄篆平阳,从此当大展骥足。前读手函,似蓄鸿冥之志,岂亦有所不获已乎。行止如何,望便示数行,以慰驰系。陈润甫联捷入馆选,可谓一鸣惊人,盍簪之庆,亦觉于汤有光也。

朱柏寿(南阳府裕州)

自别芝云,几更柳雪,正殷离瑟,适奉谦熙浣露,以开缄信,临风而驰系。辰维　仁兄大人履茀共吉云并蔚,一路福星,升华渥湛露方浓,三迁指日。莺乔不次,凫藻惟殷。弟都门养拙,栗路滋惭,鲜善可陈,粗平足慰。喜鱼兆之占丰,休征大有,仰鸿逵之吉渐,庆叶同人。专复,祇请升安,谨璧谦颐不具。

朱少桐(四川嘉定府)

自赓帆唱,时系恺私。顷奉琼笺,备承锦饰,盥薇三复,瑑竹五中。敬维少桐仁兄世大人黄堂日丽,紫绶风清。守紫阳之家法,化被川西;承丹陛之世恩,眷隆阙北。焕然豸绣,厚也凫翘。弟都门坐困,愧不如人,历路如恒,依然故我。所幸人口敉平,一身无恙,差慰远注耳。蜀垣所存书籍事隔有年,世事变迁,本难踪迹。乃蒙费神多方探询,感沕之至。

朱异甫

远阔鸿仪，久疏雁候。每忆芝宇，时系葭湄。顷奉讣音，惊悉弟夫人逝世，曷胜骇诧。遥惟贤称举案，久钦德耀之光，歌听鼓盆，难作庄周之达。但时运不齐，修短有数，尚冀排解，无过伤悼。仰以慰堂上之妄，俯以节膝前之痛。是则私衷所切祷者耳。兄解组投闲，杜门安拙，依然故我，无可告君。所幸粒平，堪慰绮注。怅迹阻于凫趋，徒情殷于鹤吊。谨具挽幛，略达微忱。专此，祗请勋安，诸维达鉴不备。

朱芷青

芷青仁兄同年亲家大人如握，别来又转春风，翘企光仪，无任驰仰。客岁迭奉手笺，疏懒，久稽答覆，非惜墨如金，良以瘏痡衰朽，自迸宽闲，无可告知己耳。比维增荣益誉，福禄光明，颂颂。弟孱躯退处，故态依然，虽眠食如恒，而视听清窍不灵，日形闷损，懒于逢迎，衮衮诸公，颇疏接洽，惟时集二三老友，诗酒流连而已。承嘱一切殊无以报命，歉甚歉甚。左子侯外除廉访，同年公饯河邸，亦不晤，刻又移节三吴，新令尹更素昧生平矣。曾晤凤老，乞其函致中峰嘘植，第不知已达目的否，容便探询再筹作催符也。弟自抱恙，不堪用心，偶构思执笔，即头闷气逆，近来所得诗，多随意口号，殊无佳构，特录数首呈政。风便尚冀手示数行，或录近作见示，则落落天涯，如亲樽席，惟引领飞鸿远音也。手泐，敬请升安。

芷青仁兄同年亲家大人如握，别来忽忽又届小阳，夏秋迭奉手毕，情话殷恳，无任依驰，久稽答覆，罪甚罪甚。尊事亦尝探诸凡高之门，谈次仍无消息，慨自时趋内重谋夫孔多，觉运动之渐，愈工而力愈大，窃听下风，类多长袖善舞，间有凭空言而获实济者，其中必有密切之关系，吾辈迂疏，宜其听乎后矣。仲帅抚豫与我兄四十载同年古旧，谅当引重，然扬榷无人，恐不暇及。我兄在豫声闻素隆，上风必当有善为嘘拂者，不日定可让君一席也，跂予望之。弟闲居落寞，无可告者，耳目仍清窍不灵，顽躯尚健饭，眷口粒平，致足慰耳。

芷青亲家同年大人如握，别后未浃旬，即奉手毕，并颁赐题意拓园图大著。临风盥读，无任钦迟。委送何梅叟、延镇君大稿已代校矣。晤颖芝同年，交《粤游鸿雪诗稿》两页并梅叟出游明陵诗，嘱转递，望察收。弟撰成《乐寿歌》廿韵，录呈粲政。风闻周口银行竟有胠箧之失，不识情形若何，于警局有影响否，颇深悬系，望便示知，是所跂祷。手复，敬请吟安，惟照不一一。（原注：五月中旬发）

芷青亲家同年大人如握，夏秋以来，迭奉手毕并仙蝶题词及赐贺小儿曾绶长歌，盥读佳章，钦感无似。曾儿以十载曹郎遽膺巡道，实为非分之荣，转深绠短之虑，幸湖湘省非遥远，轮路数日可达，勋业不治，地方尚堪藏拙，刻正摒挡治装，拟过重阳即令之任，惟荆豫道路差池，不获趋叩师门，面聆训诲为怅然耳。前寄来赠吴芝生同年诗，比收到时，芝生已出京，无由转达，尚存弟处，应俟渠抵任后有信来，再由尊处附函邮递何如。弟因入秋腹疾小不爽，近更酬应不暇，以致答覆久稽，歉歉。匆泐布悃，敬请勋安，惟照不一一。八月十六。

芷青同年亲家大人如握，别来又增一年矣，贺贺。聘三移豫藩方为君喜，忽闻周口撤差，大惑不解，继闻权篆陈州，乃知道在是矣。暂局乎，抑长署也。又闻可即真，则尤妙矣。道远言略，迄无定音，深念深念。万望草示数行，明以告我为盼。弟故态依旧，无可告者，眠食如恒，致足慰耳。手此，敬请补安不俱。正月十一日。

芷青同年亲家大人如握，今届端午，虚度七十，已邀大著寿言，又荷远寄祝联，弥觉蓬荜倍增光宠，深谢，深谢！弟老朽蜷伏，何足言寿，乃蒙大雅宏达，暨年世戚串赠递祝联甚夥，不胜荣幸，拟摆印成卷，当寄呈左右。客冬与九老会作消寒雅集，九九图成，得诗几百首，听摆印成卷，寄呈大吟坛乞正是，权当联床夜话也。弟故态依然，无可告，惟顽健堪慰知己耳。端午帅东山再起，而问题殊困难，晤谈，茫无章法，故用人亦难定。弟曾恳随带奎儿，亦未首肯。承委钟君事，遂以无成，歉甚，歉甚。迩来公暇吟兴如何，想又成一集矣，尚冀手教时寄数行以慰驰慕，是所企祷。又六月初七。

颛枝（江西袁州府曹）

远违眉宇，时转心轮，前奉赉书，久稽复简。每企春晖之晋苐，弥系秋水于秦葭。辰下敬维颛枚仁兄同年大人黄堂辑瑞，紫绶凝禧，鸿名扬襦袴之歌，西江春满；豸绣荷丝纶之锡，北阙恩浓。矫首莺乔，欢情凫藻。弟仆仆京尘，悠悠郎署。发惭马长，迹同不食之匏；引领鹏抟，心有常倾之藿。专修芜牍，祇叩勋安，惟希蔼照。年愚弟。

左楚瑛（前山西冀宁道）

楚瑛仁兄大人阁下，远阔光仪，久疏笺候。正殷悬瑟，适奉赉书，三复回环，五中耿结。惟念君子有不虞之毁誉，圣朝无终弃之人才。北阙承恩，东山再起。弟都门羁迹，故我依然，碌碌无足述者。回忆晋垣相聚，颇惬素心。不料时势一变，竟至于斯。我辈适当其阨，命途多舛，得失由天，所谓臧氏之子，焉能使余不遇哉。赖有公是公非，则此心可告，无罪于君民而寓过为挽郁也。

附录一：曾任职刑曹、理藩院并出镇泰宁之绍祺书信

崇辛阶（粤海关部）

自赓骊唱，瞬届蜩鸣，迭奉谦函，益深离瑟，持腴词而三复，弥惭感于五中。敬维辛阶尊兄大人鼎茀春长，升华夏大，奏薰风之解阜，新猷丕焕于羊城，际化日之舒长，殊宠特隆于螭陛。头衔益晋，额祝感孚。弟虚度长赢，深虞短绠，劳薪日积，建树惭无，所幸粒平，足慰锦注。云树虽遥，鳞鸿多便，尚冀箴规时锡，俾得韦佩有资，是所盼祷。专复敬请勋安，恭贺任喜。

再启者，迭奉手书，敬悉壹是。粤关榷务繁剧，经大才擘画，自当游刃有余，不胜钦佩。麟芝安兄所恳一切，殊恭抚情，刻已达芝安兄，嘱先为致谢。仲春接萧纫秋一函，已去，旧疾陡发，万难就聘，别无他故，当是实情，有负雅约，嘱为致意。弟碌碌劳形，无足告者。自三月猝遭大行皇太后大事典礼繁众，日日趋公，而金吾职效奔走，夙夜驰驱，日无暇晷，幸顽躯健饭耐劳，公私托庇顺平，致足慰耳。京师地方尚称安稳，自四月得雨，二麦中稔，大田可望有秋。知念附陈，再请台安。

丁士彬（四川道）

介帆仁兄世大人阁下，暌违温霁，倏忽光阴。只以浮沉宦海，天各一方，遂致久疏笺候。而翘企远风，溯回旧雨，星移物换，未尝不杼柚予怀也。辰维履茀日新，升华时楙，吉云骧首，祝露欢心。弟由刑曹出镇泰宁，坐守深山者数年。旋迁插汉，驰驱朔漠又两年。马齿已增，毫无建树。惟觉奔命已疲，回首都门相聚，酒地花天，无复当年兴会。刻蒙内台简命理藩，自顾铨材忝居独坐，兢惕弥深。所幸躯眷粗

平，致足慰耳。风便尚冀时寄兰言，以匡不逮，藉慰驰怀。是所盼祷。专渤，祗请台安，惟希蔼照百备。

再启者，新接成绵潼道承敦甫系弟门下士，相契最深，由京曹初膺外任，一切生疏，且职居首要，尤恐丛脞贻讥。阁下久宦川中，老成谙达，务恳推情随事，切实指示上下，格外招呼，俾有遵循而免陨越，则感同身受矣。手恳，再请升安。

定将军

自别麈仪，倏届红叶黄花之候，每怀鸿度，弥切苍葭白露之思。敬维静村仁兄将军鼎祺夏大，颐养春多。谢侍东山，霖雨系苍生之望，韩公北斗，星云焕紫阁之光。引企挦辉，曷胜藻颂。弟理藩滥厕，建树无闻，徒益劳形，略无淑状。幸叨绂庇，诸获敉平，慨秋风之容易虚掷驹过，缅旧雨而心仪弥怀麈教。专此，敬请勋安。

再启者，塞垣话别，转瞬九秋矣。回忆两年聚首，时亲樽席，教益良多。一旦分襟，寸衷不胜耿耿。只以俗冗久稽笺候，而每瞻光霁，未尝不杼轴予怀也。弟自首夏旋都，只益劳形，毫无淑状，所幸藩院簿书清简，藉堪藏拙。入冬以后，或可少形繁剧。弟脚气旧疾并未复发，顽躯尚堪耐劳，眷口亦粗适，足慰垂注。新都护莅任以来，想与副帅和衷水乳，亦必随时请教一切。塞门新政如何，闻褚文轩奉调出口，不知新厅官更易何人。回首旧游，时时神往，惟望不遗在远，时锡数行，以慰驰系。附呈致塞门诸君信函，祈即饬纪分送为祷。

恭亲王

敬禀者，窃久隶芝軿，时亲棨训，拟向荣之小草，渥荷栽培，幸不弃至菲材，倍深铭渤。恭维王爷己巘凝禧，壬林介祉，树左伊右周之业，德与时偕，建贤皋神禹之功，谟思日赞。丝纶章汉，弦管歌云。学愧中材，谬膺外镇，于嘉平廿六日抵任接篆，自惟驽钝，深懔鹓濡，惟有恪守典型，切尊训诲，幸免陨越，所自懔耳。专肃芜牍，敬贺节禧，俯请崇安，仰祈垂鉴。

敬禀者，窃前修寸禀，敬叩午厘，亮登乙览。每仰仁帡之在望时铭心，临以倾忱。顷阅邸抄，惊悉福晋太太于五月薨逝，曷胜惶骇。伏惟王爷夙夜宣勤，枢机筦秘，已不胜仰思之切痒，何堪增内顾之忧，测以俗情，窃深过虑，尚冀王爷排遣愁思，达观命数，上慰朝廷之廑系，下绥中外之仰瞻，匪独一人之私祷也。职守攸羁，不获躬亲叩奠，藉供奔走，悚仄莫名，特遣弟敬备延叩奠，略将微悃肃缮寸禀，伏请钧仰，乞垂鉴。

河南抚台

再启者，巴里坤署领与至好来函，历述该处士卒困苦，待饷孔殷，豫晋两省尚欠专饷，现派员守提，嘱为函致转恳早拨。京职何敢干预外省军务，惟闻边外军情异常艰苦，涓滴粮饷皆仰赖内地接济。士卒善战，倘饷源稍缺，遂致枵腹荷戈，将帅自不胜焦急。来函谆托转达苦情，至好相阅，何容袖手，不揣冒昧，用敢沥陈，务恳于万难筹措之中设法早拨多发，以苏数千饥军之命，则盛德所被靡涯矣。

李鸿章(李少荃)(直隶省，丁未翰)

少翁宫保爵中堂老前辈，祉介熙春，功盖函夏。仁流青甸，阳秋适叶夫梅羹，泽沛黄图，元气正调夫葭溯。勋隆锁钥，北拱辰枢，瑞霭旌旗，东边乙帝，詹言畬采，曷罄铺棻。晚生学愧中材，辱膺外镇，已于十二月二十六日抵任接篆。伏思泰宁镇守护维严，内务府掌故尤重。自惟驽钝，深懔蚊虞。幸隶帡幪，尚祈教诲，俾有遵循而免陨越，是所切祷。专修芜牍，敬贺节禧，虔请勋安，伏惟钧鉴。晚生谨启。

荣月帆

月帆仁弟大人如握，自别霞标，倏更月琯。客腊濒行，宠叨盛饯，并蒙远送于郊。正切心驰，适承手札，猥以手足之伤，温辞慰藉，感泐莫名。比维履祉日新，升华时茂，载歆载颂。兄自抵泰宁，恰当岁暮，公忙数日，新春稍暇，忽接八哥讣音，兄手足情重，弟所素知，悲痛乌能自已，况家惟老妹，而两弟又少不更事，行赖吾弟不辞劳，恳代为料理一切，事事井井，实获我心。费神之处，廿年至好，不多套谢也。吾弟补缺有期，未卜何时到署，曷胜翘盼。不少风便，尚寄兰言，则落落天涯如同樽席矣。专此布谢，顺请升安，诸维蔼照。

邵汴生（湖北抚）

自别帨旌，瞬届番风之候，每怀麈教，时倾立雪之忱。辰下恭维夫子大人祉介禔躬，厘延岁首。星移河洛，风回帨节之春，泽被荆襄，湛露焕龙璇之字，从此眷隆一德，即看总制兼圻，骧首鳣庭，倾怀凫颂。学愧中材，谬膺外镇，业于嘉平下旬抵任。伏思泰宁镇责在守护，内务府我司典礼，在在须昭慎重。自惟驽钝，无计藏鸠，惟日兢兢而已。不少风便，尚望指南时锡，俾得面北资承，是则私忱所切祷者耳。肃修芜牍，敬叩节禧，伏请钧安，仰祈鼎鉴。

敬附启者，湖北候补知县傅维祐系门生，曾历署篆，人尚稳练，候补典史朱增桂系　至好，在省听鼓有年。幸隶帡幪之下，伏乞教诲栽培，俾得枝栖，藉资糊口而免向隅，则感荷鸿施，不啻身受矣。肃此敬恳，再请钧安。

孙省斋（直藩）

省翁老前辈大人，调元布治，履始凝禧，绣甸巡春，蓟谷赓郇公之黍，绮辰颁政，燕郊憩台伯之棠。仁风自三辅传来，恩露从九天飞下。巡幢指顾，籥颂情殷。晚生学愧中材，辱膺外镇，现于十二月二十六日抵任接篆，伏思泰宁镇守护綦严，内务府掌故尤重。自惟驽钝，深切蚊虞。所幸近接芝帡，俾得时亲兰教，所切祷耳。专修芜牍，敬贺节禧，虔请勋安，伏惟钧鉴。

文兰舫(张家口监督)

溯违温霁,瞬易光阴,正系蚁忱,适承鸿翰,荷吉辞之藻饰,实铭感而葵依。辰维兰舫大兄大人履茀鼎新,升华萃泰,瑞迓旌旄,阅山阸九边之要;勋隆锁钥,丝纶迓三锡之荣。指顾莺迁,情殷凫颂。弟才惭驽钝,位耻貆悬,虚掷分阴,毫无寸善,所幸粗平,堪慰绮注耳。望迢迢之云路,时寄鳞鸿,庶落落之天涯,如同樽席。此复祗请升安,诸惟离照。愚弟顿首。

英西林(乌鲁木齐都统)

自别帨旌,觉星霜之转瞬,遥颁雁信,望云树而驰神。迩际岁转龙杓,律回凤籥。西林仁兄大人甲帐凝庥,辛盘介祉。望闫公之棨戟,春到乌垣;耀汉将之旌旗,恩承紫阙。詹言鬲采,曷罄铺棻。弟自顾菲才,忽膺重镇,鸠藏无术,蚊负堪虞。况泰宁镇责在守护,内务府职司典礼,在在须加慎重。自问何能,惟日兢兢而已。幸公私平适,堪慰锦廑。鳞鸿多便,尚望教言时锡,俾有遵循,是所盼祷。专此恭贺年喜,虔请勋安不尽。

张上龢(内丘县)

紫莼仁兄大人阁下,远阔芝云,又更柳雪,正殷离瑟,适奉谦函,并蒙赐我百朋。拜受之下,弥殷感泐。比维履茀日新,升华时楙。载歆载颂。弟滥厕理藩,毫无建树。惟日日进班入值,夙夜几无宁晷。刻值花衣朝觐,连日奔走不遑,而顽躯采薪初愈,精力殊疲,遂致答复稽迟,歉歉!奉委之件,所篆自是进步。但静海一席,其权既不在方伯,且由内丘躐等以求,转恐言之无益。现瓜期已届,仍归万全,顺理成章,似可有成。信到,万全再图静海,得陇复望蜀,未为晚也。鄙见如斯,当即专函达方伯,竭力以图万全,想春间已有当面一诺,加以弟之说项,谅不致漠然置之耳。嗣后如有其音,尚冀示我数行,以慰鄙系。专复布悃,祗请升安,谨璧芳版不具。

附录二:曾参与河工(郑工)之役绍諴之函

陈润甫

润甫吾弟如话,别来又届春风。迭接函电,均悉比维兴居清吉、潭第平安为慰。都门伏处,故我依然,无可告者,惟日摒挡米臬,琐屑不堪,几类田舍翁,龌龊牖下,幸有小儿分劳晨夕,差堪习静,别无佳况。祗顽躯健饭,内人旧疾久未复发,一切平安,差慰远注。小儿功名事有差池,荫生又录用旗员,亦不能就,只好另谋道路。九家兄仍在插汉书,无转动消息。顷又奉命出口查办事件,冒风沙驰驱朔漠,可谓劳苦。五舍弟胶续尚未谋定,大约今年总可办理。吾弟粤东之行,不识何时遄发,嘱致石庵舍弟手函转呈,祈察入。抵粤可面交,信内详述彼此交谊,舍弟当不至漠视。至所叙吾弟之事,系悬揣遥度办法,不识能否中肯,可与舍弟面商酌办,并兄数年浮沉之况亦可代达。至瑞都转前到京形迹甚疏,迄今未通一札,未便专信干求也。闻吾弟去岁失一女,又举一女,掌上珠还,亦一快事。手此,即候近祉,并颂潭第均吉。

润甫贤弟如晤,一别倏经年矣,抚景怀人,时萦梦毂。顷接手函,备悉种切。吾弟匝岁遨游,方冀马常之风足壮行色,指日旋都,不意他山之助,仅数毛诗集腋良难,殊为耿耿。江西之行,德晓峰处固可登高而呼,第兄近与晓峰不常通札,形迹甚疏,恐未必如响斯应,姑致一函以看交情,或不致漠视也。兄都门坐困,历路如恒,无可告者。所幸人口粗平,一身无恙,差致足慰耳。小儿已遵海防例捐候选笔帖式,未捐分部。选期尚远,家居静候而已。九家兄处一切平安,两宅均平安。吾弟此行,不识何时可以北上,大约年内可抵京否为盼。风便尚望时寄兰言,以慰鄙系,纸短言长,余容续达。此复即候近祉,并问阖第均吉。

成子中(河督)

仁弟姻大人搁下,远阔芝云,时赓葭水。顷奉春风之信,弥殷秋月之怀。辰维鼎茀日新,丰功时懋,引候裔采,曷罄铺棻。兄坐困都门,如恒历路,依然故我,无可告君。所幸粗平,堪慰锦注。阁下总制全河,抢护堤防,事皆亲莅,均能化险为夷,足徵贤劳擘画,不胜钦佩。盖治河难,治黄尤难,事非亲历不能洞悉,至若清议,大都局外鼓言,纸上谈兵,吾辈作事,但尽心力,期上不负国,下不负民而已,人言不足恤也。不少风便,尚望时锡兰言,以慰驰慕,是所祷耳。专复,敬请澜安,顺贺春禧,诸惟霁照百备。弟夫人坤安。姻愚兄顿首。

再恳者,查倅筠业蒙栽培,逾格准补,足征爱士怜才,不胜钦佩之至。惟闻部议差池,格于成例,尚赖鼎力斡旋,用特专函渎恳,务乞恩施格外,既蒙培植于前,全杖成全于后。缘该员为河工老手,兄所深知,或此枝栖,良非易易,千乞关垂设法,速赐玉成,则始终感德靡涯矣。手此切恳,再请崇安,不胜盼祷之至。兄又启。

子中仁棣姻大人阁下,久阔光仪,时殷渴慕,清和下浣,曾陈芜牍,计达典签。舍亲蒋晓楼来京,奉到惠函,并颁厚赠多珍,拜受之余,弥深感泐。敬维鼎茀春恒,升华夏大,载歆载颂。兄碌碌闲居,毫无淑状足告亲故,应酬之外,米盐琐屑,烦扰难堪,而拮据支绌之形,已不可言喻,若再弃置顺年,系而不食,几乎不支。无聊之极,惟抽暇阅金经、弄笔墨以消遣而已。所幸顽躯无恙,眷口粗平,差堪告慰锦注耳。蒋晓楼面述雅意,欲因河工以相汲引,令人感出非望。兄自惟宦游豫皖十余年,虽无大建树,尚无甚愆尤,自信荥工一役,河工刻意讲求,殚心瘁力,以蒇厥功,为时论所称许,乃自晋回京,几于一蹶不振。治黄建议者纷纷,竟无一人提及区区前日之事,亦足见知音之难，今辱蒙足下齿及，实为我生平第一知己。片言已感，况欲转相汲引，则感深知己，何敢畏难苟安而不许以驰驱耶！自顾精力尚堪奔走，惟出山无路，徒自拊脾，果蒙阁下先路之导，将禀承而步趋之，尤所踊跃乐从者也。

子中仁弟姻大人阁下，溯违霁月，又届秋风。正切驰思，忽阅邸报，郑汛河溢，不胜惊骇。即拟专函讯候，适奉惠书，敬悉种切。并蒙腆词奖掖，不胜惭感。正拟裁笺奉复，于十一日奉旨发往河南，随同办理河工事宜。闻命之下，不胜惶恐，伏思现在河工关系极重，区区虽曾从事河干，于堵筑事宜粗知大略，但事隔几近廿年，今昔情形不同，成效何敢逆计。所幸硕画在前，兄追随奔走，有所禀承，自当竭尽心力，以期共济时艰。刻下匆匆束装，拟于月杪陛辞，即轻车就道，大约小阳中旬即可到工。晤教匪遥，不多赘述，先此密布，敬请台安，惟澄照百备。

远阔杓晖，又逢蒲节。每企青云之晋茀，弥赓白露于秦葭。恭维子中仁棣姻大人厘延卓午，政协昌辰。歌虞阘云，倾心祝露。弟都门坐困，愧不如人，历路如恒，依然故我。所幸人口粗平，一身无恙，差足慰耳。都门一切安堵，近畿入春缺雨，二麦不登，惟盼透雨，以待西成矣。法事和局已定，四月下旬在津换草约，现尚未画细约，虽已停战，而法未退兵，故海疆尚无撤防信息，大约总可罢兵也。风便尚冀时寄教言，以慰驰慕，是所盼祷。专此，敬请勋安，顺贺午禧，诸惟蔼照百备。

子中仁弟大人阁下，阔别芝云，几更柳雪。前于午节曾布乙函，目极飞鸿，弥殷结蚁。敬维鼎茀燕中，升华麟丙，远风骧首，积日驰神。春间阁下摄篆中峰，定增一番建树。鹿中丞抵豫后庶务维新，以阁下清操重望，久著中州，必能和衷共济，不胜翘企。王澍汶一案如此反覆，究竟如何，想不出洞鉴也。

子中仁弟姻大人阁下，溯违霁月，又届秋风，正切驰思，忽阅邸报，郑汛河溢，不胜惊骇，即拟专函讯候。适奉惠书，敬悉种切，并蒙腴词奖掖，不胜惭感。伏思荥郑之间素称土头极孃，且首受出山之水，加以雨淋，沁黄并涨，其异常汹涌可知，诚人力所不及。而推究其故，总由山左下游频年水患，节节淤垫，不能畅注，则上游壅溢而郑适受之，盖全势掣动使然，非独郑之弊。观溢后下游即断流，其明验也。为今之计，除急筹赈抚外，似非仅筹堵塞所能了局。统观全局，固不能听其泛滥于南，亦必不能使仍折而东，则挽归云梯故道，此其时矣。但绵亘十馀里，淤塞三十馀年，一旦使复故辙，处处施工，首尾并举，事难而款弥巨，虽有成法可循，而今昔情形不同，欲变通尽利，亦殊无把握。承示欲援引相助为理，昔曾从事河干，若堵筑事宜，追随奔走所不敢辞，至统筹全局，则诚不敢妄参末议，惟彼此至戚，姑妄言之，谅不责其狂瞽也。风便，尚望时惠数行，以慰鄙系，是所祷耳。专复，敬请台安，惟希朗照百益。（原注：此稿未发）

正拟裁笺奉复，于十一日奉旨发往河南，随同办理河工事宜，闻命之下，不胜惶恐。伏思现在河工关系极重，区区虽曾从事河干，于堵筑事宜粗知大略，但事隔几近廿年，今昔情形不同，成效何敢逆计。所幸硕画在前，兄追随奔走，有所禀承，自当竭尽心力，以期共济时艰。刻下匆匆束装，拟于月杪陛辞，即轻车就道，大约小阳中旬即可到工，晤教匪遥，不多赘述，先此密布，敬请台安，伏惟澄照百备（眉端：谒政府云：上意急切堵筑新口，并寄谕山左下游赶修堤埝，欲挽河仍由山东入海，惟部拨之款恐九月内不能解到。幸上谕准由藩库提拨，尚可济急，此时惟有设法广集料物为急先务耳。窃闻自河决后，陈奏者纷纷，疑有弹章，我辈作事固不畏人言，然亦不可不加谨也）。

远违光霁，几易岁华。客腊曾布两函，计日已邀青鉴。虽鳞鸿多便，千里不啻一堂，而离群索居，无日不神驰左右也。恭维景茀燕申，新猷麟丙，载歆载颂。兄物候惊新，尘容仍旧，依然故我，无可告君。惟冀帨节不日入都，班荆道故，啜茗谈心，一叙数年契阔，是则私心所切盼者耳。兹恳者，查名筠系兄门下士，为河南旧属，人甚稳练老成，素所深知。前在河工随兄当差，于河务一切熟习，洵推河员老手，惟缺瘠累重务，祈推爱格外关垂，优为调剂，俾有资益，在阁下节莅伊始，本不应遽行干渎，因念大厦需才恐亟，则素有所知，不敢不推荐以备驱使。若该员任以冲要，必能收指臂之效。若君爱才，想亦乐为提携。即乞栽培成就，则感同身受矣。

丁某某（前广东高要县）

仁兄大人阁下，远违芝宇，时系葭湄。顷奉谦函，倍深离瑟。比维履祉鸿延，升祺燕吉，以欣以慰。弟羁迹京华，倏更寒暑，满拟入秋俶装回粤，乃承简命，分巡楚南，物换星移，回首旧游，弥令人神往。昔与阁下同舟，久深钦佩，卜为远道之方，乃因波折，少羁骥足，今即东山再起，自当一飞冲天，惟逋负累人，诚足令英雄短气。来函所嘱一节，弟自当效绵薄，至应如何设法拨抵，必候方伯俯允，司库亦无窒碍，三千之数弟即力为臂助。尚乞商之杜君菊人，全杖其大力斡旋，以济君事，弟惟引领以候其音也。专此。

高少良、纶雨芗、永子健、明月樵、廷彦臣、敬廿五、广厚田、英竹农、隆湛园、恩子余、龚引生（刑部）

数年聚首，一旦分襟，回忆酒地花天，开樽话别，殷情雅意，何日忘之，而倏忽春风，弥令人望穿秋水也。恭维　鼎履春长，升华夏大，远风引领，积日倾怀。弟自拜别后，匆匆就道，于小阳中浣抵汴，次日即驰赴工次，弥望口门数百丈，水势异常，汹涌泛滥无涯，不觉望洋生叹。

弟现奉河抚两帅派总办西坝，急拟兴工，力图堵筑，无如集料奇难，刻下不及原估十分之一，故未敢仓卒进占，惟有严催购料，大约嘉平即可开办。弟以绵薄办此大工，实深危惧，幸有钦使并河抚帅在前，惟有诸事禀承、竭力奔走而已。风便尚冀时寄教言，以匡不逮，是所祷耳。

弟日日奔走河干，并应接僚属，安置行李，仆从纷如乱丝，茫无头绪。

海山(河南郑工西坝统局)

敬禀者，窃奉到宪札，委赴直东通州一带采买麻连口袋，运工需用，并发下银三千两，以备采办。当即遵照领讫伏查麻连口袋，须赴直隶天津一带采买办齐，即由水路运工解赴。愚钝下才，适蒙宪恩差委，敢不力图报效，至麻袋为数较多，必须多方设法采买，水路程图较远，解运每易迂缓稽迟，惟有竭尽心力，设法采办，催趱解运，以济要需，期无负大人栽培委任之至意。所有遵奉委札照领发款，并感激下忱，理合恭牍禀陈。敬请钧安，伏惟垂鉴。

海弟如话，别来瞬已三月有余，时深遐想。端节后接葛翁来电，知吾弟已到工，均妥，远怀稍慰。至六月十八日始接到由宝兴隆寄来数函，均悉一切。暂在文案处行走，是否即奉札为文案委员，抑系另有别处委札，月支薪水若何，便中来信，日夕与师斋相聚，闻之甚慰。惟师斋办事性缓，吾弟须辅之以极，吾弟作事以须自励，力矫迟缓之弊。盖凡事勤敏则有功也。师斋近来恐为洋烟所累，吾弟日与相依，切须力戒，万勿沾染，至为切要。赵华甫本系市井买卖人，一旦捐官，小人得志，更未免趾高气扬，吾弟既与共事，只好忍奈。然见到当言时亦须力言。伊若不听，即不与争，亦须设法自站脚步。

江人镜(湖北盐道)

蓉舫大哥大人阁下，溯违温霁，几易光阴，虽笺候多殊，而荆树燕云，未尝不缅班荆、抒杼柚也。顷奉惠书，并蒙赐我百朋，分河润以济燃眉，拜领云情，弥增颜汗。敬维升华夏大，鼎茀春多，指顾莺乔，情殷凫藻。弟都门伏处，碌碌无可告者，亲酬应戚，摒挡米臬，烦扰难堪，抽暇惟阅金经、弄笔墨以消遣俗虑。所幸躯眷粗适，致足慰耳。郎家山左沿河濒行曾拟作将伯之呼，迟疑未果。盖虑河患已亟，疏浚极难，亦诚恐屈宋衙官徒仰人鼻息，无所设施，转致进退维谷。乃蒙鉴及，足征相爱之深、代谋之切，感佩无似。弟髀肉已生，壮心未已，原不敢固执坐失事机，然立定脚跟亦不敢妄自菲薄，作枉尺直寻之想，是则可告慰于知己者耳。近日家兄每代谋于当道，弟无可如何，只有静听自然而已。家兄自旋都后，气体精神日增矍铄，惟藩院异常清苦，苏子卿牧羝十九年，归汉只典属国，想古今人不甚相远也。五舍弟身体已痊，惟胶续尚未缔成，言念及之，予心耿耿。小儿世善功名蹭蹬，所捐员外未领照，逾限注销，而荫生引用旗员又非道路，无已改捐笔帖式，分工部学习，前途茫茫，不识将来能否出人头地。寿帅抵京谒见时谈及我哥，以老练推许。弟缕陈晋垣荒政，亦甚钦佩。汉黄一席弟代说项并详言近况之清苦，似已在寿帅意中，大约乔迁不远矣，企予望之。瀛眷以水土不服，稍致清恙，转觉他乡似故乡。宦游之人，往往如是。五世兄英才浩越，必当一鸣惊人，想总办之言必不谬也。南风多便，尚冀时寄教言，以慰驰慕，惟日引飞鸿远音也。

蒋晓楼

晓楼大人如握，别来又转春风，正切渴思，迭奉手翰，颁到百合洋糖，承赐小女衣饰，弥复厚惠隆仪，却之不恭，受之有愧，感谢无似。比维履茀日新，升华时懋，以慰以欣。十七□[①]厘局向来优裕，不料一变竟至如斯，迩来公私尚堪敷衍否，念念。前鞠子联太守来京，晤谈及阁下署理河南时小有琐碎，颇为上游所闻。弟都门坐守，故我依

① 此字原稿模糊，难以识辨。

然,无足告者。所幸顽躯无恙,眷口粗平,堪慰远注。九哥于客腊升察哈尔都院,二月中旬入觐,约三月下旬赴任,虽获迁转而瘠苦依然,诸务纷形拮据。幸驻扎张家口,路非窎远,尚不致冒风沙,驰驱朔漠耳。兹有恳者,新分到省教习知县沈师斋名维垣,系九哥处教读西席,舍侄受业有年,品学优,与弟相好相知最深,寒士初登仕版,一切生疏,务乞格外关照,遇事指示招呼,俾有遵循,而免陨越,是所拜祷。

晓楼大人如握,久违雅度,时切驰思。夏月曾布素书,计日已入青鉴。九秋奉到手示,并颁糖霜蜜枣,感谢之至。比维履祉吉祥,潭祺安燕,载歆载颂。弟家居如昨,无善可陈,中秋后内人小儿由北山旋都,内人病体粗平,小儿尚未分部当差,顽躯无恙,堪慰远注。九哥请修墓假两月,于中秋后携全眷进京,九哥精神康健如前,约须冬月回任。四弟于月举一子,五弟以笔政签分兵部当差,于九月初完姻。弟自中秋后诸务猬集,应接不暇,幸小儿回家,诸可分劳,顽躯得以无恙,足抒远注耳。

晓楼大人如握,远违芝宇,时系葭湄。暮春接奉手函,并颁厚惠藕粉柿霜,拜受之余,莫名感泐。比维履茀日新,升华时楙,起居迪吉,潭第凝庥,以欣以慰。归里年余,杜门藏拙,碌碌无足告者,内人小儿远住北山,尚未进城,舍下一切米盐琐细、亲友应酬,皆须一人经理,俗冗日增。所幸顽躯健饭,眷口敉平,堪慰远系耳。所存楠木家具琐事蒙照料,感甚。寄京无须急急,只可遇便托人,至请藩宪交派一节,千乞无须,恐烦琐令人生厌也,至嘱至嘱。

奎星斋(礼部正堂)、敬子斋(礼左)、续燕甫(礼右)

燕台羁迹,麈教时亲,梁苑趋公,鸿仪远隔。每忆春风之嘘植,弥赋秋水而溯回。燕市闲居,时领芝兰之教,骊歌唱别,渥叨盛饯之筵。南浦萦怀,东风转瞬。敬维星斋尊兄大人厘延岁首,祉介禔躬。鸿仪敷周礼之文，龢调玉烛，夔典佐虞廷之治，宠卜金瓯，都挹华簪，颂深栈仑。弟汴水重游，条风倏届。徒益薪劳，毫无树立。观澜乏术，敢言治水之功，望岁有怀，敬上宜春之颂。专修芜牍，恭贺蕃禧，虔请勋安，惟希蔼照。

李子鹤(谪戍军台)

夫子大人尊鉴，敬禀者，梁园拜别，数月于兹，人事变迁，光阴迅速。每瞻师范，弥切依驰。盖无日不慨吾道之穷而盼天心之忧也。自九月廿四由濬水买舟北上，行抵津门，因事勾留数日，于小阳廿二日入都，适因感寒，抱小恙，未能出门，嗣闻帅驾业已出都，未获躬亲饯送，罣甚罣甚。遥惟夫子大人仆仆北征，值此隆冬朔风寒烈，诚何以堪。每一念及，肠一日而九回，向来谪戍塞门，尽可通融一切，但天荆地棘，世路甚难，不识炎凉之态若何，种种关怀，而游夏竟一辞莫能赞，惟有北望塞垣，敬祝吉人天相而已。顷晤高阳谈及前事，上窥天意，下验人言，似为道尚在人心，竟可静观而无庸深办。河工新政入手即自相矛盾，而美其辞为通权达变，诚非愚昧所及。知闻其人告嘉平中浣，合龙已有把握，但愿早日蒇工，上慰天心，下拯民命，纵令若辈贪天功而蒙上赏，亦时运之适，然不足深较，而天心忧见，夫子大人定邀鉴谅而赐还，是则一瓣心香所切祷者耳。

倪(江南抚台)

敬再禀者，违侍以来，两易春秋，翘企崇阶，良殷渴慕。自郑工报罢，废然而返，适值家门多故，手足怆怀。去秋肝气抑郁，湿热为病，右臂作痛，十指亦常麻木不仁，春间复染时疫，迄今尚未霍痊，运蹇数奇，百无聊赖，遂致笔荒墨驰，禀牍多疏，寸衷不胜歉仄之至。下情久在洞鉴之中，谅不深责也。豫省自河工蒇事，已经年余，想小民之荡析离居者已稍稍还定安集。新河帅莅止定有一番作为，窃愿保固永报安澜，是则局外人区区之私念所不能释怀者耳。不少风便，尚冀时锡教言,不胜翘盼。肃此再请钧安。

潘仲馥(工部正堂)

夫子大人钧安,敬禀者,叩别以来,倏经寒暑,迭上禀函,计邀钧鉴。随办郑工,值此次决口过大,时促料艰,工作万难,早在洞鉴之中。西坝系里溜进占,尤觉异常吃力。朝命谆迫,钦使督催,急于星火,焦灼万分,况目睹下游淮泗徐扬一带大汛堪虞,万不得已,乃有并工节料之议,然事无把握,冒险图功,亦出无可如何,不胜惴惴。幸春夏之交水势平静,昼夜赶办,已进至六十占,计日妄拟合龙,不图大汛忽来,致捆箱船沉失,占扫陡蛰,赶急抢护,屡箱屡蛰,至　日始一律办齐,而伏汛大至,料物无多,其势万难前进,是固天时使然,亦实由　等计虑未周、图功不力,诚宜严旨申黜,乃蒙恩准留工效力,宽其既往,责其将来,感激之余,倍深悚惕。伏思吴清帅才猷卓著,愚钝实不足追随以供指臂,不揣冒昧,敢乞夫子大人手函嘘植,务恳清帅格外关垂,不时指示,俾免陨越,而图寸功,尤当奋勉驱驰,以仰副夫子大人栽培之意,私衷不胜切祷之至。专肃叩恳,敬请钧安,伏惟垂鉴。谨禀。

仲馥四哥大人阁下,都门拜别,几易春秋,时深渴慕。自客岁至今,三次奉到手书,语挚情真,爱我奚啻手足,并蒙惠赐诸珍。先兄弃世,辱承慰问,赙仪隆厚,殷情稠叠,极渥至优,感激之私,莫可言喻,而迄今竟未能以片纸奉复,自问殊出乎情理之外,惟因近年肝郁,时时臂痛,手指麻木,不能握管,而千里谈心,断非片纸数行所能罄此衷曲。手书既不能,而倩代又不可,郁结寸心,徘徊辗转,遂至稽延至今,我哥知我爱我,必当曲谅也。弟前数年退处都门,自分终于闲散,蒙我哥缓颊当途,多方嘘植,乃有郑工一役。弟才识愚拙,满拟老守成法,稳慎图功,嗣因料艰时促,朝命谆迫,钦使督催,不能不亟图后计,因建以土代料并工前进之议。彼时高阳相国俯如所议,主持一切,弟遂放胆前进。然并未敢行险侥幸,惟步步踏实,作工已进至六十余占，经伏汛盛涨，未曾冲动，指日即可合龙。不图奋迅图功，竟招鼠忌滋多，恐功亏一篑，忽然中变，一载徒劳，废然而返，乃以师心自用，见讥于时，究之后来者并未能丝毫改弦易辙，遂因我已成之局，收什合龙，而并无人片言一提区区前功，幸蒙特恩，开复处分，遂置诸不论不议之列，至今弃之如遗，是皆弟之数奇途舛，徒自抚髀叹老大无成而已。两年抑郁，并未尝对外片言表白，惟我哥知己，故敢缕述，一纾我隐情也。家坐无聊，初亲故应酬外，惟日诵金经以消遣世虑。小儿报捐笔帖式，分工部当差，自丙子年到部，现已补缺，并邀庆典，保奖功名似有进步，但少不更事，历练甚浅，未识何时可望有所成就耳。四舍弟户部当差，现仅帮印，无甚起色，五舍兵部笔帖式，去冬补缺而身体素弱，不耐差事劳苦，幸病已痊可，惟两目受伤，时时羞明恶风，尚须静养。自九哥弃世，身后清苦，丧葬一切暨侄男女教养婚嫁皆须弟亲为料理。去冬九哥安葬，侄女子归两侄均未及岁，为之延师课读。弟闲居困守，又值家门多故，摒挡擘画，诸形拮据，为之奈何。至谊关垂，必当为我长太息也。我哥抚皖经年，吏治民风当大起色，惟地方瘠苦，作为展布殊难省，南土客民构衅斗案滋多，近来想少安静，颖亳寿风气素称强悍，则皆抚字，不免劳心者也。

岐子惠(将军)

远阔蚕丛，几更雪柳，每怀麟度，时赋霜葭。敬维子惠仁兄亲家大人景茀燕申，勋华彪炳。虎拜鹰扬之伟业，望重川西，龙骧骠骑之功名，眷隆阙北。引瞻铃阁，曷罄葵轩。弟都门退处，闭户养疴，不意家居，又膺朝命，驱车叱驭，行歌蜀道之难，剪烛开樽，将作巴山之话。先此布臆，敬请勋安，诸维伟照。

再启者，弟数载赋闲，自分终于弃置，顷奉恩命，帮办藏务，才轻责重，不胜悚惶。幸节钺久驻川西，将来道经陇蜀，藉得面聆教言，仰仗鼎力照拂一切。弟刻因病请假两月，速加医治，趣办行装，约须中秋后始克就道，计程冬腊即可入蜀，晤教匪遥，兹不多赘。尊府一切平安，当有竹报，惟舍侄女青年物故，固属有命存焉，亦实无福。知念附及，手此，再请勋安。姻愚弟顿首。

远隔蚕丛，久违麟度，顷颁鸿翰，弥切恺私，蒙锦饰以腴词，抚鄙怀而颜汗。敬维子惠仁兄亲家大人静时通星，甝名盖日，虎拜鹰扬之伟业，威震川西，龙骧骠骑之勋名，眷隆阙北，引候铃阁，曷罄褰轩。弟云云。

再启者，客岁帨节旋都，蒙锡川珍，并颁藏佛，隆情厚谊，极渥至优，感泐无似。乃彼此往拜相左，竟未能把握，一叙契阔。转瞬笺云陇树，天各一方，每忆光仪，予怀耿耿，想易地有同情也。弟杜门伏处，碌碌无可告者，日惟礼藏佛、阅金经以解脱俗障，并为阁下乞无量福德以励相我国家，是则一心所顶祝者耳。兹恳者，敝通家葛羲乾名某，因事入川，久钦雅望，急切瞻韩，务望推情垂顾，并请随时关拂一切，是所拜祷。不少风便，尚冀时锡教言，以慰驰慕，惟引领飞鸿远音也。手此，再请勋安。

钱子密(太仆寺少卿)、麟芝安(刑部正堂)

燕台羁迹，麈教时亲，梁苑趋公，鸿仪远隔，每忆春风之嘘植，弥赋秋水而溯回。燕市闲居，时领芝兰之教；骊歌唱别，渥叨盛饯之筵。南浦萦怀，东风转瞬。敬维芝安尊兄姻大人履端肇庆，鼎祉凝庥，祥刑歌有脚之春，法明玉律；宠命荷在心之简，名卜金瓯，揆席荐登，华褰曷罄。弟重游汴水，倏转条风，徒益薪劳，毫无树立。观澜乏术，敢言治水之功；望岁有怀，敬上宜春之颂。专修芜牍，恭贺蕃禧，虔请勋安，惟希霭照。

瑞辅侯(江西臬台)

辅侯表弟大人阁下，远违芝宇，时系葭湄。迭奉贲书，久稽复简。每怀鸿翥，未尝不怅远道而溯回也。辰维履茀日新，升华时楙，矞云骧首，祝露欢心。兄羁滞都门，负惭历路，依然故我，无可告君。河工奏绩，兄以局外，未录寸功，乃荷天心之复，恩出望外，惭积五中，缪荷腴词，倍增颜汗。九家兄弃世，晚年手足之伤，良深悬感。身后一切皆兄亲为料理，约须冬间乃克卜葬，乃蒙惠书存问侄辈，并承隆仪厚赙，拜领之下，感及殁存。叨属至谊，不敢套谢也。风便尚冀时寄兰言，以慰驰慕，是所祷耳。专泐布悃，祇请台安，惟希蔼照百备。愚表兄顿首。

三照(山西知府)

星舫大伯大人尊鉴，溯违慈范，时系孺忱。顷奉钧函，备承锦注，敬维福比日升，道随时泰。履茀与吉云并蔚，鼎华迎化日俱长，骧首向风，欢心祝露。侄家居碌碌，无善足陈，戎曹闲散，公余仍离举业，惟俗冗羁萦，笔荒墨驰，毫无寸进，时自焰然。所幸家慈以次托庇粒平，差堪上慰垂注耳。家九兄仍然藩院，尚未迁转。

绍葛民

葛民一哥大人阁下，客腊由折弁匆匆泐复一函，计邀青鉴。方春始和，想兴居丰胜，公私顺利，慰慰。顷阅高阳奏牍，具见吾哥老谋硕画，冠绝当时，而溜势外移，入手即睹成效，从此撒手放胆前进，即卜一气呵成，不胜快慰之至。兹恳者，候选巡检黄兆荣系弟世交至谊，赵丹林之同谱，丹林谆托弟函荐报效河工，伏乞推情收录辕下，量材赏派差事，俾效奔走，藉图进境，是所拜祷。弟行人临发，匆促不及缕述近况，容再细陈。专此，敬请澜安，统希融照。

沈师斋(前山东抚台)

师斋仁三兄大人如握，上元登楼一话，转瞬谢却海棠，又到困人天气矣。两奉惠函，久疏笺答，非故懒于笔墨，碌碌无状，不足告知己耳。浣读全章，慷慨悲歌，真欲击碎唾壶，再观后贼则如扬子云《反离骚》,怡然焕然,解人达见,固当尔尔。弟居停葛仙家,蒙主人青眼优待,晨夕谈书画,弄笔墨,颇惬素心。本避尘嚣,虽在城市,无异兄之在山林,况匿迹韬光,自安岑寂,则吏隐与舌耕,岂甚相远,此差堪告慰同心者也。委件已商之哲臣,据云入练局不难,须先捐助局费五十金,并亲身当差,如托人通融当差,可倩代而捐费必不折少。二年例保,虽不能必得同事知可通融,仅保升衔,至补缺后先换顶戴,俱不能保,大略如此,俟文旆来京再酌办可也。莲卿一联,可谓情真语挚,弟妄以为情不可不真,而语似无须太挚,稍参以活笔,则愈娓娓入情矣,缪谈祈酌。午节文旆言旋,须何日抵京,把握匪遥,不胜殷盼。

师斋三兄大人阁下,溯违眉宇,时系怀思,顷奉谦函,备承垂注。就谂履茀日新,升华时楙,载歆载颂。阁下保案只进一房,何以自请如是之薄,总以弟事机不利,累及亲朋。回首河干共事诸君,时觉愧愧。曼君处临别时曾将尊事谆托,不知晤面谈及否。弟与曼处相交虽久,惟现居台下,人卑言微,恐难济事,既承远嘱,必当力为说项也。弟家居碌碌,故我依然,无可告者。自客冬九哥弃世,晚年手足之伤时深悬感。九哥一生清苦,身后萧然,丧葬一切以及子女教养婚嫁皆须亲为经理,运气如斯,为之奈何,至谊相关,不必为之长太息也。知念附陈,风便尚冀时寄教言,以慰驰系,是所祷耳。专复,即请升安,敬璧芳版。多年至好,何官气如是之重耶,嗣后勿再施为幸。愚弟顿首。

松椿

峻峰十兄大人阁下,远阔鸿仪,又更龙朔,引企春晖之晋茀,弥系秋水于秦葭。敬维堂舍凝庥,薇垣辑瑞,鼎茀与裔云并蔚,升华迓湛露正酞,引领莺乔,莫名凫藻。自客岁小阳回京,甫歇征尘,未遑休息,不料九哥因感寒触发旧疾,遽然弃世,晚年手足之伤,曷胜悲感。乃蒙惠书存问,侄辈训勉有加,并荷厚赙隆仪逾恒,垂爱感及殁存。

九哥一生清苦，两侄少不更事，一侄女待字，嗣后教诲婚嫁，一切皆须弟亲为料理，家运如斯，为之奈何。知关垂注，谨此布陈，兼鸣谢悃。敬请勋安，惟希蔼照百备。

崧振青（苏抚）

敬再启者，分江苏补用通判王振镛系弟多年至好，历办海运，熟手，人亦老练，素性爽直，每觉不合时宜，为分苏而仕门听鼓，赋闲两载，未免向隅，务乞格外推情，训迪栽培，赏派差使，俾效奔走，藉获资益而免坐困，则感同身受矣。专恳，再请勋安，惟希蔼照不尽。

再，该员籍隶顺天通州，倘蒙委解京饷等差，俾得就近回籍措赀，则出自逾格关垂，尤为感祷。

孙某某（吉林府）

敬禀者，窃远阔师琴，时深离瑟，际此番风之候，倍倾立雪之忱。恭维夫子大人福绂皆升，道随时泰，福星一路，迎淑气于东郊；指日三迁，迓恩光于北阙。鳣坛集瑞，凫藻胪欢，才惭驽钝，迹等鸠藏，虚度韶光，毫无淑状。所幸顽躯无恙，眷口粗平，足慰垂注。家九兄客腊简授察哈都统，约须二月中旬入觐，再赴新任，出镇泰宁六年之久，甫蒙迁转，而地当边要，瘠苦依然，幸驻扎张家口，路非袅远，尚不致冒风沙、驰驱朔漠耳。知关廑系，特此布陈。客岁夫子大人赴吉，曾托景东甫致铭将军一函，代为嘘拂，东甫前曾询及，望便中专函致东甫，道意似觉周到。近畿自客岁霍潦成灾，一冬无雪，今年丰歉，尚难预卜。都门自去冬钱铺纷纷倒闭，银贱谷贵，诸务拮据，未识吉省客岁丰歉如何，地方一切想经夫子大人莅治，定卜政平讼理，百废俱兴。尚冀时锡教言，以慰孺私，是所切祷。专肃恭叩春禧，虔请钧安，伏惟垂鉴。

再启者，暌违光霁，几易岁华，虽笺候时通，而离群索居，不啻望穿秋水也，比维起居丰胜，以慰以欣。弟碌碌无可告者，赋闲藏拙，静以待时而已，风便尚冀赐我数行，以慰驰慕。是所拜祷。

夫子大人钧鉴，敬禀者，都门叩送，转瞬经年，翘首师琴，无日不倾神左右。五月杪奉到手谕，敬领壹是。欣悉夫子大人平安抵吉，即为各宪钦重，总办两局，旋即代理长春，奏补吉林，从此升阶叠进，无任欢忭之至。

文俶南（驻藏大臣）

敬再禀者，二月奉到手谕，知吾叔大人始由西安入蜀道，正拟修禀，又奉赐书，已安抵蜀郡，而因事稽留，冬至后始得西进，刻下计应平安抵藏矣。山川跋涉，殊方异域，水土不服，知在途屡致清恙，驻节后稍为偃息，当已康健如初，不胜悬系之至。侄家居如昨，依旧赋闲，略无善状，幸躯眷粗平，差慰垂注。九哥于客岁四月回京，身体尚健壮，惟理藩院清苦异常，至今尚无转动，家什殊费支持，所喜奉调回京，晚年兄弟聚于一堂，尚为天伦之乐事耳。知关垂念，特此附陈。风便尚冀时寄教言，以慰驰慕，是所拜祷。手此。

前于午节曾上素书，屈计庚邮，谅邀丙照，翘企春晖之晋茀，瞬届秋色之清华。敬维俶南十叔大人福比月恒，道随时泰，远风骧首，祝露欢心。侄都门坐困，家食如恒，所幸粗平，差慰垂注。九哥仍旧理藩，尚无迁转消息，身体尚觉康健。都门伏中多雨，入秋晴霁，不至成灾，可望中稔。朝廷无他新政，一切安堵如常。六月杪奉到赐函，谨悉吾大人已安抵西藏，不胜欣慰。鳞鸿多便，尚冀时寄教言，是所盼祷。肃此，敬请福安，顺叩秋禧，伏惟垂鉴。

乌绍云（工部左堂）

燕台羁寄，麈论时亲，梁苑驰驱，骊歌忽别。渥荷鼎烹之享，弥殷感感之私。南浦溯回，东风倏忽，辰下敬维绍云四哥大人祉介禔躬，禧延岁首，行木铎水衡之令，绩懋方鸠；焕金泥玉检之文，恩承衔凤，星移北斗，日颂东升。弟汴水重游，条风倏届，徒益薪劳，毫无树立。观澜乏术，敢言治水之功；望岁有怀，敬上宜春之颂。专修芜牍，恭贺蕃禧，虔请勋安，惟希蔼照。

吴硕卿(广东粮厅)

硕卿仁兄世大人阁下，溯违光霁，两度秋风，每切依驰，久疏笺候。回忆岭海同舟，只幸月近楼台时分，光照惠银多此日，地北天南，无时不神驰左右，想彼此有同情也。敬维履茀日新，升华时楙，载歆载颂。弟羁迹都门，倏经寒暑，本拟赴命即束装回粤，因小女入选留牌，不能不敬候中旨。长安久居，又值室家多故，酬应日繁，而意外之输将遂出万不得已。乃蒙恩命分巡楚南，从此物换星移，回首旧游，弥令人神往。南鸿多便，尚冀兰言时锡，以慰鄙怀，则落落天涯，如亲樽席，惟引领飞鸿远音也。专此布臆，祗请升安，惟希蔼照百备。

敬再恳者，葛民家兄随办郑工，值此次决口过大，料艰时促，工作万难，且西坝系逼溜进占，尤觉万分吃力，而朝命谆迫，钦使督催，并工节料赶办，工作更异常艰苦。因未能克期蒇事，严旨申黜，留工效力，家兄不胜慄慄兔惧。伏思阁下至谊，恳兄弟久荷青垂。大才槃槃，素为中丞倚重，现中丞奉命权篆河督，深幸福星临照，敢乞格外关垂，代为缓颊吹嘘，豫将家兄艰苦下情代为详达，务恳鸿帡庇护，逾格矜全，则片言九鼎，叨惠弥渥矣。手此切恳，受业敬请。

裕(署湖广督)

敬再禀者，客腊舍妹于归，蒙师母大人惠赐多珍。正拟恭牍申谢饯岁，匆匆缮禀未发，适奉钧函，并颁厚惠双柏，拜领之下，感泐莫名。伏处都门，碌碌无状，不足以渎听闻，所幸躯眷粗平，差堪上慰垂注耳。客岁张郎斋中丞奉命山左勘河，濒行晤谈河务，以曾办河工，援引相助为理。闻东省自黄流北徙，迄今黄运交敌，河务败坏已极，众议纷如，欲决一至当不易之策，谈何容易，若挽归云梯故道，似有成法可循，然变迁已久，今昔情形不同，办理亦无把握，如此难题大文，既恐无从入手，更恐不能完章，已力辞之，非敢畏难苟安，诚以绵薄不胜耳。风便务乞锡以教言，俾有遵循，是所切祷。谨此，再请钧安。再禀。

敬禀者，窃远阔鱣坛，有届番风之候，倾怀麈教，莫名立雪之忱。敬维夫子大人福比日升，道随时泰，骏烈仰兼圻之寄，南岳云开，龙光拜三锡之恩，瓯名豫卜，鼎祝咸符。溷迹都门，尘客历路，依然故我，愧不如人。材因葑菲而见遗，徒惭马长，迹等匏瓜之不食，藉可鸠藏。怅远阻于鸥程，难向龙门而泥首；倾下忱而燕贺，特陈茧牍以濡毫。肃薰芜禀，敬叩蕃禧，俯请钧安，仰希鼎鉴。谨禀。

敬再禀者，窃于重阳后由汴水买舟北上，中途少有阻滞，至小阳下浣抵都，仰叨苇庇，一路顺平。甫歇征尘，未遑休息，不料家兄因感寒，旧疾触发，遽然弃世，晚年手足之伤，不胜悬感。乃蒙世兄辱临奠唁，并荷隆仪厚赙，盛情稠迭，感及殁存。伏惟家兄一生服官清苦，身后遗两侄一女，均幼弱不更事，所有殡殓一切，皆须亲为料理，刻因方向不宜，未安窀穸，约须入春三月间再行卜葬。知关垂注，谨此禀闻。专鸣谢悃，再请钧安，惟希藹鉴。再禀。

敬禀者，窃远阔麐仪，又届蜩鸣之候；翘詹麈教，莫名蚁附之忱。敬维夫子大人道随时楙，福比日长，树江汉之风声，化隆楚宝；奏云山之韶濩，治协北阙，骧首鱣坛，欢心皃颂。

远隔鱣坛，又桐叶报秋之候，每怀麈教，切葵花向日之忱。辰下恭维夫子大人韩节秋高，秦声夏大，南楼月满，喜湖光山色之澄清，北斗星辉，迓云汉天章，而焜耀三台，光焕一瓣香浓。守株定待，朽木难雕，尺短姑藏，分阴徒惜。慨秋风之容易虚掷驹过，似霁月而心倾特申燕贺。

曾国藩

敬禀者，窃远阔麈仪，时殷鹄企，葭飞入律，倏看风纪之迎年；葵向抒忱，弥仰骏猷之戬穀。敬维宫保大人赤黻延庥，元圭辑瑞，耀旌旗于八镇，金汤固而万象俱新；作锁钥于两江，玉烛调而三能并焕。丝纶章汉，弦管歌云，即卜瓯名，良殷镜听。溷迹都门，尘客历路，依然故我，愧不如人。材因葑菲而见遗，徒惭马长，迹等匏瓜之不食，藉可鸠藏。怅远阻于鸥程，难向龙门而泥首；倾下忱而燕贺，特陈茧牍以濡毫。肃薰芜禀，敬叩蕃禧，俯请钧安，仰希鼎鉴。谨禀。

敬再禀者，窃于重阳后由汴水买舟北上，中途少有阻滞，至十月下浣抵都，仰叨苐庇，一路顺平。甫歇征尘，未遑休息，不料家兄因感寒触发旧疾，遽然弃世，晚年手足之伤，不胜悬感。伏惟家兄一生清苦，身后遗两侄一女，均未及岁，殡殓一切，皆须亲为料理。刻因方向不利，未能安葬，约须明春三月卜葬。知关垂注，谨此禀闻。再请钧安，伏惟垂鉴。再禀。

年伯宫保大人尊鉴，敬禀者，窃侄等童骙无知，养亲无状，卒遭大故，失祜何依，叨属至谊，不敢不泣陈讣告。乃蒙年伯大人赐书存问，训勉有加，并荷赙仪厚锡，垂爱逾恒。祗领之下，不独侄等感激涕零，先灵有知，亦必衔感于地下。侄等惟有恪遵训诲，勉终大事，祭葬以礼，亟安窀穸，以妥先灵。期无负年伯大人垂注，矜全之至，尚望不弃愚蒙，教言时锡，俾得藉开知识，而勉遵循，是则愚忱所叨祷者也。专肃寸禀，敬鸣谢悃，俯请钧安，仰乞矜鉴。年愚侄制世谨禀。

敬禀者，窃远阔麈仪，时切登龙之愿；百惭驽钝，徒殷附骥之忱，兹际岁转珠杓，律回玉琯。恭维宫保大人赤黻凝禧，元圭辑瑞，金章燮治，条风回帨节之春；玉烛调元，湛露焕龙璇之字。作两江之锁钥，耀八镇之旌旗，骧首下风，欢心祝露。伏处都门，依然历路，齿徒增马，拙且藏鸠。斞来柏叶之樽，情殷献岁，吟到梅花之句，颂上宜春。谨修芜牍，敬贺蕃禧，虔请勋安，伏惟垂鉴。谨禀。

敬禀者，窃远阔麈仪，又赋龙门之句，遥瞻骏绩，时倾蚁附之忱。辰下恭维宫保大人祉介昌辰，禧延卓午。南薰髶化，建调梅保艾之勋；北阙歌风，襄解愠阜财之治。迎泰陛而依蒲载咏，总师干而蹯柳齐欢。即卜瓯名，良殷鼎祝，分阴虚度，尺短滋惭。材因葑菲而见遗，迹等匏瓜而不食。无方益智，愧闻玉粽之香，有愿扬仁，诚抒石蒲之拜。虔濡子墨，敬叩午禧，俯请钧安，仰希鼎鉴。

敬再禀者，前在都门获亲光耀，深荷青垂，并蒙厚惠。匆匆拜领之余，益名惭感。都门伏处，历路滋惭，髀肉已生，壮心未已。翘首东南半壁，想帨旌莅止，定使风云变色，草木向荣。自惭樗栎，恨不获近依大厦，备采择而供奔走，窃自缅焉。倘取长弃短，收名定价，遂登龙之愿，实殷附骥之怀。高山景行，下风逖听，谬承垂爱，用敢渎陈。再请勋安，伏惟钧鉴。

敬禀者，窃自瞻峻宇，切葵花向日之诚；远隔崇阶，桐叶报秋之候，下风翘首，垂露抒忱。恭维宫保大人旆节秋高，琴声厦大，风清禹甸，建两江锁钥之勋；月满庾楼，耀八镇旌旗之色。望南洋之舸舰，波静鲸鲵；迓北阙之丝纶，恩承鸾凤。星辉台鼎，风动轩鼙。袜线无长，守栎而惭鲁钝；铅刀虽割，攀桂而愧吴刚。幸土壤之依山，积尘不让，仰楼台之近水，望月有怀。专肃禀函，恭贺任喜，虔请节安，伏惟澄鉴。

敬禀者，窃远阔杩晖，又赋鸣蜩之什；翘瞻樾荫，时倾蚁附之忱。辰下恭维宫保大人茀集昌辰，禧延卓午，协解愠阜财之治，化髶江南；

建调梅保艾之勋，眷隆阙北。翘瞻台鼎，曷罄蓑轩。坐困都门，如恒历路，长赢虚度，短绠滋惭。材同葑菲之遗粽，难益智方；心等蒲葵之向扇，愿扬仁风。虔濡子墨，敬叩午禧，俯颂钧祺，仰希鼎鉴。

曾怀清(陕西粮道)

怀清三弟姻大人阁下，别来又更裳葛矣。春间曾布寸笺，虑计邮程，谅邀青照。近维履茀春多，升华夏大，豸节与吉云并蔚，鸿猷与化日俱长，引企莺乔，莫名凫藻。兄京华坐困，虚度分阴，毫无寸善，昼长多暇日，惟阅金经、弄笔墨以消遣俗虑而已。犹幸躯眷粗平，足慰锦注。兹恳者，葛羲乾事(原注：同前岐将军稿)，敝通家葛羲乾名，因事入川，久钦雅望，急切瞻韩，务望推情垂顾，并请随时关拂一切，是所拜祷。不少风便，尚冀时锡教言，以慰驰慕，惟引领飞鸿远音也。手此，再请勋安。

张子颐(广东候补府)

子颐大兄大人阁下，远违眉宇，时转心轮，回忆都门聚首，时亲樽席，欢洽生平。而一旦灵翮高骞，殊令人仰鹏程而深艳羡也。敬维履茀鸿延，升华豹起，裔云骧首，祝露欢心。弟羁迹京曹，驰驱郎署，毫无淑状，徒益儿形龌龊辕下驹，以视骥足腾骧，奚啻霄壤耶？所幸尊幼粗平，顽躯无恙，堪慰锦廑耳。兹恳者，某官某名系弟素识，人甚勤干，曾在河工当差有年，历保今职，刻赴山左，愿投老伯大人辕下效力河工，以供奔走。敢乞推情垂拂，缓颊驰驱，俾得负弩以备驱策，是所拜祷。专泐布恳，敬请勋安，惟希蔼照百备。

朱曼伯

曼伯仁弟大人阁下，河梁话别，倏转春风，顷奉手函，备承心注。正拟裁笺布悃，适听鹊音，欣悉荣补汝南，不胜欢忭。敬维绩奏合龙，允叶乾清之上考；恩承衔凤，国膺观察之真除，指日升迁，望风豫祝。

兄溷迹京尘，落寞无可告者，河工奏绩，论功行赏，而兄以局外人，未录寸工，乃蒙特恩开复处分，感激之下，曷用汗颜，刻下依然故我，毫无善状。所幸躯眷敉平，堪慰雅注耳。专泐布悃，敬贺鸿禧，虔请勋安，惟希蔼照。

再启者，泐函布贺，尚未缄发，适奉惠书，乃因家兄弃世，温辞存问，慰勉有加，并荷隆仪厚赙，至谊殷情，拜领之余，殁存咸感。回忆于役河干经年，聚首良惬素心，且贤劳卓著，谙练老成，实赖弟台一人维持河工全局，方冀与君齐驱并驾，努力以共功名。不图事机中复，兄以半途而废，河梁挥手，一旦天南地北，时令杼柚予怀。所幸弟台始终其事，克竟全功，允宜异数酬庸，而在工同事诸友统荷推情垂照，不胜心感之至。

《中国近现代稀见史料丛刊》已出书目

第一辑

莫友芝日记
汪荣宝日记
翁曾翰日记
邓华熙日记
贺葆真日记
徐兆玮杂著七种
白雨斋诗话
俞樾函札辑证
清民两代金石书画史
扶桑十旬记(外三种)

第二辑

翁斌孙日记
张佩纶日记
吴兔床日记
赵元成日记(外一种)
1934—1935中缅边界调查日记
十八国游历日记
潘德舆家书与日记(外四种)
翁同爵家书系年考
张祥河奏折
爱日精庐文稿
沈信卿先生文集
联语粹编
近代珍稀集句诗文集

第三辑

孟宪彝日记
潘道根日记
蟫庐日记(外五种)
壬癸避难日志　辛卯年日记
嘉业堂藏书日记抄
吴大澂书信四种
赵尊岳集
贺培新集
珠泉草庐师友录　珠泉草庐文录
校辑民权素诗话廿一种

第四辑

江瀚日记
英轺日记两种
胡嗣瑗日记
王振声日记
黄秉义日记
粟奉之日记
王承传日记
唐烜日记
王锺霖日记(外一种)
翁同龢家书诠释
甲午日本汉诗选录
达亭老人遗稿

第五辑

袁昶日记
吉城日记
有泰日记
额勒和布日记
孟心史日记·吴慈培日记
孙毓汶日记信稿奏折(外一种)
高等考试锁闱日录
东游考察学校记
翁同书手札系年考
辜鸿铭信札辑证
郭则沄自订年谱
庚子事变史料四种(外一种)
《申报》所见晚清书院课题课案汇录
近现代"忆语"汇编

第六辑

江标日记
高心夔日记
何宗逊日记
黄尊三日记
周腾虎日记
沈锡庆日记
潘钟瑞日记
吴云函札辑释
新见近现代名贤尺牍五种
稀见淮安史料四种
杨懋建集
叶恭绰全集
孙凤云集
贺又新张度诗文集
王东培笔记二种